KB100848

재능 있는 리플리

THE TALENTED MR. RIPLEY

재능 있는 리플리

퍼트리샤 하이스미스 지음
김미정 옮김

을유문화사

재능 있는 리플리

발행일 · 2023년 10월 25일 초판 1쇄
지은이 · 퍼트리샤 하이스미스
옮긴이 · 김미정
펴낸이 · 정무영, 정상준
펴낸곳 · (주)을유문화사
창립일 · 1945년 12월 1일
주소 · 서울시 마포구 서교동 469-48
전화 · 02-733-8153
FAX · 02-732-9154
홈페이지 · www.eulyoo.co.kr

ISBN 978-89-324-7493-9 04840
978-89-324-7492-2 (세트)

책값은 뒤표지에 있습니다.
잘못된 책은 구입하신 곳에서 바꾸어 드립니다.

일러두기

— 본문의 주석은 모두 한국어판 번역자와 편집자가 작성했다.
— 인명이나 지명은 국립국어원의 외래어 표기법에 따랐으나
일부 굳어진 명칭은 일반적으로 통용되는 것을 사용했다.

1

톰은 뒤를 돌아보았다. 어떤 남자가 그린 케이지에서 따라 나와 쫓아오고 있었다. 톰은 길을 재촉했다. 남자가 자신을 미행하는 게 분명했다. 5분 전 테이블 건너편에 앉아 있던 남자가 눈에 들어와 유심히 살펴봤었다. 설마. 거의 확실해 보이자, 잔을 비우고 계산한 후 밖으로 나온 것이다.

톰은 길모퉁이에서 몸을 수그린 채 총총걸음으로 5번가를 건넜다. 라울이 보였다. 들어가서 한잔 더 할까? 모든 걸 운명에 맡겨 볼까? 파크가로 내뺀 다음, 컴컴한 입구 중 하나에 몸을 숨겨서 저 남자를 따돌릴까? 톰은 라울로 들어갔다.

톰은 바 테이블의 빈자리로 걸어가면서 아는 사람이 있는지 자기도 모르게 안을 둘러보았다. 붉은 머리에 덩치 좋은 남자가 보였다. 볼 때마다 이름이 가물가물한 남자가 금발 여성과 테이블에 앉아 있다가 손을 흔들었다. 톰도 맥없이 손을 흔든 다음 입구가 정면으로 보이는 자리에 앉아 한쪽 다리만 스툴에 걸친 채 태연히 도발하는 듯한 자세를 취했다.

"진토닉이요." 톰이 바텐더에게 주문했다.

저 남자가 날 미행하나? 설마, 아니겠지, 맞으려나? 경찰이나 탐정 같아 보이진 않던데. 저 남자는 사업하는 사람처럼 생겼다. 한 집안의 가장 같은 외모였다. 건장한 체격에 차림새도 멀끔한 남자는 관자놀이가 희끗희끗한 얼굴로 모호한 표정을 짓고 있었다. 혹시 미행한 후에 이러려는 걸까? 남자가 술집으로 들어와 슬슬 말을 걸더니 느닷없이 한 손을 톰의 어깨에 올린 다음, 다른 손으로 경찰 배지를 내밀며 말한다. '톰 리플리, 당신을 체포한다!' 톰은 출입문을 주시했다.

이제야 남자가 들어왔다. 남자는 두리번거리다가 톰과 눈이 마주치자 시선을 피하더니 맥고모자*를 벗고 바 테이블 모서리에 자리를 잡았다.

젠장, 뭐 어쩌자는 거지? 분명 변태는 아닌 것 같은데. 톰은 다시 생각하고 아무리 머리를 쥐어짜도 변태라는 말밖에 떠오르지 않았다. 변태라는 단어가 그를 지켜 줄 것만 같았다. 경찰보다야 차라리 변태가 나았다. 저 남자가 변태라면, '아뇨, 됐습니다' 하고 말한 다음, 씩 웃으며 나가면 그만이다. 톰은 스툴에 깊숙이 앉은 채 마음을 다잡았다.

남자가 바텐더에게 이따가 주문하겠다며 손짓하더니 바 테이블을

* 머리 부분이 납작하고 챙이 작은 정장용 밀짚모자

돌아서 톰에게 다가왔다. 올 것이 왔군! 톰은 온몸이 굳은 채로 남자를 노려보았다. 설마 10년이나 나오겠어? 이러다 15년 형을 받는 거 아닐까? 그래도 안에서 착실히 생활하면…… 바로 그때, 남자가 입을 열었다. 하늘이 무너지는 절망과 뼈아픈 후회가 톰을 덮쳤다.

"실례지만, 톰 리플리 씨 맞나요?"

"그런데요."

"허버트 그린리프라고 합니다. 리처드 그린리프의 아비 되는 사람입니다." 톰은 남자의 표정 때문에 몹시 어리둥절했다. 남자가 총을 들이댔다고 해도 지금이 더 혼란스러울 것 같았다. 서글서글하게 웃는 남자의 얼굴이 희망으로 부풀어 올랐다. "우리 리처드하고 친구 맞죠?"

톰은 그 말을 듣는 순간, 뭔가 어렴풋이 떠올랐다. 디키* 그린리프. 훤칠한 키에 금발. 꽤 부유했던 친구였다. "디키 그린리프 말씀이신가요? 네, 그렇습니다만."

"그렇다면 찰스와 마타 슈리버 부부도 알겠군요. 두 사람한테 얘기 많이 들었습니다. 그래서 말인데…… 저쪽에 앉아서 얘기 좀 할까요?"

"그러시죠." 톰은 흔쾌히 마시던 잔을 들고 남자를 따라서 아담한 실내 안쪽에 있는 빈 테이블로 자리를 옮겼다. 다행이다, 자유다! 누가 날 잡으러 오겠어? 이건 완전히 다른 일이었다. 이게 무슨 일이든 간에, 절도죄나 공문서 위조 같은 일로 그를 잡으러 온 게 아니었다. 리처드 그린리프에게 곤란한 일이 생겨서 그의 아버지가 도움이나 조언을 구하려는 것 같았다. 톰은 그린리프 씨처럼 아버지뻘 되는 사람에게 무슨 말을 해야 하는지 아주 잘 알고 있었다.

"톰 리플리 씨가 맞는지 확신이 서지 않았습니다. 전에 본 것도 같은데, 혹시 리처드하고 우리 집에 한 번 오지 않았었나요?"

"아마 그랬을 거예요."

"슈리버 부부한테 인상착의를 듣고 당신을 열심히 찾아다녔습니다. 슈리버 부부가 자기 집에서 다 같이 만나자고 했거든요. 당신이 그린 케이지라는 술집에 종종 들른다는 소식을 듣고 오늘 처음 찾아 나선 건데, 운이 참 좋았네요. 지난주에는 내가 편지도 보냈는데, 혹시 못 받았습니까?" 남자가 웃으며 물었다.

"못 받았는데요." 내 앞으로 온 편지는 보내 줬어야지, 마크. 도티

* 리처드의 애칭

이모가 수표도 보냈을 텐데. "제가 일주일 전쯤 이사해서요."

"그랬군요. 편지에는 별말 쓰지 않았습니다. 만나서 얘기하고 싶다는 내용이 전부입니다. 슈리버 부부가 그러던데, 우리 리처드를 아주 잘 안다면서요?"

"실은, 리처드를 기억하는 정도입니다."

"그렇다면, 지금은 연락하지 않는다는 말인가요?" 남자가 낙심한 것 같았다.

"네. 못 본 지 2년은 됐을 겁니다."

"리처드가 유럽에 간 지 2년이 넘었습니다. 슈리버 부부가 당신을 얼마나 칭찬하던지요. 만일 당신이 지금도 연락하고 지낸다면, 리처드한테 알아듣게 말해 줄 거라더군요. 난 우리 리처드가 집으로 돌아왔으면 좋겠습니다. 여기에서 그 녀석이 해야 할 일이 있는데, 우리 부부가 하는 말은 귓등으로 듣더군요."

톰은 당황했다. "슈리버 부부가 뭐라고 했는데요?"

"과장을 조금 보태자면, 당신하고 리처드가 아주 친한 사이니 아마 계속 연락하고 지낼 거라고 했습니다. 보다시피 내가 리처드의 친구들은 잘 모르거든요." 남자가 한 잔 사 주고 싶어 하는 눈빛으로 톰의 잔을 살폈지만, 술은 거의 줄지 않았다.

톰은 디키 그린리프와 같이 슈리버 부부의 집에서 열린 칵테일 파티에 갔던 때가 떠올랐다. 톰보다는 그린리프 부부가 슈리버 부부하고 더 가까운 사이라서 일이 이렇게 된 것으로 보였다. 사실 톰이 슈리버 부부를 만난 건 서너 번이 전부였다. 마지막으로 봤을 때가 찰리 슈리버의 소득세를 계산해 주던 밤이었다. 찰리 슈리버는 TV 방송국 감독이었는데, 프리랜서 소득세 신고를 할 때마다 무척 난감해했다. 찰리는 자기가 직접 산출한 소득세보다 톰이 납세액을 낮춰 주되, 법에 조금도 저촉되지 않는 범위에서 대폭 줄여 주자 톰을 천재라 여겼다. 그래서 그린리프 씨에게 톰을 소개해 준 것 같았다. 그날 밤 톰을 겪어 본 찰리는 그린리프 씨에게 톰이 똑똑하고 빈틈없고 양심적이며 정직한 사람이니, 기꺼이 도와줄 거라고 말했을 것이다. 좀 틀린 얘기긴 하지만.

"혹시 친한 친구 중에 리처드가 알아듣게 말해 줄 사람은 없을까요?" 그린리프 씨가 애처롭게 물었다.

버디 랜크너. 하지만 톰은 이런 일로 버디에게 연락하는 수고를 하고 싶지 않았다. "죄송하지만 없는 것 같습니다." 톰이 고개를 저었다. “리처드가 대체 집에는 왜 안 오겠다는 거죠?”

“유럽에 사는 게 좋대요. 사실 지금 아내 건강이 아주 좋지 않아요. 집안에 일도 있고요. 이런 일로 번거롭게 해서 미안합니다.” 그린리프 씨는 깔끔하게 빗어 넘긴 가느다란 은발을 한 손으로 심란하게 쓸어내렸다. “리처드가 그림을 그린다는데 나쁠 거야 없지만, 화가로 나설 만한 재능은 아니거든요. 그래도 배 설계는 곧잘 하지만, 그것도 그 녀석이 그쪽으로 마음을 굳혀야 가능한 얘기겠죠.” 웨이터가 가까이 오자 남자가 고개를 들었다. “스카치 소다요. 듀어스 스카치로 주세요. 한 잔 더 하겠어요?”

“괜찮습니다.”

그린리프 씨는 미안한 표정으로 톰을 쳐다봤다. “리처드 친구 중에 내 얘기를 기꺼이 들어 주는 사람은 당신이 처음이네요. 다들 아들 인생에 참견하는 아비 취급을 하더군요.”

톰은 그 말이 금세 이해가 되었다. “제가 도움이 됐으면 좋겠네요.” 공손히 대답하던 그의 머릿속에 디키가 선박 회사에서 경제적 지원을 받는다는 사실이 이제야 떠올랐다. 소형 범선을 건조하는 회사를 운영하는 리처드의 아버지가 아들을 귀국시켜 가업을 물려주려는 게 당연했다. 톰은 그린리프 씨를 보고 실없이 웃고는 잔을 비웠다. 그리고 의자 끝에 엉덩이를 걸치고 일어날 채비를 했다. 그러자 테이블 맞은편에 앉은 남자의 얼굴에 실망하는 기색이 역력했다. “지금 리처드가 유럽 어디에 있나요?” 톰은 리처드가 어디에 사는지 조금도 궁금하지 않은데도 물었다.

“나폴리에서 남쪽으로 한참 내려가야 나오는 몽지벨로라는 마을에 살아요. 그 동네에는 도서관도 없대요. 요트 타다가 그림 그리다가, 그러고 지내나 봅니다. 집도 샀다나 봐요. 돈벌이하면서요. 많이 버는 건 아니지만 이탈리아에서 먹고살 만큼은 버나 봐요. 다 제멋에 산다지만, 난 그 동네가 뭐가 좋다는 건지 하나도 모르겠습니다.” 그린리프 씨가 태연한 척 미소를 보였다. “리플리 씨, 내가 한 잔 사 주고 싶은데.” 웨이터가 스카치 소다를 들고 오자 그가 권했다.

톰은 일어나고 싶었지만, 지금 막 술잔을 받아 든 남자를 혼자 두고 나오기는 싫었다. “고맙습니다.” 톰은 대답한 후, 웨이터에게 잔을 건넸다.

“찰리 슈리버가 그러던데, 보험 회사에 다니신다고.” 기분이 좋아진 그린리프 씨가 물었다.

10

"예전에 다녔고, 지금은……." 톰은 국세청에서 일한다는 말은 하고 싶지 않았다. 지금은 그랬다. "광고 회사 회계부에서 일합니다."

"그래요?"

잠시 대화가 끊겼다. 그린리프 씨가 안쓰럽고 애달픈 눈으로 톰을 뚫어져라 보았다. 무슨 말을 해야 하나. 톰은 술을 얻어 마신 걸 후회했다. "디키가 지금 몇 살이죠?"

"스물다섯이요."

나하고 동갑이군. 디키는 유럽에서 아주 잘 살고 있을 것이다. 돈도 벌고 집도 샀겠다, 요트까지 있는데 뭐 하러 돌아오겠어? 기억 속에 있던 디키의 얼굴이 점차 또렷해졌다. 활짝 웃는 미소, 깔끔하게 웨이브 진 금발, 천하태평한 표정. 디키는 운도 좋네. 나도 스물다섯인데 지금 난 뭐 하는 거지? 하루 벌어 하루 먹고사는 신세라니. 은행 잔고는 바닥났고, 난생처음 경찰에 쫓기는 신세가 되었다. 계산에 능하지만 젠장, 그런 재주로 돈은 왜 못 버는 건데? 돈이 어디에서 나오려나? 톰은 온몸에 힘이 들어갔다는 걸 의식했다. 손에 쥐고 있던 성냥갑 한쪽이 아예 납작하게 뭉그러졌다. 지겨웠다. 지긋지긋했다. 다시 바 테이블에 가서 앉고 싶었다. 혼자서.

톰은 술을 한입에 털어 넣었다. "주소를 알려 주시면 제가 디키한테 편지를 보내겠습니다." 그리고 잽싸게 말을 이었다. "디키가 저를 기억할 겁니다. 주말에 롱아일랜드 파티에 같이 갔던 때가 기억나네요. 디키하고 제가 나가서 홍합을 따온 걸로 다들 아침을 먹었거든요." 톰이 웃었다. "그거 먹고 두 명이나 탈이 나는 바람에, 파티가 안 좋게 끝나긴 했지만요. 그때 디키가 유럽에 간다고 했던 거 같아요. 그리고 떠난 건……."

"아, 맞아요! 그때가 리처드가 미국에서 보낸 마지막 주말이었어요. 리처드한테 홍합 얘기를 들었던 것 같기도 하군요." 남자가 호탕하게 웃었다.

"댁에도 몇 번 갔었습니다." 톰은 분위기에 취해 말을 이었다. "디키가 자기 방 책상 위에 있던 범선 모형을 보여 주었어요."

"리처드가 어릴 때 만든 거예요!" 그린리프 씨 얼굴에 화색이 돌았다. "그럼 프레임 모형도 보여 줬나요? 도면은요?"

디키는 보여 준 적이 없었다. 그런데도 톰이 해맑게 대답했다. "그럼요! 당연하죠. 펜에 잉크를 묻혀서 그린 도면이었는데, 개중에 꽤 근사한 것도 있었죠." 톰은 도면을 본 적이 없었다. 그럼에도 한 치의 오차도 용납하지 않는 제도사가 선을 긋고 볼트와 스크루를 표시해 놓은 도면이 눈앞에 펼쳐졌다. 디키가 도면을 보여 주며 웃는 모습까지 보일 지경이었다. 톰은 그린리프 씨의 비위를 맞추려고 미주알고주알 몇 분은 더 떠들 수 있었지만, 자제했다.

"맞아요, 리처드가 선을 기가 막히게 그리죠." 그린리프 씨가 뿌듯하게 말했다.

"그런 것 같더라고요." 톰이 맞장구를 쳤다. 지루함이 속도를 달리하기 시작했다. 톰은 이런 현상에 대해 알고 있었다. 파티에 가면 시간이 가는 속도가 달라질 때가 종종 있었다. 한 테이블에 앉기 싫은 사람과 저녁을 먹느라 시간이 더디게 가는 경우가 대부분이긴 했지만 말이다. 지금 꼭 해야 한다면, 톰은 한 시간은 더 공손의 극치를 보여 줄 수도 있었다. 그런데 그랬다간 속에서 뭔가 욱하고 치밀어 올라 뛰쳐나갈지도 모른다. "지금은 짬을 낼 수가 없어서 아쉽지만, 시간만 된다면 제가 직접 유럽으로 가서 리처드를 설득하고 싶네요. 제 말은 들을지도 모르잖아요." 톰은 그린리프 씨가 듣고 싶어 하는 말만 골라서 뱉었다.

"진심입니까? 그렇다면 말이죠…… 혹시 유럽에 갈 계획이 있나요?"

"그건 아닙니다."

"리처드는 친구들이 하는 말에 늘 휘둘리는 편이었어요. 당신이든 다른 친구든, 누가 됐든 휴가를 낼 수만 있다면 가서 리처드를 만나 보라고 내가 보내 주겠습니다. 내가 직접 가는 것보다야 훨씬 나을 테니까요. 혹시 지금 다니는 직장에 휴가는 못 내나요?"

심장이 뛰기 시작했다. 톰은 고심하는 표정을 지었다. 하나의 가능성이 생긴 것이다. 머리보다 가슴속에 있는 무언가가 먼저 냄새를 맡고 그 기회를 덥석 문 것이다. 현재 무직. 톰은 어쨌든 이곳 뉴욕을 조만간 떠나야 할지도 모른다. 떠나고 싶었다. "휴가를 낼 수 있을 것 같기도 한데……." 톰은 여전히 고민하는 표정을 지으며 신중히 대답을 건넸다. 그를 옥죄고 있는 수천 개의 걸림돌을 살피는 척하면서.

"그럴 수만 있다면, 당연히 경비는 내가 다 대겠습니다. 진짜로 갈 수 있겠어요? 올가을 어때요?"

벌써 9월 중순이었다. 그린리프 씨가 끼고 있는 금반지가 눈에 들어왔다. 반지 위에 새겨진 인장이 거의 닳아 있었다. "낼 수 있을 겁니다. 리처드를 다시 만나는 것도 좋고, 아버님께서 제가 도움이 된다고 여기신다면 더더욱 기쁠 것 같습니다."

12

"왜 아니겠습니까! 당신 얘기라면 녀석이 듣겠죠. 리처드하고 생판 모르는 사이도 아니니, 리처드가 집으로 돌아와야 하는 이유를 강경하게 말해 주면 좋겠어요. 당신이 무슨 딴 속셈이 있어서 그러는 게 아니라는 걸 알 테니까요." 그린리프 씨는 의자에 등을 기대고 흡족한 눈빛으로 톰을 바라보았다. "재미있는 얘기 하나 해 드리죠. 우리 회사 파트너로 있는 짐 버크 부부가 작년에 크루즈 여행을 갔다가 몽지벨로에 들렀는데, 그때 리처드가 겨울에는 집으로 돌아오겠다고 말했다더군요. 그런데 그게 벌써 작년 겨울 얘기고, 짐은 리처드라면 아예 포기했어요. 스물다섯씩이나 먹은 녀석이 환갑 넘은 늙은이 얘기를 듣겠습니까? 우리는 못 했지만, 당신이라면 설득할 수 있을 겁니다."

"그랬으면 좋겠네요." 톰이 공손히 대답했다.

"한 잔 더? 이번에는 고급 브랜디로 마셔 봅시다."

2

톰은 자정이 넘어서 집으로 향했다. 그린리프 씨가 택시로 데려다주겠다고 했지만, 톰은 사는 곳을 알리고 싶지 않았다. 3번가와 4번가 사이에 있는 우중충한 적갈색 사암 건물에 '셋방 있음'이라는 푯말이 내걸린 곳이었다. 밥 들랜시라는 남자의 집에 얹혀산 지 2주 반이 되었다. 사실 밥과는 잘 모르는 사이였지만, 뉴욕에서 만난 친구들이나 지인들 중에서 오갈 데 없는 그를 재워 주겠다고 나선 이는 오로지 밥뿐이었다. 톰은 친구들에게 밥의 아파트로 오라고 하지도 않았고, 어디 사는지 아무에게도 알리지 않았다. 밥의 아파트에 살아서 제일 좋은 점은, 조지 맥알핀 앞으로 오는 우편물을 아무에게도 들키지 않고 받을 수 있다는 것이었다. 하지만 복도 끝에 있는 냄새 나는 화장실은 문이 잠기지 않았고, 지저분한 단칸방은 주인이 천 명이나 바뀌는 동안 누구도 손가락 하나 까딱하지 않고 살다가 저마다 오물을 묻혀 놓고 나간 듯한 꼴을 하고 있었다. 때가 찌들다 못해 번질번질한 『보그』와 『하퍼스 바자』 같은 잡지가 산처럼 쌓여 있고, 장식이 과한 큼직한 회색 유리그릇이 여기저기 놓여 있었다. 그 안에는 엉킨 실타래며 연필이며 담배꽁초는 물론 심지어 썩은 과일까지 들어 있었다. 밥은 상점과 백화점 쇼윈도를 꾸며 주는 일을 하는 프리랜서였는데, 현재 맡은 일이라곤 3번가에 있는 앤티크 상점 몇 군데에 가서 간간이 일해 주는 게 전부였다. 그리고 일한 대가로 회색 유리그릇을 받아 왔다. 톰은 이렇게 구질구질한 집이 있다는 사실에 놀랐고, 이런 꼴로 사는 사람을 안다는 사실에 충격을 받았다. 그러나 자신은 이런 곳에서 오래 살지 않으리라 믿고 있었다. 그리고 이제 그린리프 씨가 나타난 것이다. 늘 무슨 일이든 생기기 마련. 이것이 톰의 인생관이었다.

적갈색 사암 계단을 오르기 전에 걸음을 멈추고 좌우를 유심히 살폈다. 개를 데리고 산책하는 할머니와 3번가 모퉁이를 비틀거리며 돌아 나오는 할아버지만 보였다. 그가 싫어하는 느낌이 있다면, 바로 누군가에게 쫓기는 기분이었다. 최근 들어 그런 기분이 가시지 않았다. 톰은 잽싸게 계단을 올랐다.

지금으로서는 더럽다는 게 가장 큰 문제군, 톰은 방으로 들어가며 생각했다. 일단 여권만 나오면 배를 타고 유럽으로 떠나는 거야. 일등석 객실로 끊어 주겠지? 버튼만 누르면 승무원이 모든 걸 갖다준다니! 저녁 식사에 어울리는 옷으로 차려입고 넓은 식당에 가서 승객들과 합석한 다음 품위 있게 얘기를 나누어야지! 오늘 밤에는 자축할 생각이었다. 톰은 아까 제대로 처신했다. 그린리프 씨는 톰이 수작을 부려 유럽 여행을 받아 냈다고 생각하지는 않을 것이다. 오히려 그 반대일 테다. 톰은 그린리프 씨를 실망시키지 않고 디키에게 최선을 다할 것이다. 그린리프 씨는 아주 점잖은 사람이라서 모두들 당연히 자기처럼 점잖은 줄로 알고 있었다. 톰은 그런 사람이 존재한다는 사실을 거의 잊고 살았다.

톰은 느릿느릿 겉옷을 벗고 넥타이를 끌렀다. 남이 하는 동작을 쳐다보듯 자기가 움직이는 모습을 바라보았다. 자세도 더 꼿꼿해지고 얼굴도 달라 보였다. 놀라웠다. 살면서 자기 모습에 만족한 몇 안 되는 순간이었다. 톰은 터질 듯한 밥의 옷장에 손을 쑤셔 넣고 옷걸이를 좌우로 거칠게 밀어서 옷을 걸 공간을 마련했다. 그런 다음 욕실로 향했다. 오래돼서 녹슨 샤워기 헤드가 샤워 커튼 쪽으로 물줄기를 쏴 댔다가 제멋대로 빙글빙글 나선형을 그리는 바람에 몸을 제대로 적실 수가 없었다. 지저분한 욕조지만 그래도 몸을 담그니 기분이 한결 좋아졌다.

다음 날 아침 눈을 떴다. 밥이 보이지 않았다. 밥의 침대를 쳐다보았다. 간밤에 들어오지 않은 모양이었다. 톰은 침대에서 벌떡 일어나서 2구짜리 버너 앞에 서서 커피 물을 올렸다. 밥이 외박해서 오히려 다행이었다. 밥에게 유럽에 간다는 말은 하고 싶지 않았다. 너절한 녀석은 톰이 공짜로 여행 가는 줄로 알 것이다. 에드 마틴이나 버트 비서는 물론이고 알고 지내는 다른 놈팡이들도 죄다 그리 여길 것이다. 아무에게도 말하지 않을 것이며, 누구한테도 배웅받지 않을 것이다. 톰은 휘파람을 불기 시작했다. 오늘 밤 파크가에 있는 그린리프 씨의 집에 저녁 초대를 받았다.

15분 후, 톰은 샤워하고 면도하고 정장으로 갈아입은 다음 줄무늬 넥타이를 맸다. 이런 차림이라면 여권 사진이 잘 나올 것 같았다. 손에 블랙커피 잔을 들고 방 안을 왔다 갔다 하면서 오전에 도착할 우편물을 기다렸다. 편지를 받아 놓고 라디오 시티*에 가서 여권을 신청할 생각이었다. 오후에는 뭘 하지? 전시회에나 갈까? 그럼 오늘 밤 그린리프 부부하고 나눌 얘깃거리가 생길 것이다. 버크-그린리프 선박 회사에 대해서도 알아봐야겠다. 그래야 그린리프의 회사에 관심이 있다는 걸 보여 줄 수 있을 테니 말이다.

우편함에 우편물을 넣고 가는 소리가 열린 창으로 흐릿하게 들렸다. 톰은 아래층으로 내려갔다. 우체부가 계단을 내려가 사라질 때까지 기다렸다가 우편함 한쪽 구석에 꽂힌 편지를 집어 들었다. 조지 맥알핀 앞으로 온 편지였다. 편지를 뜯었다. 수취인란에 '국세청 세무 징수원 앞'이라고 적힌 119달러 54센트짜리 수표가 들어 있었다. 늙었어도 마음씨는 고운 에디스 W. 슈퍼로 부인이 보낸 수표였다. 부인이 전화는 한 통도 걸지 않고 찍소리 없이 수표를 보낸 것이다. 조짐이 좋았다. 그는 2층으로 도로 올라가 슈퍼로 부인이 보낸 봉투를 갈기갈기 찢어서 쓰레기 봉지에 버렸다.

그런 다음, 수표는 누런 봉투에 넣어서 옷장에 걸어 둔 재킷 속주머니에 집어넣었다. 그동안 받은 수표를 다 더하니 1,863달러 14센트로 불어났다. 수표를 받았는데도 현찰로 바꿀 수 없다는 게 아쉬웠다. 현찰을 보내거나, 수취인란에 조지 맥알핀이라고 적어서 수표를 보낸 멍청이는 여태 한 명도 없었다. 뭐, 지금까지는 그랬다. 톰은 은행 메신저** 신분증을 갖고 있었다. 어디선가 기한이 지난 신분증을 주웠는데, 날짜야 고치면 될 것 같았다. 그런데 수표를 현찰로 바꾸었다가 경찰에 잡힐까 봐 겁이 났다. 그냥 수표도 아니고 공문서를 위조해 얼마를 보내라고 사기를 쳐서 받은 수표이지 않은가. 그렇게 큰돈이 쌓였지만 그저 짓궂은 장난에 불과했다. 꽤 깔끔하고 재미있는 장난을 친 것이

* 록펠러 센터의 일부
** 19세기에서 1960년대까지 존재했던 직종으로, 거리를 돌아다니면서 수표를 현금으로 교환해 주는 일을 했다.

다. 톰은 남의 돈을 훔친 게 아니니, 유럽으로 떠나기 전에 그동안 받은 수표를 모두 파기할 참이었다.

그가 작성한 명단에는 일곱 명의 후보가 더 있었다. 배를 타고 떠나기 전까지 남은 열흘 동안 한 명만 더 건드려 볼까? 간밤에 그린리프 씨를 만나고 집으로 걸어올 때만 해도 슈퍼로 부인과 카를로스 드 세비야 씨가 수표를 보낸다면 이쯤에서 그만둘 생각이었다. 여태 보내지 않은 드 세비야 씨에게 하늘이 두렵지도 않으냐며 전화해 한껏 겁이나 줄까. 막상 슈퍼로 부인이 순순히 수표를 보내자, 톰은 딱 한 번만 더 시도하고 싶은 마음이 동했다.

톰은 옷장 속에 넣어 둔 여행 가방에서 자주색 문구 상자를 꺼냈다. 상자에는 종이가 몇 장 있었고, 그 아래에는 몇 주 전 국세청 물품 보관소 직원으로 일할 때 챙겨 온 각종 서식이 들어 있었다. 그리고 맨 밑에는 그가 작성한 후보 명단이 있었다. 브롱크스 및 브루클린 거주자들 중 뉴욕에 있는 국세청 사무실로 직접 찾아오지 않을 사람들, 원천 징수 대상이 아닌 화가와 작가와 프리랜서 들, 연간 수익이 7천 달러에서 1만 2천 달러 사이에 해당하는 사람들을 신중하게 추려서 작성한 명단이었다. 이 소득 구간에 속하는 사람들은 소득세 신고 시 세무사를 잘 쓰지 않는 편이며, 세액 산출 시 2백~3백 달러의 미납액이 발생해 고발당해도 이상하지 않을 만큼 잘 버는 계층이었다. 기자 윌리엄 J. 슬래터러, 음악가 필립 로빌러드, 삽화가 프리다 호엔, 사진작가 조지프 J. 제나리, 만화가 프레더릭 레딩턴, 프랜시스 카네기스…… 레딩턴이 어떨까. 레딩턴은 만화가라서 뭐가 뭔지 전혀 모를 것 같았다.

톰은 상단에 '소득세 산출 오류 통보'라고 적힌 용지 두 장을 꺼낸 다음, 중간에 먹지를 끼우고 그가 작성해 놓은 명단에서 레딩턴 밑에 적힌 내역을 재빨리 베껴 적었다. 소득 금액: 11,250달러. 세액 감면: 1. 소득 공제: 600달러. 세액 공제: 0. 송금액: 0. 이자: (톰은 잠시 주춤했다) 2.16달러. 미납 세액: 233.76달러. 먹지를 넣어 둔 폴더에서 렉싱턴가에 있는 국세청 사무소 주소가 찍힌 타이프 용지를 한 장 꺼낸 다음, 펜으로 주소 위에 사선을 죽 그었다. 그리고 아래와 같이 타자로 찍어 넣었다.

납세자 귀하

렉싱턴가에 위치한 국세청 사무소의 우편 폭주로 인해 하기 주소로 납부 바랍니다.

뉴욕, 뉴욕시 22
이스트 51번가 187
국세청 세무 조정국
담당자 조지 맥알핀

감사합니다.

랠프 F. 피셔
국세청 세무 조정국장

톰은 뭐라고 썼는지 알아볼 수 없게 대강 서명했다. 갑자기 밥이 들어올지도 모르니, 남은 용지부터 치워 놓고 수화기를 들었다. 레딩턴 씨에게 사전 통보를 해 주기로 했다. 전화번호부에서 번호를 찾아 전화를 걸었다. 레딩턴 씨가 집에 있었다. 톰은 상황을 간략하게 설명한 다음, 레딩턴 씨가 세무 조정국에서 보낸 통보서를 여태 받지 못했다는 사실에 놀라움을 표했다.

"벌써 며칠 전에는 받으셨어야 했는데요. 내일은 분명 받으실 겁니다. 저희가 워낙 쪼이다 보니……." 톰이 말했다.

"그런데 저는 다 냈다니까요." 수화기 너머로 놀란 목소리가 들렸다. "다 냈는데……."

"원천 징수를 하지 않는 프리랜서 수입의 경우, 이런 일이 있을 수 있습니다. 저희가 선생님 수입을 면밀히 검토했기에, 착오는 있을 수가 없습니다. 저희도 선생님께 일을 맡긴 사무실이나 업주에 유치권을 걸고 싶지 않습니다." 톰이 이쯤에서 씩 웃었다. 친근한 웃음소리는 대개 놀라운 힘을 발휘했다. "48시간 이내에 납부하지 않으실 경우, 저희가 유치권을 행사할 수밖에 없습니다. 여태 통지서를 못 받으셨다니 유감이네요. 말씀드렸다시피, 저희가 요즘……."

"제가 찾아가면 상담해 주실 분이 계신가요?" 레딩턴 씨가 짜증 섞인 목소리로 물었다. "이렇게나 세금이 많이 나오다니요!"

"당연히 있죠." 톰은 늘 이 지점에서 구수한 목소리로 바꾸었다. 60대의 자상한 영감의 말투로 설명했다. 레딩턴 씨가 찾아온다면 최대한 참고 들어 주겠지만, 한 푼도 깎아 주지 않고 레딩턴 씨가 얼마나

내야 하는지 쉬지 않고 떠들며 설명해 줄 사람 같았다. "미국 국세청을 대표해서 일하는 조지 맥알핀입니다, 선생님. 저하고 말씀하시면 됩니다." 톰은 느릿느릿 말꼬리를 끌었다. "찾아오셔도 이 금액이 맞습니다. 전 지금 선생님의 시간을 아껴 드리고 싶은 생각뿐입니다. 정 오시고 싶으면 오셔도 됩니다만, 제가 지금 자료를 다 갖고 있거든요."

묵묵부답. 레딩턴 씨는 자료에 대해서는 일절 묻지 않을 것이다. 뭐부터 물어야 할지 모르기 때문이다. 레딩턴 씨가 처음부터 끝까지 설명해 달라고 하면, 톰은 순수익 대 미수 수익, 미납액 대 산출 금액, 원래 냈어야 할 세금 신고서에 적힌 금액을 납부할 때까지 미납 세액에 연 6퍼센트의 이자가 가산된다는 얘기를 줄줄 읊으면서 도중에 세울 수 없는 셔먼 탱크처럼 느긋하게 설명을 밀어붙이면 그만이었다. 여기까지 듣고도 직접 찾아오겠다고 우기는 사람은 지금껏 아무도 없었다. 레딩턴 씨도 한 발짝 뒤로 물러났다. 톰은 침묵 속에서도 느낄 수 있었다.

"알겠습니다." 레딩턴 씨가 포기한 듯한 목소리로 말했다. "내일 통지서 오면 읽어 보겠습니다."

"그러시죠." 톰은 전화를 끊었다.

톰은 낄낄거리며 잠시 앉아서 얄팍한 손바닥을 맞붙여 무릎 사이에 끼웠다. 그러더니 벌떡 일어나 밥의 타자기를 치운 다음, 거울 앞에서 연갈색 머리칼을 깔끔하게 빗어 넘기고 라디오 시티로 향했다.

3

"어서 와요, 톰!" 그린리프 씨가 고급 마티니와 진수성찬을 준비했다면서 너무 피곤해 집에 가기 힘들면 자고 가도 된다고 했다. "여보, 이쪽은 톰 리플리 씨."

"만나서 반가워요!" 부인이 따뜻하게 맞이해 주었다.

"안녕하십니까, 그린리프 부인."

부인은 톰이 예상했던 모습과 거의 일치했다. 금발에 키가 크고 날씬한 외모에 정중함이 넘쳐흐르자, 그 역시 예의를 차릴 수밖에 없었다. 순수하고 선하게 세상을 바라보는 부인의 모습이 남편과 닮았다. 그린리프 씨가 거실로 안내했다. 그래, 예전에 디키하고 여길 왔었지.

"보험 회사에 다니신대." 그린리프 씨가 설명했다. 그린리프 씨가 벌써 한잔 걸친 게 아니라면, 오늘 밤 너무 긴장한 것 같았다. 사실 지난밤에 톰이 광고 회사에 다닌다고 말했기 때문이었다.

"재미있는 일은 아닙니다." 톰은 그린리프 부인에게 겸손하게 대답했다.

가정부가 마티니와 카나페가 담긴 쟁반을 들고 거실로 나왔다.

"리플리 씨가 예전에 우리 집에 왔었대. 리처드하고 같이." 그린리프 씨가 말했다.

"어머, 그래요? 우리가 초면이 아니라니 놀랍군요." 그린리프 부인이 미소를 지었다. "고향이 뉴욕이에요?"

"아닙니다. 보스턴입니다." 톰이 대답했다. 이건 사실이었다.

30분이 지났다. 톰은 지금이 식사하기에 딱 좋은 타이밍 같았다. 그린리프 부부가 톰에게 마티니를 더 마시라고 연신 권했기 때문이다. 세 사람이 거실에서 나와 식당으로 향했다. 세 사람을 위한 식사가 차려져 있었다. 양초와 큼직한 감색 냅킨으로 장식한 식탁 위에 차게 식힌 닭 요리가 올라가 있었다. 일단 레물라드 소스가 발린 셀러리로 시작했다. 톰은 자기가 굉장히 좋아하는 요리라고 얘기했다.

"우리 리처드도 좋아하는데!" 그린리프 부인이 말했다. "저희 집 방식으로 만든 걸 참 좋아했어요. 리처드한테 이걸 못 먹인다니 속상하네요."

"제가 양말에라도 넣어 갈까요?" 톰이 웃으며 묻자, 그린리프 부인도 따라 웃었다. 부인은 브룩스 브라더스 검정 모직 양말을 리처드에게 갖다줬으면 좋겠다고 했다. 리처드가 꼭 이 양말만 신었다는 것이다.

대화는 따분했지만, 저녁 식사는 근사했다. 그린리프 부인이 묻자, 톰은 '로텐버그 플레밍 앤드 바터'라는 광고 회사에 다닌다고 했다. 그런데 두 번째로 언급할 때엔 '레딩턴 플레밍 앤드 바터'라고 일부러 틀리게 말했다. 그랬는데도 그린리프 씨는 회사명이 틀렸다는 걸 눈치채지 못했다. 톰은 저녁을 먹고 그린리프 씨와 단둘이 거실에 있을 때도 회사 이름을 또다시 틀리게 발음했다.

"학교는 보스턴에서 나왔나요?"

"아닙니다. 프린스턴대에 잠깐 다니다가 덴버에 계시는 이모님 댁으로 옮기면서 졸업도 그쪽에서 했습니다." 톰은 그린리프 씨가 프린스턴대에 대해 이것저것 물어 주기를 기다렸지만, 그린리프 씨는 묻지 않았다. 유서 깊은 수업 방식이라든가, 교내 금지 사항, 주말 댄스파티 분위기, 학생회의 정치적 성향 등등 톰은 무슨 주제로든 토론할 수 있었다. 작년 여름, 톰은 프린스턴대에 다니는 3학년 학생과 친하게 지냈었다. 프린스턴 얘기밖에 하지 않던 학생이었다. 톰은 더 얘기해 달라며 그를 툭하면 부추겼는데, 그때 들은 정보를 써먹을 때가 오리라는 걸 내다본 듯싶었다. 톰은 보스턴에 살 때는 도티 이모 집에서 자랐다고 그린리프 부부에게 말했다. 그런데 사실은, 톰이 열여섯 살 때 도티 이모가 그를 덴버로 보내는 바람에, 톰은 덴버에서 고등학교까지만 졸업했다. 덴버에 사는 비어 이모 집에 돈 미젤이라는 청년이 세 들어 살았는데, 돈이 콜로라도대에 다녀서 그런지 톰도 그 학교를 졸업한 것만 같았다.

"전공이 뭐였죠?" 그린리프 씨가 물었다.

"회계학하고 영문학을 공부했습니다." 톰은 웃으면서 대답했는데, 이렇게 따분한 전공을 대야 아무도 더는 캐묻지 않는다는 걸 알았다.

그린리프 부인이 사진첩을 들고 왔다. 톰이 소파에 나란히 앉자, 부인이 사진첩을 한 장씩 넘겼다. 걸음마를 시작하는 리처드, 사진첩 한쪽 면을 꽉 채운 컬러 사진 속에서 곱슬곱슬한 금발을 길게 기르고 명화 〈블루 보이〉*와 비슷한 옷을 입고 포즈를 취한 리처드. 따분하던 사진첩이 리처드가 열여섯 살이 되면서부터 재미있어졌다. 리처드는 다리가 길어지면서 키도 훤칠해지고 머리칼의 웨이브도 강해졌다. 얼굴은 열여섯 살부터 스물셋, 넷까지 거의 변하지 않았다. 사진은 거기에서 끊겼다. 톰은 리처드가 환하고 순진하게 웃는 미소가 여전하다는 사실에 깜짝 놀라면서도, 그가 그다지 똑똑한 편은 아니라는 걸 직감했다. 카메라 앞에 서는 걸 좋아해 입을 헤벌리고 웃어야 사진이 잘 나오는 줄 아는데, 그런 표정은 전혀 지적으로 보이지 않았다.

"최근에 찍은 사진들은 아직 정리를 안 했어요." 그린리프 부인이 말하면서 낱장으로 있는 사진 뭉치를 건넸다. "이게 다 유럽에서 찍은 거예요."

사진은 흥미로웠다. 파리의 카페나 해변에서 찍은 사진도 있었다. 디키가 찡그리고 찍은 사진도 몇 장 보였다.

"여기가 몽지벨로예요." 그린리프 부인이 디키가 해변으로 요트를 잡아끄는 사진을 가리키며 말했다. 뒤로 메마른 돌산이 솟아 있고 해안가를 따라 작고 흰 집들이 늘어서 있었다. "여기, 여자가 보이죠? 저 마을에 사는 유일한 미국인이래요."

"마지 셔우드." 그린리프 씨가 맞은편에 앉아서 몸을 앞으로 숙인

* 토머스 게인즈버러가 그린 초상화

채 열심히 사진 구경을 하다가 끼어들었다.

여자는 해변에 수영복을 입고 앉아 양팔로 무릎을 감싸 안고 있었다. 건강하고 꾸미지 않은 모습에 흐트러진 짧은 금발을 하고 있는 그녀가 명랑해 보였다. 반바지 차림의 리처드가 테라스 난간에 걸터앉은 사진도 있었다. 꽤 잘 나온 사진이었지만, 예전 그 미소가 아니었다. 유럽에서 찍은 사진 속 리처드는 훨씬 의젓해 보였다.

톰은 부인이 발밑 러그를 내려다보고 있다는 걸 깨닫자, 아까 식탁에서 한 말이 떠올랐다. 부인이 "차라리 유럽 얘기는 듣지 않았더라면 좋았을 것을" 하고 말하자 그린리프 씨가 걱정 어린 눈빛으로 아내를 바라보다가 톰을 보며 쓴웃음을 지었다. 전에도 부인이 이렇게 울컥했던 적이 여러 번 있었던 것 같았다. 이제 부인의 눈에 눈물이 고였다. 그린리프 씨가 일어나 부인에게 다가갔다.

"부인. 디키가 돌아올 수 있도록 제가 최선을 다하겠습니다." 톰이 자상하게 말했다.

"고마워요, 톰. 이렇게 고마울 수가." 부인은 톰의 무릎 위에 올려진 손을 붙들었다.

"에밀리, 이제 잠자리에 들 시간이야." 그린리프 씨가 부인에게 몸을 숙이며 말했다.

그린리프 부인이 일어나자, 톰도 일어났다.

"떠나기 전에 한 번 더 만났으면 좋겠어요, 톰. 리처드가 없으니 이 집에 젊은 사람이 올 일이 있어야죠. 다들 그립네요."

"물론이죠, 다시 오겠습니다."

그린리프 씨가 부인을 데리고 거실을 나갔다. 톰은 양옆에 두 팔을 늘어뜨리고 고개를 든 채 그대로 서 있었다. 벽에 걸린 커다란 거울 속 자신과 마주했다. 이번에도 자존감을 가진 청년이 반듯하게 서 있는 것처럼 보이자, 후다닥 시선을 돌렸다. 톰은 옳은 일을 하고 있으며 행실도 제대로였다. 그런데도 죄책감이 들었다. 그린리프 부인에게 조금 전 '최선을 다하겠습니다'라고 한 말은 진심이었다. 누구든 속이려고 그런 게 아니었다.

스멀스멀 진땀이 나는 걸 눈치챈 톰은 긴장을 풀려고 했다. 뭘 그리 걱정해? 오늘 밤은 기분이 썩 좋았잖아! 도티 이모 얘기를 했을 때는…….

톰은 몸을 바로 세우고 거실로 들어오는 문을 쳐다보았다. 문은 여전히 닫혀 있었다. 오늘 밤 유일하게 거북하고 어색한 순간이었다.

거짓말할 때 드는 거북하고 어색한 느낌과 비슷했다. 그래도 그가 한 말 중에 진실이 딱 하나 있긴 있었다. "어렸을 때 부모님이 돌아가셨습니다. 그래서 보스턴에 계시는 이모가 키워 주셨죠."

그린리프 씨가 거실로 돌아오는데, 활기차고 풍채가 더 좋아진 것 같았다. 톰은 눈을 껌뻑였다. 순간 두려워졌다. 공격당하기 전에 먼저 공격하고픈 충동이 일었다.

"브랜디로 마셔 볼까요?" 그린리프 씨가 벽난로 옆에 놓인 장식장 문을 열면서 말했다.

영화의 한 장면 같았다. 잠시 후 톰의 귀에 그린리프 씨 아니, 다른 누군가의 목소리가 들리는 듯했다. '오케이, 컷!' 그러면 다시 긴장이 풀리면서 진토닉 잔을 앞에 놓고 라울이나 그린 케이지에 앉아 있는 장면으로 돌아갈 것만 같았다.

"이제 더는 마실 생각이 없는 건가요?" 그린리프 씨가 물었다. "마시기 싫으면 안 마셔도 됩니다."

톰이 두루뭉술하게 고개를 끄덕이자, 그린리프 씨는 잠시 당황한 기색을 보이다가 브랜디를 두 잔 따랐다.

서늘한 공포가 온몸을 뒤덮었다. 톰은 지난주 어느 약국에서 있었던 일이 떠올랐다. 다 지난 일이라 조금도 두렵지 않다고 스스로 다독이자, 그제야 두려움이 사라졌다. 2번가에는 약국이 한 군데 있었다. 톰은 소득세와 관련하여 다시 전화로 문의하겠다고 한 사람들에게 약국에 있는 공중전화 번호를 알려 주었다. 약국 공중전화 번호를 세무조정국 번호라고 알려 주면서, 매주 수요일과 금요일 오후 3시 반에서 4시 사이에만 통화가 가능하다고 했다. 톰은 그 시간이면 약국 공중전화 부스 주위를 서성이면서 전화벨이 울리기를 기다렸다. 그가 또다시 나타나자, 약사가 미심쩍은 눈초리를 보냈다. 톰은 여자 친구의 전화를 기다리는 중이라고 둘러댔다. 지난 금요일, 톰이 전화를 받자 남자의 목소리가 들렸다. "당신, 우리가 무슨 말 하는지 알지? 당신이 어디 사는지 다 알아. 우리가 당신 집으로 찾아가는 꼴을 보고 싶으면…… 우리한테 무슨 짓이라도 했다간, 우리도 당신한테 똑같이 해 줄 거야." 완강하나 뭔가 돌려서 말하는 듯한 음성이었다. 사기 치는 목소리 같아서, 톰은 아무 말도 할 수 없었다. 목소리가 다시 들렸다. "잘 들어, 우리가 그쪽으로 찾아갈 거야. 너희 집으로!"

톰이 전화 부스에서 나오는데, 두 다리가 후들거렸다. 약사가 휘둥그레진 눈으로 톰을 주시했다. 공포에 질린 표정이었다. 약사와 이야기를 나누자마자, 모든 게 설명되었다. 약사는 마약을 팔았는데, 톰이 증거를 잡으러 온 형사인 줄 알고 겁먹은 것이다. 톰은 웃음을 터뜨렸다. 비틀거리며 약국을 걸어 나오면서 배꼽을 잡고 웃었다. 지레 겁을 먹어서 그때까지도 두 다리가 휘청거렸기 때문이다.

"유럽에 가는 생각을 하는 겁니까?" 그린리프 씨의 목소리가 들렸다.

톰은 그린리프 씨가 내민 잔을 받아 들었다. "아, 네."

"여행 잘 다녀와요, 톰. 리처드한테 얘기도 잘 해 주고요. 그건 그렇고, 아내가 당신이 참 마음에 든대요. 당신이 마음에 드냐는 말을 내가 먼저 물어볼 필요도 없었다니까요." 그린리프 씨가 양쪽 손바닥 사이에 브랜디 잔을 끼우고 빙빙 돌렸다. "아내가 백혈병이에요, 톰."

"이런. 심각하신 건 아니죠?"

"많이 아파요. 1년을 못 넘길지도 몰라요."

"세상에나."

그린리프 씨가 주머니에서 종이 한 장을 꺼냈다. "내가 선박 노선을 적어 왔는데, 보통 셰르부르*로 가는 항로가 최단 거리이자 제일 좋아 보이더군요. 그곳에 도착하면 임항선을 타고 파리까지 간 다음, 침대 열차로 갈아타고 알프스산맥을 거쳐 로마를 지나 나폴리로 내려가면 될 겁니다."

"근사해요." 톰이 흥미 있어 할 얘기가 시작되었다.

"나폴리에서 리처드가 사는 동네까지는 버스를 타야 합니다. 내가 리처드한테 편지로 얘기해 놓겠습니다. 특사로 당신을 보낸다는 말은 하지 않겠지만요." 그린리프 씨가 웃으며 말을 이었다. "우리가 만났다는 말은 할 겁니다. 리처드가 재워 주겠지만, 무슨 연유로 재워 주지 못해도 시내에 호텔은 많아요. 리처드하고는 말이 잘 통할 겁니다. 그리고 이제 돈 얘기를 해야겠네요……." 그린리프 씨가 아버지 같은 미소를 지었다. "왕복 티켓에 여행자 수표로 6백 달러를 드릴 생각인데, 이 정도면 되겠습니까? 6백 달러로 두 달가량 써야 하는데, 혹시 더 필요하면 전보를 쳐요. 보아하니 돈을 생각 없이 쓸 사람 같아 보이진 않습니다만."

"그 정도면 충분할 거예요."

브랜디를 마시다 보니 그린리프 씨는 얼큰하게 취해서 나긋나긋해졌지만, 톰은 점점 더 말수가 없어지고 씁쓸한 기분이 들었다. 톰

* 프랑스 서북부에 위치한 도시

은 이 집에서 나가고 싶었다. 그러면서도 여전히 유럽에는 가고 싶었다. 그린리프 씨에게 인정받고 싶었다. 소파에 앉아 있는 시간이 간밤에 술집에서 지루했던 시간보다 훨씬 괴로웠다. 지금은 지루함이 속도를 달리하는 현상이 일어나지 않았기 때문이다. 톰은 몇 번이나 술잔을 들고 일어나 벽난로까지 갔다가 돌아왔다. 거울 속에는 입꼬리가 축 처진 얼굴이 보였다.

그린리프 씨가 열 살인 리처드를 데리고 파리에 갔던 얘기를 신나게 떠들었지만, 따분하기 그지없었다. 톰은 상상했다. 앞으로 열흘 안에 경찰하고 무슨 문제라도 생기면 그린리프 씨가 받아 줄지도 모른다. 아파트를 일찌감치 세를 놓았다고 둘러대면 이 집에서 숨어 지낼 수 있을 것이다. 톰은 끔찍한 기분이 들었고, 실제로도 몸이 아파 왔다.

"그린리프 씨, 이제 그만 가 보겠습니다."

"지금요? 이런, 보여 주고 싶은 게 있었는데…… 신경 쓰지 말아요. 다음에 합시다."

톰은 '그게 뭐였는데요?'라고 물어본 다음 그린리프 씨가 뭘 보여 주든 꾹 참고 봐야 한다는 것을 알고 있었다. 그런데 그럴 수가 없었다.

"조선소를 보여 주려고 했었죠." 그린리프 씨가 들뜬 목소리로 말했다. "언제 잠깐 나올 수 있나요? 점심시간이면 충분할 것 같은데. 리처드한테 요즘 우리 회사 조선소가 어떤지 말해 줬으면 해서요."

"네, 점심때 잠깐 나올 수 있습니다."

"그럼 언제든 전화해요. 내 명함에 집 전화번호가 있어요. 30분 전에만 연락을 주면, 회사로 차를 보내 드리겠습니다. 같이 걸으며 샌드위치나 먹죠. 그리고 다시 차로 태워다 드리죠."

"전화드리겠습니다." 톰은 대답했다. 어두컴컴한 조명이 켜진 현관에 1분이라도 더 있다간 기절할 것만 같았다. 그런데 그린리프 씨가 다시 껄껄거리더니 헨리 제임스가 쓴 어떤 책을 읽어 봤냐고 물었다.

"죄송합니다만, 그 책은 못 읽어 봤습니다."

"뭐, 상관없어요." 그린리프 씨가 미소를 지었다.

두 사람은 악수했다. 그린리프 씨가 손을 한참이나 꽉 쥐는 바람에 톰은 숨이 막힐 것 같았다. 이제야 끝났다. 엘리베이터를 타고 내려가면서 보니, 톰이 고통스럽고 두려운 표정을 여태 짓고 있었다. 기운이 쭉 빠져서 엘리베이터 구석에 몸을 기댔지만, 로비로 내려가자마자 밖으로 뛰쳐나가 집까지 내달릴 거라는 걸 알고 있었다.

4

날이 갈수록 뉴욕의 분위기가 점차 묘해졌다. 뉴욕에서 뭔가 빠져나간 것 같았다. 뉴욕의 정수나 알맹이는 다 사라지고, 이 도시가 거대한 쇼를 하는 것 같았다. 차도를 오가는 버스와 택시, 인도를 바삐 걷는 사람들, 3번가에 있는 술집마다 켜 놓은 TV 쇼, 대낮에도 번쩍거리며 영화 상영을 알리는 네온사인. 수천 대의 자동차가 울리는 경적이 배경음으로 깔리고 실없이 떠드는 사람들의 말소리가 들렸다. 토요일, 그가 탄 배가 부두를 떠나는 순간, 무대 위에 골판지로 지어진 세트처럼 뉴욕이란 도시 전체가 폭삭 주저앉을 것만 같았다.

아니면 두려운 마음에 그리 보였을지도 모르겠다. 톰은 물이 무서웠다. 배를 탄 적은 딱 한 번뿐이었다. 뉴욕을 떠나 뉴올리언스까지 갔다가 돌아오는 배를 타 본 게 전부였다. 당시에 그는 갑판 밑에서 바나나 보트 일을 하느라 자기가 배에 탔다는 사실을 거의 인지하지 못했었다. 갑판 위로 올라가서 난생처음 바다를 보는 순간, 겁이 나서 속이 울렁거리는 바람에 아래로 황급히 내려갔었다. 남들과는 달리, 톰은 갑판 밑에 있어야 속이 한결 편안했다. 그의 부모는 보스턴 항구에서 익사했는데, 그가 이러는 게 그때 그 사고와 관계있는 것 같았다. 물은 톰의 기억 속에 늘 두려운 존재로 남아 있었다. 수영하는 법을 배운 적이 없어서 그런지, 헛헛하고 메슥거리는 느낌이 창자 저 밑바닥에서 꿈틀거렸다. 수심이 수십 킬로가 넘는 심해 위를 항해할 날이 고작 일주일도 남지 않았다. 보나 마나 그는 배에서 바다를 쳐다보며 대부분 시간을 보내야 할 것이다. 먼바다를 오가는 정기선에 몸을 실은 사람들은 대개 갑판 위에서 시간을 보내기 때문이었다. 뱃멀미라도 했다간 유난히 촌스러워 보일 것이다. 톰은 한 번도 뱃멀미를 한 적이 없는데도, 배를 타고 프랑스 셰르부르까지 간다고 생각만 해도 지난 며칠간 뱃멀미와 흡사한 증상이 여러 번 도지곤 했다.

톰은 밥 들랜시에게 일주일 후에 이사 나가겠다는 말만 하고, 어디로 간다는 얘기는 하지 않았다. 이러나저러나, 밥은 별로 관심이 없어 보였다. 두 사람은 51번가에 있는 밥의 아파트에서 거의 마주칠 일이 없었다. 톰은 45번가에 있는 마크 프리밍어의 집으로 향했다. 아직도 그 집 열쇠를 갖고 있었는데, 두고 온 물건을 챙겨 올 참이었다. 톰은 마크가 집을 비웠을 법한 시간에 들렀는데도, 하필이면 때마침 마크가 새 동거인인 조엘과 같이 집으로 들어왔다. 조엘은 출판사에서 일하는 볼품없는 청년이었다. 마크는 옆에 조엘에게 잘 보이려고 그랬는지 "하고 싶은 거 다 해"라면서 매너 있게 말했다. 아마 조엘이 없었더라면, 포르투갈 뱃사람도 하지 않을 욕지거리를 퍼부었을 것이다. 마크(게다가 그의 성은 전쟁의 신 마르스와 비슷한 마르셀러스였다)는 생긴 건 거지 같은데 돈을 굴려 투자 수익을 내는 재주가 있었다. 그래서 일시적으로 경제적 어려움에 처한 젊은 청년들에게 침실 세 개를 갖춘 자신의 이층집을 내어 주는 일을 취미 삼아 하고 있었다. 마크는 자기가 무슨 신이라도 되는 양 집에서 해야 할 일과 해서는 안 되는 일을 늘어놓고 인생과 일에 관해 조언을 해 주었는데, 대부분 썩어 빠진 것들이었다. 톰은 그 집에서 석 달을 살았다. 그중 절반은 마크가 플로리다에 가 있는 바람에 톰이 거의 혼자 살다시피 했었다. 그런데 마크가 돌아오더니 유리그릇을 깨 먹었다며 생난리를 쳤고, 또다시 자기가 무슨 신인 척 행세하며 엄한 아버지처럼 굴었다. 톰은 화가 날 대로 나서 그 집에서 나갈 요량으로 맞받아쳤다. 마크는 깨진 그릇 값으로 62달러를 기어이 받아 내더니 톰을 냉큼 쫓아냈다. 나이만 처먹은 수전노 같은 놈! 여학교 교장실에서 일하는 늙다리처녀나 되지 그랬어. 톰은 마크 프리밍어를 만난 걸 몹시 후회했다. 마크의 아둔하고 돼지 같은 눈매와 넓적한 턱선, 조잡한 반지를 낀 채 남들에게 온갖 잡일을 시키느라 허공을 가르던 추레한 손을 빨리 잊으면 잊을수록 더 행복해지리라 믿었다.

톰에겐 유럽 여행을 간다고 말하고 싶은 친구가 딱 한 명 있었다. 클레오였다. 톰은 떠나기 전 목요일에 클레오를 만나러 갔다. 클레오 도벨은 검은 머리를 가진 늘씬한 여성이었다. 보기에 따라 스물셋에서 서른까지 나이를 가늠할 수 없는 외모라, 톰은 클레오의 정확한 나이를 알지 못했다. 클레오는 그레이시스퀘어에 있는 부모님 집에 살면서 작게 그림을 그렸다. 작은 정도가 아니라 코딱지만 한 누런 종잇조각에 그림을 그렸는데, 크기가 우표만 해서 확대경을 들고 들여다봐야 했다. 클레오는 그림을 그릴 때도 확대경을 들고는 "내 그림을 몽땅 시가 박스에 넣고 다닐 수 있으니 얼마나 간편해! 화가들이 그림을 보관하려면 방 한 칸으로는 어림도 없잖아!" 하고 말했다. 그녀는 부모가 사는 아파트 안쪽에 있는 욕실과 주방이 딸린 방에서 살았다. 방은 항상 어두침침했다. 아파트 건물 뒤편에 있는 좁은 공터에서 마구 자란 가죽나무가 이 방에 있는 유일한 창문을 막고 있는 바람에, 클레오는 늘 불을 켜고 살았다. 조명도 그다지 밝지 않아서 시도 때도 없이 야밤 같은 분위기를 풍겼다. 톰과 처음 만났던 밤만 빼고, 클레오는 늘 몸에 딱 달라붙는 알록달록한 벨벳 바지와 화사한 줄무늬의 실크 셔츠만 입고 다녔다. 처음 만났을 때부터 두 사람은 서로에게 끌렸다. 클레오가 톰에게 다음 날 자기 집에서 저녁을 먹자고 했다. 클레오는 번번이 톰을 집으로 초대했지만, 톰은 저녁 식사를 하거나 영화를 보자며 클레오를 데리고 나간 적이 한 번도 없었고, 젊은 남자가 젊은 여자에게 할 법한 뻔한 짓도 일절 하지 않았다. 클레오는 식사하거나 칵테일을 먹으러 오는 톰이 꽃이며 책이며 사탕을 가져오리라고는 기대조차 하지 않았다. 그럼에도 톰은 이따금 소소한 선물을 들고 갔다. 클레오가 좋아했기 때문이다. 톰은 다른 사람은 몰라도 클레오에게만은 그가 유럽에 가는 이유를 말할 수 있을 것 같았다. 그래서 얘기했다.

톰이 예상했던 대로 클레오가 흥분했다. 시무룩하고 창백한 표정을 짓고 있던 그녀가 붉은 입술을 달싹이며 벨벳 바지를 입은 허벅지를 두 손으로 내리치더니 소리쳤다. "톰! 너무너무 근사해! 셰익스피어 작품 속에 나오는 얘기 같아!"

톰도 그렇게 생각했다. 누군가에게 털어놓고 싶었다.

클레오가 저녁 내내 옆에서 호들갑을 떨었다. 이거는 챙겼느냐, 저거는 넣었느냐, 유럽은 가을부터 우기가 시작되니 휴지며 감기약이며 모직 양말까지 챙겨라, 예방 주사도 꼭 맞아라, 하며 조잘거렸다. 톰은 준비를 단단히 했다고 대답했다.

"배웅 나오지 마, 클레오. 누가 배웅하는 거 싫어."

"배웅은 무슨 배웅!" 클레오가 다 알아들었다는 듯이 대답했다. "톰, 정말 좋겠다! 디키하고 뭘 하는지 빠짐없이 편지에 써 줄 거지? 유럽에 볼일 보러 가는 사람은 내 주변에 네가 처음이야!"

그는 롱아일랜드에 있는 그린리프 씨가 운영하는 조선소에 갔던 얘기를 클레오에게 해 주었다. 끝도 없이 늘어선 기계가 번쩍이는 부품을 찍어 내고 목재를 다듬어 광을 냈다는 둥 드라이 독에서 각종 크기의 배 골조를 만들었다는 둥 설명해 주었다. 톰이 그린리프 씨가 썼던 전문 용어—코밍*, 인웨일**, 킬슨***, 차인**** 등등—를 고스란히 옮기자, 클레오가 감탄했다. 그린리프 씨가 두 번째로 집으로 초대해

* 물이 들어오지 않게 배 갑판 주위에 높게 두른 테두리
** 갑판이 없는 보트의 내부재를 보강하기 위한 가느다란 판자
*** 선박 구조에서 안쪽 용골 바로 위쪽에 이물에서 고물까지 용골을 따라 이어진 재목
**** 배의 측면과 바닥 부분이 만나서 이루는 선

저녁을 먹고 온 이야기도 해 주었다. 그린리프 씨에게 선물받은 손목시계도 보여 주었다. 아주 비싼 건 아니지만, 그래도 썩 괜찮은 시계였다. 톰이 골랐을 법한 스타일이었다. 깔끔한 흰색 시계 판에 검은 숫자가 가늘게 찍혀 있었고, 금장 테두리에 줄은 악어가죽이었다.

"며칠 전에 내가 손목시계가 없다는 말을 무심코 했거든." 톰이 말했다. "그린리프 씨가 날 친아들처럼 여기셔." 이런 얘기를 털어놓아도 되는 지인은 이번에도 클레오뿐이었다.

클레오가 한숨을 내쉬었다. "세상에, 무슨 운이 이리도 좋아! 이런 행운은 여자에게는 찾아오지 않는다니까. 남자들은 정말이지 자유로워서 좋겠네!"

톰은 웃었다. 오히려 그 반대라고 생각했다. "양갈비 타는 거 아냐?"

클레오가 비명을 지르며 벌떡 일어났다.

저녁을 먹은 다음, 클레오가 최근에 그린 그림 대여섯 점을 보여 주었다. 그중 두 점은 두 사람이 아는 청년을 로맨틱하게 그린 초상화였다. 청년은 흰 셔츠를 입고 맨 위 단추를 끄르고 있었다. 정글 같아 보이는 대지를 상상해서 그린 풍경화도 세 점 있었다. 클레오가 창밖에 있는 가죽나무 사이로 내다본 풍경에서 영감을 받은 그림이었다. 그림 속 새끼 원숭이의 털이 진짜 같아서 소름이 돋을 정도였다. 클레오는 온갖 붓을 갖추고 있었는데, 그중에는 세필도 있었다. 이런저런 붓만 있으면 거친 털부터 아주 미세한 털까지 모두 표현할 수 있었다. 두 사람은 그녀의 부모가 술을 넣어 두는 선반에서 꺼내 온 메독 와인 두 병을 마셨다. 톰은 눈이 감길 지경이어서 바닥에 누운 채 그대로 잠이 들 뻔했다. 두 사람은 벽난로 앞에 깔아 둔 두 장의 큼직한 곰 가죽 위에 나란히 누워 잠이 든 적도 여러 번 있었지만, 놀랍게도 클레오는 톰이 수작을 걸어 주기를 바라진 않았다. 톰은 자정을 15분 앞두고 집에 가려고 자리에서 일어났다.

"다시는 못 보겠네?" 클레오가 문 앞에 서서 맥 빠진 목소리로 물었다.

"6주 있으면 돌아올 텐데 뭐." 톰은 말은 이렇게 했지만 돌아오지 않을 생각이었다. 그리고 몸을 숙여 그녀의 뽀얀 뺨에 오빠처럼 불쑥 입맞춤했다. "보고 싶을 거야, 클레오."

그녀가 톰의 한쪽 어깨를 꽉 붙들었다. 톰이 기억하기론, 두 사람의 유일한 신체 접촉이었다. "나도."

다음 날, 톰은 그린리프 부인이 부탁한 대로 브룩스 브라더스에 가서 검정 모직 양말 열두 켤레와 목욕 가운을 샀다. 그린리프 부인은 목욕 가운의 색상은 지정해 주지 않고, 톰에게 알아서 사라고 했다. 톰은 벨트하고 깃만 남색인 자주색 플란넬 목욕 가운으로 골랐다. 거기에 있는 것 중 가장 좋아 보이진 않아도 리처드가 직접 골랐을 법한 가운이라 마음에 들어 할 것 같았다. 톰은 양말과 목욕 가운을 산 다음, 그린리프 부부 앞으로 외상을 달았다. 나무 단추가 달린 톡톡한 리넨 스포츠 셔츠가 눈에 쏙 들어왔다. 이 셔츠도 부부 앞으로 슬쩍 달아 놓으면 그만이었지만, 톰은 자기 돈으로 샀다.

5

배를 타고 떠나는 날 아침, 톰이 떨리는 가슴으로 고대하던 아침은 출발부터 찝찝했다. 톰은 승무원을 따라 선실로 향하며 밥에게 배웅 나오지 말라고 단호히 말해 둔 게 효과가 있었다며 자축했다. 그런데 선실로 들어서는 순간, 등골이 서늘해지는 함성이 터졌다.

"샴페인은 대체 어디에 있어, 톰? 기다렸다고!"

"에이, 여기 구린데? 좀 괜찮은 방으로 달라고 하지!"

"톰, 나도 데려가!" 에드 마틴의 여자 친구가 말하자 톰은 차마 쳐다볼 수가 없었다.

다들 객실에 모여 있었다. 밥의 시답잖은 친구들이 대부분이었다. 침대에서 바닥까지 여기저기 점령하고 있었다. 톰이 유람선을 타고 떠난다는 소식을 들었다고 해도, 밥이 이런 짓까지 할 줄은 꿈에도 몰랐다. 톰은 화를 꾹꾹 누르며 쌀쌀맞지 않은 말투로 얘기하려고 노력했다. "샴페인은 무슨." 톰은 애써 웃는 얼굴로 모두에게 인사하려 했지만, 아이처럼 눈물이 터질 것만 같았다. 톰은 인상을 쓰며 윽박지르는 표정으로 밥을 쳐다보았다. 그런데 밥은 이미 뭔가에 취한 상태였다. 톰은 자기변명하듯 생각에 잠겼다. 날 짜증나게 하는 일은 거의 없지만, 이렇게 불시에 들이닥쳐 시끄럽게 구는 건 도저히 참을 수 없어. 건널 판자를 건너 배에 오르면서 천한 것들, 속물들, 게으름뱅이들과는 두 번 다시 볼 일 없다고 생각했는데, 이런 놈들이 내가 앞으로 닷새간 지내야 할 객실을 어지럽히다니!

톰은 폴 허바드에게 다가갔다. 객실을 점령한 사람들 중 그나마 유일하게 점잖은 친구였다. 톰은 짤막한 붙박이 소파 옆으로 가서 앉았다. “안녕, 폴.” 톰이 나직이 인사를 건넸다. “미안하게 됐다.”

“그러게!” 폴이 비웃는 말투로 대답했다. “얼마나 가 있을 거야? 왜 그래, 톰? 어디 아파?”

끔찍했다. 시끄럽게 떠들며 웃는 소리는 그치지 않았고, 여자들은 침대에 눕거나 화장실을 구경했다. 그린리프 씨 부부가 배웅 나오지 않아서 천만다행이었다. 그린리프 씨는 뉴올리언스로 출장을 갔다. 톰이 오늘 아침에 작별 인사차 전화하니, 부인은 몸이 좋지 않아 항구까지 배웅 나올 수 없다고 했다.

밥인지 누구인지 모르겠지만 결국 누가 위스키를 꺼냈다. 화장실에 있던 유리컵 두 개를 가져와 다들 술을 나눠 마시기 시작했다. 승무원이 쟁반에 유리잔을 담아서 갖다주었다. 톰은 술을 마시지 않겠다고 했다. 비 오듯 땀이 줄줄 흐르자 더러워질까 봐 재킷을 벗었다. 밥이 옆으로 오더니 톰의 손에 술잔을 억지로 쥐여 주었다. 밥은 진지했는데, 톰은 밥이 왜 이러는지 알고 있었다. 톰이 한 달이나 밥의 집에서 신세졌다는 게 이유였다. 톰은 적어도 밝은 표정은 지어야 할지도 몰랐다. 그런데 화강암으로 만든 얼굴로 그럴 수 없는 것처럼 밝은 표정이 지어지지가 않았다. 톰은 생각했다. 이번 일로 모두에게 미움을 산다면, 난 뭘 잃게 될까?

“난 여기에 들어가 있을게, 톰.” 에드의 여자 친구가 유럽에 같이 가겠다며 작정하고 어딘가로 몸을 쑤셔 넣었다. 빗자루나 넣는 폭이 좁은 장에 그녀가 몸을 측면으로 밀어 넣었다.

“톰이 이 방에서 여자하고 같이 있는 거나 봤으면 좋겠네!” 에드 마틴이 낄낄거렸다.

톰은 에드를 노려보았다. “나가서 바람이나 쐬자.” 톰이 폴에게 조용히 말을 건넸다.

다들 얼마나 시끄럽게 구는지 둘이 나가는 줄도 몰랐다. 두 사람은 선미 근처에 있는 난간에 섰다. 구름 낀 날이었다. 오른편으로 펼쳐진 뉴욕시가 벌써부터 멀어진 회색 뭍처럼 보였다. 바다 한복판에서 바라보면 저렇게 보이려나. 객실을 점령한 망할 놈들만 없었더라면.

“그동안 어디서 숨어 지낸 거야?” 폴이 물었다. “네가 떠난다면서 에드가 전화했더라. 우리 얼굴 못 본 지 몇 주나 됐잖아.”

폴은 톰이 연합 뉴스에 다니는 줄로 아는 사람들 중 하나였다. 톰은 업무차 파견 나갔다 왔다고 그럴듯하게 이야기를 지어냈다. 중동에 다녀온 것처럼 묘하게 말을 얼버무렸다. “게다가 얼마 전까지 연달아

야근하느라 누굴 만나지도 못했어. 여기까지 와서 배웅해 주다니 진짜 의리 있네.”

“오늘 아침엔 수업이 없거든.” 폴이 입에서 파이프를 떼며 웃었다. “여하간 안 오진 않았을 거야. 뻔한 변명을 대고서라도 왔겠지!”

톰은 웃었다. 폴은 뉴욕에 있는 여학교에서 음악을 가르치는 일을 했지만, 혼자서 작곡하는 걸 더 좋아했다. 폴을 어쩌다 알게 됐는지는 기억나지 않았다. 어느 일요일, 리버사이드드라이브에 있는 폴의 아파트에 가서 다른 사람들과 같이 브런치를 먹었던 때가 기억났다. 그때 폴이 자기가 작곡한 곡을 피아노로 연주했는데, 톰은 듣자마자 그 곡에 빠져들었었다. “한 잔 사 줄까? 바가 있는지 찾아보자.” 톰이 말했다.

바로 그때, 승무원이 나타나서 징을 치며 외쳤다. “방문객들은 모두 하선하십시오. 방문객들은 모두 하선하세요!”

“나더러 내리라네.” 폴이 말했다.

두 사람은 악수하고 어깨를 토닥인 다음 서로 편지하자고 했다. 그리고 폴이 내렸다.

톰은 막판까지 버티고 있을 밥 일당을 쫓아내야 할 것 같았다. 그는 몸을 돌려 사다리처럼 생긴 좁다란 계단을 급히 올랐다. 계단 맨 위에는 ‘이등석 객실 승객 전용’이라는 표시가 사슬에 매달려 있었지만, 톰은 한쪽 다리를 들어서 사슬을 넘어간 다음 갑판으로 올라갔다. 일등석 객실 승객이 이등석 객실로 가는 걸 설마 막지는 않겠지. 톰은 밥 일당을 다시 마주해야 한다는 사실을 견딜 수가 없었다. 밥에게 반 달치 월세도 냈고 작별 선물로 괜찮은 셔츠에 타이까지 사 줬는데, 대체 뭘 더 바라는 걸까?

배가 움직이고 있었다. 그제야 톰은 자기 방으로 다시 내려가 조심스레 객실을 들여다보았다. 객실이 텅 비어 있었다. 파란 침대 커버가 다시금 깔끔히 정돈되어 있고, 재떨이도 비워져 있었다. 놈들이 왔다 간 흔적이 조금도 남아 있지 않았다. 톰은 긴장이 풀리자 웃음이 나왔다. 이런 게 서비스구나! 영국 뱃사람 정신을 보여 주는 커나드 라인의 유서 깊은 고급 서비스가 이런 거구나! 침대 옆 바닥에 큼직한 과일 바구니가 놓여 있었다. 톰은 작고 하얀 봉투를 움켜 쥐었다. 카드 안에는 이렇게 적혀 있었다.

즐거운 여행을 기원하며 축복이 함께하기를.
행복을 빕니다.

과일 바구니에는 높다란 손잡이가 달려 있었고, 노란 셀로판지가 전체를 감싸고 있었다. 바구니 안에는 사과며 배며 포도는 물론, 캔디바와 미니 술병 몇 개가 담겨 있었다. 톰은 무사 항해를 기원하는 바구니는 처음 받아 보았다. 엄청나게 비싼 가격표에 헛웃음이 나오던 화원 앞 쇼윈도에 전시된 꽃바구니와 다르지 않은 과일 바구니였다. 이제야 두 눈에 눈물이 차올랐다. 톰은 두 손에 얼굴을 급히 파묻고 흐느끼기 시작했다.

6

톰은 마음이 편안하고 느긋했지만, 사교와는 담을 쌓았다. 사색하는 시간을 갖고 싶어서 배에서는 그 누구와도 만나려 하지 않았다. 그래도 합석하는 사람들에겐 유쾌하게 웃으며 인사를 건넸다. 톰은 배에서 슬슬 연기를 시작했다. 중대한 일을 앞둔 진지한 청년이라는 역이었다. 경우 바르고 침착하고 교양 있으나, 뭔가에 몰두한 청년 역을 수행했다.

톰은 별안간 헌팅캡을 쓰고 싶은 마음에, 남성용 잡화점에 가서 하나 샀다. 보드라운 영국제 모직으로 만든 평범한 헌팅캡으로 푸른색과 회색이 섞여 있었다. 갑판 의자에 앉아 낮잠을 자고 싶을 때나 자는 척하고 싶을 때면 모자챙을 푹 눌러서 얼굴을 다 가렸다. 모자 중에 헌팅캡이 제일 쓸모 있는데, 이걸 쓸 생각을 미처 하지 못했다니 의아했다. 헌팅캡을 어떻게 쓰느냐에 따라 시골 신사 같아 보이기도 했고, 건달 같아 보이기도 했다. 영국인이나 프랑스인, 혹은 흔한 괴짜 미국인처럼 보이기도 했다. 톰은 객실에 걸린 거울 앞에 서서 감탄했다. 자기 얼굴이 이 세상에서 가장 밋밋하다고 생각했었다. 어딘지 모르게 순하게 생겨서 전혀 기억에 남지 않는 얼굴이자, 주눅 든 티를 절대로 벗지 못할 얼굴이라 생각했었다. 진정한 순응자의 얼굴인 줄 알았었다. 그런데 헌팅캡이 모든 걸 바꿔 놓았다. 헌팅캡을 쓰니 부촌인 그리니치 빌리지나 코네티컷 교외 출신으로 얼마 전 프린스턴대를 갓 졸업한 후 투자 수익을 올리는 청년이 된 것 같았다. 톰은 모자에 어울리는 파이프도 마련했다.

톰은 인생의 새 출발을 하고 있었다. 지난 3년간 그가 뉴욕에서 놀아 주고 어울려 준 이류 인간들이여 모두 안녕. 그는 외국에서 살다가 모든 걸 뒤로한 사람들의 마음을 이해할 수 있을 것 같았다. 친구들과 지인들과 이별하고 모든 과오를 두고 미국으로 가는 배에 올라탄 이민자들의 마음을 말이다. 처음부터 다시 시작하는 거야! 디키하고 무슨 일이 생기든 내가 처신만 똑바로 하면 그린리프 씨가 날 알아보고 인정해 줄 것이다. 그린리프 씨가 준 돈이 바닥나도 미국으로 돌아가지 않을 테다. 성격이 밝고 원만하며 영어가 가능한 직원을 필요로 하는 호텔 같은 곳에서 일자리를 구해 재미나게 일할 수 있을지도 모른다. 혹시 아나, 유럽의 어느 회사를 대표해 전 세계를 누비고 다닐지 모르는 일 아닌가. 아니면, 운전이 가능하고 숫자 계산에 능하며 노부인을 즐겁게 해 주고 아무개의 딸을 에스코트해 춤추러 갈 수 있는 나 같은 청년을 찾는 사람이 나타날지도 모른다. 난 재주가 많고, 이 세상은 넓다! 일단 일자리를 구하면 끝까지 버티겠어. 끈질기게 버티는 거야! 버티다 보면 좋은 날이 오겠지!

"헨리 제임스의 『대사들』 있나요?" 톰이 일등석 객실 도서관 담당자에게 물었다. 그 책이 선반에 보이지 않았다.

"죄송합니다만, 없습니다." 담당자가 대답했다.

톰은 실망했다. 그린리프 씨가 읽어 봤냐고 물어본 책이라서, 꼭 읽어 봐야 할 것 같았다. 이등석 객실 도서관으로 갔다. 톰은 선반에서 그 책을 발견하자 대출하려고 묵고 있는 객실 번호를 댔다. 그런데 담당자가 미안하다면서 일등석 승객은 이등석 도서관에서 책을 빌릴 수 없다고 했다. 톰이 우려하던 바였다. 그래서 그는 그 책을 얌전히 갖다 놓았지만, 사실 선반 앞에서 어물쩍거리다가 책을 재킷 안으로 쓱 밀어 넣는 것쯤은 일도 아니었을 것이다.

톰은 아침이면 갑판 위를 여러 번 돌았다. 아주 느리게 도는 바람에 그가 한 바퀴 돌 때 아침에 산책하며 담배를 피우는 사람들은 두 바퀴나 돌았다. 산책을 마친 후 갑판 의자에 앉아 수프를 먹으며 자신의 운명에 대해 고심했다. 점심을 먹고서는 객실에서 빈둥거리며 아무것도 하지 않고 홀로 편안함을 즐겼다. 가끔은 집필실에 앉아 여객선 상호가 찍힌 편지지에 마크 프리밍어나 클레오, 그린리프 부부에게 편지를 썼다. 그린리프 부부에게 보내는 편지에는 공손한 인사말로 서두를 연 다음, 편안한 객실을 마련해 주시고 무사 여행을 기원하는 과일 바구니까지 보내 주셔서 고맙다는 말을 덧붙였다. 그런데 톰은 훗날 써야 할 내용을 상상해서 쓰고 있는 자신을 발견하자 놀라고 말았다. 디키를 만나 몽지벨로 집에서 같이 지내고 있다는 둥, 디키의 귀국을 종용하는 일이 느리지만 잘 되어 가고 있다는 둥, 수영도 하고 낚시도 하고 카페에도 다닌다는 둥 이야기를 지어내고 있었다. 분위기에 휩쓸려 적다 보니 여덟에서 열 장이나 되었다. 그는 이렇게 쓴 편지는 단 한 통도 절대로 부치지 않으리라는 것을 알고 있었다. 그래서 디키가 마지(톰은 마지의 성격을 완벽히 분석해서 적었다)에게 이성적으로 관심이 있는 것도 아니고, 마지가 디키를 붙잡고 있는 것도 아닌데 그린리프 부인이 마지가 매달린다고 오해하시는 것 같다는 내용까지 적게 되었다. 마침내 책상이 온통 편지지로 뒤덮일 무렵, 저녁 식사 시간을 알리는 첫 번째 벨이 울렸다.

어느 날 오후에는 도티 이모에게 보낼 편지를 깍듯하게 적기도 했다.

도티 이모 (사실 톰은 편지에 이모라고 적는 경우는 드물었고, 이모 앞에서 이모라고 부르지도 않았다.)
편지지를 보면 아시겠지만, 저는 지금 공해를 지나고 있습니다. 뜻밖의 일을 제안받았는데요, 지금은 무슨 일인지 설명해 드릴 수 없네요. 갑자기 떠나는 바람에 보스턴에 들를 시간이 없었어요. 죄송해요. 몇 달, 어쩌면 몇 년은 있어야 귀국할 것 같아요. 걱정하지 마세요. 이제 더는 수표를 안 보내 주셔도 됩니다. 그동안 고마웠습니다. 한 달 전쯤 보내 주신 마지막 수표도 정말 감사했습니다. 그 후에 더 보내신 건 아니었으면 좋겠네요. 저는 몸 건강히 아주 잘 지내고 있습니다.

사랑을 담아
톰

톰은 이모의 안녕을 비는 말 따위는 일절 적지 않았다. 워낙 건강하신 분이기 때문이었다. 그리고 아래와 같이 덧붙였다.

추신: 지금으로선 어디서 살지 몰라서 주소를 알려 드릴 수 없네요.

톰은 편지를 쓰고 나니 기분이 더 좋아졌다. 이 편지를 끝으로 이모와 영영 연을 끊을 것이다. 주소를 알려 줘야 할 필요가 없어졌다. 이젠 헐뜯고 빈정거리는 편지도, 그와 아버지를 은근히 비교하는 편지도 더는 받을 일이 없다. 이모가 마침 공과금을 내고 남은 돈을 보냈는지 60달러 48센트라든가, 12달러 95센트처럼 끝이 딱 떨어지지 않은 푼돈이나 적어서 보낸 수표 따위는 받지 않아도 된다. 그동안 보내 준 금액을 따져 보니, 이모가 받은 돈에 비하면 굴욕적인 액수였다. 도티 이모는 그의 부친이 남긴 보험금보다 톰에게 들어간 양육비가 더 많다고 우겼다. 설령 그렇다고 해도, 그걸 면전에 대고 허구한 날 떠들어야 했을까? 대체 어떤 인간이 애가 보는 앞에서 그따위 말을 걸핏하면 지껄인단 말인가? 땡전 한 푼 받지 않고도 아이를 기꺼이 키워 주는 이모도 많다. 생판 남이라도 많다.

톰은 도티 이모에게 편지를 쓴 후, 자리에서 일어나 갑판을 거닐며 마음에서 훌훌 털어 버렸다. 이모에게 편지를 쓰면 늘 부아가 치밀었다. 톰은 자기가 이모에게 예의를 차렸다는 사실에 분노했다. 지금까지 어디에 사는지 매번 알리려고 한 이유는, 이모가 주는 푼돈이라도 늘 아쉬웠기 때문이다. 그간 십수 군데를 옮겨 다닐 때마다 도티 이모에게 편지로 주소를 꼬박꼬박 알렸지만, 이젠 이모가 보내 주는 돈은 필요 없다. 그는 홀로 설 것이다. 영영.

열두 살 무렵의 어느 여름날이 문득 떠올랐다. 톰이 도티 이모와 이모 친구와 함께 미국 횡단 여행을 할 때였다. 어디선가 교통 체증에 걸려서 차가 꽉 막혀 있었다. 무더운 여름날이었는데, 도티 이모가 톰에게 보냉병을 건네더니 주유소에 가서 얼음을 받아 오라고 시켰다. 때마침 막혔던 도로가 풀리기 시작하면서 톰이 슬금슬금 움직이는 대형차들 사이를 뛰던 기억이 되살아났다. 도티 이모가 최대한 빨리 가려고 그를 기다려 줄 생각은 하지도 않고 틈만 나면 차를 앞차에 바짝 붙이는 바람에, 톰은 이모가 모는 자동차의 문고리를 아예 건드릴 수도 없었다. 이모는 연신 "더 빨리 뛰어야지, 이 굼벵이야!" 하면서 차창 밖으로 고함을 쳤다. 톰이 가까스로 차 문을 열고 올라타자, 절망과 분노의 눈물이 뺨을 타고 줄줄 흘러내렸다. 이모가 히득거리며 친구에게 말했다. "계집애네! 태생이 그런가? 쟤 아비도 그렇더니만!" 톰은 아버지도 이런 취급을 받았는지 궁금했다. 도대체 왜 이모는 아버지도 계집 같다고 생각하게 된 걸까? 이모가 그렇게 생각하는 이유를 단 하나라도 댔던가? 아니 댈 수 있었던가? 그럴 리가.

호화로운 환경에 도덕적으로 무뎌지고, 제대로 차려진 풍성한 식탁에 내심 둔해진 톰은 갑판 의자에 누워서 과거의 삶을 객관적으로 가늠해 보려고 했다. 지난 4년은 그의 인생에서 가장 쓰레기 같은 시절이었다. 그건 부정할 수 없는 사실이었다. 위험한 일자리만 전전하고 이리저리 옮겨 다니는 사이에 힘겨운 백수 생활이 길어지다 보니 기가 푹 꺾였다. 돈도 바닥이 났다. 외로운 게 싫어서 아둔하고 한심한 인간들과 어울렸다. 마크 프리밍어처럼, 그들도 그에게 잠시나마 뭔가 주긴 했었다. 톰이 부푼 가슴을 안고 뉴욕으로 왔던 걸 생각해 보면, 내세울 만한 이력은 쌓지도 못했다. 톰은 배우가 되고 싶었다. 그런데 당시 스무 살이던 그는 배우가 된다는 게 얼마나 어려운 일인지, 무슨 트레이닝을 받아야 하는지, 심지어 어떤 재능이 필요한지조차 몰랐다. 재능이 있으니 제작자 앞에서 1인극을 선보이기만 하면 배우가 될 줄 알았다. 이를테면, 미혼모 병원에 방문한 후 신문에 칼럼 「나의 하루」를 기고한 미국의 영부인 루스벨트 여사와 관련된 내용으로 그가 창작한 단막극을 선보였지만, 세 번이나 퇴짜를 맞았다. 그러자 그는 주눅이 들고 희망도 사라졌다. 거기에 돈까지 바닥나자 바나나 보트 일을 하게 된 것이다. 그 일을 하면 적어도 뉴욕은 벗어날 수 있었다. 도티 이모가 뉴욕에 사는 그를 찾아 달라고 경찰에 신고했을까 봐 걱정이 되었다. 그는 보스턴에서는 사고를 치진 않았다. 그보다 앞서 세상을 산 수백만의 청년들처럼, 그 역시 세상으로 나가 자신만의 길을 찾으려고 그저 도망쳤을 뿐이었다.

톰이 저지른 가장 큰 실수는 지금까지 단 한 번도 끝장을 보지 못했다는 점이다. 승진에서 누락되어 마음이 아예 떠나지 않았더라면, 백화점 회계부에서 하던 일이 잘되었을지도 모른다. 톰은 자신의 인내심 부족을 도티 이모의 탓으로 돌렸다. 아주 어렸을 때 그가 뭘 하든 이모는 단 한 번도 칭찬해 준 적이 없었다. 열세 살에 신문 배달을 할 때였는데, 톰은 신문사에서 주는 '예의 봉사 신뢰' 부문 은메달을 받아 왔었다. 톰은 그때의 모습을 회상하자, 아예 딴사람을 떠올리는 것 같았다. 깡마르고 불쌍한 코흘리개 소년. 콧물이 마를 날이 없는데도 '예의 봉사 신뢰'라는 메달을 받아 온 소년. 도티 이모는 그가 감기에 걸렸다고 구박하면서 손수건을 꺼내 코를 비틀다시피 해서 콧물을 닦아 주었었다.

톰은 당시를 떠올리기만 해도 갑판 의자에서 몸부림쳤지만, 우아하게 몸을 틀면서 바지 주름을 매만졌다.

여덟 살 때 도티 이모에게 벗어나야겠다고 맹세했던 일도 생각났다. 그때 그가 상상했던 폭력적인 장면이 되살아났다. 도티 이모가 그를 집에 가두려고 하자, 주먹으로 이모를 가격하고 바닥에 쓰러뜨린 후 목을 조른다. 이모의 원피스에 달린 브로치를 잡아 뜯어 그걸로 이모의 목을 수천 번도 더 찌른다. 그는 열일곱 살에 가출했다가 잡혀 왔고, 스무 살 때 다시 시도해 가출에 성공했다. 놀랍고 불쌍하게도, 그는 너무 순진해서 이 세상이 어떻게 돌아가는지 잘 몰랐다. 도티 이모가 미워서 도망칠 계획만 짜느라 배우고 성장할 시간을 충분히 갖지 못했다. 뉴욕에 도착한 지 한 달 만에 창고 일을 구했으나 해고당했던 기억도 떠올랐다. 창고 일은 2주도 하지 못했다. 하루에 여덟 시간씩 오렌지 상자를 옮기기에는 그의 힘이 달렸기 때문이었다. 톰은 잘리지 않으려고 죽을힘을 다했지만, 그럼에도 해고당하자 억울해했던 기억이 되살아났다. 이 세상에는 악랄하게 노예를 부리는 농장주 같은 놈들만 득실거린다면서, 그가 짐승이 되어야겠다고 다짐했었다. 같이 창고에서 일하던 고릴라들만큼 힘이 세지 않으면 굶어 죽을 것 같았다. 그는 해고당한 직후에 델리 카운터에 있던 빵을 훔쳐 와 집에서 우적우적 씹으면서, 이 세상이 그에게 빵 하나, 아니 그 이상을 빚지고 있다는 기분에 젖었었다.

"리플리 씨?" 요전 날 라운지 소파에 앉아 차를 마신 영국 여자가 그에게 몸을 숙였다. "게임 룸에서 브리지 게임 같이 안 하실래요? 15분 후에 시작해요."

톰이 의자에서 공손히 일어났다. "정말 고맙습니다만, 밖에 있고 싶습니다. 게다가 브리지 게임은 잘하지 못합니다."

"저희도 다 못해요! 알았어요, 그럼 다음에 해요." 여자가 웃으며 가 버렸다.

톰은 다시 의자에 앉아 헌팅캡을 푹 눌러쓰고 허리께에 깍지 낀 손을 올렸다. 남들과 어울리지 않는 그를 두고 승객들이 입방아를 찧을 거라고 생각했다. 그는 저녁 식사 후에 매일 밤 열리는 댄스파티에서 뭔가를 바라는 듯한 시선으로 그를 쳐다보며 키득거리는 멍청한 여자들하고는 절대로 춤추지 않았다. 승객들이 떠드는 말들을 상상해 보았다. 저 남자, 미국 사람 맞아? 미국인 같긴 한데, 하는 짓을 보면 아닌 것 같아. 원래 미국 사람들이 시끄럽잖아. 저 남자는 너무 진지해. 끽해야 스물셋이나 됐을까. 대단히 중요한 일을 구상하고 있는 게 분명해.

그랬다. 그는 톰 리플리의 현재와 미래를 구상하고 있었다.

7

톰에게 파리는 기차역 창문 밖으로 언뜻 본 게 다였다. 여행 포스터에서 본 것처럼, 불 켜진 카페 앞에 비에 흠뻑 젖은 차양이 걸려 있고, 인도에는 테이블과 산울타리가 놓여 있었다. 그것 말고는 길게 뻗은 기차역 플랫폼을 본 게 전부였다. 톰은 파란색 제복을 입고 짐 가방을 들고 가는 땅딸한 짐꾼을 따라가 그를 로마로 데려다줄 열차 침대칸에 도착했다. 파리는 나중에 다시 오면 돼, 톰은 생각했다. 그는 몽지벨로에 가고 싶은 마음이 굴뚝같았다.

다음 날 아침에 눈을 뜨자, 기차가 이탈리아를 지나가고 있었다. 그날 아침에 기분 좋은 일이 벌어졌다. 톰이 창밖 풍경을 구경하고 있을 때였다. 그가 묵는 객실 밖 복도에서 이탈리아 사람들이 재잘거리는데 '피사'라는 단어가 언뜻 들렸다. 기차가 어떤 도시를 스쳐 가고 있었다. 톰은 제대로 보겠다며 복도로 나가 자기도 모르게 피사의 사탑을 찾아보면서도, 지금 지나가는 도시가 피사인지도 몰랐고, 기차 복도에서 피사의 사탑이 보일 줄도 몰랐다. 그런데 피사의 사탑이 떡하니 보이는 게 아닌가! 피사를 거의 뒤덮고 있는 키 작은 백악질의 집들 사이에서 두툼하고 허연 기둥이 우뚝 솟아 있었다. 그런데 기우뚱 기울어진 각도가 믿기지 않을 정도였다. 그는 피사의 '사탑(斜塔)', 즉 '기울어진 탑'이라 불리는 이름이 과장되었다고 늘 생각했었다. 피사의 사탑은 그에게 좋은 징조로 다가왔다. 그가 바라는 모든 걸 이탈리아가 안겨 줄 것이며, 톰과 디키가 하는 일이 모두 잘될 것만 같았다.

톰은 그날 오후 늦게 나폴리에 도착했다. 몽지벨로로 가는 버스는 내일 아침 11시에나 있었다. 지저분한 셔츠와 바지를 입고 군화를 신은 열여섯 살쯤 되어 보이는 소년이 기차역에서 환전하는 그에게 들러붙더니 여자든 약이든 뭐든지 구해 주겠다고 했다. 톰이 따지는데도 소년은 그가 타는 택시에 막무가내로 타더니 기사에게 행선지를 말한 후 자기가 좋은 데를 소개해 줄 테니 두고 보라는 듯이 한쪽 손가락을 쳐든 채 계속 지껄였다. 톰은 자포자기한 채 팔짱을 끼고 택시 구석에 뚱하니 앉아 있었다. 마침내 택시가 바다가 내다보이는 대형 호텔 앞에 섰다. 그린리프 씨가 준 돈이 없었더라면 톰은 이렇게 으리으리한 호텔이 두려웠을 것이다.

"산타루치아!" 소년이 의기양양하게 외치며 바다를 가리켰다.

톰은 고개를 끄덕였다. 소년이 선의를 베푼 것 같긴 했다. 톰은 택시 요금을 낸 후 소년에게 1백 리라짜리 지폐를 한 장 건넸다. 달러로 환산하면 대략 16달러 몇 센트 정도 되는 금액이었다. 배에서 본 이탈리아 관련 기사에 따르면, 이 정도면 이탈리아에서 주는 팁으로 적당하다고 했다. 그런데 소년이 섭섭해하자, 톰은 지폐 한 장을 더 얹어 주었다. 그랬는데도 소년은 아쉬운 표정을 풀지 않았다. 톰은 소년에게 손을 흔들고는 이미 그의 짐을 챙겨 든 벨보이를 따라 호텔로 들어갔다.

톰은 그날 저녁, '치테레사'라는 수상 레스토랑에서 식사했다. 영어를 할 줄 아는 호텔 매니저가 추천해 준 곳이었다. 톰은 주문하느라 애를 먹었다. 코스 요리에서 첫 번째 요리로 아주 작은 문어가 나왔다. 메뉴판을 작성할 때 쓴 잉크를 뿌리고 익혔는지, 진한 자주색으로 물든 문어였다. 문어 다리 끝 쪽을 맛보자 연골을 씹는 듯한 식감이 혐오스러웠다. 두 번째 요리로 각종 생선 튀김이 나왔는데, 이것도 영 아니었다. 세 번째 요리로 두 종류의 붉은 살 생선이 나왔는데, 사실은 디저트인 줄 알고 시킨 것이었다. 뭐 어때, 나폴리에 왔잖아! 음식이 뭐가 중요해! 톰은 와인을 마시자 기분이 풀렸다. 왼쪽 어깨 너머 저 멀리, 삐죽삐죽한 베수비오산 위로 하현달이 두둥실 떠 있었다. 톰은 천 번도 더 본 것처럼 그 모습을 차분히 바라보았다. 베수비오산 너머에 있는 땅 한쪽 모퉁이를 돌면 리처드가 사는 마을이 나올 것이다.

다음 날 아침 11시에 버스에 올랐다. 버스는 해안가 도로를 따라 달리다가 작은 마을이 나올 때마다 정차했다. 토레델그레코, 토레안눈치아타, 카스텔라마레, 소렌토. 버스 기사가 마을 이름을 외칠 때마다, 톰은 귀를 쫑긋 세웠다. 소렌토부터는 산등성이 절벽 면을 깎아서 만든 좁다란 도로가 이어졌다. 그린리프 씨의 집에서 본 사진 속 모습 그대로였다. 바닷가 저 아래로 이따금 마을이 슬쩍 모습을 드러내곤 했다. 집들은 하얀 빵 부스러기 같았고, 해안가 근처에서 수영하는 사람들의 머리는 점처럼 찍혀 있었다. 도로 한복판에 바위만 한 돌이 하나 놓여 있었다. 절벽 면에서 떨어져 나온 낙석이 확실했다. 버스 기사는 무심히 핸들을 틀어서 돌을 피했다.

"몽지벨로 내리세요!"

톰은 벌떡 일어나서 선반에서 가방을 홱 잡아당겼다. 버스 지붕 위에 실어 놓은 짐 가방은 차장이 내려 주었다. 버스가 떠났다. 톰은 발밑에 가방들을 내려놓은 채 길가에 홀로 남았다. 그가 서 있는 자리에서 보니, 집들이 산을 타고 올라가며 띄엄띄엄 퍼져 있었다. 아래로도 집들이 보였는데, 타일이 발린 지붕들이 파란 바다를 배경으로 윤곽을 드러내고 있었다. 그는 가방에 눈길을 떼지 않은 채 길 건너 '포스타(우체국)'라고 적힌 작은 건물로 들어가 창구에 있는 남자에게 리처드 그린리프의 집이 어디냐고 물었다. 톰이 아무 생각 없이 영어로 물었는데도, 남자가 알아들었는지 밖으로 나와 우체국 입구에 서서 톰이 버스를 타고 왔던 길 위쪽을 가리키며 이탈리아어로 디키의 집까지 가는 길을 상세히 알려 주는 것 같았다.

"셈프레 시니스트라, 시니스트라(계속 왼쪽, 왼쪽)!"

톰은 감사 인사를 한 후 혹시 짐 가방 두 개를 잠시 우체국에서 맡아 줄 수 있는지 물었다. 남자는 이번에도 알아들었는지, 톰을 거들어 가방을 우체국 안으로 들여놓았다.

톰은 리처드 그린리프의 집이 어디냐고 두 명에게 더 물어야 했다. 다들 아는 눈치였다. 세 번째로 물어본 남자가 손으로 그 집을 가리켰다. 길가에 있는 2층 저택에는 철문이 달리고 테라스가 낭떠러지로 돌출되어 있었다. 대문 옆에 달린 철종을 울리자, 이탈리아 여자가 앞치마에 손을 문대며 집에서 나왔다.

"그린리프 씨 계십니까?" 톰이 희망에 찬 목소리로 물었다.

여자가 웃으며 이탈리아 말로 한참 설명하더니 아래쪽 바다를 가리켰다. "주(아래로)." 여자가 같은 말만 반복했다. "주."

톰은 고개를 끄덕였다. "그라치에(고맙습니다)."

지금 입고 있는 옷을 그대로 입고 바다로 내려갈까, 아니면 수영복으로 갈아입고 좀 더 편안한 차림으로 갈까? 차나 칵테일을 마실 시간까지 기다려야 하나? 일단 디키에게 전화부터 해야 할까? 톰은 수영복을 챙겨 오지 않아서 하나 사야 했다. 우체국 근처에서 본 셔츠와 수영복 팬츠가 내걸린 작은 상점으로 들어갔다. 이것저것 입어 봤지만 몸에 맞지 않거나 수영복으로 입기엔 적당하지 않은 것들뿐이라서, 음부만 간신히 가리는 끈 팬티만 한 크기의 검정과 노란색이 섞인 수영복으로 골랐다. 입고 온 옷은 깔끔히 접어서 우비 안에 넣고 맨발로 문밖으로 나갔다가 도로 들어왔다. 자갈이 깔린 길이 석탄처럼 달궈져 있었다.

"신발 있어요? 샌들 같은 거요?" 그가 상점에 있는 남자에게 물었다.

그 가게에서는 샌들을 팔지 않았다.

톰은 신고 온 신발을 도로 신고 길을 건너 우체국으로 갔다. 가방을 맡긴 김에 옷가지도 맡길 작정이었지만, 우체국 문이 잠겨 있었다. 유럽의 어느 곳에서는 정오부터 4시까지 문을 닫는다는 얘기를 들은 적이 있었다. 그는 돌아서서 자갈이 깔린 길을 따라 내려갔다. 보아하니 해변으로 내려가는 길 같았다. 가파른 돌계단을 열 개 남짓 내려간 다음, 비탈진 자갈길을 따라 걸으며 상점과 주택가를 지나쳤다. 계단이 또 나왔는데 이번에는 아까보다 훨씬 길었다. 마침내 해변보다 살짝 높은 널따란 인도로 내려오게 되었다. 인도에 야외 테이블을 내놓고 장사하는 카페 두 곳과 식당이 보였다. 구릿빛 피부를 지닌 이탈리아 청소년들이 길가 나무 벤치에 앉아 있다가 지나가는 톰을 뚫어지게 쳐다보았다. 그는 귀신처럼 허연 살갗을 드러낸 채 큼직한 갈색 신발을 신고 있는 자기 모습이 민망했다. 그는 해변이라면 질색이어서, 여름 내내 바닷가 근처에는 얼씬거리지도 않았었다. 나무 데크를 깔아서 만든 산책로가 모래사장 중간까지 이어져 있었다. 톰은 모래사장 위를 걸었다간 지옥 불처럼 뜨거우리라 짐작했다. 다들 타월이든 뭐든 깔고서 그 위에 누워 있었기 때문이다. 그런데도 그는 신발을 벗고 달아오른 나무 데크 산책로 위에 잠시 서서 근처에 있는 사람들을 찬찬히 살폈다. 리처드 같아 보이는 남자는 아무도 없었다. 어른거리는 열파 때문에 멀리 있는 사람들이 분간이 가지 않았다. 톰은 모래사장 위에 발을 디뎠다가 도로 뺐다. 숨을 크게 들이쉰 다음, 나무 데크가 깔린 산책로를 끝까지 뛰어가 모래사장으로 내려선 다음에도 쉬지 않고 내달려 차가운 바닷물에 두 발을 담갔다. 황홀함이 밀려왔다. 그러고는 걷기 시작했다.

한 블록쯤 떨어진 곳에 디키가 있었다. 디키가 분명했다. 그런데 피부는 구릿빛으로 그을렸고, 구불구불한 금발은 톰이 기억하는 것보다 훨씬 밝았다. 옆에 마지도 보였다.

"디키 그린리프?" 톰이 웃으며 말을 걸었다.

디키가 고개를 들었다. "그런데요?"

"나야, 톰 리플리. 몇 년 전에 우리 미국에서 만난 적이 있는데, 기억나?"

디키가 멍한 표정을 지었다.

"아버님이 내 얘기를 편지에 쓴다고 하셨는데."

"아, 맞다!" 디키가 그걸 멍청하게 까먹었다는 듯이 이마를 짚더니 자리에서 일어섰다. "이름이 톰 뭐였더라?"

"리플리."

"이쪽은 마지 셔우드. 마지, 이쪽은 톰 리플리."

"안녕?" 톰이 인사했다.

"안녕."

"여기엔 얼마나 있을 거야?" 디키가 물었다.

"아직은 모르겠어. 지금 막 도착했으니, 주변부터 둘러봐야지."

톰은 디키가 자신을 뜯어보며 진심으로 반기지는 않는다는 걸 간파했다. 디키는 팔짱을 끼고 깡마른 갈색 발을 뜨거운 모래 속에 쿡 박고 있으면서도 아무렇지 않아 보였다. 톰은 두 발을 신발 속에 다시 밀어 넣었다.

"집을 구하려고?" 디키가 물었다.

"글쎄." 톰은 고민하는 척하며 아리송하게 대답했다.

"겨울에 지낼 곳을 찾는다면, 지금이 최적기야." 여자가 말했다. "여름을 보내러 온 관광객들이 싹 빠졌거든. 겨울이면 이 동네에 미국 사람이 몇이나 될지 모르겠어."

디키는 아무 말 없이 큼직한 타월 위에 앉은 마지 옆에 도로 앉았다. 디키는 톰이 작별 인사를 하고 지나가기를 바라는 눈치였지만, 톰은 그걸 알면서도 버티고 서 있었다. 태어나던 날처럼, 파리한 몸에 실오라기 하나 걸치지 않은 듯한 기분이 밀려왔다. 가뜩이나 수영복이 싫은데, 이건 너무 노출이 심했다. 톰은 우비 안쪽 주머니에 넣어 둔 담뱃갑을 간신히 꺼내 디키와 여자에게 담배를 권했다. 디키가 담배를 받아 들자, 라이터로 불을 붙여 주었다.

"넌 뉴욕에서 나를 본 기억이 없구나." 톰이 말했다.

"솔직히 기억이 안 나." 디키가 말했다. "우리 어디에서 만났더라?"

"아마…… 버디 랜크너의 집이었을걸?" 사실 그곳에서 만난 건 아니었지만, 톰은 디키가 버디 랜크너와 아는 사이며, 버디가 굉장히 믿음직한 친구라는 걸 알고 있었다.

"아." 디키가 두루뭉술하게 대답했다. "양해 좀 구하자. 요즘은 미국에 관한 기억이라면 죄다 흐릿해져서 말이지."

"왜 아니겠어." 마지가 톰의 구세주가 되어 주려는 듯이 끼어들었다. "기억이란 건 갈수록 나빠지잖아. 톰, 여긴 언제 왔어?"

"정확히 한 시간 전에. 짐은 우체국에 맡겼어." 톰이 웃었다.

"앉을래? 여기 타월이 한 장 더 있는데." 마지가 자기가 앉은 자리 옆에 자그마한 흰 타월을 펼쳐 주었다.

톰은 선뜻 그러겠다고 했다.

"나는 가서 몸이나 식힐란다." 디키가 일어나며 말했다.

"나도 갈래!" 마지가 말했다. "같이 갈래, 톰?"

톰은 두 사람을 따라갔다. 디키와 마지가 바다 멀리까지 헤엄쳐 나갔다. 둘 다 수영을 기막히게 잘했다. 톰은 물가에서 얼쩡거리다가 일찌감치 자리로 돌아왔다. 두 사람이 타월을 깔아 둔 자리로 되돌아오더니, 디키의 입에서 마지가 시킨 듯한 말이 튀어나왔다. "우린 이만 가려고. 우리 집에 같이 가서 점심 먹을래?"

"좋지, 정말 고맙다." 톰은 두 사람이 타월을 접고 선글라스와 이탈리아 신문을 챙기는 것을 거들었다.

톰은 도저히 끝까지 올라가지 못할 것 같았다. 디키와 마지는 앞서 걸으며 느리지만 묵묵히 돌계단을 한 번에 두 칸씩 올라갔다. 톰은 땡볕에 익어서 기운이 완전히 빠졌다. 평지 구간을 걷는데도 두 다리가 후들거렸다. 벌게진 어깨는 이미 익을 대로 익었고 햇빛을 막으려고 셔츠를 걸쳤는데도 두피를 찌르는 따가운 햇볕 때문에 머리가 어지럽고 속이 메스꺼웠다.

"힘들지?" 마지가 조금도 숨이 차지 않는 목소리로 물었다. "여기에서 지낼 거면 익숙해져야 해. 네가 이곳 7월의 불볕더위를 겪어 봐야 했는데."

톰은 숨이 차서 대답할 수 없었다.

15분쯤 지나자 좀 나아졌다. 톰은 차가운 물로 샤워하고 나와 디키의 집 테라스에 있는 라탄 의자에 편안히 앉아 마티니 잔을 들었다. 마지가 권하는 대로 다시 수영복을 입고 그 위에 셔츠를 걸쳤다. 톰이 샤워하고 나오니, 테라스 탁자 위에 세 사람을 위한 상이 차려져 있었다. 마지는 지금 부엌에서 가정부와 이탈리아어로 얘기하고 있었다. 마지가 이 집에 사나? 톰은 궁금했다. 집은 충분히 넓었다. 톰의 시야가 닿는 곳에는 가구가 드문드문 놓여 있었다. 이탈리아제 앤티크 가구와 미제 보헤미안 가구가 유쾌하게 뒤섞여 있었다. 진품 같아 보이는 피카소의 소묘 두 점이 복도에 걸려 있었다.

마지가 마티니 잔을 들고 테라스로 나왔다. "내 집은 저쪽이야." 마지가 가리켰다. "보여? 옆집들보다 지붕이 조금 더 붉고 네모나게 생긴 흰 집."

다른 집들 사이에서 그 집을 골라내는 건 영 불가능했지만, 톰은 찾은 척했다. "여기에 온 지는 얼마나 됐어?"

"일 년. 지난겨울부터 쭉 있는데, 여긴 겨울이 진짜 징글징글하더라. 석 달 내내 하루만 빼고 비가 그치지 않았거든."

"정말!"

"진짜라니까." 마지는 마티니를 음미하다가 그녀가 사는 작은 마을을 흡족한 눈으로 조망했다. 그녀는 다시 수영복 차림이었다. 토마토색 수영복 위에 줄무늬 셔츠를 걸치고 있는 그녀의 얼굴은 톰이 보기엔 괜찮았다. 게다가, 탄탄한 몸매를 좋아하는 사람이라면 그녀를 좋아할 것 같았다. 톰은 아니었지만.

"디키가 요트도 샀다며?" 톰이 물었다.

"응, 피피스트렐로. 줄여서 피피라고 불러. 보여 줄까?"

마지가 테라스 한쪽 구석으로 가더니 부두에 정박한 요트들을 가리켰다. 잘 분간이 가지 않고 죄다 비슷비슷해 보였다. 마지는 디키의 요트가 다른 배들에 비해 크고 돛대가 두 개라고 했다.

디키가 나오더니 테이블에 놓인 술병에 든 칵테일을 따랐다. 대충 다려진 턱이 잡힌 흰 바지를 입고 그을린 피부색과 흡사한 테라코타 색상의 리넨 셔츠를 걸치고 있었다. "얼음이 없어서 미안. 집에 냉장고가 없거든."

톰이 웃었다. "목욕 가운을 가져왔어. 어머님께 가운이 필요하다고 했다면서. 양말도 가져왔고."

"네가 우리 엄마를 알아?"

"뉴욕을 떠나기 직전에 우연히 아버님을 알게 됐는데, 집으로 저녁 먹으러 오라고 초대도 해 주셨는걸."

"그래? 엄마는 어떠셔?"

"그날 저녁에는 일어나서 돌아다니셨어. 그러다가 금방 기력이 빠지셨지만."

디키가 고개를 끄덕였다. "좀 좋아지셨다는 편지를 이번 주에 받았어. 그래도 지금은 아주 나쁘신 건 아니라는 거지?"

"그렇긴 한데, 몇 주 전까지만 해도 아버님이 걱정을 많이 하셨어." 톰은 머뭇거렸다. "게다가 네가 집에 돌아오지 않는다며 걱정하시더라."

"늘 걱정을 달고 사시는 분이니까."

마지와 가정부가 김이 모락모락 나는 쟁반을 들고 부엌에서 나왔다. 쟁반에는 스파게티에 큼직한 샐러드 볼에 빵 접시까지 올라가 있었다. 디키와 마지가 해변 저 아래에 있는 어떤 레스토랑이 확장 공사를 한다며 얘기를 시작했다. 주인이 테라스를 확장해 춤출 공간을 만든다고 했다. 둘은 사소한 것까지 이야기를 나누었는데, 이웃의 시시콜콜한 변화에도 관심을 보이는 작은 마을에 사는 사람들 같았다. 톰이 끼어들 틈은 아예 없었다.

그는 디키가 끼고 있는 반지들을 살피며 시간을 보냈다. 두 개의 반지 모두 마음에 들었다. 디키는 오른손 세 번째 손가락에 큼직하고 네모난 녹색 스톤이 박힌 금반지를, 왼손 새끼손가락에는 인장 반지를 끼고 있었는데, 그린리프 씨가 끼고 있던 다 지워진 인장 반지보다 훨씬 화려했다. 디키의 손가락은 길고 뼈가 앙상했다. 톰은 자기 손하고 비슷하다는 느낌을 받았다.

"그런 그렇고, 출발하기 전에 아버님께서 버크-그린리프 조선소를 보여 주셨어." 톰이 말했다. "네가 마지막으로 조선소를 본 후로 많이 바뀌었다고 하시더라. 꽤 인상적이었어."

"그렇다면 아버지한테 일자리를 제안받았겠네. 장래가 촉망되는 젊은이들을 늘 찾고 계시는 분이시니." 디키가 포크를 돌돌 돌려 스파게티 면을 깔끔하게 감더니 입안에 쏙 넣었다.

"아닌데." 톰은 최악의 점심 식사가 될 수도 있겠다는 생각이 스쳤다. 디키가 왜 귀국해야 하는지 설득하러 톰이 올 거라고 그린리프 씨가 얘기한 걸까? 아니면 디키가 그냥 기분이 안 좋은 건가? 톰이 마지막으로 본 이후, 디키는 뭔가 달라져 있었다.

디키가 꽤 높은 곳에 올려놓은 번쩍이는 에스프레소 머신을 꺼내 테라스에 있는 콘센트에 꽂았다. 몇 분 후 작은 잔으로 커피 네 잔이 만들어지자, 마지가 한 잔을 주방에 있는 가정부에게 갖다주었다.

"호텔은 어디로 잡았어?" 마지가 톰에게 물었다.

톰이 웃었다. "아직 안 정했어. 어디가 괜찮아?"

"미라마레가 최고야. 조르조 호텔 바로 옆에 있어. 조르조도 있긴 한데 거기는……."

"조르조엔 침대에 '풀치'가 있어." 디키가 끼어들었다.

"벼룩이 있다는 말이지. 조르조가 저렴하지만." 마지가 진지하게 말했다. "서비스가……."

"서비스는 아예 존재하지 않지." 디키가 거들었다.

"오늘 기분이 좋은가 봐." 마지가 디키에게 고르곤졸라 부스러기를 튕기며 말했다.

"그렇다면, 미라마레에 묵어야겠다." 톰이 일어서며 말했다. "이만 가 볼게."

아무도 붙잡지 않았다. 디키가 톰을 현관까지 배웅해 주었고, 마지는 그대로 앉아 있었다. 디키와 마지가 사귀는 사이일까? 그냥저냥 오래 만났을 뿐, 남들이 보기에 서로 죽고 못 사는 사이 같진 않았다. 양쪽 다 뜨뜻미지근했기 때문이다. 마지는 디키를 좋아하는 눈치였지만, 디키는 쉰 살 먹은 이탈리아 가정부를 쳐다보듯 무덤덤했다.

"나중에 그림도 보여 줘." 톰이 디키에게 말했다.

"그러지 뭐. 이곳에 있으면 만날 일이 있겠지." 톰이 목욕 가운과 양말을 가져왔다고 한 말을 디키가 기억하고 있다가 하는 말 같았다.

"점심 잘 먹었어. 잘 지내, 디키."

"잘 가."

철문이 쾅 닫혔다.

8

톰은 미라마레 호텔에 방을 잡았다. 우체국에서 짐 가방을 찾아오니 4시였다. 애지중지하는 양복을 걸어 둘 기운조차 없어서 침대에 그대로 쓰러졌다. 호텔방 창문 바로 밑에서 이탈리아 소년들이 재잘거리는 소리가 올라오는데, 아예 한방에 같이 있는 듯했다. 누군가 되바라진 목소리로 킥킥대자, 웃음이 왈칵 터지더니 수다가 정신없이 쏟아졌다. 톰은 그 소리에 몸부림쳤다. 그린리프를 찾아온 톰을 두고 소년들이 이러쿵저러쿵 떠들며 앞으로 벌어질 일들에 대해 달갑지 않은 짐작을 하는 것만 같았다.

저 남자는 여기에서 뭐 하는 거야? 친구도 없고 이탈리아 말도 못하잖아. 아프기라도 하면 어쩌려고? 누가 보살펴 주기라도 한대?

톰은 자리에서 일어났다. 토할 것 같아서 살살 움직였다. 토기가 올라오자 욕실로 가야 할 때라는 걸 알았다. 욕실에서 점심을 게워 냈다. 나폴리에서 먹은 생선 요리까지 싹 다 비워 낸 것 같았다. 침대로 돌아오자마자 곯아떨어졌다.

눈을 뜨니 온몸이 천근만근이었다. 태양은 여전히 빛나고 있었다. 선물받은 손목시계가 오후 5시 반을 알리고 있었다. 창가로 가서 바깥을 내다보았다. 정면으로 보이는 산등성이에 흩뿌려진 분홍색 집들과 흰색 집들 사이에서 디키의 저택과 돌출된 테라스를 자기도 모르게 찾고 있었다. 튼튼해 보이는 테라스의 붉은 난간이 보였다. 마지가 여태 저 집에 있으려나? 둘이 내 얘기를 할까? 흐릿하게 들리는 거리의 소음을 뚫고 도드라지는 웃음소리가 들렸다. 카랑카랑하게 울려 퍼지는 것이 미국 사람이 말하는 것 같았다. 바로 그때, 디키와 마지가 시야에 들어왔다. 두 사람이 큰길 주택가 사이에 있는 공터를 지나 모퉁이를 돌고 있었다. 톰은 더 자세히 보려고 측면 유리창으로 자리를 옮겼다. 호텔의 측면이자 그가 묵는 호텔방 바로 밑에 있는 골목을 따라 디키와 마지가 내려가고 있었다. 디키는 흰 바지에 테라코타 셔츠를, 마지는 치마와 블라우스를 입고 있었다. 마지가 집에 갔다 왔거나, 디키의 집에 옷을 갖다 둔 것 같았다. 디키가 작은 목조 부두에서 이탈리아 사람과 얘기하다가 돈을 쥐여 주자, 남자가 모자를 고쳐 쓰더니 부두에 묶인 요트를 풀었다. 마지가 요트에 타는 걸 디키가 거들어 주었다. 하얀 돛이 서서히 올라갔다. 두 사람의 왼쪽 뒤편으로 보이는 바다로 황금색 태양이 가라앉고 있었다. 마지의 웃음소리와 부두를 향해 이탈리아어로 외치는 디키의 음성이 톰의 귀에까지 들렸다. 톰은 자신이 두 사람의 평범한 일상을 목도하고 있음을 깨달았다. 늦은 점심을 먹고 낮잠을 한숨 자고 일어나 석양을 맞으며 요트를 타고 항해하는 두 사람. 항해를 마치면 해변에 있는 카페에서 반주를 마시겠지. 두 사람은 톰이 살아 보지 못한 평범한 하루를 완벽히 즐기고 있었다. 디키가 뭐하러 풀 먹인 셔츠를 입고 전철과 택시에 시달리며 출퇴근하면서 9시부터 5시까지 회사에 매여 살겠는가? 아무리 기사 딸린 차를 타고 출퇴근하다가 휴가철이면 플로리다주와 메인주에서 지낸다고 해도, 편안한 옷차림으로 요트를 타고 시간을 왜 그렇게 보내는지 그 누구에게도 설명하지 않아도 되고, 필요한 건 뭐든지 다 챙겨 주는 마음씨 좋은 가정부를 부리며 내 집에서 사는 것만큼 재미있지는 않을 것이다. 디키에게는 떠나고 싶을 때 여행 다닐 수 있는 돈까지 있었다. 톰은 디키가 부러웠다. 심장이 터질 듯한 부러움과 자기 연민이 톰을 덮쳤다.

톰은 디키의 부친이 편지로 톰이 설득하러 갈 거라는 얘기를 하는 바람에 디키가 자기에게 반감을 품은 것 같다는 생각이 들었다. 해안가 어느 카페에 앉아 있다가 우연히 디키를 마주치는 것으로 시작했더라면 일이 한결 수월하게 풀렸을까? 그렇게 만났더라면 톰이 디키를 설득해 미국으로 돌려보낼 수 있었겠지만, 이런 식이라면 소용없었다. 톰은 오늘 요령도 없고 재미도 없이 군 자신에게 악담을 퍼부었다. 기를 쓰고 노력해도 뭐 하나 제대로 되는 게 없네. 톰은 이미 몇 년 전부터 이렇게 느끼고 있었다.

며칠은 그냥 손 놓고 있기로 했다. 가장 급한 일은, 어떻게든 디키가 그를 좋아하게 만드는 것이었다. 이 세상 그 무엇보다 디키가 톰을 가장 좋아하게 만드는 게 급선무였다.

9

톰은 사흘을 흘려보냈다. 나흘째 되던 날 정오경에 해변으로 내려갔다. 톰이 처음으로 디키를 만났던 바로 그 자리에 디키가 혼자 있었다. 뭍에서 모래밭을 가로지르며 쭉 뻗은 회색 암벽 앞이었다.

"안녕! 마지는?" 톰이 인사했다.

"잘 지냈어? 일하느라 좀 늦을 거야. 내려오겠지."

"일?"

"작가거든."

"아, 그렇구나."

디키는 한쪽 입꼬리에 이탈리아제 담배를 물고 있었다. "그동안 어디에 있었어? 간 줄 알았지."

"좀 아팠어." 톰은 대수롭지 않게 말하며 둘둘 말린 타월을 모래사장 위에 툭 던졌다. 디키가 펼쳐 놓은 타월 바로 옆은 아니었다.

"배탈 났었어?"

"정신을 차리기만 하면 화장실에 들락거렸는데, 지금은 다 나았어." 톰이 웃으며 말했지만, 실은 기운을 차리지 못해 밖으로 나갈 수가 없어서 창문으로 들어온 햇살이 바닥에 내려앉은 자리를 따라서 기어다녔다. 그래야 후일 해변에 나갔을 때 너무 허예 보이지 않을 테니 말이다. 게다가 호텔 로비에서 들고 올라온 이탈리아 회화책으로 공부하느라 그나마 남아 있던 미약한 기운마저 모조리 써 버렸다.

톰은 바다로 들어갔다. 허리춤이 잠길 때까지 성큼성큼 들어가 선 후 어깨를 적셨다. 무릎을 굽혀 물에 턱이 닿게 한 채 잠시 몸을 둥둥 띄웠다가 천천히 걸어 나왔다.

"집에 가기 전에 호텔에 가서 한잔할래?" 톰이 디키에게 물었다. "마지도 같이 가자, 혹시 온다면. 목욕 가운하고 양말도 받아 가야지."

"그래, 고마워. 한잔 좋지." 디키가 다시 이탈리아 신문으로 눈길을 돌렸다.

톰은 타월을 펼쳤다. 마을 시계가 오후 1시를 알렸다.

"마지가 안 오려나 보다. 이제 가야겠어." 디키가 말했다.

톰도 일어났다. 두 사람은 미라마레 호텔까지 걸어가며 별말을 나누지 않았다. 톰이 디키에게 점심도 같이 먹자고 했지만, 디키는 가정부가 벌써 집에 점심을 차려 놓아서 안 된다고 한 게 두 사람이 나눈 대화의 전부였다. 두 사람은 톰의 호텔방으로 올라갔다. 디키가 목욕 가운을 걸치고 맨발에 양말도 신어 보았다. 둘 다 딱 맞았다. 예상했던 대로 디키가 목욕 가운을 꽤 마음에 들어 했다.

"그리고 이것도 받아." 톰이 옷장 서랍에서 약국 봉지에 든 네모난 상자를 꺼냈다. "어머님이 점비약도 보내셨어."

디키가 씩 웃었다. "이젠 이거 필요 없는데. 전에 비염을 앓았거든. 그래도 받아 두지."

이제 톰은 디키에게 줄 걸 다 주었다. 가져온 걸 모두 건넸으니 술을 마시자고 해도 디키가 거절할 것이다. 디키를 따라 방문으로 향했다. "아버님께서 네가 언제 미국으로 돌아올지 상당히 걱정하고 계셔. 나한테 제발 얘기 좀 잘 해 달라고 신신당부하셨거든. 사실 내가 얘기를 잘 할 게 뭐가 있겠어? 그래도 아버님께 전해 드릴 얘기는 뭐라도 있어야 하지 않을까. 내가 편지드리겠다고 약속했거든."

디키가 문고리를 쥐고 돌렸다. "내가 뭔 짓을 하고 다닌다고 아버지가 생각하실지, 그거야 난 몰라. 내가 술이나 죽도록 퍼마신다고 생각하시겠지. 올겨울에 미국에 가서 며칠 지낼 계획은 있지만, 눌러살 생각은 없어. 난 여기가 더 좋거든. 미국에 갔다간 아버지가 쫓아다니시면서 아버지 회사에서 일하라고 하실걸. 그럼 그림은 못 그리게 되잖아. 난 그림 그리는 게 좋아. 평생 그림 그리기를 업으로 삼을 생각이야."

"나도 이해해. 그런데 아버님이 말씀하시길, 네가 집으로 돌아와도 회사에서 일하라고 강요하지는 않을 거라고 하셨어. 디자인 부서에서 일하고 싶어 한다면 모를까. 아버님 말씀으로는, 네가 도면 그리는 걸 좋아한다며."

"흠, 그 얘기라면 아버지하고 이미 다 끝냈어. 아무튼 고마웠어, 톰. 소식도 들려주고 이 옷가지들도 전해 줘서. 고생 많았어." 디키가 손을 내밀었다.

톰은 그 손을 잡을 수가 없었다. 그린리프 씨가 디키를 설득해 달라고 한 일이 실패로 막을 내리기 직전이었다. "내가 이 얘기까지 해야 하는구나." 톰이 웃으며 털어놓았다. "사실 너에게 집으로 돌아오라는 말을 해 달라고 너희 아버지가 날 특별히 여기로 보내신 거야."

"그게 무슨 소리지?" 디키가 인상을 썼다. "아버지가 돈을 대 주셨다고?"

"맞아." 지금이 마지막 기회였다. 디키를 놀라게 하거나, 기분 상하게 할 마지막 기회였다. 아니면 디키가 웃음을 터뜨리거나, 불쾌해하며 문을 쾅 닫고 나가게 할 마지막 기회일 수도 있었다. 그런데 디키가 기다란 입꼬리를 쓱 올리더니 미소를 지었다. 톰이 기억하던 디키의 미소였다.

"아버지가 돈을 대 주시다니! 세상에! 몹시 급하셨나 보네." 디키가 문을 다시 닫았다.

"뉴욕에 있는 술집으로 날 찾아오셨더라. 내가 너하고 친하지 않다고 말씀드렸는데도, 널 만나러 가면 도움이 될 거라고 연신 말씀하시는 바람에, 내가 한번 해 보겠다고 한 거야."

"아버지가 널 어떻게 아셨지?"

"슈리버 부부한테 내 얘기를 들으셨다는데, 사실 난 슈리버 부부도 잘 몰라. 그런데 일이 이렇게 된 거야! 내가 네 친구니 큰 도움을 줄 거라면서!"

두 사람이 웃음을 터뜨렸다.

"날 너희 아버지를 이용하려는 사람으로 보지 않았으면 좋겠어. 조만간 유럽에서 일자리를 찾아볼 생각이야. 그래야 네 아버지가 여기까지 날 보내 주신 비용을 갚지. 왕복 티켓을 끊어 주셨거든."

"그건 됐어! 아버지가 회사 비용으로 처리하실 거야. 아버지가 술집에서 너한테 접근했다는 건 알겠는데, 대체 거기가 어디였어?"

"라울. 실은 그린 케이지에서부터 미행하셨어." 톰은 디키가 유명한 술집인 그린 케이지를 아는지 표정을 살폈지만, 모르는 눈치였다.

두 사람은 1층 호텔 바에서 술을 마셨다. 허버트 리처드 그린리프를 위하여!

"아 참, 오늘이 일요일이었지." 디키가 말했다. "마지는 교회에 갔을 테니, 우리 집에서 같이 점심 먹자. 일요일엔 늘 닭을 먹는 거야, 알지? 미국의 오랜 전통이잖아, 일요일엔 닭고기."

디키는 마지가 여태 집에 있는지 들러서 확인하고 싶어 했다. 두 사람은 큰길 돌벽 옆으로 난 계단을 오른 다음, 남의 집 정원을 살짝 가로질러 계단을 더 올라갔다. 마지의 집은 지저분한 단층집이었다. 한쪽으로 무성하게 자란 정원이 있고, 현관으로 가는 길에는 양동이 두 개와 호스가 어지럽게 널려 있었다. 창문틀에 널어놓은 토마토색 수영복과 브래지어가 여자가 사는 집이라는 느낌을 더해 주었다. 열린 창으로 타자기가 놓인 너저분한 책상이 보였다.

"안녕!" 마지가 현관문을 열면서 인사했다. "안녕, 톰! 그동안 어디 있었어?"

마지가 술을 마시자고 했지만, 집에는 병 밑바닥에 살짝 깔린 진이 전부였다.

"됐고, 우리 집으로 가자." 디키가 말했다. 그는 마지가 침실 겸 거실로 쓰는 공간을 익숙하게 어슬렁거렸는데, 절반은 이 집에서 보내는 사람 같았다. 디키는 몸을 숙여 손톱만 한 식물이 자라는 화분을 살피면서 검지로 이파리를 살살 건드렸다. "톰이 해 줄 재미난 얘기가 있대." 디키가 말했다. "말해 줘, 톰."

톰은 심호흡한 다음 얘기를 풀어놓았다. 톰이 아주 흥미진진하게 이야기를 펼치자, 마지는 지난 몇 년간 웃긴 얘기는 들어 보지도 못한 사람처럼 웃음을 터뜨렸다. "날 쫓아서 라울까지 따라 들어오시는 그분을 보는 순간, 나는 뒤로 난 창문을 넘어갈 태세를 취했다니까!" 톰의 혓바닥이 뇌를 거치지 않고 제멋대로 움직였다. 톰은 자기가 떠드는 이야기가 디키와 마지를 어디까지 들뜨게 할는지 머리로 가늠하고 있었다. 두 사람의 얼굴을 보면 헤아릴 수 있었다.

디키의 집까지 올라가는 길이 저번보다 절반으로 줄어든 것 같았다. 닭고기가 익는 맛있는 냄새가 테라스 밖으로 솔솔 스며 나왔다. 톰이 먼저 샤워했다. 그 사이에 디키가 마티니를 만들어 놓고 샤워하고 나와 술을 마셨다. 저번하고 비슷했지만, 이제는 분위기가 완전히 달라졌다.

디키가 라탄 의자에 앉아 한쪽 팔걸이에 두 다리를 걸치고 흔들었다. "얘기 좀 더 해 봐." 디키가 웃으며 물었다. "무슨 일 하려고? 아까 일자리를 구한다고 했잖아."

"왜? 네가 내 일자리 구해 주게?"

"그건 아니고."

"뭐, 닥치는 대로 해야지. 발레파킹이나 아기 보기도 가능하고, 회계도 잘해. 사실 내가 쓸데없이 계산을 잘하거든. 아무리 취해도 웨이터가 덤터기를 씌웠는지 귀신같이 눈치채지. 남의 서명도 위조할 수 있고, 헬기도 조종할 수 있어. 주사위도 잘 굴리고, 누구든 흉내를 잘 내. 요리도 하고, 누가 아파서 펑크를 내면 나이트클럽에서 원맨쇼도 할 수 있어. 계속할까?" 톰은 손가락을 꼽은 채 몸을 앞으로 숙였다. 더 할 수 있었다.

"원맨쇼?" 디키가 물었다.

"그게……." 톰이 벌떡 일어났다. "이를테면 이런 거야." 한쪽 옆구리에 손을 갖다 대고 한쪽 다리를 쭉 뻗으며 자세를 잡았다. "미국에서 지하철을 타 본 적 있는 '민폐 여사'를 흉내 내는 1인극을 보여 주지. 런던에서 지하철은 한 번도 타 본 적 없는 민페 여사가 미국에서 지하철을 탔던 경험을 떠올리는 장면이야.” 톰은 처음부터 팬터마임으로 했다. 더듬더듬 동전을 찾아서 개찰구에 넣자 들어가지 않는다. 그래서 표를 샀는데 어느 계단으로 내려가야 하는지 우왕좌왕한다. 소음과 길게 늘어선 줄에 놀라고, 나가는 곳을 몰라서 또다시 당황하는 연기가 이어졌다. 때마침 마지가 테라스로 나왔다. 디키가 마지에게 톰이 지하철을 탄 영국 아줌마 연기를 하는 거라고 설명했다. 그런데 마지는 무슨 말인지 이해하지 못하고 “뭐라고?” 되묻기만 했다. 민페 여사가 어떤 문으로 들어갔는데 알고 보니 남자 화장실이라서 경기를 일으키며 씰룩거리더니 결국 졸도한다. 톰이 테라스 흔들의자 위에 우아하게 쓰러졌다.

“대단하네!” 디키가 소리치며 손뼉을 쳤다.

마지는 웃지 않고 어리둥절한 얼굴로 그 자리에 서 있었다. 두 남자는 굳이 마지에게 설명하지 않았다. 톰은 아무튼 마지와는 유머 코드가 맞지 않는 것 같았다.

톰은 스스로 몹시 뿌듯했는지 마티니를 벌컥벌컥 들이켰다. “나중에 다른 것도 보여 줄게.” 톰이 마지에게 말했지만, 다른 것도 보여 주겠다는 건 거의 디키를 보고 한 말이었다.

“저녁은 다 됐어?” 디키가 마지에게 물었다. “나 배고파.”

“끝내주게 맛있는 아티초크가 익기를 기다리고 있어. 앞으로 장작을 넣는 난로에다 올려놓으면 뭐든 더디 끓어.” 마지가 톰을 보고 웃었다. “디키가 어떤 면에서는 굉장히 구닥다리야, 톰. 자기가 손댈 필요 없는 일에서만 그래. 이 집엔 화목 난로만 딱 하나 있어. 냉장고도, 아이스박스도 안 사겠대.”

“내가 미국을 떠난 이유 중에 하나지. 그런 살림살이들은 사람을 많이 부릴 수 있는 나라에서는 돈 낭비라니까. 에르멜린다가 요리하는데 30분밖에 안 걸린다면 지겨워서 뭘 해야 할지 모르지 않겠어?” 디키가 자리에서 일어났다. “들어와 봐, 톰. 내가 그림 보여 줄게.”

디키가 넓은 방으로 안내했다. 톰이 샤워하러 오가면서 몇 번 들여다봤던 방이었다. 두 개의 창 아래에 기다란 소파가 놓여 있었고, 중앙에는 큼직한 이젤이 서 있었다. “이건 내가 작업하고 있는 마지야.” 디키가 이젤 위에 놓인 그림을 가리켰다.

“아.” 톰이 관심을 보이며 대답했다. 그가 보기엔 별로였다. 누가 봐도 별로일 것이다. 한바탕 웃는 마지의 모습이 좀 과장되게 그려져 있었다. 피부색은 인디언처럼 검붉었다. 마지가 이 동네에 사는 유일한 금발 여성이 아니었다면 누군지 아예 알아채지도 못했을 것이다.

"여기서부터는 풍경화가 많아." 디키가 탐탁지 않다는 듯 웃으며 말했지만, 톰의 칭찬을 기다리는 게 분명했다. 디키는 자기가 그린 그림들을 뿌듯해하는 게 분명했다. 투박하게 아무렇게나 떡칠을 해 놓아서, 이 그림이나 저 그림이나 죄다 비슷비슷해 보였다. 그림마다 적갈색과 쨍한 파란색 범벅이었다. 적갈색 지붕과 산, 눈부시게 파란 바다. 디키는 마지의 눈도 시퍼렇게 칠해 놓았다.

"초현실적인 시도를 해 본 작품이지." 디키가 어떤 그림을 넓적다리에 대고 손으로 잡은 채 설명했다.

톰은 자기가 다 민망해서 움찔거렸다. 이번에도 마지를 그린 게 확실했다. 그런데 머리카락이 기다란 구렁이 같아 보였다. 무엇보다 최악은 마지의 눈동자에 그려 넣은 지평선과 수평선이었다. 한쪽 눈동자엔 몽지벨로의 풍경을, 다른 눈동자에는 벌건 사람들로 꽉 찬 해변을 그려 넣었다. "그렇구나. 좋은데?" 톰이 말했다. 그린리프 씨의 말이 맞았다. 디키가 이런 그림이라도 그리는 이유는 문제를 끝까지 회피하기 위해서였다. 미국 전역에 있는 수많은 수준 미달의 아마추어 화가들이 뭐라도 줄기차게 그리는 이유와 동일했다. 톰은 디키가 아마추어 화가라는 범주에서 벗어나지 못한다는 사실이 그저 안타까웠다. 디키가 훨씬 더 실력을 갖춘 화가이기를 바랐기 때문이다.

"내가 화가로서 세상을 깜짝 놀라게 할 일은 없겠지만, 그래도 그림을 그리며 큰 기쁨을 얻고 있어."

"그렇구나." 톰은 그림이라면, 디키가 그린 그림이라면 머리에서 죄다 지우고 싶었다. "다른 데 구경해도 돼?"

"물론! 응접실은 못 봤지?"

디키가 복도에 있는 문을 열자, 아주 넓은 방이 나왔다. 벽난로가 있는 공간에 소파와 책장이 놓여 있고, 탁 트인 삼면으로 테라스, 집 건너편에 있는 땅, 집 앞 정원이 각각 내다보였다. 디키는 겨울에 기분 전환용으로 쓰려고 아끼는 중이라 여름에는 이 방을 쓰지 않는다고 했다. 응접실이라기보다 책벌레의 아지트에 더 가까워 보였다. 톰은 놀랐다. 디키가 머리도 별로 좋지 않고 노는 데 시간을 다 허비하는 젊은이인 줄로 알았다. 톰은 자기가 틀렸다고 생각하면서도, 디키가 지금 따분한 나머지 재미나게 사는 법을 일러 줄 사람을 찾는다는 느낌은 틀리지 않다고 믿었다.

“2층에는 뭐가 있어?” 톰이 물었다.

2층은 실망스러웠다. 테라스 위 한쪽 구석에 자리 잡은 디키의 침실은 휑하고 삭막했다. 침대, 서랍장, 흔들의자가 전부였다. 세 점 모두 난감하고 서로 어울리지도 않았다. 침대는 폭이 싱글 침대보다 넓지 않았다. 2층에 있는 세 개의 방에는 아예 가구가 없거나, 거의 없었다. 그중 한 곳에는 장작과 천 조각 더미만 잔뜩 쌓여 있었다. 마지의 흔적은 그 어디에도 분명 없었다. 디키의 침실에는 더더군다나 보이지 않았다.

“언제 나하고 나폴리에 가지 않을래?” 톰이 물었다. “여기 오느라 구경할 시간이 없었거든.”

“좋아. 토요일 오후가 되면 마지하고 나폴리에 가거든. 거의 매주 토요일 밤마다 가서 저녁을 먹고 택시나 마차를 타고 돌아오곤 하니, 같이 가자.”

“내 말은 낮에, 그러니까 평일 낮에 가서 제대로 보고 싶다는 뜻이었어.” 톰은 이 여행에서 마지를 떼어 놓고 싶었다. “넌 종일 그림만 그려?”

“아니. 월, 수, 금 12시에 버스가 와. 괜찮으면 내일 가자.”

“좋아.” 톰은 좋다고 했지만, 디키가 마지도 데려가지 않을 거라는 확신이 들지 않았다. “마지가 교회 다녀?” 톰은 같이 계단을 내려오며 물었다.

“열혈 신자야! 마지가 홀딱 반한 어떤 이탈리아 남자 때문에 6개월 전에 개종했어. 그 남자 언변이! 스키 사고를 당하는 바람에 이곳에 몇 달 휴양하러 온 남자였거든. 마지는 에두아르도가 믿었던 신앙에 의탁해 그 남자를 잃은 상실감을 달래는 중이지.”

“마지가 널 좋아하는 줄 알았어.”

“나를? 말도 안 되는 소리!”

테라스로 나가니 식사가 차려져 있었다. 마지가 방금 만들어서 구운 비스킷도 버터와 함께 놓여 있었다.

“뉴욕에 사는 빅 시먼스라고 알아?” 톰이 디키에게 물었다.

빅 시먼스는 뉴욕의 화가, 작가, 무용가의 사교 모임을 운영하고 있었지만, 디키는 빅을 알지 못했다. 톰이 두어 명 이름을 더 댔지만, 역시 몰랐다.

톰은 커피를 마신 후에 마지가 집에 가길 바랐지만, 마지는 가지 않았다. 마지가 잠시 테라스를 비우자 톰이 물었다. “오늘 밤 호텔에서 같이 저녁 먹을래?"

"좋지. 몇 시에?"

"7시 반? 칵테일도 마시자. 다 너희 아버지 돈이지만." 톰이 웃으며 말했다.

디키가 웃음을 터뜨렸다. "좋아, 칵테일도 마시고 비싼 와인도 마시자. 마지!" 마지가 막 들어오고 있었다. "오늘 미라마레 호텔에서 저녁 먹자. 아버지가 사 주시는 거야!"

마지도 같이 가기로 했다. 톰은 어쩔 수 없었다. 디키 아버지의 돈이었기 때문이다.

그날 저녁은 즐거웠지만, 마지가 있어서 톰은 하고 싶은 말을 꺼내지도 못했다. 게다가 마지 앞이라 재간을 부리고 싶은 마음도 들지 않았다. 마지는 식당에서 지인들을 만나자 저녁 식사를 끝낸 후 양해를 구하고 커피 잔을 들고 그쪽 테이블로 아예 자리를 옮겼다.

"여기엔 얼마나 더 있을 거야?"

"적어도 일주일은 있으려고."

"그걸 내가 왜 묻냐면……." 디키의 광대뼈 위에 홍조가 살짝 어렸다. 디키는 키안티*를 마시고 기분이 좋아졌다. "여기에 조금 더 있을 생각이라면, 우리 집에서 같이 지내자. 뭐 하러 호텔에서 지내. 혹시나, 호텔에 있는 게 더 좋다면 모를까."

"정말 고마워."

"가정부 방에 침대가 있어. 그 방은 못 봤겠지만, 에르멜린다가 그 방을 쓰지 않아. 여기저기 흩어져 있는 가구를 갖다 놓으면 대충 될 것 같아. 네가 원한다면."

"좋아. 그건 그렇고, 아버님이 경비로 쓰라고 6백 달러를 주셨는데, 지금 5백 달러 정도 남았어. 그 돈으로 우리 둘이 재미있게 놀자."

"5백 달러라니!" 디키는 살면서 이렇게나 큰 목돈은 못 봤다는 듯이 외쳤다. "그 돈이면 차를 사도 되겠네!"

톰은 차를 살 생각은 하지 않았다. 그건 톰이 생각하기에 재미있는 놀이가 아니었다. 톰은 비행기를 타고 파리에 가고 싶었다. 마지가 두 사람에게 돌아오고 있었다.

다음 날 아침이 되자, 톰은 짐을 챙겨서 디키의 집으로 들어갔다.

디키와 에르멜린다가 2층 방에 있던 장식장과 의자 두 개를 옮겨

* 이탈리아산 레드 와인

놓았다. 디키는 산마르코 대성당의 모자이크 성화 포스터를 벽 여기저기에 압정으로 고정했다. 톰은 디키가 가정부 방에 있던 좁은 철제 침대를 옮기는 걸 거들었다. 일은 12시 전에 끝났다. 일하면서 프라스카티*를 홀짝여서 그런지 머리가 약간 띵했다.

"오늘 우리 나폴리에 가긴 가는 거야?" 톰이 물었다.

"당연하지!" 디키가 시계를 들여다보았다. "12시 15분 전이니, 정각에 오는 버스를 타면 돼."

두 사람은 겉옷과 톰의 여행자 수표책만 챙겼다. 우체국에 도착하자, 버스가 막 들어오고 있었다. 톰과 디키는 버스 문 앞에 서서 사람들이 내리기를 기다렸다. 디키가 버스에 막 올라타려는데, 붉은 머리를 하고 화려한 스포츠 셔츠를 입은 젊은 남자와 맞닥뜨렸다. 미국인이었다.

"디키!"

"프레디! 여긴 웬일이야?" 디키가 큰 소리로 물었다.

"너 보러 왔지! 체키 부부도 보고. 며칠 재워 주겠대."

"근사한데! 나는 친구하고 나폴리에 가려고. 톰?" 디키가 톰에게 손짓하더니 인사시켜 주었다.

미국 남자의 이름은 프레디 마일스였다. 톰은 그가 끔찍해 보였다. 일단 붉은 머리가 싫었고, 홍당무색 머리에 주근깨투성이인 허연 피부는 더군다나 질색이었다. 큼직한 적갈색 눈은 사시라서 시야가 어지러워 보였다. 혹시 사시가 아니라면, 프레디는 말할 때 상대방을 절대로 똑바로 바라보지 않는 사람일 것이다. 게다가 살집이 어마어마했다. 톰은 프레디를 외면한 채 디키가 대화를 끝내기를 기다렸다. 톰은 자기들이 버스를 붙잡고 있다는 걸 눈치챘다. 디키와 프레디가 톰이 들어 보지도 못한 마을로 스키를 타러 가자며 12월 중에 날짜를 잡고 있었다.

"12월 2일경에 코르티나**에 열다섯 명이 모이기로 했어. 작년처럼 근사하게 파티해야지. 지갑만 버텨 준다면 3주 정도 있으려고." 프레디가 말했다.

"지갑만 버텨 준다면!" 디키가 따라 했다. "이따가 밤에 보자, 프레디!"

톰은 디키를 따라 버스에 올랐다. 자리가 없어서 땀 냄새가 진동

* 로마 근교에서 나오는 화이트 와인

** 이탈리아 동북부 베네토주에 있는 마을로 알프스산맥 남단의 중심지

하는 깡마른 청년과 그보다 더한 악취를 풍기는 시골 할머니 둘 사이를 비집고 들어갔다. 동네를 막 벗어나려는 순간, 디키가 평소처럼 점심을 먹으러 올 마지를 떠올렸다. 어제까지만 해도 톰이 이사하느라 오늘 나폴리에 가지 못할 것으로 생각했기 때문이다. 디키가 기사에게 소리쳤다. 브레이크를 잡는 끽 하는 소리와 함께 버스가 섰다. 승객들이 죄다 중심을 잃었다. 디키가 차창 밖으로 머리를 내밀고 이름을 불렀다. "지노! 지노!"

디키가 손을 뻗어 내민 백 리라짜리 지폐를 받으려고 길가에 있던 소년이 뛰어왔다. 디키가 이탈리아어로 무슨 말을 하자, 소년은 "수비토, 시뇨르!"라고 대답하더니 뛰어갔다. 디키가 버스 기사에게 고맙다고 인사하자, 버스가 다시 출발했다. "마지한테 가서 늦어도 오늘 밤엔 돌아온다고 전하라고 했어."

"잘했네."

버스가 나폴리의 어느 북새통을 이룬 광장에 사람들을 풀어놓았다. 포도, 무화과, 빵, 수박을 실은 손수레가 순식간에 승객들을 에워쌌다. 만년필과 전동 장난감을 파는 청소년들도 승객들을 보며 외쳤다. 사람들이 디키가 지나가도록 길을 터 주었다.

"점심 먹기에 괜찮은 데가 있어. 정통 나폴리 피자 가게인데, 피자 좋아해?"

"당연하지."

피자 가게는 차로 가기엔 너무 좁고 가파른 골목에 있었다. 입구에는 구슬을 꿴 줄이 매달려 있었고, 테이블마다 와인 디캔터가 놓여 있었다. 다 합쳐 봐야 테이블 여섯 개가 전부였다. 방해받지 않고 몇 시간이고 앉아 와인을 마실 수 있는 곳 같았다. 두 사람은 5시까지 그곳에 앉아 있었다. 디키가 이제 갈레리아*에 가자고 했다. 디키는 다빈치와 엘 그레코의 진품이 전시된 미술관에 데려가지 못해서 미안하다면서 다음에 보자고 했다. 디키는 오후 내내 프레디 마일스에 대해 떠들었다. 톰은 프레디의 얼굴도 꼴 보기 싫은데 프레디 얘기를 듣고 있자니 넌더리가 났다. 프레디는 미국 호텔 체인 소유주의 아들로 극작가라고 했다. 자칭 작가겠지. 톰이 이렇게 이해한 까닭은, 프레디가 지금껏 쓴 작품은 고작 희곡 두 편이 전부였고, 두 편 다 브로드웨이 근처에는

* 나폴리 최고의 쇼핑가

얼씬도 못 해 봤다는 데에 있었다. 카뉴쉬르메르*에 프레디의 집이 있는데, 디키가 이탈리아로 오기 전에 그 집에서 몇 주 묵었다고 했다.

"내가 좋아하는 게 바로 이거야." 디키가 갈레리아에서 솔직히 털어놓았다. "난 이렇게 앉아서 오가는 사람들을 쳐다보는 게 좋아. 이런 일이 인생관에 영향을 주거든. 앵글로색슨족은 노천 테이블에 앉아서 사람들을 구경하지 않는 크나큰 실수를 범하고 있지."

톰은 고개를 끄덕였다. 전에도 들어 본 말이었다. 톰은 디키가 뭔가 심오하고 독창적인 말을 해 주기를 기다리고 있었다. 디키는 미남이었다. 길고 선이 섬세한 얼굴, 번뜩이고 지적인 눈매, 뭘 걸쳐도 태가 나는 번듯한 모습이 범상치 않았다. 너덜너덜한 샌들을 신고 좀 지저분한 흰 바지를 입고 앉아 있는데도, 에스프레소를 가져다주는 웨이터와 이탈리아어로 얘기하는 모습이 갈레리아 사장 같았다.

"차오!" 디키가 지나가는 이탈리아 남자에게 인사했다.

"차오, 디키!"

"토요일마다 저 남자한테 마지가 갖고 있던 여행자 수표를 환전해." 디키가 톰에게 설명했다.

잘 차려입은 이탈리아 남자가 디키와 반갑게 악수하더니 합석했다. 톰은 이탈리아어로 말하는 두 사람의 대화에 귀를 기울였다. 단어가 띄엄띄엄 들렸다. 피로감이 밀려왔다.

"로마에 갈래?" 디키가 느닷없이 물었다.

"좋지. 그런데 지금 가자고?" 톰은 자리에서 일어나 돈을 꺼내 웨이터가 커피 잔 밑에 끼워 둔 작은 계산서를 해결했다.

이탈리아 남자의 차는 대형 회색 캐딜락이었다. 4화음 경적음을 내는 차 안에는 베니션 블라인드와 번쩍거리는 라디오가 달려 있었다. 이탈리아 남자와 디키가 기분이 좋았는지 소리를 내질렀다. 두 시간 후 로마 근교에 도착했다. 차가 아피안 거리를 달리자, 톰은 허리를 세워 앉았다. 톰에게 보여 주려고 이곳으로 온 거라며 이탈리아 남자가 말했다. 톰이 처음 보는 도로로, 길은 군데군데 울퉁불퉁했다. 아피안 거리는 고대 로마의 벽돌 길이 고스란히 남아 있어서 그 옛날 로마의 도로가 어땠는지 체험할 수 있는 곳이라고 남자가 설명했다. 좌우로 펼쳐진 평평한 들판에 땅거미가 내리자 황량해 보였다. 아주 오래된 묘지 같았다. 온전한 무덤 몇 기와 일부만 남은 무덤의 흔적이 여태

* 프랑스 남동부 니스 근교 마을

보존되어 있었다. 이탈리아 남자는 두 사람을 로마의 어느 도로 한복판에 내려 주더니 느닷없이 작별 인사를 건넸다.

"바쁘대. 11시에 남편이 들어오기 전에 여자 친구를 만나서 도망가야 한다나. 내가 찾던 공연장이 보이네, 따라와." 디키가 말했다.

두 사람은 그날 밤 공연하는 표를 샀다. 공연 시간까지 한 시간이 남자, 비아베네토에 있는 노천카페에 앉아 아메리카노를 시켰다. 톰이 보아하니, 디키는 로마에 아는 사람이 아무도 없는 것 같았다. 적어도 지나가는 사람들 중에는 없어 보였다. 두 사람은 테이블 옆을 스쳐 지나가는 수백 명의 이탈리아인과 미국인을 구경했다. 공연장에서 톰은 음악이 귀에 들어오지 않았지만, 그래도 열심히 보려고 노력했다. 그런데 디키가 공연이 끝나기도 전에 나가자고 했다. 두 사람은 밖으로 나와 마차를 타고 로마 시내를 빙글빙글 돌았다. 분수가 연달아 보였다. 포룸 로마눔*을 지나 콜로세움을 돌았다. 하늘에는 달이 떠 있었다. 톰은 여전히 졸렸지만, 난생처음 로마에 왔다는 짜릿함에 취한 나머지 밀려오는 졸음조차 감수성이 충만하고 감미로운 기분처럼 느껴졌다. 두 사람은 어깨를 축 늘어뜨리고 마차에 앉아서 각자 한쪽 무릎 위에 샌들 신은 발을 올려놓았다. 디키의 다리와 그 옆에 올려진 자기 다리를 보자 톰은 거울을 보는 듯했다. 키도 몸무게도 둘이 똑같았다. 디키가 약간 더 무거울까? 목욕 가운이며 양말도 그렇고, 아마 셔츠도 같은 사이즈를 입으면 될 것 같았다.

톰이 마부에게 요금을 건네자, 디키가 이런 말까지 했다. "고맙습니다, 그린리프 씨." 그 말에 톰은 기분이 약간 묘해졌다.

두 사람은 저녁을 먹으며 와인 한 병 반을 곁들였다. 새벽 1시가 되자 분위기가 더욱 무르익었다. 서로 어깨동무하고 노래를 부르며 싸돌아다녔다. 어두운 골목을 돌다가 어떤 여자하고 부딪히는 바람에 여자가 넘어졌다. 두 사람은 여자를 일으켜 세우면서 사과하더니 집에까지 바래다주겠다고 했다. 여자는 됐다고 했지만, 둘이 양쪽에 서서 부득부득 우겼다. 여자는 트롤리버스를 타야 한다고 했지만, 디키는 그 말을 듣지 않고 택시를 잡았다. 디키와 톰은 하인처럼 팔짱을 끼고 보조석에 다소곳이 앉아 있었다. 디키가 말을 걸자, 여자가 웃음을 터뜨렸다. 톰은 디키가 하는 말을 거의 다 알아들었다. 두 사람은 어느 골목에 여자를 내려 주었다. 주위를 둘러보니 다시 나폴리로 되돌아온 것

* 이탈리아 로마 구도심 한가운데 있는 고대 로마 시대 유적지

같았다. 여자는 "그라치에 탄테(정말 고마워요)!"라고 하더니 두 사람과 악수한 후 아주 시커먼 문으로 사라졌다.

"들었어?" 디키가 말했다. "자기가 여태 만난 미국인 중에서 우리가 제일 친절하대!"

"형편없는 미국인이라면 이런 경우…… 여자를 범했겠지." 톰이 말했다.

"여기가 어디더라?" 디키가 한 바퀴 뱅그르르 돌면서 물었다.

여기가 어딘지 둘 다 감을 잡을 수 없었다. 몇 블록이나 걸었지만 이정표가 될 만한 것도, 익숙한 거리명도 보이지 않았다. 둘은 컴컴한 벽에 대고 오줌을 싼 다음 정처 없이 걸었다.

"날이 밝으면 어딘지 알겠지." 디키가 힘차게 말하더니 시계를 들여다보았다. "두 시간만 더 버티면 되겠어."

"좋아."

"괜찮은 여자를 집에까지 데려다주니 좋지 않아?" 디키가 약간 비틀거리며 물었다.

"물론이지, 난 여자가 좋더라." 톰이 따지듯 말했다. "오늘 밤 마지가 여기에 없어서 다행이야. 마지하고 같이 왔으면 저 여자를 집에 못 바래다줬을 거 아냐."

"글쎄." 디키가 후들거리는 다리를 내려다보며 생각에 잠긴 채 대답했다. "마지는……."

"내 말은, 마지하고 같이 왔더라면 이 밤에 어느 호텔에서 묵을까 걱정만 했을 거란 뜻이야. 그 망할 놈의 호텔에 들어갔을 테고. 그랬더라면 로마 구경은 반도 못 했을걸."

"맞아!" 디키가 한쪽 팔을 톰의 어깨에 두르며 휘청거렸다.

디키가 톰의 어깨를 세차게 흔들었다. 톰은 잠에서 깨려고 애를 쓰다가 디키의 손을 잡았다. "디키!" 톰이 눈을 뜨자 눈앞에 웬 경찰관의 얼굴이 보였다.

톰이 일어나 앉았다. 새벽의 어느 공원이었다. 옆에 있는 디키는 잔디밭에 앉아서 이탈리아 말로 경찰관에게 아주 차분하게 설명하고 있었다. 톰은 묵직한 여행자 수표책을 더듬거리며 찾았다. 수표는 주머니 안에 그대로 있었다.

"파사포르티(여권)!" 경찰관이 다시 외쳤다. 이번에도 디키는 차분하게 설명을 이어 갔다.

톰은 디키가 무슨 말을 하는지 정확히 이해했다. 디키는 우리가 미국인인데 별을 보려고 잠시 산책 나오느라 여권을 가져오지 않았다고 했다. 톰은 웃음이 터질 것 같아서 자리에서 일어나 비틀거리며 옷에 묻은 먼지를 털었다. 디키도 일어섰다. 두 사람이 걸어가는데도 경찰관이 계속 고함을 질렀다. 디키가 공손하게 해명하자, 적어도 쫓아오지는 않았다.

"우리 꼴이 말이 아닌가." 디키가 말했다.

톰이 고개를 끄덕였다. 바지 무릎께가 쭉 찢어져 있었다. 어디선가 넘어졌던 모양이다. 둘 다 입고 있는 옷이 구깃구깃해지고 잔디 물이 들고 흙이 묻고 땀에 젖어서 지저분했다. 이제는 추워서 온몸이 바들바들 떨렸다. 걷다가 처음 나오는 카페로 들어가 카페 라테와 달콤한 롤을 시키고, 이탈리아산 브랜디도 연거푸 주문했다. 맛은 끔찍했지만 몸에서 열이 났다. 이제야 웃음이 터졌다. 아직도 취기가 가시지 않았다.

두 사람은 오전 11시까지 나폴리에 있었는데, 몽지벨로로 가는 버스 출발 시각에 딱 맞춘 것이다. 톰은 보란 듯이 제대로 차려입고 다시 로마에 가서 이번에 못 본 박물관을 모두 구경할 상상을 하니 흐뭇했다. 오늘 오후에는 몽지벨로 해변에 누워서 선탠할 생각을 하니 좋았다. 그런데 둘 다 해변에는 나가지도 않았다. 디키의 집에서 샤워한 다음, 각자 침대에 쓰러져 곯아떨어지고 만 것이다. 오후 4시경에 마지가 두 사람을 깨웠다. 마지는 화가 나 있었다. 디키가 로마에서 자고 오겠다고 전보를 치지 않았기 때문이다.

"자고 오든 말든 상관없는데, 나폴리에서 무슨 일이 생긴 줄 알았잖아."

"아, 그게……." 디키가 말꼬리를 늘이며 톰을 쳐다보았다. 그는 셋이서 마실 블러디 메리*를 만들고 있었다.

톰은 신기하게도 입을 굳게 다물었다. 두 사람이 한 일을 마지에게 절대로 말해 주지 않을 참이었다. 마음대로 상상하라지. 디키는 둘이서 아주 즐거운 시간을 보냈다는 사실을 확실히 해 두었다. 마지가 못마땅한 눈으로 디키를 쳐다보았다. 디키는 덥수룩한 얼굴을 하고 술이 덜 깬 상태로 지금도 술을 마시고 있었다. 마지가 아주 진지하게 나오자 눈빛이 달라졌다. 수더분한 옷을 입고 바람에 날리는 머리를 하고 걸 스카우트 같은 분위기를 온몸으로 풍기던 그녀가, 지금은 무슨

* 보드카와 토마토 주스로 만든 칵테일

일이 있었는지 꿰뚫어 보는 노련한 여자로 변신해 엄마나 누나 같아 보였다. 철없는 남정네들이 앞길 망치는 장난을 저지르자 못마땅해하는 나이 먹은 여자 같다고나 할까. 얼씨구 잘들 하네! 아니면, 질투하는 걸까? 마지는 디키가 그간 붙어 지낸 자신보다 단지 남자라는 이유로 24시간 만에 톰과 더 친해졌음을 깨달았다. 디키가 자길 사랑하느냐 아니냐와는 무관한 일이긴 했지만, 그가 그녀를 사랑하지 않는 건 사실이었다. 잠시 후 마지가 몸에서 힘을 빼자, 눈빛에 어려 있던 뭔가도 빠져나갔다. 디키가 테라스에 톰과 마지를 두고 자리를 비웠다. 톰은 마지에게 무슨 책을 쓰냐고 물었다. 마지는 몽지벨로에 관한 책이라면서 직접 찍은 사진도 실린다고 했다. 고향이 오하이오라면서 지갑에 있는 사진을 보여 주었다. 가족이 사는 집이라고 했다. 평범한 물막이 판자로 만든 집이라도 집은 집이라면서 마지가 웃으며 말했다. 그런데 마지가 판자를 '환자'라고 발음하는 바람에 톰은 흠칫했다. 환자는 마지가 술에 취한 사람들을 칭할 때 쓰던 단어였기 때문이다. 방금 전에도 마지가 디키에게 환자라고 했었다. "너 진짜 환자 같아!" 톰은 마지의 단어 선택도, 발음도 모두 가증스러웠다. 톰은 마지에게 유독 잘해 주려고 했다. 노력하다 보면 잘해 줄 수 있을 것 같았다. 톰은 마지를 대문까지 배웅해 주었다. 둘 다 다정히 작별 인사를 나누면서도 이따가 밤에 보자든가 내일 다 같이 보자는 말은 일절 꺼내지 않았다. 마지가 디키에게 화가 난 게 틀림없었다.

10

사나흘간 마지는 거의 보이지 않았다. 해변에 내려가야 볼까. 바닷가에서 마주친 마지는 눈에 띄게 차가워졌다. 예전처럼, 아니 전보다 더 웃고 떠들긴 해도 이제는 뭔가 거리를 두고 서먹하게 굴었다. 톰은 디키가 걱정하고 있다는 걸 눈치챘다. 디키가 마지하고 단둘이 얘기할 시간이 충분하지 않아서 걱정하는 건 확실히 아니었다. 하지만 톰이 디키의 집으로 이사 오면서부터 디키의 곁을 떠나지 않았기 때문에 둘이서만 있을 수가 없었다.

톰은 자기도 신경 쓰고 있다는 걸 보여 주려고 마지가 달라진 것 같다고 마침내 디키에게 말을 꺼냈다.

"아, 그거. 마지가 기분이 오락가락해서 그래." 디키가 말했다. "요즘 글이 잘 써지나 봐. 한창 일할 때 누굴 만나는 거 싫어하거든."

톰은 디키와 마지의 관계가 처음에 생각했던 관계가 맞는다고 확신했다. 디키가 마지를 좋아하는 것보다 마지가 디키를 훨씬 더 좋아했다.

어찌 되었든 간에 톰은 디키를 시종일관 즐겁게 해 주었다. 뉴욕 지인들에 얽힌 흥미진진한 일화들을 잔뜩 풀어놓았다. 실화인 것도 있었고, 지어낸 것도 있었다. 두 사람은 매일 디키의 요트를 타고 바다로 나갔다. 톰에게 언제 떠나냐고 묻지 않는 걸 보면, 디키가 톰하고 같이 있는 걸 좋아하는 게 확실했다. 디키가 그림을 그리고 싶어 할 때면, 톰은 옆에 얼쩡거리지도 않았다. 디키가 산책하러 가자는 둥 배를 타러 가자는 둥 앉아서 얘기하자는 둥 무슨 말이든 꺼내기만 하면, 톰은 하던 일을 멈추고 하자는 대로 해 주었다. 톰은 이탈리아어 공부에 매진했는데, 디키가 그 모습을 대견해하는 눈치였다. 톰은 문법책과 회화책으로 하루 두 시간씩 이탈리아어를 공부했다.

톰은 그린리프 씨에게 편지를 썼다. 요즘 디키의 집에서 지내는데 디키가 올겨울에 미국에 잠깐 들어가겠다고 했다면서, 그쯤 되면 미국에 더 오래 있으라고 디키를 설득할 수 있을 거라고 적었다. 톰은 첫 번째 편지에서는 몽지벨로의 어느 호텔에서 묵는다고 했는데, 지금은 디키의 집에서 지낸다고 하니 훨씬 그럴싸했다. 경비를 다 쓰고 나면 일자리를 구할 생각이라면서 이 동네 호텔에서 일을 구해 보겠다고도 덧붙였다. 언뜻 스쳐 가듯 언급했지만, 6백 달러가 바닥이 날 거라는 사실과 먹고살려고 일할 준비가 된 청년이라는 인상을 그린리프 씨에게 전달하는 두 가지 목적을 달성했다. 톰은 디키에게도 좋은 인상을 주고 싶어서 편지를 부치기 전에 읽어 보라고 했다.

또 한 주가 흘렀다. 쾌적하기 이를 데 없는 계절이자 게으르기 짝이 없는 시절이었다. 톰이 하는 최고의 육체 운동은 매일 오후 해변에서 돌계단을 오르는 것이었고, 최고의 두뇌 운동은 파우스토와 이탈리아어로 대화하는 것이었다. 파우스토는 디키가 마을에서 데려온 스물세 살의 이탈리아 청년으로, 일주일에 세 번 집에 와서 톰에게 이탈리아어를 가르쳤다.

하루는 디키의 요트를 타고 카프리에 갔다. 카프리는 몽지벨로에서 보이지 않을 만큼 떨어진 곳에 있었다. 톰은 한껏 기대에 부풀었지만, 디키는 딴 데 정신이 팔렸는지 만사에 시큰둥했다. 피피스트렐로를 묶어 둘 위치를 두고 부두 관리인과 말다툼해서 그런지, 광장에서 전방위로 뻗은 근사한 골목들은 둘러보지 않겠다고 했다. 두 사람은 광장에 있는 카페에 죽치고 앉아 페르네 브랑카*를 마시기만 했다. 그러더니 디키가 어두워지기 전에 돌아가자고 했다. 사실 톰은 디키가 자고 가자고 하면 기꺼이 호텔비를 낼 용의가 있었다. 톰은 나중에 다시 와야겠다고 다짐하며 오늘은 망했으니 깨끗이 잊어버리려고 했다.

그린리프 씨가 보낸 편지가 왔다. 톰이 보낸 편지와 엇갈린 것이다. 그린리프 씨는 디키가 집으로 돌아와야 한다는 주장을 거듭하며 톰이 무슨 일이 있어도 디키를 설득해 주기를 기원하며 결과를 즉각 알려 달라고 당부했다. 톰은 의무감에 다시 펜을 잡고 답장을 썼다. 그린리프 씨의 편지는 놀라우리만치 사무적이었다. 선박 부품 선적 관련 내용을 확인하는 서류 같았다. 그래서 톰도 사무적으로 답장을 쓰니, 훨씬 수월했다. 점심을 먹은 직후라 약간 술기운이 오른 상태에서 편지를 썼다. 두 사람은 점심을 먹은 후에는 어김없이 와인을 마시느라 늘 취기가 살짝 올라 있었다. 에스프레소를 마시고 잠시 산책하다 보면 알딸딸한 술기운이 금방 가시기도 했고, 느긋하게 오후를 즐기며 한 잔 더 홀짝이다 보면 술기운이 길어지기도 했다. 톰은 헛된 희망을 불어넣는 자신의 모습에 놀라면서 그린리프 씨가 쓴 어조에 맞춰 아래와 같이 답장을 썼다.

> 제가 착각한 게 아니라면, 이곳에서 겨울을 한 번 보내겠다는 리처드의 계획이 흔들리고 있습니다. 약속드린 대로, 리처드가 이곳에서 또다시 겨울을 맞이하지 않도록 설득하는 데에 온 힘을 다하고 있습니다. 조만간—비록 크리스마스 무렵이 될지도 모르겠습니다만—리처드가 미국으로 건너가기만 하면 리처드를 눌러 앉힐 수 있을 것으로 사료됩니다.

톰은 답장을 쓰면서 절로 미소가 지어졌다. 올겨울 둘이 그리스에 있는 섬들을 둘러보자고 의논하던 중이라 디키가 단 며칠이라도 미국에 다녀오겠다는 생각을 아예 접어 버렸기 때문이었다. 모친이 위독해진다면 얘기가 달라지겠지만. 두 사람은 몽지벨로에서 지내기에 가장 힘들다는 1월과 2월 두 달간 마요르카**에서 보내자며 의논했었다. 톰은 마지는 같이 가지 않을 거라고 확신했다. 둘이서 여행 계획을 짤 때마

* 이탈리아산 비터스 칵테일
** 지중해에 있는 가장 큰 섬

다 마지 얘기는 하지 않았기 때문이다. 그런데 디키가 겨울에 톰하고 크루즈 여행을 갈지도 모른다는 말을 마지에게 흘리고 만 것이다. 제길, 디키는 비밀이 없네! 톰은 디키가 그와 단둘이 여행 가겠다는 마음은 여전하면서도 평소보다 마지를 더더욱 챙기는 이유를 알고 있었다. 몽지벨로에 홀로 남아 있어야 할 마지에게 같이 가자는 말을 꺼내지 않는 것 자체가 잔인한 짓임을 각성했기 때문이다. 두 남자는 가장 저렴하지만 극악의 교통편을 타고 그리스로 여행을 간다는 인상을 마지에게 심어 주는 것으로 상황을 수습하려 했다. 가축 수송선이라 갑판에서 소작농 같은 남자들과 뒤엉켜 자야 하니 여자는 절대로 탈 수 없다고 둘러댔다. 그런데도 마지는 실망한 기색이 역력했다. 디키는 마지를 달래려고 점심도 먹고 저녁도 먹자면서 마지를 집으로 뻔질나게 부르기도 했고, 해변에서 걸어 올라올 때면 더러 마지의 손을 잡기도 했다. 그럴 때면 마지는 이제 그만 놓으라고 하거나, 디키가 잡자마자 손을 빼기도 했다. 그런데 톰이 보기엔 마지가 손을 잡히고 싶어서 안달이 난 것 같았다.

마지는 헤르쿨라네움*에 같이 가자는 제안도 거절했다.

"난 집에 있을래. 남자들끼리 다녀와." 마지는 애써 기분 좋은 척 웃으며 대답했다.

"마지가 안 간다고 하면 진짜로 안 갈걸." 톰은 디키에게 이렇게 말하고는 단둘이 테라스에서 얘기할 수 있도록 눈치껏 자리를 비켜 주었다.

톰은 디키의 작업실에 있는 넓은 창틀에 걸터앉아 구릿빛으로 그을린 팔로 팔짱을 끼고 바다를 내다보았다. 푸르른 지중해를 바라보며 디키와 함께 가고픈 곳으로 항해하는 모습을 상상하니 좋았다. 탕헤르**, 소피아***, 카이로****, 세바스토폴*****……. 여행 경비가 바닥날 무렵이면 디키가 나를 무척 좋아하게 될 테고 나한테 정이 들 대로 들어서 둘이 같이 사는 걸 당연하게 받아들이겠지. 매월 디키에게 입금되는 5백 달러로 우리 둘이 편히 살 수 있어. 테라스에서 디키가 애원하고 마지가 짧게 대답하는 소리에 이어 대문이 쾅 닫히는 소리가 들렸

* 나폴리 인근에 있는 고대 도시

** 아프리카 북서부 끝에 있는 모로코의 항구 도시

*** 불가리아의 수도

**** 이집트의 수도

***** 우크라이나 남부의 군항 도시

다. 점심을 먹으러 온 마지가 그냥 가 버린 것이다. 톰은 창틀에서 일어나 테라스에 있는 디키에게 다가갔다.

"마지가 화났어?"

"화난 게 아니라 소외감이 드나 봐."

"마지도 끼워 주려고 우리도 애를 쓰기는 썼잖아."

"그런 거 아냐." 디키가 테라스를 이리저리 돌아다녔다. "이젠 코르티나에도 안 가겠대."

"12월이 되기 전에 마음을 돌리겠지."

"글쎄다, 아닐걸."

톰은 자기도 코르티나에 가는 게 원인으로 보였다. 지난주에 디키가 톰에게 같이 가자고 했었다. 둘이 로마에 갔다 오니, 프레디 마일스는 가고 없었다. 프레디가 급한 일로 런던에 갔다고 마지가 알려 주었다. 디키는 친구를 한 명 더 데려가겠다고 프레디에게 편지를 보냈다. "내가 떠날까, 디키?" 디키는 내가 떠나는 걸 바라지 않을 거야, 톰은 확신하며 물었다. "내가 너하고 마지 사이를 방해하는 것 같아."

"그런 거 아니라니까! 네가 무슨 방해를 하는데?"

"마지는 내가 방해한다고 생각할지도 모르잖아."

"그런 거 아냐. 내가 신세 진 게 있어서 그래. 게다가 최근엔 잘해 주지도 않았잖아. 우리 둘 다."

톰은 디키가 무슨 뜻으로 한 말인지 이해가 되었다. 이 동네에 사는 미국인이라곤 달랑 둘 뿐이라서 길고 끔찍했던 지난 겨우내 서로가 서로에게 벗이 되어 주었는데, 딴 사람이 나타났다고 디키가 마지를 홀대해서는 안 된다는 소리였다. "마지한테 코르티나에 가자고 내가 말해 볼까?" 톰이 나섰다.

"그러면 더 안 간다고 할걸." 디키가 까칠하게 대답하더니 실내로 들어가 버렸다.

디키가 에르멜린다에게 아직 밥 생각이 없으니 점심은 됐다고 말하는 소리가 들렸다. 디키가 집주인다운 말투로 식사할 생각이 없다고 이탈리아어로 말하는 걸 톰은 전부 알아들을 수 있었다. 디키가 테라스로 나와 담배에 불을 붙이려고 라이터를 손으로 가렸다. 디키의 근사한 은제 라이터는 바람이 조금만 불어도 불이 잘 붙지 않았다. 톰이 생긴 건 보잘것없지만 잘만 켜지는 라이터를 꺼냈다. 군수품처럼 볼품은 없어도 성능은 좋은 라이터로 불을 붙여 준 다음, 술을 마시자고 하려다가 말았다. 여긴 톰의 집이 아니었다. 공교롭게도 톰이 사다 놓은 길비스 보드카 세 병이 지금 주방에 있었다.

"2시가 넘었네. 잠깐 산책하는 길에 우체국에 들를까?" 톰이 말했다. 루이지는 우체국 문을 2시 반에 열 때도 있었고, 4시까지 안 열 때도 있어서 아무도 언제 여는지 알 길이 없었다.

둘은 말없이 내리막길을 걸었다. 마지가 뭐라고 했을까? 톰은 궁금했다. 순간 묵직한 죄책감이 엄습하자 이마에서 진땀이 흘렀다. 뭔지 모를, 그럼에도 굉장히 강렬한 죄책감이었다. 톰이 도둑질이나 부끄러운 짓을 했다고 마지가 디키에게 콕 집어서 말한 것 같았다. 마지의 태도가 그저 차갑기만 했다면 디키가 이런 식으로 반응하진 않았을 것이다. 디키가 구부정한 자세로 내리막길을 걸었다. 내리막이다 보니 무릎이 발보다 앞으로 나가는 걸음걸이가 되었다. 톰은 자기도 모르게 디키의 걸음새를 따라 하고 있었다. 이제 디키가 턱을 가슴께로 당기고 손을 반바지 주머니에 쑤셔 넣고 걷기 시작했다. 디키가 침묵을 깬 건 루이지에게 인사하기 위해서였다. 디키는 편지를 받으며 고맙다고 했다. 톰에게 온 편지는 없었다. 디키 앞으로 온 편지는 나폴리 은행이 보낸 우편으로, 공란에 5백 달러라고 찍힌 송금 수표였다. 디키는 무심히 송금 수표만 주머니에 챙기고 봉투는 쓰레기통에 버렸다. 디키의 돈이 나폴리 은행에 입금되었음을 매월 알려 주는 송금 수표로 보였다. 신탁 회사에서 나폴리 은행으로 입금해 준다는 말을 디키가 한 적이 있었다. 두 사람은 계속 내리막길을 따라 내려갔다. 톰은 큰길을 따라 마을 반대편에 있는 절벽을 끼고 도는 곳까지 올라갈 줄 알았다. 예전에 산책했던 코스로 가는 줄로 알았다. 그런데 디키가 마지의 집으로 올라가는 계단 앞에서 걸음을 멈추었다.

"난 마지를 만나러 가야겠어. 오래 안 걸려. 그래도 기다리진 마."

"알았어." 톰은 갑자기 마음이 쓸쓸해졌다. 디키가 벽으로 난 가파른 계단을 오르는 모습을 바라보다가 몸을 홱 틀어 다시 디키의 집으로 향했다.

톰은 오르막길을 절반쯤 오르다가 조르조(사실 조르조에서 파는 마티니는 형편없었다)에 가서 한잔하고 싶은 마음이 동했다. 그러면서도 마지의 집에 가서 마지에게 사과하는 척하며 놀란 두 사람을 괴롭히고 화풀이하고픈 충동도 일었다. 지금 이 순간 디키가 마지를 안고 있거나, 하다못해 쓰다듬고 있을 것 같은 예감이 별안간 밀려왔다. 그 장면을 보고 싶은 마음이 반, 외면하고 싶은 마음이 반이었다. 톰은 발걸음을 돌려 마지의 집으로 향했다. 대문보다 집이 훨씬 위에 있어서 문소리가 들리지 않을 텐데도, 톰은 대문을 살짝 닫고 계단을 한 번에 두 칸씩 성큼성큼 올라가다가 마지막 층계참에서 속도를 줄였다. 톰은 이렇게 말하려고 했었다. '나 왔어, 마지! 내가 여기에 있는 동안 널 힘들게 했다면 미안해. 같이 가자는 말을 오늘에야 했지만 우린 진심이었어. 난 진심이었다고.'

마지가 있는 창이 보이자, 톰은 걸음을 멈추었다. 디키가 마지의 허리를 두 팔로 감싸 안고 웃으며 주근깨가 난 마지의 뺨에 입을 맞추었다. 두 사람과 톰의 거리는 고작 4미터 남짓. 톰은 해가 나는 곳에 서 있었고, 그에 비해 실내는 그늘져 있었다. 톰은 눈에 불을 켜고 필사적으로 들여다보았다. 이제 마지의 얼굴이 디키의 얼굴에 포개졌다. 마지는 황홀한 나머지 정신이 혼미해진 것 같았다. 톰은 구역질이 치밀었다. 디키가 마음에도 없으면서 마지와의 우정을 지키려고 빤한 잔꾀를 부리고 있었다. 허리에 두른 디키의 두 팔 아래 수수한 치마 밑에서 불룩하게 튀어나온 마지의 엉덩이도 역겨웠다. 디키가 저럴 줄은! 디키가 저럴 수 있다는 게 믿기지가 않았다!

톰은 돌아서서 계단을 뛰어 내려가면서 소리를 내지르고 싶었다. 대문을 쾅 닫았다. 오르막길을 단숨에 뛰어서 디키의 집까지 올라간 다음, 대문을 지나 가쁜 숨을 몰아쉬며 난간에 기댔다. 디키의 작업실에 있는 소파에 잠시 앉자 머리가 멍해지고 정신이 아득해졌다. 키스라니. 첫 키스 같지 않던데. 톰은 디키의 이젤까지 걸어가면서도 그 위에 놓인 형편없는 그림은 자기도 모르게 외면했다. 팔레트 위에 있는 퍼티 지우개를 집어 들고 창밖으로 냅다 내던졌다. 지우개가 호를 그리며 날아가더니 해변 쪽으로 사라졌다. 디키의 책상에 있는 지우개를 몇 개 더 챙기고, 펜촉, 훈연 스틱, 목탄, 파스텔 조각을 주섬주섬 집은 다음, 방구석이나 창밖으로 차례차례 집어 던졌다. 뇌는 냉철하고 논리적인 데에 비해 몸이 미쳐 날뛰는 묘한 기분에 휩싸였다. 테라스로 달려가 난간 위에 훌쩍 올라서서 춤을 추든 물구나무를 서든 하려고 했다. 그런데 난간 너머로 보이는 허공이 톰을 막아 세웠다.

톰은 디키의 침실로 가서 손을 주머니에 넣고 잠시 서성였다. 디키가 언제 오려나? 오후 내내 마지의 집에 있다가 아예 같이 자려는 걸까? 디키의 옷장 문을 열고 들여다보았다. 새로 사서 막 다려 놓은 회색 플란넬 양복이 보였다. 디키가 이걸 입은 모습은 본 적이 없었다. 톰은 양복을 꺼냈다. 입고 있던 반바지를 벗고 회색 플란넬 바지를 입었다. 구두도 신었다. 서랍장 맨 아래 칸을 열고 흰색 바탕에 파란색 줄무늬가 쳐진 깔끔한 셔츠도 꺼냈다.

톰은 감색 실크 넥타이를 골라 정성껏 맸다. 양복이 몸에 꼭 맞았다. 가르마를 다시 탔다. 디키처럼 가르마를 조금 더 옆에서 타서 넘겼다.

"마지, 내 말 잘 들어. 난 널 사랑하지 않아." 톰은 거울 앞에서 디키의 말투를 흉내 냈다. 디키처럼 강조할 단어는 조금 더 높이고 문장을 끝맺을 때는 성대가 살짝 긁히는 소리를 냈다. 이렇게 말하면 기분에 따라 유쾌하거나 불쾌하게, 혹은 다정하거나 쌀쌀맞게 들렸다. "마지, 그만하라니까!" 톰이 몸을 홱 돌리더니 마지의 멱살을 쥐듯 두 손으로 허공을 움켜쥔다. 마지를 흔들며 목을 비틀자, 마지가 슬슬 주저앉다가 바닥에 쓰러져 축 늘어진다. 톰은 숨을 몰아쉬며 디키처럼 이마를 훔쳤다. 손수건을 찾았지만 보이지 않자, 서랍장 맨 위 칸을 열어서 손수건을 꺼낸 다음 다시 거울 앞에 섰다. 벌어진 입매가 디키하고 비슷해 보였다. 디키는 수영하다가 숨이 차면 아랫입술을 밑으로 당겨 아랫니를 드러냈다. "내가 왜 이렇게까지 했는지 넌 알겠지." 톰은 계속 헐떡거리며 마지에게 말했지만, 시선은 거울 속 자신을 향해 있었다. "톰하고 내 사이를 방해한 건 너야……. 아니, 아니라니까! 우리는 끈끈한 사이라고!"

톰은 뒤돌아서서 가상의 시신을 타고 넘어 창문으로 살며시 다가갔다. 구불구불한 길 너머 마지의 집으로 올라가는 계단이 흐릿하게 보였다. 계단에도 길에도 디키는 보이지 않았다. 둘이 지금쯤 뒹굴고 있겠지, 하는 생각이 들자 역겨움에 목구멍이 더욱 조여 왔다. 톰은 상상의 나래를 펼쳤다. 디키는 쑥스럽고 서툴러서 별로 느끼지 못할 테고, 마지는 좋아 죽겠지. 디키가 고문을 해도 마지는 좋다고 할걸! 톰은 다시 옷장으로 시선을 돌려 맨 위 선반에 있는 모자를 꺼냈다. 챙에 녹색과 흰색이 어우러진 깃털이 꽂힌 회색 티롤리언해트*를 비스듬히 썼다. 정수리와 이마를 가리니 디키하고 닮아도 너무 닮아 보여 톰은 흠칫했다. 머리색이 톰이 조금 더 진하다는 것만 달랐다. 그것만 빼면, 코도—평범하게 생기긴 했지만—좁은 하관도 비슷했다. 힘만 제대로 주면 눈썹까지 빼닮았다.

"뭐 하는 거야?"

톰이 몸을 홱 돌렸다. 디키가 침실 문 앞에 서 있었다. 아까 내다봤을 때 디키가 대문 바로 앞에 있었던 게 분명했다. "그냥 재미

* 오스트리아 티롤 지방에서 많이 쓰는 부드러운 펠트로 만든 모자

로…….” 톰은 구차할 때 나오는 낮은 목소리로 둘러댔다. “미안해, 디키.”

디키는 입술을 달싹했다가 꾹 다물었다. 화가 나서 말들이 입안에서 뒤엉켜 나오지 않는 것 같았다. 그런데도 디키가 그 말을 한 거나 다름없어서, 톰에게는 상황이 좋지 않았다. 디키가 침실로 들어왔다.

“디키, 미안한데…….”

방문을 쾅 닫는 소리가 톰의 입을 틀어막았다. 디키가 인상을 쓰며 셔츠를 벗기 시작했다. 톰이 방에 없었어도 디키는 저렇게 벗었을 것이다. 여기는 디키의 침실이기에. 여기에서 난 뭐 하는 거지? 톰은 두려움에 온몸이 굳었다.

“벗어.” 디키가 명령했다.

톰이 주섬주섬 옷을 벗었다. 민망하면서도 놀라서 손이 굳었다. 지금까지는 디키가 이것도 입어 보고 저것도 걸쳐 보라고 권했었는데. 다시는 그런 말을 하지 않을 것이다.

디키가 톰의 발을 쳐다보았다. “구두까지? 너 미쳤어?”

“그게 아니라.” 톰은 양복을 걸면서 정신을 가다듬고 물었다. “마지하고는 화해했어?”

“나하고 마지는 문제없어.” 디키가 쏘아붙이며 두 사람과 톰 사이에 선을 그었다. “분명히 짚고 넘어갈 게 하나 더 있어.” 디키가 톰을 노려보며 말했다. “난 남자 안 좋아해. 혹시 날 그런 쪽으로 보는가 해서.”

“그게 무슨 소리야? 난 널 그렇게 생각해 본 적도 없어.” 톰이 흐릿한 미소를 지으며 대답했다.

디키가 무슨 말을 하려다가 말고 허리를 펴자 그을린 가슴팍에 갈비뼈가 드러났다. “마지는 네가 그쪽인 거 같대.”

“내가 왜?” 톰은 얼굴에서 피가 쑥 빠져나가는 것 같았다. 남은 구두 한 짝도 마저 벗어서 옷장에 두 짝을 넣었다. “마지가 무슨 근거로? 내가 뭘 어쨌다고?” 톰은 어지러웠다. 이렇게 대놓고 말한 사람은 지금껏 아무도 없었다.

“네가 하는 짓이 그래 보인대.” 디키가 거슬리게 말하더니 방에서 나갔다.

톰은 다급히 반바지를 도로 주워 입었다. 속옷은 입고 있었지만 옷장 문 뒤에 몸을 반쯤 숨겼다. 디키가 날 좋아하니까 마지가 추잡하게 디키에게 내 험담을 했을 테고, 디키가 참다못해 마지에게 그런 거 아니라고 했겠지!

톰은 아래층으로 내려갔다. 디키가 테라스 선반에서 칵테일을 만들고 있었다. "디키, 바로잡을 게 있어. 난 동성애자도 아니고, 남들이 날 그렇게 보는 것도 싫어."

"됐어." 디키가 쏘아붙였다.

디키의 말투로 인해 예전에 디키가 했던 대답이 떠올랐다. 톰이 디키에게 뉴욕에 사는 누구누구를 아느냐고 물은 적이 있었다. 톰이 물어본 사람 중에는 동성애자가 있었는데, 디키가 그들을 알면서도 일부러 모른 척 한 건 아닌지 가끔은 석연치 않았다. 됐다니! 그걸 문제 삼은 사람이 누구였더라? 디키였다. 톰이 머뭇거렸다. 그사이 톰이 퍼부었을지도 모를 말들이 마음속에서 소용돌이치자 머리가 어지러웠다. 험한 말, 어르는 말, 회유하는 말, 고마워하는 말, 날이 선 말. 머릿속에 특정 부류가 다시금 떠올랐다. 뉴욕에서 만났다가 결국 모조리 연을 끊은 사람들. 이제는 그들과 아는 사이였다는 것조차 후회스러웠다. 그들은 재미있다며 톰을 끼워 주었다. 톰이 그들과 무슨 짓을 한 건 아니었다. 그중 두 명이 치근덕거리긴 했지만, 톰이 거절했다. 그런 일을 당하고도 시간이 흐르자 다시 잘 지내보겠다고 술 마실 때면 얼음을 대령하고, 집으로 가는 방향이 아닌데도 택시를 타고 한참 돌아가 데려다줬던 기억이 되살아났다. 그들에게 미움을 살까 봐 두려웠기 때문이었다. 톰은 등신같이 굴었다. 빅 시먼스가 그에게 일갈했던 굴욕적인 순간도 기억났다. 톰이 사람들 앞에서 "난 남자가 좋은지 여자가 좋은지 마음을 정하지 못하겠어요. 그래서 둘 다 포기할까 해요"라고 말했을 때였다. 이 얘기를 서너 번 들었던 빅이 외쳤다. "젠장, 톰, 그 입 좀 닥쳐!" 다들 정신 분석 치료를 받으러 다닌다고 하자, 톰은 자기도 받는다고 했었다. 그는 파티에서 만난 사람들을 웃기려고 정신 분석 치료를 받았을 때 있었던 일이라면서 말도 안 되는 이야기를 지어냈었다. 남자도 여자도 포기했다는 말은 늘 웃음을 자아내기에 좋았고, 그 말을 전하는 톰의 말투도 웃겼었다. 빅이 닥치라고 하기 전까지는. 그 후로 톰은 두 번 다시 그 말을 하지 않았고, 정신 분석 치료 얘기도 입에 올리지 않았다. 사실 그 말엔 진실이 제법 많이 담겨 있었다. 남들에 비하면, 지금껏 만난 사람들과 비교하면, 톰이 가장 순수하고 깨끗한 마음을 지니고 있었다. 그런 그가 얄궂게도 디키와 이런 상황을 맞이하게 된 것이다.

"내 기분이 어떠냐면……." 톰이 말을 꺼냈다. 그런데 디키는 들으려고도 하지 않고 등을 돌리더니 싫은 내색이 번진 입매로 술잔을 들고 테라스 구석으로 피했다. 톰이 디키에게 다가갔다. 디키가 테라스 밖으로 그를 내던지거나, 돌아서서 이 집에서 당장 나가라고 할까 봐 겁이 났지만, 나직이 물었다. "너, 마지를 사랑하는 거야, 디키?"

"아니, 난 마지가 안쓰러워서 챙겨 주는 거야. 나한테 정말 잘하잖아. 그동안 잘 지내기도 했고. 넌 이해 못 해."

"이해해. 너희 둘을 처음 봤을 때, 너에게는 마지가 플라토닉한 사랑이겠지만, 마지는 널 사랑하는 거 같아 보였어."

"마지는 날 사랑해. 그래서 난 나를 사랑해 주는 사람에게 상처 주지 않으려고 최선을 다하는 것뿐이야."

"물론 그렇겠지." 톰은 다시 머뭇거리며 단어를 골랐다. 이쯤 되자 디키가 톰에게 향하던 화를 풀었는데도, 톰은 불안해서 온몸이 마냥 떨렸다. 디키가 그를 창밖으로 내던지지는 않을 것 같자, 톰이 조금 더 차분하게 말했다. "너희 둘 다 뉴욕에 살았더라면 이렇게 자주 만나지는 않았을 거야. 아예 안 만났을지도 모르지. 이 동네에서 너무 외롭게 지내다 보니……."

"정확히 맞는 말이야. 난 마지하고 같이 잔 적도 없고, 앞으로 그럴 생각도 없어. 그래도 친구로서는 계속 보고 싶어."

"내가 너더러 마지를 만나지 말라고 뭘 하기라도 했어? 디키, 내가 말했잖아. 너희 둘 우정에 금 가게 하느니 차라리 내가 떠나겠다고."

디키가 힐끔거렸다. "네가 딱히 뭘 하진 않았지만, 마지하고 어울리기 싫어한 건 맞잖아. 넌 마지한테 좋은 말을 해 주려고 번번이 애쓰지만, 노력하는 게 다 보여."

"미안해." 톰은 뉘우치며 말했다. 더 노력하지 않은 게 후회스러웠다. 더 잘할 수 있었는데도 잘하지 못한 게 아쉬웠다.

"이쯤 해 두자. 나하고 마지는 괜찮아." 디키가 거만하게 말하더니 얼굴을 돌려 시선을 바다로 멀리 보냈다.

톰은 부엌에 가서 커피 물을 올렸다. 에스프레소 머신은 건드리고 싶지 않았다. 디키가 유독 아끼는 살림살이라서 자기 말고 다른 사람이 쓰는 걸 질색했기 때문이다. 톰은 커피를 들고 방으로 올라가 파우스토가 오기 전까지 이탈리아어나 공부할 생각이었다. 지금은 디키와 화해할 타이밍이 아니었다. 디키는 자존심이 셌다. 오후 내내 입을 다문 채 한참 그림을 그리다가 5시경이면 작업실에서 나와 돌아다닐 것이다. 그때가 되면 양복 사건은 없었던 일이 될 것이다. 톰은 이것만큼은 확신했다. 톰이 이 집에 사는 걸 디키가 좋아한다는 것. 디키는 혼자 사는 게 지겨워졌고, 마지한테도 질린 게 확실했다. 톰에게는 그린리프 씨에게 받은 돈에서 아직 3백 달러가 남아 있었다. 톰과 디키는 파리로 바람을 쐬러 가서 그 돈을 쓸 예정이었다. 마지는 빼놓고 갈 것이다. 톰이 기차역 창문으로 파리를 힐끔 본 게 전부라고 하자, 디키가 놀랐었다.

커피 물이 끓기를 기다리면서 톰은 점심으로 먹으려던 음식을 치웠다. 큼직한 솥에 물을 받고 그 안에 음식이 든 냄비 두 개를 담가 개미가 꼬이지 않도록 했다. 종이로 싼 신선한 버터와 달걀 두 개, 에르멜린다가 아침으로 먹으라고 갖다 놓은 롤빵 네 개도 치웠다. 집에 냉장고가 없어서 매일 조금씩 장을 봐야 했다. 디키는 아버지가 톰에게 준 돈으로 냉장고를 사고 싶은지 두 번이나 냉장고 얘기를 꺼냈다. 톰은 디키가 마음을 바꾸기를 바랐다. 냉장고를 샀다간 둘이 여행 가서 쓸 경비가 줄어들기 때문이었다. 디키는 매달 받는 5백 달러로 굉장히 빠듯하게 살았다. 어떤 면에서는 굉장히 아끼고 살지만, 부두나 시내 술집에 가면 이리저리 팁을 후하게 주곤 했다. 거지를 만나면 5백 리라짜리 지폐를 선뜻 건네기도 했다.

5시가 되자 디키가 원래의 모습을 되찾았다. 오후에 그린 그림이 마음에 드나 보군, 톰은 생각했다. 디키가 작업실에서 나오기 한 시간 전부터 휘파람 부는 소리가 밖에서도 들렸다. 톰이 테라스에서 이탈리아어 문법책을 훑어보고 있는데, 디키가 테라스로 나오더니 톰의 발음을 몇 군데 고쳐 주었다.

"이탈리아에서는 '이오 볼리오'라고 또박또박 말하는 대신, 흘리듯 발음하지. '이오 보레 프레젠타레 미아 아미카 마지(내 친구 마지를 소개하고 싶어).'" 디키가 설명하며 기다란 손을 뒤로 뻗으며 허공을 갈랐다. 디키는 이탈리아어로 말할 때면 늘 손을 휘저었는데, 유려하게 오케스트라를 지휘하는 모습 같았다. "파우스토가 하는 발음을 더욱 신경 써서 듣고, 문법책은 너무 많이 보지 마. 나는 길거리에서 이탈리아 말을 배웠거든." 디키가 웃으며 정원에 난 길을 따라 내려갔다. 때마침 파우스토가 대문으로 들어왔다.

톰은 두 사람이 이탈리아어로 대화하는 소리에 귀 기울이며 한 마디도 빼놓지 않고 알아들으려고 애썼다.

파우스토가 웃으면서 테라스로 나오더니 의자에 털썩 앉은 다음 맨발을 난간에 척 걸쳤다. 파우스토는 웃었다가 찡그렸다가 표정을 매 순간 바꾸었다. 디키의 말에 따르면, 파우스토가 이 동네에서 남부 사투리를 쓰지 않는 몇 안 되는 사람 중 하나라고 했다. 원래 밀라노에 살았는데, 몽지벨로에 사는 숙모 집에 와서 몇 달간 지내는 중이었다. 파우스토는 무슨 일이 있어도 일주일에 세 번, 정확히 5시에서 5시 반 사이에는 디키의 집으로 왔다. 두 사람은 테라스에 앉아서 와인이나 커피를 마시면서 한 시간 동안 떠들었다. 톰은 파우스토가 한 얘기라면 뭐든 기억하려 했다. 파우스토는 바위나 물, 혹은 정치(파우스토는 공산당원이었다. 디키에게 들은 바로는, 파우스토가 정식 당원이라서 미국인들에게 당원증을 재깍 내민다고 했다. 공산당 당원증을 갖고 있다는 소리에 미국인들이 놀라는 걸 보고 좋아했기 때문이다), 거기에 동네 사람들이 발정 난 고양이처럼 즐기는 난잡한 성생활까지 떠들었다. 때때로 할 얘기가 다 떨어지면, 톰을 쳐다보며 웃음을 터뜨리기도 했다. 톰은 이탈리아어 실력이 부쩍 늘었다. 재미를 붙여 꾸준히 할 수 있겠다는 생각이 든 건 이탈리아어 공부가 유일했다. 디키처럼 이탈리아어를 잘하고 싶었다. 꾸준히만 하면 한 달 후엔 디키만큼은 할 수 있을 것 같았다.

11

톰이 들뜬 발걸음으로 테라스를 가로질러 디키의 작업실로 들어갔다.

"우리 관 속에 누워서 파리로 가지 않을래?"

"그게 무슨 소리야?" 디키가 수채화를 그리다 말고 고개를 들었다.

"조르조에서 이탈리아 남자를 만났어. 그 남자가 말하기를, 트리에스테*에서 출발하는 기차가 있는데 짐칸에 프랑스인들이 호송할 관 속에 누워서 가면 한 사람당 10만 리라를 주겠대. 마약하고 관계있는 일인가 봐."

"관 속에 마약을 싣는다고? 너무 케케묵은 수법 아냐?"

"이탈리아어로 얘기한 거라 전부 알아듣지는 못했지만, 그 남자 말로는 관이 세 개 실리는데 세 번째 관에만 진짜 시신을 눕히고 그 안에 마약을 넣을 거래. 좌우지간 여행도 하고 경험도 쌓을 수 있어." 톰은 디키에게 주려고 노점에서 사 온 외항 선원용 담배 럭키 스트라이크를 주머니에서 꺼냈다. "어때?"

"거참 끝내주네. 관 속에 누워서 파리까지 가다니!"

* 이탈리아 북동부의 항구 도시

디키의 얼굴에 장난기 어린 미소가 스쳤다. 디키는 그럴 마음이 아예 없으면서도 동조하는 척 놀리고 있었다. "나 농담하는 거 아닌데." 톰이 말했다. "그 남자가 이 일을 하겠다는 젊은 남자 두 명을 찾고 있어. 원래는 인도차이나 전쟁에서 전사한 프랑스군 시신을 옮길 관이라서 희생자 가족이 프랑스까지 동행하나 봐. 유가족은 한 명이 탈 수도 있고, 세 명이 탈 수도 있대." 그 남자가 정확히 이렇게 말한 건 아니었지만, 대충 이런 얘기였다. 게다가 20만 리라면 3백 달러가 넘는 금액이니 그 돈이면 파리에서 즐기기에 충분했다. 디키는 파리 여행을 가겠다는 건지, 안 가겠다는 건지 여태 톰에게 확답을 주지 않았다.

디키가 톰을 흘겨보더니 나치오날레를 비벼 끄고는 럭키 스트라이크 담뱃갑을 새로 깠다. "네가 만났다는 그 남자가 약쟁이가 아닌 게 확실해?"

"요즘 왜 이리 몸을 사리실까!" 톰이 웃으며 말했다. "용기는 다 어디 갔어? 나도 못 믿는 눈친데? 같이 가서 만나자. 그 남자가 저 밑에서 아직 기다리고 있어. 이름이 카를로래."

디키는 일어날 기미를 보이지 않았다. "그따위 제안을 하는 사람이 세세한 것까지 죄다 말해 줬을 리가. 트리에스테에서 파리까지 깡패 둘은 붙일걸. 그렇다고 해도, 말도 안 되는 얘기야."

"같이 가서 만나 보자니까? 내 말이 안 믿기면 가서 만나 보기라도 해."

"그러자." 디키가 벌떡 일어났다. "혹시 알아? 10만 리라라니 내가 할지도." 디키는 작업실 소파 위에 엎어 놓았던 시집을 덮고 톰을 따라 나섰다. 마지가 시집을 제법 많이 갖고 있었는데, 요즘 디키가 시집을 빌려 와 읽고 있었다.

톰과 디키가 조르조로 들어서자, 남자가 구석진 테이블을 여태 지키고 있었다. 톰이 남자를 보며 웃는 얼굴로 고개를 숙였다.

"계셨네요, 카를로." 톰이 인사했다. "포소 세데르미(합석해도 될까요)?"

"시, 시(네, 그럼요)." 남자가 테이블에 있는 의자를 가리켰다.

"이쪽은 내 친구예요." 톰이 이탈리아어로 또박또박 말했다. "내 친구가 기차 타고 가는 일이 진짜인지 알고 싶대요." 카를로가 디키를 살피는 모습을 보자, 톰은 감탄했다. 남자는 거칠면서도 냉정해 보이는 짙은 눈동자에 정중한 관심만 담은 채 디키를 살펴보았다. 웃고 있지만 의심하는 디키의 표정, 해변에 몇 달은 누워 있어야 얻어지는 구릿빛 피부, 오래된 이탈리아제 옷, 끼고 있는 미제 반지까지 꿰뚫어 보고 있었다.

남자의 핏기 없는 일자 입술에 미소가 서서히 번졌다. 남자가 시선을 톰에게 옮겼다.

"알로라?" 톰은 초조한 마음에 재촉했다.

남자가 달콤한 마티니를 들이켰다. "이 일은 진짜지만, 당신 친구는 이 일에 적합하지 않군요."

톰은 디키를 쳐다봤다. 디키가 경계하는 눈빛으로 남자를 쳐다보고 있었다. 디키는 특유의 건조한 미소를 짓고 있었는데, 톰이 보기엔 경멸하는 비웃음 같았다. "자 봐, 진짜 맞지?" 톰이 디키에게 말했다.

"그러게." 디키는 여전히 남자에게 시선을 떼지 않고 대답했다. 신기한 동물을 구경하듯 남자를 쳐다보면서, 마음만 먹으면 다 죽여 버리겠다는 눈빛을 쏘고 있었다.

디키는 남자와 이탈리아어로 얘기할 수 있음에도 단 한 마디도 하지 않았다. 3주 전이었다면 디키가 이 제안을 받아들였을 거라는 생각이 톰의 머리를 스쳤다. 디키가 남자를 체포하러 올 추가 인력을 기다리는 정보원이나 형사처럼 앉아 있어야 하나? 톰이 드디어 입을 열었다. "그럼, 내 말 믿는다는 거지?"

디키가 톰을 쳐다보았다. "이 일? 그걸 내가 어떻게 알아?"

톰이 남자를 기대에 찬 눈으로 바라보았다.

이탈리아 남자가 어깨를 으쓱했다. "얘기할 필요가 있을까요?" 이탈리아 말로 되물었다.

"없죠." 톰이 대답했지만, 갈 곳을 잃은 광란의 분노로 피가 들끓고 온몸이 부들부들 떨렸다. 디키한테 화가 치밀었다. 디키가 남자의 지저분한 손톱과 때가 찌든 셔츠 칼라를 살피고 있었다. 남자의 얼굴은 시커멓고 추했다. 수염은 깎은 지 얼마 되지 않았지만 씻은 지는 한참 돼서 면도한 자리 위아래가 허옜다. 그런데도 이탈리아 남자의 짙은 눈매는 차분하고 다정했고, 디키보다 훨씬 형형한 안광을 내뿜고 있었다. 톰은 온몸이 굳으면서 이탈리아어로는 의사를 제대로 표현할 수 없다는 사실을 깨달았다. 디키와 남자한테 말하고 싶었다.

"니엔테, 그라치에(됐어요, 고맙습니다), 베르토." 디키가 주문을 받으러 온 웨이터에게 차분하게 말하더니 톰을 쳐다봤다. "나갈까?"

톰이 벌떡 일어나는 바람에 의자가 뒤로 벌렁 넘어졌다. 톰은 의자를 똑바로 세워 놓고 이탈리아 남자에게 고개를 숙여 작별 인사를 했다. 남자에게 사과해야 할 것 같은데 입이 떨어지지 않아서 의례적인 작별 인사도 건네지 못했다. 이탈리아 남자도 잘 가라는 듯이 고개를 숙이더니 씩 웃었다. 톰은 흰 바지를 입은 디키의 긴 다리를 따라 밖으로 나갔다.

톰이 술집 앞에서 따졌다. "적어도 내 말이 진짜라는 걸 보여 주고 싶었어. 이것만큼은 네가 알아줬으면 했거든."

"그러게, 진짜네." 디키가 웃으며 말했다. "그런데 넌 대체 왜 그래?"

"넌 또 왜 그러는데?" 톰이 되받아쳤다.

"저 사람은 사기꾼이야. 그걸 나한테 확인받고 싶었던 거야? 젠장!"

"넌 꼭 그렇게 거들먹거려야 했니? 저 남자가 너한테 무슨 짓을 하기라도 했어?"

"저 남자 앞에 무릎이라도 꿇을까? 난 사기꾼이라면 질리도록 봤어. 이 동네에 얼마나 득실거리는데." 디키의 금색 눈썹이 찌그러졌다. "도대체 넌 왜 그래? 저런 정신 나간 짓을 하고 싶어? 그럼 당장 하든가!"

"하고 싶어도 이젠 못 해. 네가 그따위로 굴어 놓고 뭘 해?"

디키가 발걸음을 멈추고 톰을 쳐다보았다. 둘이 고래고래 소리를 지르며 실랑이하는 바람에 주변에 있던 사람들이 구경하고 있었다.

"그 일이 재미있을 수도 있었어. 그런데 네가 그따위로 했다면 재미있을 리가 없겠지. 한 달 전에, 우리 둘이 로마에 갔을 때였다면 넌 그 일을 재미있게 받아들였을 거야." 톰이 따졌다.

"말도 안 돼." 디키가 고개를 저으며 말했다. "그럴 리가."

톰은 좌절감에 말문이 막히자 괴로웠고, 남들의 구경거리가 되었다는 사실이 고통스러웠다. 가까스로 걸음을 뗐다. 긴장해서 처음에는 잔걸음을 쳤다. 디키가 따라오는 게 확실했다. 디키의 얼굴에 드리운 당황함과 의아함이 여태 가시지 않았다. 톰은 자신이 발끈하자 디키가 당황했다는 걸 눈치챘다. 톰은 해명하고 싶었다. 디키가 알아들을 때까지 설명하고 싶었다. 디키가 이해하고 둘이 한마음이 될 때까지. 한 달 전만 하더라도 디키는 톰과 같은 마음이었다. "네 태도가 문제야." 톰이 말했다. "꼭 그렇게까지 할 필요는 없었잖아. 저 남자가 너한테 나쁜 짓을 한 것도 아닌데."

"더러운 사기꾼처럼 생겼잖아!" 디키가 반박했다. "젠장, 저 남자가 그렇게 맘에 들면 돌아가든가. 내가 한 행동을 네가 왜 책임지는데!”

이제 톰이 멈춰 섰다. 돌아가고 싶은 충동이 일었다. 이탈리아 남자한테 가는 게 아니라, 디키를 떠나고 싶었다. 그러더니 한순간 맥이 탁 풀렸다. 어깨에 힘이 쭉 빠지며 욱신거리더니 다시 숨이 가빠져서 입으로 헐떡거렸다. 적어도 이 말만큼은 하고 싶었다. ‘알았어, 디키’라고 말해서 디키와 화해하고 디키가 다 잊어버리게 해 주고 싶었다. 그런데 혀가 움직이지 않았다. 여태 찡그리고 있는 디키의 파란 눈을 쳐다보았다. 햇빛에 바래서 허예진 눈썹과 반짝거리지만 공허한 눈동자가 보였다. 작고 파란 젤리에 검은 점이 찍힌 것 같은 두 눈이 이젠 톰에게 무의미해졌다. 아무 상관 없었다. 눈을 봐야 그 사람의 영혼이 보이는 법. 눈으로 애정이 드러나기 마련이었다. 사람의 속내를 진정으로 보여 주는 유일한 곳이 바로 눈이었다. 딱딱하게 굳어 버린 디키의 눈동자는 찔러도 피 한 방울 나지 않는 거울 표면을 쳐다보는 것 같았다. 톰은 가슴을 후비는 고통에 두 손으로 얼굴을 감쌌다. 누군가 디키를 홱 낚아채 간 것 같았다. 둘은 친구가 아니었다. 서로가 서로를 알지 못했다. 이런 깨달음이 끔찍한 사실이자 불변의 진리라는 듯이 톰의 머리를 때렸다. 과거에 만난 사람들도 그랬고, 앞으로 만날 사람들도 그럴 것이다. 그의 앞에 섰던 사람들도 그랬고, 앞으로 설 사람들도 그럴 것이다. 앞으로 몇 번이 됐든 톰은 그들을 결코 알지 못하리라는 걸 깨달았다. 최악은 그가 번번이 착각한다는 것. 그들을 안다는 착각, 그들과 완벽하게 죽이 맞고 그들도 그와 비슷하다는 착각을 한동안 한다는 게 최악이었다. 말로는 표현할 수 없는 충격적인 깨달음을 얻는 순간, 톰은 도저히 견딜 수가 없었다. 바닥에 쓰러질 듯한 경련이 일었다. 모든 게 너무 버거웠다. 낯선 환경, 다른 언어, 그의 실패, 게다가 디키가 톰을 싫어한다는 사실까지. 낯설음이, 적개심이 톰의 온몸을 휘감아 버린 것 같았다. 얼굴을 감싸고 있는 그의 두 손을 디키가 홱 치우는 느낌이 들었다.

“왜 그래? 저 남자가 약 먹인 거 아냐?”

“아니야.”

“확실해? 네 술에 뭐 탄 거 아니냐고?”

“아니라니까.” 저녁 비가 머리 위로 부슬부슬 떨어지기 시작했다. 우르르 우렛소리가 들렸다. 하늘에서도 날 밀어내나. “죽고 싶다.” 톰이 나직이 중얼거렸다.

톰이 문간에 발이 걸려 넘어질 뻔하자 디키가 톰의 팔을 홱 잡아당겼다. 두 사람은 우체국 맞은편에 있는 작은 술집으로 들어갔다. 디키가 브랜디를 시키는 소리가 톰의 귀에 들렸다. 디키가 콕 찍어서 이탈리아산으로 시키는 걸 보니, 프랑스산으론 성에 차지 않는 것 같았다. 톰은 단숨에 잔을 비웠다. 달착지근한 물약 같은 술을 석 잔이나 마셨다. 그 술이 마법의 약이었는지 남들이 현실이라 부르는 곳으로 정신이 돌아왔다. 디키의 손에 밴 담배 냄새, 손끝에 느껴지는 테이블의 소용돌이치는 나뭇결, 배꼽에 강펀치를 맞은 듯 뻐근한 복부, 가파른 길을 한참 올라가야 나오는 집, 오르막을 오른 후 뭉근히 아파 올 허벅지까지 생생히 느껴졌다.

"이제 괜찮아." 톰이 목소리를 깔고 대답했다. "뭐가 문제였는지 모르겠어. 잠시 더위를 먹었나." 톰이 어설프게 웃었다. 그게 현실이었다. 디키를 만나고 5주간 그가 겪은 일들 중에서, 어쩌면 지금껏 그가 겪어 온 일들 중에서 무엇보다 가장 소중했던 일을 웃어넘기며 우습게 만들어 버리는 것, 그게 바로 현실이었다.

디키가 아무 말 없이 담배를 문 채 검은 악어 지갑에서 1백 리라 지폐 두 장을 꺼내 테이블 위에 올려놓았다. 톰은 디키가 아무 말도 해 주지 않아서 속상했다. 그동안 아프다며 투정을 부리다가 다 낫자, 말이라도 다정히 해 주길 바라는 아이처럼 상처 받았다. 디키는 무정했다. 처음 보는 행인이 기운도 없고 돈도 없어 보이자 술이나 한잔 사 주듯, 디키는 톰에게 쌀쌀맞게 브랜디를 시켜 주었다. 디키는 내가 코르티나에 가는 걸 싫어하는구나, 톰이 이런 생각을 한 게 이번이 처음은 아니었다. 그제야 마지가 코르티나에 가겠다고 했다. 세 사람이 나폴리에 갔을 때였다. 디키와 마지가 코르티나에 가져갈 큼직한 보온병을 장만했다. 둘은 보온병이 마음에 드냐고 톰에게 묻지도 않았다. 다른 것들을 사도 마찬가지였다. 둘이 여행 갈 준비를 하면서 톰을 은근히 따돌리고 있었다. 디키는 코르티나로 떠나기 전에 톰이 아예 미국으로 돌아가기를 바라는 눈치였다. 2주 전만 하더라도 지도에 표시해 놓은 코르티나 인근 스키 코스를 보여 주겠다던 디키가 어느 날 저녁, 그 지도를 보면서도 톰에게는 말도 걸지 않았다.

"나갈까?" 디키가 물었다.

톰은 개처럼 디키를 졸졸 따라 술집에서 나왔다.

"집에는 혼자 갈 수 있지? 난 올라가서 잠깐 마지를 만나려고." 디키가 길에서 말했다.

"괜찮아졌어." 톰이 말했다.

"잘됐네." 디키가 걸어가면서 어깨 너머로 말했다. "우편물 좀 가져올래? 내가 깜빡할까 봐 그래."

톰은 고개를 끄덕인 후 우체국으로 향했다. 편지는 두 통이 와 있었다. 한 통은 디키의 아버지가 톰에게 보낸 편지였고, 다른 한 통은 뉴욕에 사는 지인이 디키 앞으로 보낸 편지였는데, 톰이 모르는 사람이었다. 톰은 우체국 출입구 앞에서 그린리프 씨가 보낸 편지 봉투를 뜯은 다음, 타자기로 친 편지지를 살살 펼쳤다. 편지지 상단에는 버크-그린리프 선박 회사라는 글자가 연두색으로 찍혀 있었고, 편지지 한복판에는 조타 핸들이 그려져 있었다.

19xx 11월 10일

친애하는 톰

한 달 넘게 디키와 한집에 살면서도 당신이 가기 전보다 디키가 귀국하려는 의지가 더욱 굳건해지지 않았다는 사실로 미루어 볼 때, 나는 당신이 성공적이지 못했다고 결론을 내릴 수밖에 없습니다. 당신은 디키가 귀국을 고려하고 있다면서 가장 긍정적으로 보고했지만, 디키가 보낸 10월 26일 자 편지 그 어디에도 그런 기미는 솔직히 보이지 않습니다. 실상은 디키가 지금 사는 곳에 계속 있겠다고 마음을 더욱 확고히 굳힌 것으로 보입니다.

당신이 우리 가족 모두를 위해 애쓴 노력을 우리 부부가 감사히 여기고 있음을 알리고자 합니다. 이제 어떤 식으로든 나에게 책임감을 느낄 필요는 없습니다. 나는 지난 한 달간 당신이 애쓰느라 대단히 큰 불편을 자청한 건 아니라고 믿습니다. 주요 목적 달성에는 실패했지만, 이 여행으로 당신도 일편 즐거웠기를 진심으로 기원합니다.

우리 부부가 안부와 감사의 말씀을 전합니다.

진심을 담아
H. R. 그린리프

최후의 통고. 차가운 말투. 그린리프 씨가 평소에 쓰던 사무적인 말투보다 훨씬 더 차가웠다. 예의상 감사의 말을 적어 넣긴 했지만, 해고 통지였다. 한마디로 말해 그린리프 씨가 톰을 해고한 것이다. 톰은 실패했다. "큰 불편을 자청한 건 아니라고 믿습니다." 비꼬는 건가? 그린리프 씨는 미국에 오면 다시 보고 싶다는 말은 아예 적지도 않았다.

톰은 기계적으로 오르막길을 올랐다. 지금 마지의 집에 있을 디키를 그려 보았다. 바에서 만난 카를로 얘기며, 카를로를 만나고 나오는 길에 톰이 이상하게 굴었다는 얘기까지 마지에게 하고 있을 것이다. 톰은 마지가 뭐라고 할지 알았다. '톰을 좀 치워 줘, 디키.' 둘에게 가서 해명하고 내 얘기를 들어 달라고 우겨야 하나? 톰이 돌아섰다. 언덕 위 마지의 집 앞에 있는 난해하게 생긴 네모난 마당과 텅 비고 어두컴컴한 창문이 보였다. 입고 있는 청 재킷이 비에 젖고 있었다. 톰은 깃을 세운 다음, 디키의 집을 향해 오르막길을 허둥지둥 올라갔다. 적어도 난 그린리프 씨를 구슬려 돈을 더 타내려고 하진 않았잖아. 그랬더라면 돈을 더 받아 낼 수 있었을 텐데. 디키가 기분 좋을 때 얘기를 꺼냈더라면, 디키가 거들었다면, 돈을 더 뜯어낼 수 있었을 텐데. 다들 그랬을 거야. 누구라도 그랬겠지만, 난 그러지 않았어. 그게 가장 중요해. 톰은 뿌듯했다.

톰은 테라스 한쪽 구석에 서서 텅 비고 뿌예진 수평선을 바라보았다. 멍하니 아무 느낌도 들지 않았다. 그저 혼자라는 몽롱한 상실감에 빠졌다. 디키와 마지마저 멀어지다니. 톰은 둘이 무슨 말을 하든 중요하지 않았다. 톰은 혼자였다. 혼자라는 사실만 중요했다. 오싹한 공포가 등줄기를 타고 내려가더니 엉덩이까지 아릿했다.

대문이 열리는 소리에 톰이 고개를 돌렸다. 디키가 웃으며 계단을 올라오고 있었다. 톰의 눈엔 디키가 예의상 작위적으로 웃는 것 같았다.

"비 오는데 거기 서서 뭐 해?" 디키가 현관으로 들어오며 물었다.

"너무 시원해서." 톰이 유쾌하게 말했다. "편지 왔더라." 톰은 디키에게 편지를 건네고 그린리프 씨가 보낸 편지는 주머니 속에 쑤셔 넣었다.

톰은 현관 옷장에 겉옷을 걸었다. 디키가 편지를 읽더니 화통하게 웃었다. 디키가 편지를 다 읽자, 톰이 물었다. "우리 파리 여행 갈 때 마지도 같이 가려나?"

디키가 놀란 눈치였다. "그러겠지."

"그럼 마지한테 물어봐 줘." 톰이 신이 나서 물었다.

"있잖아, 파리까지 올라가는 게 맞는지 모르겠어. 다른 데 며칠 갔다 오는 건 괜찮은데, 파리는 좀…….” 디키가 담배에 불을 붙였다. “산레모*나 제노아**라면 모를까. 거기도 꽤 근사하거든.”

“하지만 거긴 파리가 아니잖아. 제노아가 파리하고 비교가 돼?”

“당연히 안 되지. 대신 훨씬 가깝잖아.”

“그럼 파리는 언제 가?”

“글쎄. 언제든 좋을 때 가자. 파리는 늘 그 자리에 있을 테니.”

디키의 대답이 톰의 귀에서 윙윙거렸다. 톰은 그게 어떤 말투였는지 따져 보고 있었다. 그제 디키는 아버지가 보낸 편지를 받았다. 처음 몇 줄은 소리 내어 읽어 주는 바람에 둘이 웃음을 터뜨렸지만, 끝까지 읽어 주지는 않았다. 디키가 예전에도 두어 번 그랬었다. 그린리프 씨가 이제는 톰 리플리라면 진절머리를 치면서 유흥비로 자기 돈이나 축낸다며 의심하는 게 확실했다. 한 달 전이라면 디키가 웃어넘겼겠지만, 지금은 그러지 않았다. “이제 돈도 얼마 안 남았어. 우리 파리에 꼭 가자.” 톰이 성화했다.

“그럼 너라도 가. 지금 난 그럴 기분도 아니고 코르티나에 갈 체력도 비축해야 해서 말이지.”

“그렇다면 산레모에라도 갔다 오자.” 톰은 수긍하는 척했지만 울음이 터질 것만 같았다.

“그럼 그럴까.”

톰은 복도를 지나 쏜살같이 주방으로 들어갔다. 주방 구석에 서 있는 흰 대형 냉장고가 달려드는 것 같았다. 얼음을 넣어 술을 한잔하고 싶었지만, 지금은 냉장고에 손도 대기 싫었다. 톰이 디키와 마지와 함께 나폴리에 갔을 때였다. 둘이 냉장고를 구경하면서 얼음 트레이를 살피고 기능이 몇 가지나 되는지 세느라 하루를 허비했다. 톰이 보기엔 다 그게 그거 같았는데도 디키와 마지는 한껏 들뜬 신혼부부처럼 쉬지 않고 돌아다녔다. 그러더니 카페에 들어가서 지금껏 구경한 냉장고들의 장점을 몇 시간에 걸쳐 의논한 끝에 가까스로 하나를 골랐다. 이제 마지가 이 집에 드나드는 빈도가 예전보다 늘었다. 냉장고에 자기 음식을 넣어 두기도 했고, 얼음을 빌리겠다며 종종 들르기도 했다. 톰은 디키가 왜 그리 냉장고를 싫어했는지 문득 깨달았다. 디키에게 냉장고란 정착을 뜻했다. 냉장고를 샀으니 올겨울 그리스 여행은 없던

* 이탈리아 북부의 휴양지
** 이탈리아 서북부의 항구 도시

일이 되어 버렸다. 그뿐만 아니라, 톰이 이곳에 막 도착했던 처음 몇 주간 둘이 파리나 로마에 이사 가서 살자고 했던 일마저 아예 없던 일이 되어 버렸다는 뜻이기도 했다. 이 동네에 단 네 대밖에 없다는 냉장고를 짊어지고 무슨 이사를 간단 말인가. 얼음 트레이가 여섯 개에, 도어에 온갖 선반이 달려 있어서 문만 열면 슈퍼마켓이 펼쳐지는 냉장고를 샀기 때문이다.

톰은 얼음 없이 술을 따라 마셨다. 손이 바들바들 떨렸다. 어제 디키가 물었다. "너 크리스마스에는 집에 갈 거니?" 대화하다가 무심코 던진 말이었지만, 디키는 톰이 크리스마스에 집으로 가지 않을 거라는 걸 너무나 잘 알았다. 톰이 보스턴에 사는 도티 이모 얘기를 모두 털어놓았기에 톰에겐 집이 없다는 걸 디키는 알고 있었다. 그 질문은 이제 모든 게 끝났음을 암시하는 중요한 힌트였다. 마지가 크리스마스 계획을 한껏 세워 놓았다. 영국제 자두 푸딩 한 캔을 아껴 두고, 이탈리아 농가에서 칠면조도 한 마리 사 오기로 했다. 톰은 마지가 제 기분에 흠뻑 취해 크리스마스를 준비하는 모습을 상상했다. 마분지를 오려서 크리스마스트리를 꾸밀 테고, 〈고요한 밤 거룩한 밤〉 캐럴을 튼 다음 에그노그*를 마시며 디키에게 선물할 보드라운 선물도 짤 것이다. 마지는 디키의 양말을 매번 집으로 가져가 기워 오곤 했다. 그러더니 둘 다 예의를 차리며 알게 모르게 톰을 슬슬 밀어냈다. 두 사람은 톰에게 살가운 말 한 마디를 건넬 때마다 힘겹게 기를 쓰고 있었다. 톰은 생각만 해도 참을 수가 없었다. 좋아, 내가 떠나야지. 두 사람 옆에 붙어서 크리스마스를 견디느니 차라리 뭐라도 해야겠어.

12

마지는 산레모에 같이 갈 마음이 없다고 했다. 책이 '줄줄' 써지는 중이라고 했다. 마지는 늘 의욕이 넘치긴 했지만, 톰이 보기엔 글을 쓰는 둥 마는 둥 했다. 마지의 표현을 빌리자면, 하루 중 7할은 콱 막힌 상태였다. 마지는 싱글벙글 웃으면서 콱 막혔다는 말을 입에 달고 살았다. 보나 마나 형편없는 책이겠지, 톰은 생각했다. 그는 작가들을 알았다. 작가들이 손으로 글을 쓰나? 하루에 절반은 해변에 늘어지게 누워서 저녁에 뭘 먹을까 고민이나 하지. 두 사람이 산레모에 가려는 시기에 마지가 '줄줄' 글이

* 맥주나 포도주에 달걀과 우유를 섞은 술

써진다니, 듣던 중 반가웠다.

"혹시 그 향수 사다 주면 고맙겠어, 디키." 마지가 말했다. "나폴리에 갔을 때 스트라디바리를 못 구했잖아. 산레모에는 있을 거야. 거기엔 프랑스제 물건을 파는 가게가 많거든."

톰은 산레모에서 향수를 사겠다고 온종일 돌아다닐 모습이 훤히 그려졌다. 나폴리에 갔던 어느 토요일에 향수를 사겠다고 몇 시간이나 헤매던 모습하고 비슷할 것이다.

고작 3박 4일짜리 일정이라 둘이서 디키의 여행 가방 하나만 들고 가기로 했다. 디키는 살짝 들뜨긴 했지만 이번이 둘이 같이 가는 마지막 여행이 될 테니 지긋지긋해도 끝이라는 뉘앙스를 흘리고 있었다. 기차에서 디키는 다정하면서도 쾌활해 보였는데, 싫어하는 손님에게 혹시나 속내를 들켰을까 봐 막판에 만회하려고 애쓰는 집주인 같았다. 톰은 지루하고 달갑지 않은 손님이 된 듯한 기분은 평생 처음이었다. 기차에서 디키는 이탈리아에 처음 도착한 처음 일주일간 산레모에서 프레디 마일스와 지냈던 얘기를 해 주었다. 산레모는 작지만 국제적인 쇼핑의 중심지로 이름을 날리는 곳이라면서 사람들이 쇼핑하러 프랑스 국경을 넘어온다고 했다. 톰은 이 얘기를 들으니 디키가 톰에게 몽지벨로로 따라오지 말고 산레모에 혼자 남으라고 구슬리는 것만 같아서 도착하기도 전부터 반감이 일었다.

기차가 산레모역에 거의 다다를 무렵, 디키가 얘기를 꺼냈다. "있잖아, 톰, 이런 말 하기 정말 싫다. 정말 언짢겠지만, 코르티나에는 마지하고 단둘이 가고 싶어. 마지도 그걸 더 좋아할 테고. 내가 마지한테 신세 진 것도 있고 하니 휴가만큼은 기분 좋게 보내게 해 주고 싶어. 보아하니 넌 스키광도 아니잖아."

톰은 온몸이 차갑게 굳었지만, 손끝 하나 움직이려 하지 않았다. 이게 다 마지 때문이야! "난 괜찮아. 당연히 그래야지." 톰은 대답한 다음 들고 있던 지도를 신경질적으로 들여다보며 산레모 주변에 갈 만한 곳들을 절박하게 찾았다. 그런데 디키는 일찌감치 선반에서 여행 가방을 끄집어 내리고 있었다. "니스가 별로 멀지 않지?" 톰이 물었다.

"안 멀어."

"칸도 가깝네. 여기까지 왔는데 칸에라도 가 보고 싶어. 어쨌든 칸도 프랑스잖아." 톰은 원망하듯 덧붙였다.

"갈 수야 있지. 여권 가져왔지?"

톰은 여권을 챙겨 왔다. 두 사람은 칸으로 가는 기차를 탔고, 그날 밤 11시경에 도착했다.

칸은 아름다웠다. 작은 불빛을 따라 완만하게 굽이진 항구가 길쭉하게 빠진 초승달 끝처럼 휘어져 있었다. 우아하면서도 열대 지방 같은 분위기를 내뿜는 해안가 대로에 야자수와 최고급 호텔이 줄지어 서 있었다. 프랑스에 오다니! 이탈리아보다 훨씬 차분하면서도 훨씬 세련됐다는 게 어둠 속에서도 느껴졌다. 두 사람은 해안가에서 한 길 떨어진 그레이 달비옹이라는 호텔로 정했다. 세련됐지만 방값이 셔츠 한 벌 값도 안 되는 호텔이라고 디키가 설명해 주었다. 사실 톰은 해변이 정면으로 보이는 최고급 호텔이라면 얼마가 됐든 기꺼이 낼 마음이 있었다. 가방을 호텔에 두고 칼튼 호텔 바로 향했다. 칸에서 가장 세련된 바라고 디키가 말했다. 예상했던 대로 바에는 사람이 별로 없었다. 칸을 찾는 이가 뜸한 계절이기 때문이다. 톰이 한 잔 더 하자고 했지만 디키가 거절했다.

다음 날 아침, 두 사람은 카페에서 아침을 먹고 해변을 산책했다. 바지 속에 수영복을 입고 나왔다. 날씨는 서늘했지만 그렇다고 수영을 못 할 정도로 춥진 않았다. 더 추운 날에도 몽지벨로에서는 수영을 했었다. 해변은 사실상 텅 비어 있었다. 저 멀리 보이는 커플 몇 쌍과 제방 위에서 무슨 놀이를 하는 남자들의 무리만 있을 뿐이었다. 굽이치는 파도가 겨울의 거친 힘에 떠밀려 모래밭 위로 부서졌다. 톰은 남자들이 곡예하는 모습을 지켜보았다.

"전문 곡예단인가 봐. 다들 노란 티 팬티를 입고 있어." 톰이 중얼거렸다.

톰은 인간 피라미드를 쌓는 과정을 흥미롭게 구경했다. 남자들이 울룩불룩한 허벅지를 밟고 올라서더니 팔뚝을 손으로 움켜쥐고 외쳤다. "알레(아자)! 욍, 되(하나, 둘)!"

"저기 봐!" 톰이 외쳤다. "맨 위로 사람이 올라간다!" 톰은 꼼짝하지 않고 구경했다. 무리 중 가장 덩치가 작고 열일곱 살가량 되어 보이는 소년이 인간 탑 맨 위에 있는 세 명 중 가운데 있는 남자의 어깨를 밟고 올라서더니 쏟아지는 박수갈채를 받듯 양팔을 쫙 펼쳤다. "브라보!" 톰이 크게 외쳤다.

소년은 톰이 있는 쪽을 바라보며 씩 웃더니 호랑이처럼 유연하게 폴짝 뛰어내렸다.

톰은 디키를 쳐다보았다. 디키는 근처 해변에 앉은 남자 두 명을 보고 있었다.

"저런 거 질리도록 봤어. 딱 봐도 고개나 까딱거리며 요정*들이 춤추는 거잖아." 디키가 비꼬며 말했다.

디키의 말에 흠칫한 톰은 뜨끔하며 민망해졌다. 몽지벨로에서 디키가 "마지는 네가 그쪽인 것 같대" 하고 말했을 때도 지금처럼 수치스러웠다. 그래, 저 곡예하는 남자들도 요정이겠지. 칸에는 요정이 정말 많을지도 몰라. 그래서 뭐 어쩌라고? 톰은 바지 주머니 속에서 주먹을 꽉 쥐었다. 도티 이모가 퍼붓던 악담이 떠올랐다. "계집애네! 태생이 그런가? 쟤 아비도 그렇더니만!" 디키는 팔짱을 낀 채 바다를 바라보며 서 있었다. 톰은 곡예하는 남자들을 힐끔거리지 않으려고 애를 썼다. 사실 곡예단 구경이 바다 구경보다 훨씬 재미있었지만 말이다. "넌 수영할 거니?" 톰이 과감하게 셔츠 단추를 푸르며 물었지만, 문득 바닷물이 얼음처럼 차가워 보였다.

"아니." 디키가 말했다. "넌 여기에서 곡예 구경이나 더 해라. 난 들어가야겠다." 디키가 톰의 대답을 듣기도 전에 돌아서서 가 버렸다.

톰은 디키를 쳐다보며 급히 셔츠 단추를 채웠다. 디키가 곡예단을 피해 대각선 방향으로 걸어가고 있었다. 곡예단 근처에 있는 계단이 아니라, 인도 옆에 있는 계단으로 올라가면 시간이 곱절은 더 걸릴 텐데. 톰의 머릿속에 대여섯 가지 악담이 떠올랐다. 저 망할 자식! 늘 저렇게 도도한 척, 잘난 척을 꼭 해야 해? 요정 처음 보나! 도대체 왜 저래! 딱 한 번만이라도 왜 숙이질 않는 거지? 뭘 얼마나 대단한 걸 가졌기에 저렇게 뻗대는 걸까? 톰이 쫓아가자 디키가 고개를 돌리더니 매몰차게 쳐다보았다. 혐오하는 눈빛이었다. 디키를 보자마자 퍼부으려 했던 악담이 목구멍으로 쏙 들어가 버렸다.

그날 오후 두 사람은 산레모로 출발했다. 하루치 호텔비를 더 내지 않으려고 3시가 되기 직전에 나왔다. 3시까지 나가자고 한 건 디키였지만, 3,430프랑을 낸 건 톰이었다. 달러로 환산하면 1박에 10달러 80센트였다. 산레모까지 가는 기차표를 산 것도 톰이었다. 사실 디키의 지갑엔 프랑이 넉넉했다. 디키는 매달 우편으로 받는 송금 수표를 이탈리아에서 들고 와 프랑으로 환전했다. 최근 갑자기 프랑이 강세를 보이니 나중에 프랑을 다시 리라로 바꾸는 편이 유리하다고 판단한 것이다.

디키는 기차에서 한 마디도 하지 않았다. 졸리다는 핑계로 팔짱을

* 남자 동성애자를 칭하는 속어

낀 채 눈을 질끈 감았다. 톰은 맞은편에 앉아서 앙상하고 오만하나 잘 생긴 디키의 얼굴을 살피다가 양손에 끼고 있는 녹색 반지와 금색 인장 반지로 시선을 내렸다. 떠날 때 저 녹색 반지나 훔쳐야겠군. 어려울 거야 없지. 디키가 수영하는 사이에 훔치면 돼. 마지막 날에 훔치자. 톰은 눈을 감고 있는 디키를 쳐다보았다. 애증과 조바심과 절망이 뒤섞여 미칠 것 같은 감정이 가슴속에서 부글거려 숨이 잘 쉬어지지 않았다. 디키를 죽이고 싶었다. 이런 생각이 든 건 이번이 처음은 아니었다. 예전에도 두어 번 든 적이 있었다. 화가 나고 실망할 때면 죽이고 싶은 충동이 일다가도 순식간에 사라지고 나서 수치심만 남았다. 지금은 1~2분 내내 그 생각이 가시지 않았다. 어찌 됐든 디키와 헤어질 텐데 민망할 게 뭐가 더 있어? 디키와 관계된 건 모조리 실패했다. 톰은 디키가 미웠다. 그간 있었던 일을 아무리 살펴봐도 톰이 실패한 건 그만의 잘못이 아니었다. 그가 뭘 잘못해서가 아니라, 디키의 비인간적인 오만함 때문에 실패한 것이다. 거기에 디키의 퉁명스러운 무례함까지 더해졌기 때문이다! 디키에게 우정이며 동료애며 존경심까지 줄 수 있는 건 모조리 주었다. 그런데도 디키가 배은망덕으로 갚는 것도 모자라 이젠 적의까지 품다니. 디키가 매정하게 날 내치다니. 이번 여행에서 디키를 죽인 다음, 사고였다고 둘러대면 된다. 기발한 생각이 방금 떠올랐다. 내가 디키 그린리프가 되자. 그러면 디키가 하던 걸 내가 다 할 수 있어. 일단 몽지벨로로 돌아가서 디키의 물건부터 챙기고, 마지한테 끔찍한 사고 경위를 들려주는 거야. 그런 다음, 로마나 파리에 아파트를 마련하고 매달 날아오는 디키의 송금 수표를 받아서 디키 대신 서명하는 거야. 그러면 내가 디키의 자리를 고스란히 차지할 수 있어. 그린리프 씨를 손에 쥐고 흔드는 것도 가능해. 톰은 디키 그린리프인 척 연기하는 것이 얼마나 위험한지, 그리고 그런 연기가 필연적으로 한시적일 수밖에 없다는 것까지 대략적으로 파악하자 오히려 가슴이 불타올랐다. 톰은 방법을 찾기 시작했다.

바다. 디키는 수영을 곧잘 했다. 낭떠러지. 산책 갔다가 낭떠러지에서 밀어 버리면 간단할 것이다. 디키가 톰을 부여잡고 같이 떨어지는 모습이 떠오르자, 톰은 자리에 앉아 있는데도 온몸에 힘이 들어갔다. 허벅지가 욱신거렸다. 손톱으로 꽉 누르는 바람에 엄지에 가리비 모양으로 벌겋게 손톱자국이 찍혔다. 다른 손에 낀 반지도 마저 훔쳐야 한다. 머리도 살짝 밝게 염색해야 한다. 당연한 소리겠지만, 디키를 아는 사람이 사는 동네엔 살지 않을 것이다. 디키의 여권을 들고 다닐 수 있을 만큼만 디키를 닮으면 그만이었다. 사실, 둘이 닮긴 닮았다. 만약…….

디키가 눈을 뜨자마자 톰을 쳐다보았다. 톰은 기절한 척하려고 최대한 빨리 한쪽 구석에 늘어진 자세로 앉아 고개를 뒤로 젖히고 눈을 감았다.

"톰, 괜찮아?" 디키가 톰의 무릎을 흔들며 물었다.

"으으응." 톰이 부스스 웃으며 말했다. 디키가 짜증이 났는지 몸을 깊이 파묻고 앉았다. 톰은 그 이유를 간파했다. 디키는 톰에게 그 정도의 관심을 주는 것조차 싫어한다는 게 이유였다. 톰은 저절로 웃음이 나왔다. 잽싸게 기절한 척한 자신의 반사 신경에 감탄했다. 그것만이 몹시 묘한 표정을 들키지 않을 유일한 길이었다.

산레모. 꽃. 다시 해변의 번화가로 돌아왔다. 상점이 줄지어 서 있고, 프랑스, 영국, 이탈리아에서 온 관광객들이 가득했다. 어떤 호텔의 발코니에는 꽃이 보였다. 어디가 좋을까? 오늘 밤에 이렇게 좁은 골목길이라면? 새벽 1시면 이 동네는 컴컴하고 조용할 것이다. 그러려면 그때까지 디키를 재우면 안 된다. 바다는 어떨까? 안개가 좀 끼긴 해도 춥지는 않다. 톰은 머리를 쥐어짰다. 호텔방이 수월할 것 같은데 시신은 어떻게 처리하나? 시신은 반드시 없애야 한다. 그렇다면 바다밖에 없는데. 바다에서 수영이라면 디키가 꽉 잡고 있다. 바다에는 보트가 있다. 노 젓는 배나 소형 모터보트도 있다. 보트는 해변에서 빌리면 된다. 그래, 맞아. 모터보트에는 정박용 시멘트 덩어리가 밧줄에 매달려 있다.

"보트 탈래, 디키?" 톰은 간절하면서도 간절하지 않은 척하며 물었다. 디키가 톰을 쳐다보았다. 둘이 이곳에 온 이후 디키는 뭐든 시들했다.

흰색 바탕에 파란색이나 녹색이 칠해진 모터보트 열 척이 나무로 만든 부두에 늘어서 있었다. 이탈리아 남자는 손님이 없어서 초조해 보였다. 날이 쌀쌀하고 아침인데도 어둑어둑했다. 디키가 지중해를 내다보았다. 실안개가 약간 끼긴 했지만 비가 온다는 예보는 없었다. 이런 어스레함이 종일 걷히지도 않고, 해가 나지도 않을 것이다. 10시 반. 아침을 먹은 후 늘어져 있을 시간이었다. 이탈리아의 길고 긴 오전 시간이 두 사람 앞에 고스란히 놓여 있었다.

"그럴까. 그럼 한 시간만 항구 주변이나 돌고 오지 뭐." 디키는 대답과 거의 동시에 보트에 올라탔다. 톰은 디키가 예전처럼 슬쩍 미소

짓는 모습을 쳐다보았다. 디키는 프레디나 마지와 함께 이곳에서 보냈던 어느 날 아침에 들었던 기분이 되살아나기를 바라는 것 같았다. 마지가 부탁한 향수 때문에 디키의 코듀로이 재킷 주머니가 불룩했다. 번화가에 있는 어느 미국식 편의점처럼 생긴 가게에서 방금 구한 향수였다.

보트를 관리하는 이탈리아 남자가 줄을 당겨 시동을 걸더니 운전할 줄 아느냐고 물었다. 디키가 그렇다고 대답하는 사이, 톰은 보트 바닥에 있는 노를 눈여겨보았다. 디키가 틸러*를 잡는 순간, 보트가 득달같이 마을에서 멀어졌다.

"히야!" 디키가 웃으며 소리쳤다. 머리가 바람에 흩날렸다.

톰은 좌우를 살폈다. 한쪽으로 수직 절벽이 보였는데, 몽지벨로와 상당히 흡사했다. 반대편에는 평평하고 길쭉한 땅이 바다 위를 떠도는 연무 속에 어른거렸다. 당장 어느 쪽이 나은지 분간이 가지 않았다.

"이 근처 지형에 대해 알아?" 톰이 시끄러운 엔진음을 이기고 물었다.

"아니!" 디키가 질주를 즐기며 힘차게 대답했다.

"운전하기 힘들어?"

"전혀! 해 볼래?"

톰은 망설였다. 디키가 열린 바다를 향해 내달리고 있었다. "아냐, 됐어." 왼쪽 저 멀리 요트가 한 대 보였다. "우리 어디 가는 거야?" 톰이 소리쳤다.

"어디면 어때?" 디키가 웃었다.

그래, 상관없었다.

디키가 느닷없이 틸러를 왼쪽으로 확 틀었다. 그 바람에 둘 다 순식간에 몸을 숙였다가 한쪽으로 기울여 보트를 바로 세웠다. 톰의 왼편으로 하얀 물 장막이 피어올랐다가 서서히 가라앉자, 탁 트인 수평선이 모습을 드러냈다. 다시 보트가 텅 빈 바다를 가르면서 망망대해를 향해 내달렸다. 디키가 속도를 올리며 웃었다. 파란 눈동자가 허공을 향해 미소 지었다.

"보트가 작으면 훨씬 빨리 달리는 것 같단 말이지!" 디키가 고함쳤다.

톰은 고개를 끄덕이며 동감한다는 듯이 미소로 대답을 대신했다. 사실 무서웠다. 수심이 얼마나 되는지는 하늘만이 아신다. 느닷없이

* 키의 손잡이

보트에 무슨 일이라도 생기면, 두 사람이, 아니 혼자서라도 뭍으로 돌아갈 가능성은 없었다. 반대로, 그들이 여기에 있는 걸 본 사람이 있을 가능성도 없었다. 디키가 다시 틸러를 오른쪽으로 살짝 틀어 뿌옇게 보이는 기다란 회색 모래톱으로 향했다. 톰은 디키를 후려갈기고 올라타서 입을 맞춘 다음 배 밖으로 내던질 수도 있었다. 이 정도 거리라면 누구한테든 들키는 게 불가능했다. 톰은 온몸에 땀이 나서 속은 후끈해도 이마는 서늘했다. 두려웠다. 바다가 아니라 디키가 두려웠다. 톰은 자기가 그 짓을 할 것이며, 이젠 스스로 멈추지 않겠지만 멈출 수도 없다는 사실을 깨달았다. 그리고 실패할 수 있다는 것도 알고 있었다.

“나더러 들어가라고 할 거지?” 톰이 소리치며 재킷의 단추를 끄르기 시작했다.

디키는 톰의 말에 입을 쩍 벌리고 웃더니 보트 앞 저 멀리 시선을 보냈다. 톰은 계속 단추를 끄르더니 신발에 양말까지 벗었다. 바지 안에 수영복을 입고 있는 상태였는데, 그건 디키도 마찬가지였다. “너 들어가면 나도 들어갈게.” 톰이 소리쳤다. “들어갈 거지?” 톰은 디키가 속도를 줄이기를 바랐다.

“들어갈 거냐고? 물론이지!” 디키가 속도를 확 줄이더니 아예 틸러를 놓고 재킷을 벗었다. 배가 까딱거리며 동력을 잃었다. “뭐 해? 안 벗고.” 디키가 말하더니 여태 벗지 않은 톰의 바지를 향해 턱을 까딱였다.

톰은 뭍을 살폈다. 산레모가 새하얀색과 분홍색으로 뒤섞인 채 뿌예 보였다. 톰은 가랑이에 끼우고 장난치려는 듯이 태연히 노를 집어 들었다. 디키가 바지를 내리는 순간, 노를 높이 쳐들고 정수리를 내리쳤다.

“뭐야!” 디키가 소리치며 노려보았다. 나무 벤치에서 디키의 엉덩이가 반쯤 미끄러졌다. 뜻밖의 상황에 정신이 혼미해졌는지 기겁하며 색 바랜 눈썹을 치켜떴다.

톰은 몸을 세워 다시 디키를 노로 후려 팼다. 고무줄을 튕기듯 살벌하게 있는 힘껏 후려갈겼다.

“아니 너…….” 디키가 웅얼거리며 인상을 잔뜩 찌푸렸지만, 푸른 눈동자가 흔들리더니 정신을 잃고 있었다.

톰은 왼손으로 노를 쥐고 디키의 옆통수를 후린 다음, 노의 날에 맞아 둔탁하게 움푹 팬 상처에 피가 길게 고이는 모습을 구경했다. 디키가 보트 바닥에 쓰러진 채 안 그래도 뒤틀린 몸을 더욱 뒤틀고 있었다. 디키가 신음을 섞어 으르릉거리며 대들었다. 톰은 기가 느껴지는 시끄러운 음성에 겁을 먹고 노의 날로 디키의 옆 목을 세 번 내리친 다음, 난도질하듯 잘게 후려갈겼다. 노가 도끼고, 디키의 목이 나무인 양 찍어 댔다. 보트가 출렁거리자 뱃전에 버티고 있던 발에 물이 튀었다. 노로 디키의 이마를 긋자 노가 할퀴고 간 자리에서 피가 널찍하게 스며 나왔다. 톰은 몸을 세우려는데 휘청거리자, 잠시 벅차다는 느낌이 들었다. 바로 그때, 디키가 보트 바닥을 더듬으며 톰에게 손을 뻗으면서 긴 다리로 일어나 덤비려고 했다. 톰은 총검을 쥐듯 노를 움켜쥔 채 손잡이를 디키의 옆구리에 내리꽂았다. 바닥에 길게 누운 몸이 축 늘어지더니 꼼짝하지 않았다. 톰은 허리를 펴고 힘겹게 숨을 골랐다. 주위를 둘러보았다. 배는 보이지 않았다. 저 멀리 오른쪽에서 왼쪽으로 이동하는 작고 흰 점만 빼면 아무것도 없었다. 뭍으로 빠르게 달려가는 보트였다.

톰은 가만히 서 있다가 디키가 낀 녹색 반지를 빼서 주머니에 넣었다. 다른 손에 끼고 있는 반지는 더 빡빡했다. 바닥에 쓸려서 피가 나는 손마디에서 반지를 잡아 뺐다. 바지 주머니를 뒤졌다. 프랑스와 이탈리아 동전이 들어 있었지만 동전은 그대로 두고 열쇠가 세 개 달린 열쇠고리만 챙겼다. 디키의 재킷을 집어 들고 마지에게 줄 향수를 꺼냈다. 안주머니에서 담배, 디키의 은제 라이터, 몽당연필, 악어 지갑, 카드 몇 장을 꺼내 자신의 코듀로이 재킷 안에 모조리 쑤셔 넣었다. 그런 다음 허연 시멘트 덩어리 위에 늘어진 밧줄을 잡았다. 밧줄 끝이 뱃머리에 있는 쇠고리에 묶여 있었다. 풀려고 했지만 물을 잔뜩 먹어서 그런지 전혀 움직이지 않았다. 몇 년째 묶여만 있어서 그런 것 같았다. 주먹으로 밧줄을 내리쳤다. 칼이 있었으면.

디키를 쳐다보았다. 죽었나? 점점 좁아지는 뱃머리 쪽으로 몸을 숙여서 숨이 붙어 있나 살폈다. 디키를 건드리기가 무서웠다. 맥이 뛰는지 확인하려고 가슴이나 손목을 만지기가 섬뜩했다. 몸을 돌려 밧줄을 미친 듯이 잡아당겼지만, 오히려 밧줄이 더 단단히 묶이고 있었다.

담배 라이터. 톰은 보트 바닥에 있던 바지 주머니에서 라이터를 찾았다. 라이터를 켜고 밧줄의 젖지 않은 부분에 불꽃을 갖다 댔다. 밧줄의 굵기는 손가락 한 마디에서 살짝 모자랐다. 오래, 몹시 오래 걸렸다. 톰은 그동안 주위를 다시 살폈다. 보트를 빌려 준 이탈리아 남자가 이 정도 거리까지 볼 수 있을까? 단단한 회색 밧줄은 불이 붙지 않고 약간 벌게지기만 하더니 연기가 살살 나면서 서서히 가닥가닥 나뉘었다. 톰이 밧줄을 잡아당기자 라이터가 꺼졌다. 라이터를 다시 켜고 밧줄을 계속 잡아당겼다. 밧줄이 뚝 끊기자 겁낼 겨를도 없이 디키의 맨 발목에 밧줄을 네 바퀴나 돌려 감은 다음 큼직하고 어설프게 매듭을 묶었다. 매듭이 절대로 풀리지 말라고 필요 이상으로 칭칭 감은 이유는, 톰이 매듭 묶기에 서툴렀기 때문이다. 밧줄의 길이가 어림짐작으로 10미터는 훌쩍 넘어 보였다. 톰은 더 차분해지고 능숙해지고 꼼꼼해지는 것 같았다. 시멘트 무게가 시신을 족히 가라앉힐 정도는 되어야 하는데. 시신이 약간 뜨긴 하겠지만 그렇다고 수면 위로 올라올 것 같진 않았다.

톰은 시멘트 덩어리를 내던졌다. 첨벙하는 소리와 함께 시멘트 덩어리가 물거품을 뒤로하고 맑은 바닷속으로 사라졌다. 가라앉을 만큼 가라앉았는지, 디키의 발목에 묶인 밧줄이 팽팽해졌다. 이제 톰은 디키의 양쪽 발목을 뱃전으로 넘겨 놓고 한쪽 팔을 잡아당겨 가장 무거운 어깨를 넘기려고 했다. 축 늘어진 디키의 손은 뜨뜻하고 흉했고, 어깨는 보트 바닥에서 떨어질 생각을 하지 않았다. 톰이 디키의 팔을 잡아당기자 팔만 고무줄처럼 늘어날 뿐, 몸통은 조금도 들리지 않았다. 한쪽 무릎을 세운 자세로 디키를 옆으로 넘기려고 했지만, 배만 휘청거릴 뿐이었다. 톰은 여기가 바다라는 사실을 잊고 있었다. 그가 두려운 건 오로지 바닷물뿐. 선미로 넘겨야겠다고 생각한 이유는 선미가 물에 더 많이 잠겨 있기 때문이었다. 축 늘어진 시신을 선미로 질질 끌고 가자, 밧줄이 뱃전을 훑으며 끌려왔다. 바다로 내던진 시멘트 덩어리의 부력이 느껴지는 것으로 보아 시멘트 덩어리가 바닥에 닿지 않았음을 짐작할 수 있었다. 이제 톰은 머리와 어깨부터 바닷물에 빠트리려고 디키를 엎어서 보트 밖으로 슬금슬금 밀어냈다. 머리는 물에 잠겼지만 허리가 뱃전에 걸렸다. 이번에는 미칠 듯이 무거워진 두 다리가 엄청난 괴력을 발휘하며 톰의 힘을 버티고 있었다. 아까는 어깨가 그랬는데, 지금은 디키의 두 다리가 보트 바닥에 쩍 달라붙었다. 톰은 숨을 깊이 들이마신 다음 두 다리를 바다로 내던졌다. 디키를 바다에 빠뜨리는 순간, 톰은 균형을 잃고 틸러에 부딪히며 넘어지고 말았다. 공회전하던 모터가 갑자기 날뛰기 시작했다.

톰이 틸러를 잡으려고 몸을 날렸지만, 보트가 미친 듯이 호를 그리며 방향을 틀었다. 순간 보트 아래로 바닷물이 보이면서 보트를 잡으려고 뻗은 손까지 보였다. 톰이 뱃전을 움켜쥐려고 했지만, 뱃전이 더는 그 자리에 없었다.

바다에 빠졌다.

톰은 숨을 몰아쉬며 몸을 움츠렸다가 수면 위로 솟구치면서 보트를 잡으려 했다. 놓쳤다. 보트가 원을 그리며 가 버렸다. 톰이 한 번 더 몸을 위로 날렸지만 더 깊이 가라앉고 말았다. 이번에는 고개를 수면 위로 빼지도 못했다. 돌이킬 수 없는 죽음이 기다리는 물속으로 몸이 천천히 가라앉고 있었다. 그런데도 톰에게는 그 속도가 너무 빨라서 숨이 쉬어지지 않았다. 머리까지 완전히 잠긴 상태로 숨을 쉬자, 코로 물이 들어왔다. 보트는 더더욱 멀어졌다. 예전에도 저렇게 뱅뱅 도는 보트를 본 적이 있었다. 누군가 올라타서 모터를 끄지 않는 이상 보트를 세우는 건 아예 불가능했다. 이제 을씨년스럽게 텅 빈 바다에서 죽어 가는 기분을 앞당겨 겪게 된 톰이 몸부림쳤다. 귓구멍으로 물이 밀고 들어오자 모든 소리가 완벽히 차단되면서 미쳐 날뛰는 모터 소리마저 멀어졌다. 몸속에서 피가 헉헉거리고 버둥거리며 필사적으로 박동하고 절규하는 광란의 굉음만 들렸다. 톰은 다시 수면 위로 솟구치자마자 보트와 한판 붙을 수밖에 없었다. 물에 떠 있는 건 오로지 보트뿐이었다. 보트가 빙빙 도는 바람에 건드릴 수 없었다. 뾰족한 뱃머리가 두 번, 세 번, 네 번 스쳐 지나가는 사이, 톰은 숨을 한 번 더 들이켰다.

도와달라고 외쳤지만 입으로 가득 물만 들어왔다. 물속에서 보트에 손이 닿았지만, 짐승처럼 돌진하는 뱃머리에 몸이 떠밀렸다. 톰은 선미라도 잡으려고 사정없이 돌아가는 프로펠러 날을 향해 힘껏 팔을 뻗었다. 손끝에 러더*가 느껴졌다. 몸을 움츠렸지만 타이밍을 놓치는 바람에 용골이 정수리를 스치고 지나갔다. 이제 다시 선미와 가까워졌다. 톰은 러더를 잡으려 했지만 손이 미끄러졌다. 대신 반대편 손으로 선미쪽 뱃전을 붙들고 팔을 쭉 편 채 프로펠러 날에 몸이 닿지 않도록 버텼다. 톰은 있는 줄도 몰랐던 힘까지 쥐어짜 선미 구석을 향해 몸을 날려 한쪽 팔을 뱃전에 걸었다. 그런 다음 손을 위로 뻗어 틸러를 건드렸다.

모터가 속도를 줄이기 시작했다.

톰이 양손으로 뱃전에 매달렸다. 머리가 하얘지면서 안도감과 불안감이 교차했다. 목이 타들어 갈 듯이 아팠다. 숨을 쉴 때마다 가슴이 어딘가에 찔리는 것 같았다. 톰은 숨을 골랐다. 2분이었을지, 10분이었을지 모를 시간 내내 숨만 골랐다. 있는 힘을 쥐어짜 보트에 올라타야겠다는 생각뿐. 마침내 물속에서 몇 번 천천히 들썩이다가 몸을 힘껏

* 방향타

내던졌다. 발은 뱃전에 대롱대롱 걸치고 얼굴은 보트 바닥에 댄 채 엎어졌다. 숨을 돌리는 사이, 미끄덩한 디키의 피가 손끝에 어렴풋이 느껴졌다. 톰의 귀와 입에서 흘러나온 물까지 더해지자 축축하기까지 했다. 톰은 몸을 움직이기 전에 생각부터 해야 했다. 피가 낭자한 보트를 그대로 반납할 수는 없으니 일어나서 곧바로 보트를 몰고 어디로든 가야 했다. 그런데 어디로 가나.

디키의 손가락에서 뺀 반지 두 개가 생각나자, 톰은 재킷 주머니에 넣어 둔 반지를 뒤적거렸다. 반지는 그대로 있었다. 이 난리 통에 어떻게 반지가 그대로 있을 수가 있지? 별안간 재채기가 나오고, 눈물이 줄줄 나는 바람에 시야가 흐려졌다. 근처에 배가 있거나, 자신이 있는 데로 올까 봐 눈을 비비며 주변을 둘러보았다. 한 척도 보이지 않았다. 자신이 탄 보트를 신경도 쓰지 않은 소형 모터보트만 저 멀리 희희낙락하며 크게 호를 그리고 있었다. 톰은 보트 바닥을 내려다보았다. 이걸 다 씻어 낼 수 있을까? 피는 잘 안 지워진다던데. 보트를 반납하러 가서 관리인이 친구는 어디 갔냐고 물으면, 저쪽 뭍에 내려 주고 왔다고 할 참이었는데, 이제 그건 불가능해졌다.

톰은 레버를 살살 움직여서 공회전하던 모터의 속도를 올렸다. 속도를 낸다는 것만으로도 두려웠다. 그런데 오히려 모터가 사람 같고 바다보다 다루기 쉽다는 생각이 들자, 두려움이 덜어졌다. 톰은 산레모 북부 해안가를 향해 대각선으로 달렸다. 마땅한 곳이 나올 거야. 보트를 대고 내릴 수 있는 인적 없는 작은 만을 찾을 수 있을 거야. 보트가 발견될 경우 문제가 커진다. 톰은 혼자서 냉정하게 생각하려고 애썼다. 보트를 숨길 방법을 찾으려니 막막했다.

소나무가 보였다. 메마르고 텅 빈 듯이 쭉 뻗은 황갈색 모래밭과 올리브나무가 있는 푸르른 들판도 희미하게 보였다. 톰은 속도를 낮추고 모래밭 이쪽저쪽을 두리번거리며 사람이 있나 살폈다. 아무도 없었다. 수심이 얕고 짧은 해변이었다. 보트를 몰면서 레버를 소중히 움켜쥐었다. 보트가 다시는 날뛰지 않으리라는 확신이 서지 않았기 때문이다. 뱃머리 아래에 뭔가 긁히면서 덜컹거리는 느낌이 들었다. 레버를 '페르마(정지)'에 놓고, 모터를 차단하는 다른 레버도 매만졌다. 무릎 깊이 정도 되는 바닷물로 살짝 들어간 다음, 보트를 끌 수 있을 만큼 잡아끌었다. 그러고는 재킷 두 개와 샌들과 마지에게 줄 향수 상자를 해변으로 옮겼다. 그가 닿은 작은 만은 폭이 채 5미터도 되지 않아서 남들 눈에 띄지 않아 안전할 것 같았다. 이곳엔 인간의 발자국이 닿았던 흔적이 아예 없었다. 톰은 보트를 가라앉히기로 했다.

돌을 모으기 시작했다. 사람 머리만 한 크기로만 골랐다. 그가 힘을 긁어모아 옮길 수 있는 크기가 그 정도였기 때문이다. 돌을 하나씩 보트에 실었지만, 결국 더 작은 돌까지 있는 대로 끌어모아야 했다. 근처에 있던 큼직한 돌들이 바닥났기 때문이다. 톰은 쉬지 않고 돌을 옮겼다. 잠깐이라도 쉬었다간 기운이 뚝 떨어져서 그대로 곯아떨어져 버려 누군가에게 들킬까 두려웠다. 돌이 뱃전과 거의 수평이 될 만큼 차자, 보트를 밀었다. 보트가 좌우로 흔들리더니 양옆으로 물이 찰랑찰랑 들어왔다. 보트가 가라앉기 시작하자, 더 멀리 밀었다. 밀다 보니 허리춤까지 물이 차면서 보트가 손이 닿지 않는 곳으로 가라앉았다. 톰은 해변으로 돌아와 모래에 얼굴을 파묻은 채 잠시 엎드려 있었다. 호텔로 돌아갈 계획을 짰다. 그리고 알리바이와 다음 행보도 짰다. 해가 지기 전에 산레모를 떠나 몽지벨로로 돌아가자. 가서 '소설'을 쓰자.

13

해 질 무렵이면 마을 사람들이 모두 노상 카페로 모여들었다. 이탈리아 사람이든 관광객이든 다들 막 샤워하고 옷을 갈아입고 나와서 지나가는 사람들을 쳐다보며 이 동네의 재밋거리를 열심히 찾고 있었다. 톰은 수영복 반바지에 샌들을 신고 디키의 코듀로이 재킷을 걸친 채 마을로 들어섰다. 피가 살짝 묻은 바지와 재킷은 겨드랑이에 끼웠다. 진이 빠져서 힘없이 터벅터벅 걷다가도, 노상 카페 앞을 지나갈 때는 그를 쳐다보는 수백 명을 의식해 고개를 빳빳이 들었다. 바닷가 근처 호텔까지 가려면 이 길밖에 없었다. 톰은 산레모 외곽에 있는 길거리 술집에서 설탕을 듬뿍 넣은 에스프레소를 다섯 잔이나 마시고도 브랜디 석 잔을 더 들이부은 다음에야 기운을 차렸다. 이제 그는 오후 나절 바다에 들락거리는 혈기 왕성한 청년인 척 연기했다. 수영도 잘하고 추위도 별로 타지 않아 쌀쌀한 날씨에도 오후 늦게까지 수영하는 별난 취향을 가진 척한 것이다. 그는 호텔 데스크에서 열쇠를 받아 방으로 올라가자마자 침대에 쓰러졌다. 딱 한 시간만 쉬어야지, 아예 곯아떨어지면 안 된다고 다짐했다. 누워 있으니 잠이 솔솔 쏟아졌다. 톰은 벌떡 일어나 세면대로 가서 세수한 다음 축축한 타월을 침대로 들고 와 이리저리 만지작거리며 잠을 쫓았다.

톰은 마침내 침대에서 일어나서 코듀로이 바지에 묻은 피 얼룩을 지우기로 했다. 비누를 발라 손톱 솔로 싹싹 문지르다가 힘에 부쳐서 잠시 쉬면서 짐을 챙겼다. 톰은 디키가 항상 싸던 대로 가방 속 깊숙이 달린 왼쪽 안주머니에 치약과 칫솔을 넣었다. 그런 다음, 바지 얼룩을 마저 지우러 갔다. 두 번 다시 입지 못할 정도로 피범벅이 된 재킷은 버려야 했지만, 디키의 재킷을 입으면 되었다. 색상도 베이지로 같았고 사이즈도 거의 비슷했기 때문이다. 일전에 톰이 디키의 양복을 보고 몽지벨로에 있는 같은 양복점에서 똑같이 맞춘 양복이었다. 톰은 자기 양복을 가방에 쑤셔 넣은 다음 가방을 들고 프런트로 내려가 체크아웃하겠다고 했다.

프런트 직원이 친구는 어디 갔냐고 묻자, 톰은 기차역에서 만나기로 했다고 둘러댔다. 호텔 직원이 유쾌하게 웃으며 '부온 비아조(좋은 여행)'를 빌어 주었다.

톰은 두 길 떨어진 식당에 들러서 미네스트로네*를 꾸역꾸역 퍼먹고 기운을 차렸다. 톰은 보트 주인인 이탈리아 남자를 주시했다. 일단 오늘 밤에 산레모를 뜨는 게 급선무라고 판단한 톰은 기차나 버스 편이 끊기면 택시를 타고 인근 도시로 이동하기로 했다.

톰은 역에 가서 오늘 밤 10시 24분발 이탈리아 남부로 가는 기차가 있다는 걸 확인했다. 침대차였다. 내일 아침 눈을 뜨면 로마에 도착할 테니 기차를 갈아타고 나폴리로 내려가자. 별안간 상황이 이상하리만치 쉽고 간단해 보였다. 톰은 자신감이 넘치다 못해 며칠 파리에 갔다 올 생각까지 들었다.

"스페타 운 모멘토(잠깐만요)." 그는 당장이라도 기차표를 내밀 준비가 된 직원에게 말했다. 그러고는 여행 가방 주위를 빙빙 돌면서 파리로 갈까 말까 고민에 빠졌다. 이틀 정도 파리를 구경하고 올까. 마지에게 얘기를 하든 말든 상관없을 것이다. 그래도 파리에는 가지 않는 게 좋겠다고 다급히 결정했다. 파리에 가 봐야 쉬지도 못할 테니 말이다. 빨리 몽지벨로로 내려가 디키의 물건들을 보고 싶어서 안달이 났다.

기차 침대칸에 깔린 빳빳하고 하얀 침대보는 톰이 지금껏 본 것 중에 가장 고급스러웠다. 불을 끄기 전에 침대보를 손으로 쓸었다. 회청색 담요는 깨끗했고, 머리맡 위에 걸린 작고 검은 그물망은 꽤 효율적이었다. 톰은 앞으로 펼쳐질 온갖 즐거움을 상상하며 짜릿한 순간을 음미했다. 디키의 돈으로 침대와 테이블도 사고, 바다에 나가 요트를

* 밀라노식 진한 야채 수프

타고 여행도 다니고, 옷도 사 입으면서 앞으로 몇 년은 자유롭고 즐겁게 사는 거야. 불을 끄고 머리를 대자마자 그대로 곯아떨어졌다. 행복하고 벅찼다. 이렇게까지 자신감이 차올라 가슴이 터질 것 같은 기분은 평생 처음이었다.

톰은 나폴리역에 내리자마자, 남자 화장실로 들어갔다. 일단 가방에서 디키의 치약과 칫솔부터 꺼내고 자기가 입었던 코듀로이 재킷과 디키의 피 묻은 바지도 꺼낸 다음 디키가 입던 우비 위에 올려놓고 둘둘 말았다. 말린 뭉치를 들고 기차역 맞은편 골목으로 가서 담벼락에 기댄 큼직한 쓰레기 마대 속에 쑤셔 넣었다. 그런 다음 버스 정류장 광장에 있는 카페에 가서 아침으로 카페 라테와 달콤한 롤빵을 먹고, 11시에 몽지벨로로 출발하는 남루한 버스에 올랐다.

톰은 버스에서 내리자마자 마지와 거의 정면으로 마주쳤다. 마지는 수영복 위에 풍덩한 흰 재킷을 걸치고 있었다. 해변에 갈 때는 늘 이런 차림이었다.

"디키는?" 마지가 물었다.

"로마에 있어." 톰은 완벽하게 준비된 상태라서 느긋하게 미소를 지었다. "며칠 쉬러 로마에 갔어. 난 디키의 짐을 챙기러 왔어. 갖다주려고."

"누구하고 같이 간 거야?"

"아니, 혼자 호텔에 있어." 톰은 한 번 더 미소를 지으며 작별 인사를 대충 고한 다음 가방을 들고 언덕길을 오르기 시작했다. 잠시 후, 밑창에 코르크가 달린 샌들 발로 마지가 따라오는 소리가 들렸다. 톰은 기다려 주었다. "그리운 우리 집엔 별일 없지?"

"그냥저냥. 별일 있을 게 뭐가 있어." 마지가 웃었다. 마지는 톰과 같이 있는 게 불편할 텐데도 집 안까지 따라 들어왔다. 대문은 잠기지 않은 상태였고, 톰은 평소에 열쇠를 두고 다니던 자리에서 큼직한 테라스 열쇠를 꺼냈다. 반쯤 죽어 가는 관목이 심긴 썩어 가는 나무 화분 뒤에 열쇠를 놓고 다녔다. 둘이 문을 열고 테라스로 나갔다. 테이블이 살짝 옮겨져 있었고, 흔들 그네 의자 위에는 책이 한 권 놓여 있었다. 두 남자가 집을 비운 동안 마지가 드나든 것 같았다. 고작 3박 4일 만에 돌아왔는데도 한 달은 비워 둔 것 같은 기분이 들었다.

"스키피는 잘 있지?" 톰이 밝게 물으며 냉장고 문을 열고 얼음 트레이를 꺼냈다. 스키피는 마지가 며칠 전 데려온 유기견이었다. 흰색과 검은색이 섞인 못생긴 녀석을 마지가 늙은 아줌마처럼 애지중지하며 보살폈다.

"도망갔어. 눌러살 거라곤 기대도 안 했지만."

"이런."

"넌 잘 지내고 온 것 같네." 마지가 의미심장하게 물었다.

"우리 둘 다 잘 지냈어." 톰이 미소를 지었다. "술 한잔 만들어 줄까?"

"그건 됐고, 디키가 얼마나 있다가 온대?"

"글쎄……." 톰이 고심하며 인상을 찌푸렸다. "나도 잘 몰라. 로마에 가서 전시회를 많이 보고 싶대. 디키는 분위기가 바뀐 게 좋은가 봐." 톰은 독한 진을 따른 다음 소다를 섞고 레몬 슬라이스를 띄웠다. "일주일 있으면 오겠지. 자, 그건 그렇고!" 톰이 여행 가방에서 향수 상자를 꺼냈다. 겉에 피가 튀는 바람에 상점에서 싸 준 포장지는 벗겨 버렸다. "네가 찾던 스트라디바리! 산레모에서 구했어."

"와, 정말 고마워." 마지가 웃으며서 향수를 받더니 꿈꾸듯 상자를 살살 열었다.

톰은 술잔을 들고 긴장한 채 테라스를 서성였다. 마지가 이 집에서 나가 주기를 바라며 말을 걸지 않았다.

"있잖아." 마지가 마침내 입을 열더니 테라스로 나왔다. "넌 얼마나 더 있을 거야?"

"어디에?"

"여기."

"하룻밤만 자고 내일 로마로 올라가려고. 오후쯤." 톰이 덧붙였다. 내일 2시는 되어야 우편물을 받을 수 있기 때문이었다.

"그럼 우리 다시는 못 보겠네. 네가 해변으로 나오지 않는 이상." 마지가 애써 친한 척하며 말했다. "다시 못 봐도 잘 지내. 디키한테는 엽서 보내라고 전해 주고. 지금 어느 호텔에 있어?"

"어디더라…… 로마 스페인 광장 근처랬는데."

"잉길테라 호텔?"

"맞다, 거기. 대신 우편물은 아메리칸 익스프레스로 보내랬어." 톰은 생각했다. 설마 마지가 디키한테 전화하겠어? 마지가 편지를 보내면 내가 내일 호텔에 가서 받으면 되지. "내일 아침엔 해변에 나갈까 해."

"그래. 향수 고마워."

"천만에!"

마지가 철문을 지나 밖으로 나갔다.

톰은 여행 가방을 들고 디키의 침실로 뛰어 올라갔다. 맨 위에 있는 서랍부터 열었다. 편지, 주소책 두 개, 메모장 두 개, 시곗줄, 열쇠, 보험 증서 몇 장이 들어 있었다. 다른 서랍도 차례로 잡아 뺀 다음 열린 채로 두었다. 셔츠, 반바지, 개킨 스웨터, 중구난방인 양말. 방구석에는 정돈되지 않은 포트폴리오와 낡은 스케치북이 산더미처럼 쌓여 있었다. 할 일이 많았다. 톰은 옷을 홀랑 벗은 다음 알몸 바람으로 아래층으로 내려가 잽싸게 샤워하고 옷장 속 고리에 걸린 디키가 곧잘 입던 흰 바지부터 꺼내 입었다.

서랍을 위에서부터 뒤진 건 두 가지 이유에서였다. 당장 처리해야 할 시급한 일이 있다면 최근에 받은 서류가 중요할 테고, 혹시라도 마지가 오후에 다시 들르더라도 톰이 조만간 이 집을 팔아 치울 것처럼 보이지 않기 위해서였다. 그래도 오늘 오후에는 디키가 갖고 있는 큼직한 여행 가방 여러 개에 디키가 입던 최고급 옷들을 챙기는 것 정도는 할 수 있을 것이다.

톰은 자정까지 마냥 집 안을 돌아다니며 빈둥거렸다. 디키의 짐은 여행 가방 여러 개에 다 담아 두었으니, 이젠 이 집에 있는 가구를 얼마나 받을 수 있을지, 무엇을 마지에게 남길 것이며, 나머지는 어떻게 처분할 것인지를 따져 보고 있었다. 저 망할 냉장고는 마지가 차지하게 될 테니 좋아할 것이다. 현관에 있는 조각이 새겨진 묵직한 나무 서랍장은 디키가 침대보를 넣어 두는 용도로 사용했는데, 적어도 몇백 달러는 받을 수 있을 것이다. 예전에 톰이 물어봤더니, 디키가 4백 년 된 고가구라고 했었다. 친퀘첸토*라나. 톰은 미라마레 호텔 부매니저로 있는 푸치 씨에게 이 집과 가구를 대신 처분해 달라고 부탁하고, 요트도 팔아 달라고 할 작정이었다. 푸치 씨가 마을 사람들을 대신해 그런 일을 도맡아 해 준다는 얘기를 디키가 한 적이 있었다.

톰은 당장이라도 디키의 물건을 몽땅 로마로 가져가고 싶었지만, 그랬다간 디키가 잠시 로마에 있겠다고 한 거에 비해 톰이 짐을 너무 많이 챙겨 간다며 마지의 의심을 살 수도 있으니, 나중에 디키가 아예 로마에서 살겠다고 결정한 것처럼 둘러대는 편이 나을 것 같았다.

다음 날 오후 3시가 되자, 톰은 우체국에 가서 편지를 받아 왔다. 미국에 사는 친구가 디키에게 보낸 편지였다. 톰에게 온 편지는 없었

* 16세기 이탈리아의 미술 · 문화 · 건축 양식

지만, 느릿느릿 집으로 돌아오면서 디키가 보낼 편지를 상상해 보았다. 톰은 디키가 썼을 법한 문장까지 정확히 떠올려 보았는데, 이렇게 해 두면 나중에 마지에게 편지를 쓸 때 그대로 옮겨 적기만 하면 된다. 게다가 톰은 디키가 변심했다는 얘기를 듣고 살짝 놀라는 척하는 연습까지 해 보았다.

톰은 집에 도착하자마자, 디키가 그린 그림 중에 가장 괜찮은 것들과 고급 침대보를 골라서 마분지 상자에 집어넣었다. 언덕 위 식료품 가게에서 일하는 알도한테 얻어 온 상자였다. 차근차근 꼼꼼히 짐을 싸면서도 마지가 언제든 들를지 모를 경우에 대비했다. 그런데 막상 마지는 오후 4시가 넘어서 왔다.

"아직 안 갔네?" 마지가 디키의 침실로 들어오며 물었다.

"그러게. 오늘 디키가 보낸 편지를 받았는데, 디키가 로마로 아예 이사하겠대." 톰은 허리를 펴고 씩 웃으며 자기도 놀란 척했다. "나더러 짐을 모두 챙겨서 최대한 다 싸 오래."

"디키가 로마로 이사 간다고? 얼마나 있을 거래?"

"나야 모르지. 확실한 건, 디키가 올겨울은 로마에서 보낸다는 거야." 톰은 계속해서 캔버스를 묶었다.

"그럼 겨울 내내 몽지벨로에는 안 내려오겠다고?" 마지의 목소리는 이미 넋이 나가 있었다.

"응. 이 집도 팔 거래. 아직 결정한 건 아니지만."

"말도 안 돼! 무슨 일이 있었어?"

톰이 어깨를 으쓱했다. "확실한 건 디키가 로마에서 겨울을 보내고 싶어 한다는 거야. 네게도 편지를 쓰겠다고 했으니 오늘 오후에 너한테도 편지가 갔을 텐데."

"난 못 받았어."

정적이 흘렀다. 톰은 계속 짐을 싸다가 자기 짐은 하나도 챙기지 않았다는 걸 깨달았다. 자기 방에는 아예 들어가지도 않았다.

"그래도 코르티나에는 갈 거라지?" 마지가 물었다.

"아니, 안 간대. 프레디한테 안 가겠다고 편지를 쓰겠다네. 그렇다고 너까지 못 가는 건 아니야." 톰이 마지를 쳐다보았다. "그건 그렇고, 디키가 냉장고는 너 가지래. 옮겨 줄 사람은 구할 수 있을 거야."

마지는 냉장고를 선물로 받고도 어리벙벙한 표정은 그대로였다. 마지는 디키와 톰이 같이 살 작정인지 궁금해하다가, 들뜬 톰을 보고 사실로 받아들이고 있었다. 둘이 같이 살 거냐는 말이 마지의 입 밖으로 튀어나오기 직전이었다. 톰은 마지의 속마음이 아이처럼 훤히 들여다보였다. 마지가 물었다. "로마에서 디키하고 같이 지낼 거니?"

"당분간은 그러려고. 디키가 자리 잡게 도와줘야지. 난 이번 달에 파리로 갔다가 12월 중순에 미국으로 돌아갈 생각이야."

마지가 풀 죽어 보였다. 앞으로 보내야 할 외로운 시간을 상상하는 것 같았다. 디키가 마지를 만나러 간간이 몽지벨로로 내려온다고 해도, 마지는 썰렁한 일요일 아침과 적적한 저녁을 보내야 할 것이다. "크리스마스는 어떻게 한대? 디키가 여기에서 보낼까? 로마에 있으려나?"

톰은 짜증 섞인 말투로 말했다. "여긴 안 내려올걸. 혼자 있고 싶어 하는 것 같던데."

마지가 충격에 상처까지 받았는지 이제는 입을 다물었다. 톰은 자기가 로마에서 써서 보낼 편지를 받을 때까지 마지가 기다려 주기를 바랐다. 당연히 디키가 쓴 것처럼 다정다감하게 쓰겠지만, 디키가 두 번 다시 마지를 만날 생각이 없다는 점을 분명히 할 것이다.

잠시 후, 마지가 일어나더니 넋이 나간 사람처럼 작별 인사를 고했다. 톰은 마지가 오늘 디키에게 전화하거나 로마로 올라갈 것 같다는 생각이 문득 들었다. 그런들 뭐 어때? 디키가 다른 호텔로 옮길 수도 있지 않은가. 마지가 로마에 가서 며칠은 정신없이 돌아다녀야 할 만큼 로마에는 호텔이 아주 많았다. 전화를 걸든 직접 가든 디키를 찾지 못하면, 마지는 디키가 파리로 이동했거나, 톰과 다른 도시로 옮겼다고 짐작할 것이다.

톰은 산레모 인근에서 침몰한 보트가 발견되었다는 기사가 올라왔는지 나폴리 신문들을 훑어보았다. 「산레모 인근에 침몰선」 대충 이런 제목으로 실릴 것이다. 여태 핏자국이 남아 있다면, 보트에서 혈흔이 나왔다고 야단법석을 떨 것이다. 이탈리아 신문들은 특유의 극적인 문체로 기사를 쓰는 걸 좋아했다. '산레모에 사는 젊은 어부 조르조 디스테파니가 어제 오후 3시경 수심 2미터 깊이에서 가장 처참한 모습을 발견했다. 작은 모터보트의 내부에는 피가 낭자했는데…….' 이런 기사는 아예 보이지 않았다. 어제자 신문에도 없었다. 보트가 발견되려면 몇 달은 걸릴 것 같았다. 영원히 발견되지 않을 수도 있다. 설사 발견된다고 해도 디키 그린리프와 톰 리플리가 같이 보트를 타고 나갔다는 걸 무슨 수로 알겠는가? 산레모에서 만난 이탈리아 보트 관리인에게는 두 사람의 이름을 밝히지도 않았으니 말이다. 관리인이 준 주황색 표를 톰이 받아서 주머니에 넣어 두었는데, 나중에 발견하고는 찢어 버렸다.

톰은 2시경 택시를 타고 몽지벨로를 떠났다. 출발하기 전에 조르조에 들러서 에스프레소를 한 잔 마시면서 조르조와 파우스토, 그리고 그와 디키가 알고 지내던 마을 사람들 몇 명에게 작별을 고하며 똑같은 이야기를 전했다. 디키 그린리프가 로마에서 겨울을 보내기로 했고 다시 만날 때까지 안부를 전해 달라고 했다면서, 조만간 잠깐 내려올 거라는 말까지 덧붙였다.

그날 오후 톰은 디키의 침대보와 그림이 든 상자와 디키의 트렁크와 묵직한 여행 가방 두 개를 아메리칸 익스프레스 로마 지점으로 부쳐서 나중에 디키 그린리프가 이 짐들을 로마에서 찾을 수 있도록 했다. 톰은 자기 여행 가방 두 개와 디키의 여행 가방 하나만 들고 택시를 탔다. 미라마레 호텔에 있는 푸치 씨에게 그린리프 씨가 집과 가구를 처분하고 싶어 하는데 도와줄 수 있냐고 물었더니, 푸치 씨는 기꺼이 도와주겠다고 했다. 톰은 부두 관리인인 피에트로에게 그린리프 씨가 올겨울에 피피스트렐로를 팔려고 하니 좋은 기회라면서 요트를 살 사람이 있는지 수소문해 달라고 했다. 톰은 디키가 50만 리라, 대략 8백 달러를 받고 싶어 한다고 둘러댔는데, 2인 취침이 가능한 요트치고는 꽤 저렴하게 내놓은 것이다. 피에트로는 몇 주 안에 팔릴 것 같다고 했다.

톰은 로마행 기차에서 그동안 꼼꼼히 외워 둔 문장으로 마지에게 보낼 내용을 가다듬은 다음 하슬러 호텔에 도착하자마자 디키의 여행 가방에 챙겨 온 에르메스 베이비 타자기*를 꺼내 곧장 편지를 작성했다.

로마
19xx 11월 28일

마지에게

올겨울에는 로마에서 아파트를 구해서 분위기도 바꿔 볼 겸 익숙한 몽지벨로를 잠시 떠나 있으려고 해. 혼자 있고 싶다는 생각이 불쑥 들더라. 너무 갑작스레 벌어진 일이라 작별 인사 할 겨를도 없어서 미안해. 그리 멀리 있는 건 아니니 조만간 보러

* 스위스제 소형 타자기

갈게. 짐을 챙기러 가고 싶지 않아서 톰에게 다 맡겼어.

우리 얘기를 하자면, 한동안 서로 못 본다고 우리 사이가 나빠지진 않을 거야. 오히려 여러모로 좋아질지도 몰라. 내가 널 질리게 한다는 끔찍한 기분이 들었어. 넌 날 질리게 하진 않지만 말이야. 내가 모든 걸 두고 도망쳤다는 생각은 말아 줘. 오히려 로마에 있으니 현실이 더욱 와닿는 것 같아. 몽지벨로에 있을 때는 전혀 안 그랬거든. 내가 느낀 불만 중에 너도 있었어. 당연한 얘기지만, 도망친다고 해결되는 문제는 없어. 하지만 이렇게 하는 게 널 향한 내 마음을 내가 진심으로 깨닫는 데에는 도움이 될 거야. 그래서 당분간은 널 안 보는 게 좋겠어. 네가 이해해 주길 바라지만, 이해해 주지 못한다고 해도 그건 내가 감당해야 할 몫이겠지. 톰하고 2주간 파리에 갈지도 몰라. 톰이 파리에 가자고 성화거든. 내가 당장 그림을 그리지 않는다면 파리에 다녀오려고 해. 디 마시모라는 화가를 만났어. 내가 굉장히 좋아하는 작품을 그린 화가인데, 나이는 많고 돈은 별로 없는 분이셔. 내가 돈을 조금만 내면 날 제자로 기꺼이 받아 줄 것 같아. 앞으로 그분 작업실에서 그림을 그리게 될 거야.

밤새 분수를 틀어 놓고 다들 밤을 지새워서 그런지 로마는 참으로 근사해. 내가 오래 머문 몽지벨로하고는 딴판이야. 톰은 네가 잘못 생각한 거야. 조만간 미국으로 돌아간다는데, 톰이 언제 돌아가든 나는 신경 쓰지 않으려고. 그래도 그렇게까지 나쁜 애는 아니니 싫진 않아. 아무튼 톰은 우리하고는 아무 상관 없어. 너도 그걸 알아 줬으면 좋겠다.

내가 지낼 곳이 정해질 때까진, 아메리칸 익스프레스 로마 지점으로 편지를 보내 줘. 내가 아파트를 구하면 주소를 알려 줄게. 그동안 집도 따뜻하게 해 놓고 냉장고도 켜 놓고 글도 잘 쓰고 있어. 크리스마스는 정말 미안하게 됐다, 자기야. 우리가 그리 빨리 만나진 못할 거야. 이런 이유 때문이라면 날 미워해도 좋아.

내 모든 사랑을 담아
디키

톰은 호텔로 들어간 다음부터는 모자를 벗지 않았다. 프런트 데스크에 가서 자기 여권 대신 디키의 여권을 내밀었다. 막상 호텔에서는 여권 사진은 보지도 않고 앞장에 있는 여권 번호만 옮겨 적었다. 톰은 숙박계를 작성하면서 대문자 R과 G를 고리 모양으로 크게 굴려서 쓰는 디키의 필체를 흉내 내며 단숨에 현란하게 서명했다. 편지를 부치려고 나갔다가 몇 골목 떨어진 편의점에 가서 필요한 화장품을 몇 가지 샀다. 톰은 이탈리아 여자 판매원에게 농을 건네면서 화장품 가방을 잃어버리고 복통으로 몸이 안 좋아 호텔방에 누워 있는 아내를 대신해 화장품을 사러 나온 남편인 척했다.

그날 저녁 내내 톰은 송금 수표에 적을 디키의 서명을 연습했다. 디키가 매월 우편으로 받는 수표가 열흘 안에 미국에서 날아올 예정이었다.

14

톰은 그다음 날 유로파 호텔로 옮겼다. 베네토 거리 인근에 있는 비교적 저렴한 호텔이었다. 하슬러 호텔이 다소 호사스러운 데다가 로마를 방문하는 영화인들이 애용하는 호텔이니, 혹시나 프레디 마일스 같은 디키의 지인들이 로마에 오면 묵을 수도 있기 때문이었다.

톰은 호텔방에서 마지와 파우스토와 프레디와 대화하는 장면을 상상했다. 로마에 올 가능성이 가장 높은 건 마지였다. 마지와 통화하는 장면을 상상할 때는 디키라고 생각하고, 마지와 대면하는 모습을 상상할 때는 톰이라고 생각하고 말했다. 이를테면, 마지가 로마에 와서 디키가 묵는 호텔을 찾아낸 다음 한사코 방으로 올라가겠다고 하면, 톰은 디키의 반지를 빼고 옷부터 갈아입어야 할 것이다.

'나도 모르지.' 톰이 원래 자기 말투로 마지에게 말한다. '있잖아, 디키는…… 모든 걸 내려놓고 도망치고 싶은가 봐. 나더러 자기 호텔방을 며칠 쓰랬어. 내 방 히터에 문제가 생겼거든……. 이틀 있으면 돌아올 거야. 아니면 잘 있다고 엽서를 보내든가. 성당 성화를 보러 디 마시모하고 작은 시골 마을에 갔거든.'

('디키가 북부로 갔는지, 남부로 갔는지도 모른단 말이야?')

'정말 몰라. 아마 남부로 갔을걸. 그런데 그게 다 무슨 소용이야?'

('디키를 놓치다니 내가 운이 없구나. 디키는 왜 어디로 간다는 말을 대체 안 했을까?')

'그러게. 내가 디키에게 물어도 보고, 디키가 어디로 갔는지 짐작

할 만한 지도라도 있나 방을 훑어보기도 했거든. 사흘 전에 디키가 전화하더니 나더러 자기 방을 쓰라더라.'

순식간에 원래 자기 모습으로 돌아오는 연습을 해 두는 건 좋은 생각으로 보였다. 톰으로 돌아와야 하는 순간이 느닷없이 닥칠지도 모르기 때문이었다. 톰은 톰 리플리의 음색을 이렇게나 쉽게 까먹을 수 있다는 게 신기했다. 톰은 자기가 기억하는 자신의 말투와 똑같이 들릴 때까지 마지와 가상의 대화를 나누었다.

그럼에도 톰은 주로 디키로 살았다. 프레디나 마지하고 조용히 얘기할 때도, 디키의 어머니와 장거리 전화를 할 때도, 파우스토와 수다 떨 때도, 디너파티에서 만난 이방인과 영어와 이탈리아어를 섞어서 말할 때도 톰은 디키가 되었다. 디키가 가지고 다니던 휴대용 라디오를 틀어 놓았는데, 혹여 그린리프 씨가 혼자 투숙 중이라는 걸 아는 호텔 직원이 복도를 지나가다가 그를 괴짜라고 오해하는 걸 방지하기 위해서였다. 가끔 라디오에서 좋아하는 노래가 나오면 혼자 춤을 추었다. 그런데 춤마저도 디키가 여자하고 추는 것처럼 췄다. 톰은 디키가 마지와 조르조의 테라스에서 춤을 추는 것도 봤었고, 나폴리에 갔을 때 오렌지 정원에서 추는 것도 봤었다. 디키는 발은 성큼성큼 떼지만 몸이 뻣뻣해서 아주 잘 추는 건 아니었다. 방에 혼자 있을 때도, 로마 거리를 거닐 때도 톰에게는 매 순간이 기쁨이었다. 관광을 겸해서 아파트를 보러 다니면서도 톰 리플리가 디키 그린리프로 변신한 이상, 절대로 외롭거나 지루하지 않았다.

톰이 아메리칸 익스프레스로 우편물을 찾으러 가자 직원들은 그가 그린리프 씨인 줄 알고 인사했다. 마지가 보낸 첫 번째 편지가 도착했다.

디키에게

사실 좀 놀랐어. 로마나 산레모에서 별안간 무슨 바람이 분 거니? 난 톰이 제일 못 미더워. 톰이 말하길 너하고 같이 지낼 거라는데, 그 말만 빼곤 믿기지가 않아. 톰이 미국으로 가는 걸 내 눈으로 봐야 믿어질 것 같아. 목숨 걸고 말할게. 난 톰이 싫어. 이런 말 해도 되지? 누가 봐도 톰은 네 옆에 있는 게 이득이라 널 이용하는 것뿐이야. 네가 너 자신을 위해서 변화를 주고 싶은 거라면, 제발 부탁인데 절대로 톰을 가까이 하지 마. 맞아, 톰은 동성애자가 아니라 그저 그런 인간일지도 몰라. 그렇다면 그게 더 문제야. 그 남잔 정상이 아니라서 제대로 사랑을 나눌 수 없는 성향의 소유자라고. 내 말 무슨 뜻인지 알지? 여하간 내가 관심 있는 건 톰이 아니라 너야. 그래, 몇 주는 자기 없이 지낼 수 있을 거야. 크리스마스도 견딜 수는 있겠지만, 크리스마스 생각은 안 하려고 해. 네 생각도 안 하는 게 나아. 네 말대로 마음이 가는 대로 그냥 두고 보려고. 하지만 이곳에서는 네 생각을 안 할 수가 없어. 네가 이 동네 곳곳에 어려 있거든. 이 집에도, 내 눈길이 닿는 곳마다 네 흔적이 보여. 우리가 심은 산울타리, 우리 둘이 다시 칠하려다가 만 담장, 네게 빌린 책들. 특히 네가 앉았던 식탁 의자만 보면 견디기가 너무나 힘들어.

목숨 걸고 한 번만 더 말할게. 톰이 대놓고 네게 나쁜 짓을 하진 않지만 알게 모르게 네게 나쁜 영향을 주고 있어. 넌 톰하고 같이 있을 때마다 둘이 같이 있는 걸 은근히 부끄러워하던데, 넌 네가 그러는 거 아니? 네가 왜 그러는지 따져 보기라도 했어? 난 네가 지난 몇 주간 슬슬 자각하는 줄 알았어. 그런데 이번에도 톰하고 아예 같이 지낸다니. 솔직히 말하자면, 이걸 도대체 어떻게 받아들여야 할지 모르겠어. 네 말대로 톰이 언제 떠나는지 네가 정말로 '신경 안 쓴다'면, 제발 톰을 짐 싸서 보내 버려! 잘못된 걸 바로잡으려고 할 때 톰은 너에게든 누구에게든 절대로 도움이 될 사람이 아니야. 오히려 계속 헷갈리게 할 사람이지. 너는 물론이거니와 너희 아버지까지 속이는 게 톰에게는 훨씬 유리하거든.

향수는 정말 고마워. 다시 만날 날을 위해 아껴서 쓸게. 냉장고는 아직 우리 집으로 옮기지 않았어. 당연한 말이지만, 도로 가져가고 싶으면 언제든 달라고 해.

톰한테 들었는지 모르겠지만, 스키피가 도망갔어. 도마뱀붙이라도 잡아다가 목줄을 묶어 놓고 키울까 봐. 흰 곰팡이가 창궐해서 집이 무너지기 전에 당장 벽부터 손을 볼 생각이야. 자기가 여기에 있으면 얼마 좋을까. 하나 마나 한 소리겠지만.

정말 정말 사랑해. 답장해 줘.

쪽쪽
마지

로마 아메리칸 익스프레스 전교
19xx 12월 12일

부모님께

로마에서 아파트를 구하는 중인데, 마음에 쏙 드는 집을 아직 못 만났어요. 여기 아파트들은 너무 넓거나, 너무 좁아요. 겨울에 난방비를 아끼려는데, 집이 넓으면 방마다 난방을 잠가야 하잖아요. 크기도, 가격도, 적당한 집을 찾고 있어요. 그래야 버리는 돈 없이, 제대로 집을 데울 수 있을 테니까요.

요즘 편지를 못 보내서 죄송합니다. 이곳에서는, 조금 더 조용히 제대로 살고 싶어요. 몽지벨로를 떠나, 변화가 필요하다는 생각이 들었어요. 두 분이 예전부터 누누이 말씀하신 것처럼요. 그래서 짐도 옮겨 왔으니, 몽지벨로에 있는 집하고, 요트는 정리할까 해요. 디 마시모라는 괜찮은 화가를 알게 됐는데, 자기 스튜디오에서 기꺼이 그림을 가르쳐 주겠대요. 그래서 앞으로 몇 달간, 정신없이 그려 보고, 앞으로 어찌 될지 두고 볼 생각입니다. 도전의 시기인 셈이죠. 아버지는 관심이 없으시겠지만, 저더러 대체 뭐 하며 지내냐고 늘 물으셨잖아요? 저 이러고 지내요. 내년 여름까지는, 아주 조용히, 열심히 살아 보려고 합니다.

그건 그렇고, 버크-그린리프 관련 최신 파일 하나 보내 주시겠어요? 아버지 회사는 어찌 돌아가는지, 저도 알아 두려고요. 회사 소식을 못 들은 지 한참 됐네요.

어머니, 제 크리스마스 선물 때문에, 너무 고민하지 마세요. 생각해 봤는데, 딱히 필요한 게 없어요. 정말이에요. 어머니는 어떻게 지내세요? 외출은 자주 하시나요? 극장에라도 가시는지요. 에드워드 삼촌은 어떠세요? 삼촌께도 안부 전해 주시고, 계속 소식 전해 주세요.

사랑합니다
디키 올림

톰은 편지를 다시 읽어 보았다. 쉼표를 너무 많이 찍은 것 같아서 꾸역꾸역 다시 쳐서 맨 밑에 서명했다. 디키가 본가에 보내려고 타자로 치다 만 편지를 본 적이 있어서 디키의 문체를 대충 파악하고 있었다. 디키는 무슨 편지를 쓰든 10분 이상 걸리지 않았다. 이 편지가 달라 보인다면, 평소보다 사적인 이야기가 조금 더 담기고 약간 들뜬 상태라서 그럴 것이다. 톰이 한 번 더 읽어 보니 마음에 들었다. 에드워드 삼촌은 그린리프 부인의 남동생이었는데, 암에 걸려서 일리노이에 있는 병원에 입원 중이었다. 톰은 그린리프 부인이 최근 디키에게 보낸 편지를 보고 삼촌의 근황을 안 것이다.

며칠 후, 톰은 비행기를 타고 파리로 향했다. 로마를 떠나기 전에 잉길테라 호텔로 전화했지만, 리처드 그린리프 앞으로 온 편지나 전화는 없었다. 톰은 오후 5시에 파리 오를리 공항에 내렸다. 입국 심사관이 그를 쓱 쳐다보더니 여권에 도장을 찍었다. 사실은 과산화 수소수로 머리카락 색을 살짝 빼고 헤어 오일을 발라 웨이브를 주었다. 톰은 심사관에게 잘 보이려고 여권 사진 속 디키처럼 다소 긴장한 듯 얼굴을 찡그렸다. 오텔 뒤 케볼테르라는 호텔에 체크인했다. 이곳은 로마 카페에서 만난 미국인들이 위치도 좋고 미국인도 너무 많지 않다며 추천해 준 호텔이었다. 몹시 쌀쌀하고 뿌연 12월 밤에, 톰은 산책하러 나갔다. 고개를 들고 얼굴엔 미소를 머금은 채 걸었다. 그가 사랑하는 파리의 분위기가, 늘 말로만 듣던 분위기가 눈앞에 펼쳐졌다. 구불구불한 골목, 천장에 채광창이 난 회색 건물, 시끄러운 자동차 경적음, 곳곳에 설치된 공중 소변기, 기둥에 붙은 화사한 극장 포스터. 톰은 며칠에 걸쳐 파리만의 분위기가 온몸에 서서히 스며들기를 바랐다. 루브르 박물관에도 가고 에펠 탑에도 갔다. 『피가로』 신문을 사서 르 돔* 테이블에 앉아서 코냑과 토닉 워터를 주문했다. 디키는 프랑스에 올 때마다 코냑과 토닉 워터를 시킨다고 했었다. 톰이 할 줄 아는 프랑스어라곤 고작 몇 마디가 다였지만, 그건 디키도 매한가지였다. 몇몇 사람이 카페 통유리창으로 들여다보며 그에게 관심을 보이긴 해도, 안으로 들어와 말을 거는 이는 아무도 없었다. 누가 언제든 자리에서 일어나 다가와 '디키 그린리프! 너 맞지?' 하고 묻는다고 해도, 톰은 대비가 되어 있었다.

톰은 굳이 외모에 손대지 않았는데도 이제 디키하고 인상이 비슷해졌다. 위험천만하게도, 그는 낯선 이를 반기는 듯한 미소를 머금고 있었는데, 오랜 친구들이나 연인들에게 인사를 건넬 때나 어울릴 법한 미소였다. 사실 이런 미소는 디키가 기분이 좋으면 짓던 최고의 표정

* 19세기 말에 문을 연 카페로 예술가들의 아지트가 되어 왔다.

이자 특유의 표정이었다. 톰은 기분이 좋았다. 내가 파리에 오다니! 파리의 유명 카페에 앉아 있는 것도 멋졌고, 디키 그린리프가 되어 내일, 또 내일을 생각하는 것도 근사했다. 커프 링크스, 하얀 실크 셔츠, 황동 버클이 달린 낡은 갈색 벨트, 길이 든 갈색 가죽 구두 등의 손때 묻은 액세서리들, 『펀치』라는 잡지에서 평생 소장 가능하다고 광고하는 물건들, 주머니가 처지고 해진 겨자색 코트 스웨터까지 모두 톰의 차지가 된 것이다. 톰은 뭐 하나 마음에 들지 않는 게 없었다. 금색으로 작게 이니셜이 새겨진 검은 만년필. 마지막으로 지갑까지. 길이 잘 든 구찌 악어 지갑에는 현찰도 두둑이 들어 있었다.

다음 날 오후에는 클레베대로에서 열리는 파티에 초대받았다. 톰을 초대한 사람은 생제르맹 거리에 있는 대형 카페 겸 레스토랑에서 만난 프랑스 여자와 미국 남자 커플이었다. 파티장에는 대략 30~40명 정도 있었고 대부분 중년이었다. 다들 썰렁하나 격조 있는 대형 아파트에서 쭈뼛거리며 서 있었다. 톰은 의아했다. 유럽에서는 추운 겨울에 난방을 약하게 트는 것이 세련됨의 상징인가. 톰은 로마에 있을 때 좀 더 따뜻하게 지내려고 더 비싼 호텔로 옮겼으나, 비싼 호텔일수록 더 춥다는 걸 이미 깨달은 바 있었다. 이 집은 칙칙하고 오래되었으나 세련되긴 했다. 집사와 가정부가 있었고, 넓은 테이블 위에 파테 앙 크루트*며 편으로 썬 칠면조 요리며 조각 케이크에 샴페인까지 차려져 있었다. 그에 반해, 천 소파와 창에 걸린 기다란 커튼은 낡아서 올이 다 풀리고 삭았으며, 엘리베이터 옆 복도에는 쥐구멍이 보이기도 했다. 그가 소개받은 손님 중에는 백작과 백작 부인이 최소 여섯 명은 있었다. 파티를 연 젊은 커플은 약혼한 사이지만 여자 쪽 부모가 달가워하지 않는다고 어떤 사람이 귀띔해 주었다. 큰 방으로 들어가니 압도당하는 느낌이 들었다. 톰은 최대한 유쾌하게 모두에게 인사를 건넸다. 까다로워 보이는 프랑스 사람들에게 "세 트레 아그레아블, 네스 파(정말 근사하지 않아요)?"라며 말을 건네기도 했다. 톰이 최선을 다한 끝에 적어도 그를 초대한 프랑스 여자한테서 미소를 얻어 냈다. 톰이 초대받은 건 행운이었다. 파리에 혼자 있는 미국인들이 한둘이 아닌데, 파리에 온 지 고작 일주일 만에 프랑스 가정집에 초대를 받는 사람이 대체 누가 있을까? 톰이 듣기론, 프랑스 사람들은 웬만해서는 낯선 사람을 집으로 초대하지 않는다고 했다. 그의 이름을 아는 미국인은 아무도 없었다. 톰은 더할 나위

* 파이 크러스트 안에 고기와 채소를 넣고 구운 요리

없이 마음이 놓였다. 그가 기억하는 어떤 파티에서도 느껴보지 못한 기분이었다. 톰은 평소 파티에 가서 하고 싶었던 대로 행동했다. 배를 타고 미국을 떠나 유럽으로 건너오면서 들었던 기분, 처음부터 다시 시작한다는 기분이 바로 이랬다. 지난날들이 켜켜이 쌓여서 만들어진 그의 과거와 톰 리플리라는 사람이 완벽히 소멸해 완전히 다른 인간으로 새롭게 태어난 것 같았다. 톰은 프랑스 여자하고 미국인 두 명한테도 파티에 초대받았지만, 늘 똑같은 대답으로 마다했다. "정말 감사합니다만, 제가 내일 파리를 떠나서요."

톰은 누구하고든 과하게 친해져 봐야 도움이 되지 않는다고 판단했는데, 그 이유는 그 사람이 디키의 최측근과 알고 지내는 사이일 수도 있고, 나중에 다른 파티장에서 디키의 최측근과 마주칠 수도 있다는 데에 있었다.

11시 15분에 톰은 파티를 주최한 여자와 그녀의 부모에게 작별 인사를 건넸다. 그들은 그와 헤어지는 걸 몹시 아쉬워하는 눈치였지만, 톰은 자정이 되기 전에 노트르담 대성당에 도착하고 싶었다. 크리스마스이브였기 때문이다.

어머니가 톰의 이름을 다시 물었다.

"므시외 그랑라프." 여자가 어머니에게 거듭 말했다. "디키 그랑라프. 맞죠?"

"맞습니다." 톰이 웃으며 대답했다.

그가 아래층 복도로 내려가자마자, 코르티나에서 프레디 마일스가 열었을 파티가 떠올랐다. 12월 2일이면 거의 한 달 전이잖아! 프레디에게 못 간다고 편지를 쓰려고 했는데. 마지는 갔으려나? 디키가 안 간다고 편지를 보내지 않았으니 프레디가 굉장히 의아하게 생각할 것이다. 마지가 프레디한테 말은 해 주었기를. 톰은 당장이라도 프레디에게 편지를 써야 했다. 디키의 주소록에 프레디의 피렌체 주소가 있었다. 실수였다. 심각한 실수는 아니지만, 두 번 다시 이런 일은 없어야 했다.

톰은 어둠 속을 헤치고 걸어 새하얀 조명이 부서지는 개선문 방향으로 방향을 틀었다. 짙은 외로움이 밀려오자 기분이 묘했지만, 그것도 삶의 일부였다. 파티장에서 느꼈던 기분을 노트르담 대성당 앞 광장을 가득 메운 사람들 사이에서 다시금 느꼈다. 인파가 너무 많아서 성당 안으로는 들어갈 수 없었다. 확성기에서 흘러나오는 음악이 광장 구석구석까지 또렷이 들렸다. 프랑스어로 부르는 크리스마스 캐럴이었는데, 제목도 모르는 곡이었다. 〈고요한 밤 거룩한 밤〉도 나왔다. 근엄한 캐럴에 이어 발랄하게 재잘거리는 캐럴도 흘러나왔다. 남성 합창단이 부르는 합창곡이 울려 퍼지자 근처에 있던 프랑스 사람들이 모자를 벗었다. 톰도 따라 벗었다. 꼿꼿이 서서 진지한 표정을 지으면서도, 누구라도 그의 이름을 부르면 웃을 채비를 하고 있었다. 유럽행 배에 탔을 때 들었던 기분이 다시금 밀려오더니 점차 짙어졌다. 이제 가슴이 선의로 가득 찬 신사가 된 것 같았다. 인품에 흠이 가는 행동은 과거에 일절 한 적 없는 신사로 변신한 것이다. 톰은 디키가 되었다. 모두에게 미소를 짓고 누구든 손을 내밀면 천 프랑을 건네는 성격 좋고 순수한 디키가 된 것이다. 성당 앞 광장을 막 떠나려는데 한 노인이 다가와 구걸했다. 톰은 노인에게 푸른 빛이 감도는 빳빳한 1천 프랑짜리 지폐를 한 장 건넸다. 노인은 화색이 도는 얼굴로 톰에게 경의를 표했다.

톰은 약간 출출했지만 오늘 밤은 그냥 자는 게 나을 것 같았다. 이탈리아 회화책을 보며 한 시간 정도 공부하다가 자려고 했는데, 살을 2킬로그램은 더 찌워야겠다고 결심했던 일이 떠올랐다. 디키의 옷을 입으면 살짝 헐렁했고, 디키가 톰보다 볼에 살이 더 많았기 때문이다. 그래서 톰은 담배도 파는 카페에 가서 길고 바삭한 빵으로 만든 햄샌드위치와 뜨거운 우유를 시켰다. 카운터 옆에 앉은 남자가 뜨거운 우유를 마시고 있었기 때문이다. 우유는 밍밍했다. 순수하고 절제된 맛이랄까. 성당에서 주는 성체가 떠올랐다.

톰은 파리를 떠나 리옹에서 여유롭게 하루를 묵은 다음, 반 고흐가 그림을 그렸다는 장소에 가려고 아를에서 묵었다. 날씨는 최악이었지만 평정심을 잃지 않고 유쾌하게 지냈다. 톰이 아를에 머무는 동안 거센 비바람이 휘몰아쳤다. 고흐가 서서 그림을 그렸다는 정확한 지점을 찾느라 온몸이 쫄딱 젖었다. 톰은 반 고흐의 명화가 실린 도록을 파리에서 샀지만, 비가 와서 도록을 들고 나올 수가 없었다. 그래서 정확한 지점을 확인하려고 호텔을 정신없이 들락날락했다. 마르세유도 돌아보았다. 칸비에르 거리만 빼면 온통 칙칙했다. 기차를 타고 동쪽으로 이동하며 생트로페*, 칸, 니스, 몬테카를로에서 하루씩 묵었다. 톰이 도착하고 보니, 워낙 익히 들어 본 곳들이라서 낯설지가 않았다. 그런데 12월의 춥고 구름 낀 우중충한 날씨로 인해 즐거워하는 관광객들은 보이지 않았다. 톰이 한 해를 마무리하며 망통에서 보낸 마지막 날

* 프랑스 남부 지중해 연안 휴양지

도 마찬가지였다. 톰은 상상 속에 관광객들을 그려 넣었다. 저녁 모임에 참석하려고 옷을 갖춰 입은 남녀들이 몬테카를로 도박장의 넓은 계단을 내려온다. 뒤피*의 수채화에서 본 듯한 화사한 수영복을 입은 사람들이 니스에 있는 영국인 산책로에 심어진 야자수 밑을 거닌다. 미국, 영국, 프랑스, 독일, 스웨덴, 이탈리아에서 온 사람들. 사랑, 상심, 다툼, 화해, 살인. 지금껏 톰이 구경한 세상 중에 코트다쥐르**가 가장 그의 가슴을 뛰게 했다. 멋진 이름을 지닌 소도시들이 굽이진 지중해 연안을 따라 구슬처럼 줄줄이 붙어 있었다. 툴롱, 프레쥐스, 생라파엘, 칸, 니스, 망통, 산레모.

톰이 로마로 돌아온 날짜는 1월 4일. 마지가 보낸 편지가 두 통 와 있었다. 마지는 3월 1일 자로 집을 비우기로 했다고 전했다. 지난여름에 그녀가 미국 출판사에 편지를 보냈는데, 그쪽에서 마지의 아이디어에 관심을 보였다면서 초고를 다 끝낸 건 아니지만 출판사에 원고의 4분의 3과 사진까지 보낼 거라고 했다.

> 네 얼굴은 언제 볼 수 있을까? 끔찍한 겨울을 한 번 더 겪고 나니 올여름은 유럽에서 보내기가 싫어졌어. 3월 초에 미국으로 돌아가려고 해. 맞아, 향수병이 났나 봐. 진짜로 병이 났어. 자기야, 우리가 같은 배를 타고 미국으로 돌아가면 얼마나 좋을까. 그럴 수 있을까? 없겠지. 올겨울이라도 미국에 잠깐 들를 생각은 없는 거니?
>
> 나폴리에서 느린 선편으로 내 짐(가방 8개, 트렁크 2개, 책 상자 3개, 기타 등등!)을 모조리 실어 보낸 다음, 로마로 올라갈까 해. 자기만 괜찮다면 우리 둘이 다시 해안을 따라 올라가면서 포르테데이마르미와 비아레조에도 들르고, 좋아했던 곳들도 마지막으로 둘러보면 좋을 텐데. 날씨야 뭐, 보나 마나 끔찍하겠지. 마르세유에 같이 가 달라고 네게 애원하는 건 아니야. 실은 내가 미국으로 출발하는 배를 마르세유에서 타도 되고, 제노아에서 타도 되긴 하거든. 어떻게 생각해?

두 번째 편지에서는 마지가 좀 가라앉아 보였다. 톰은 그 이유를 짐작

* 프랑스 화가
** 프랑스 남동부 해안 지역

할 수 있었다. 한 달 가까이 디키가 엽서조차 보내지 않았기 때문이다. 마지는 아래와 같이 적었다.

리비에라*를 따라 여행하고 싶었는데, 생각이 바뀌었어. 이렇게 스산한 날씨 때문인지, 내가 쓰는 책 때문인지 가고 싶은 마음이 없어졌거든. 아무튼, 난 날짜를 당겨서 나폴리에서 미국으로 출발하기로 했어. 2월 28일에 콘스티튜션호를 탈 거야. 배에 몸을 싣자마자 미국으로 돌아간다니. 상상해 봐. 미국 음식, 미국 사람, 술값을 계산할 때도, 경마할 때도 달러를 내겠지. 널 못 보고 가서 아쉬워. 답장이 없는 걸 보니, 넌 아직도 내가 보고 싶지 않은가 봐. 그러니 마음 쓰지 말고 날 잊어.

나야 당연히 널 다시 만나고 싶지. 미국이든 어디든 상관없어. 28일 이전에 몽지벨로로 내려올 마음이 있다면 언제든 환영이야, 알지?

변함없는
마지가

추신: 아직도 로마에 있는 거니?

마지가 울면서 편지를 쓰는 모습이 눈앞에 선했다. 톰은 당장이라도 다정하기 그지없는 편지를 써 주고 싶은 충동이 일었다. 그리스에 갔다가 지금 막 돌아왔다면서 그가 보낸 엽서 두 장은 받았느냐고 묻고 싶었다. 하지만 그의 행방을 모른 채 마지가 미국으로 떠나는 편이 안전할 것 같아서, 답장을 보내지 않았다.

톰은 마음에 걸리는 일이 하나 있었다. 크게 걸리는 건 아니긴 한데, 그가 아파트를 구해서 제대로 정착하기도 전에 마지가 디키를 보러 로마로 올라올지도 모른다는 것이었다. 만약 마지가 디키를 찾겠다고 로마를 이 잡듯 뒤지고 다닌다고 해도, 그가 아파트에서 지내는 한 절대로 찾지 못할 것이다. 부유한 미국인들은 시경찰국에 주소지를 꼭 등록하진 않았다. 사실 체류 허가증에 따르면, 미국인은 주소지가 변경될 때마다 시경찰국에 알려야 한다는 조항이 있긴 있었다. 톰은 로

* 프랑스 남동부와 이탈리아 북서부의 지중해 연안

마에서 아파트를 구해서 사는 미국인에게 물어본 적이 있었다. 그 미국인이 말하길, 자기는 한 번도 시경찰국을 신경 쓴 적도 없고, 시경찰국에서도 자길 신경 쓴 적이 없다고 했다. 톰은 만일 마지가 불시에 로마로 올라올 경우를 대비해 옷장에 자기 옷을 잔뜩 걸어 두었다. 그의 외모에서 바뀐 게 딱 하나 있었는데, 바로 머리색이었다. 하지만 햇빛에 바래서 머리카락 색이 빠졌다고 둘러대면 그만이었다. 그는 진심으로 걱정하지 않았다. 처음에는 눈썹연필로 눈썹을 그리는 일에 열중했었다. 디키의 눈썹이 조금 더 길고 바깥으로 살짝 꺾이면서 솟은 형태였기 때문이다. 퍼티*를 코끝에 살짝 발라서 길이도 조금 더 늘이고 코끝도 뾰족하게 만들려고 했지만, 그랬다간 너무 티가 날 것 같아서 관두었다. 변장할 때 가장 중요한 건 변장하려는 사람의 분위기와 성격을 닮아야 한다는 점이었다. 거기에 걸맞은 표정까지 짓는다면 나머지는 다 따라오게 되어 있다고 톰은 생각했다.

1월 10일, 톰은 마지에게 편지를 썼다. 파리에서 3주간 혼자 지내다가 로마로 돌아왔다고 적었다. 톰이 한 달 전에 로마를 떠나 파리로 올라간 다음 미국으로 돌아갈 거라고는 했는데, 파리에서는 톰을 만나지 못했다고 전했다. 그러면서 아직도 로마에서 아파트를 구하고 있다면서 집이 구해지는 대로 주소를 알려 주겠다고 했다. 그리고 크리스마스 선물을 보내 줘서 고맙다고 감사 인사를 제대로 했다. 마지는 빨간 줄이 V자로 들어간 흰 스웨터를 짜서 보냈다. 디키에게 대보며 10월부터 짠 스웨터였다. 마지는 15세기 그림을 모아 둔 도록과, 커버에 디키의 이니셜 H.R.G.가 각인된 가죽 세면용품 가방도 같이 보냈다. 소포는 1월 6일에 도착했다. 톰이 편지를 쓴 것도 바로 이 때문이었다. 디키가 소포를 받지도 않고 어디론가 떠났다고 생각한 마지가 디키를 찾아 나서는 사태는 바라지 않았기 때문이다. 톰은 마지에게 자기가 보낸 소포는 받았느냐고 물었다. 파리에서 보냈는데 늦어지는 것 같다면서 아래와 같이 사과의 말을 전했다.

> 디 마시모와 다시 그림을 그리고 있는데 꽤 마음에 들어. 나도 네가 보고 싶어. 그래도 네가 내가 하는 실험을 계속 참아 줄 수 있다면, 앞으로 몇 주간은 널 보지 않는 편이 나을 거 같아(갑자기 2월에 미국으로 돌아가는 건 아니겠지, 설마!). 그때가

* 이음매 또는 균열 따위의 틈새를 메우는 일종의 접착제

되면 너도 날 다시는 보고 싶지 않을지도 몰라. 조르조 부부와 파우스토에게도 안부 전해 줘. 아직도 파우스토가 그곳을 떠나지 않았다면 말이야. 그리고 부두에서 일하는 피에트로에게도……

이번에도 그동안 디키의 이름으로 편지를 보낼 때처럼 별 생각 없이 약간 침울한 톤으로 썼다. 따뜻하지도, 차갑지도 않았다. 사실 아무 내용이 없는 편지였다.

톰은 포르타 핀치아나* 인근 임페리알레 거리에 있는 넓은 아파트를 이미 구해서 1년간 임대 계약을 했지만, 그렇다고 대부분 로마에서 지낼 생각은 아니었다. 겨울에는 로마를 거의 떠나 있으려고 했다. 톰은 그저 집이 갖고 싶었다. 몇 년간 집 없이 떠돌아다니다 보니, 어딘가에 거처를 마련해 두고 싶었다. 로마는 세련된 곳이자 새로 출발하는 그의 인생의 일부가 되었다. 마요르카, 아테네, 카이로 등등 어디를 가든 이렇게 말하고 싶었다. '네, 저 로마에 살아요. 로마에 아파트를 얻었어요.' '얻었다'는 건 전 세계 사람들이 아파트를 구했을 때 쓰는 단어였다. 미국에서 차고를 얻듯, 유럽에서는 아파트를 얻었다. 톰은 아파트를 우아하게 꾸미고 싶었지만, 손님은 거의 들이지 않을 작정이었다. 전화기를 놓기도 싫었고, 전화번호부에 번호를 공개하는 것도 싫었다. 그래도 협박용이 아니라 안전용으로 전화를 놓긴 놓았다. 아파트에는 넓은 거실, 침실, 응접실, 주방, 욕실이 있었고, 장식이 호사스러운 가구가 기본으로 갖춰져 있었다. 이웃에는 명망 높은 사람들이 살았다. 그가 바라던 대로 남들이 우러러보는 생활에 꼭 어울렸다. 월세는 겨울에는 난방비 포함 약 175달러였고, 여름에는 125달러였다.

마지가 답장에 황홀한 마음을 담아 보냈다. 파리에서 보낸 고급스러운 실크 블라우스를 방금 받았다면서 전혀 기대하지도 않았던 선물인데 딱 맞는다고 했다. 크리스마스에 집으로 파우스토와 세치 부부를 초대해 저녁을 같이 먹었는데 칠면조 요리가 끝내줬다고 했다. 굵은 밤과 내장으로 만든 지블릿 그레이비, 자두 푸딩까지 다 차려 놨는데 디키만 없었다고 했다. 지금 디키는 뭘 하면서 무슨 생각을 하는지, 예전보다 더 행복해졌는지 물었다. 며칠 내로 주소를 알려 주면 파우스토가 밀라노에 올라간 김에 만나겠다고 한다며 어디 가면 만날 수 있는지 파우스토 앞으로 아메리칸 익스프레스에 메모를 남겨 달라고 부탁했다.

* 고대 로마 황제 아우렐리아누스가 축조한 방벽에 있는 성문 중 하나

마지가 기분이 좋은 건 톰이 파리에서 미국으로 떠난 게 한몫한 것 같았다. 마지의 편지와 더불어 푸치 씨가 보낸 편지도 왔다. 푸치는 디키의 가구 세 점을 15만 리라에 나폴리로 팔았고, 요트를 살 사람이 나섰는데 몽지벨로에 사는 아나스타시오 마르티노라고 했다. 마르티노가 일주일 안에 계약금을 보내겠다고 전했다. 그런데 집은 미국인들이 다시 밀려오기 시작하는 여름이 되기 전까진 팔리지 않을지도 모르겠다고 했다. 푸치 씨가 수수료를 15퍼센트 미만으로 받기로 했으니 가구를 판 돈으로 대략 210달러를 번 것이다. 톰은 그날 밤 로마에 있는 극장식 식당에 가서 자축할 겸 근사한 저녁을 시켰다. 촛불이 켜진 2인용 식탁에 홀로 앉아서 우아하게 고독을 즐기며 식사했다. 톰은 혼자 밥 먹고 혼자 극장에 가는 게 아무렇지 않았다. 오히려 디키 그린리프가 되는 일에 집중할 기회였다. 디키처럼 빵을 자르고, 디키처럼 왼손으로 포크를 들고 찍어서 입에 넣었다. 디키처럼 다른 테이블을 쳐다보았고, 황홀경에 흠뻑 빠져서 흐뭇하게 무희들을 구경했다. 그 바람에 웨이터가 그의 주의를 환기하려고 여러 번 말해야 했다. 테이블에 앉은 어떤 사람이 톰에게 손을 흔들었다. 파리에서 열린 크리스마스이브 파티에서 만난 미국인 부부였다. 톰은 부부를 알아보고 답례로 인사를 건넸다. 부부의 이름까지 기억났다. 사우더 부부. 톰은 저녁 내내 부부가 있는 쪽으로는 눈길을 주지 않았다. 나가기 전에 부부가 인사하러 톰이 앉은 테이블로 다가왔다.

"혼자 오셨어요?" 남편이 물었다. 약간 취한 것 같았다.

"네, 매년 이렇게 혼자 데이트를 하곤 하죠. 기념일을 자축하고 있거든요."

남편이 약간 멍하니 고개를 끄덕였다. 뭔가 지적인 말을 하고 싶은데 말문이 막힌 것 같았다. 차분하고 진지하고 도회적인 남자 앞에 선 촌 동네 사람처럼 거북해하는 것 같았다. 도회적인 남자가 재력을 겸비하고 좋은 옷까지 입고 있으니 그럴 수밖에. 설령 그 옷이 다른 미국인이 입던 옷일지라도.

"저번에 로마에 사신다고 하셨죠?" 부인이 물었다. "저희가 성함을 잊었지만, 크리스마스이브에 만난 건 확실히 기억이 나요."

"그린리프, 리처드 그린리프입니다."

"아, 맞다!" 부인이 안도했다. "여기에 아파트를 얻으셨나요?"

부인은 머리에 그의 주소를 받아 적을 준비를 일찌감치 끝내 놓았다.

"지금은 호텔에 묵고 있지만 인테리어 공사가 끝나는 대로 들어가려고 합니다. 지금은 엘리시오 호텔에 묵고 있어요. 전화 한번 주시죠.”

“그러고는 싶은데, 저희는 앞으로 사흘간 마요르카섬에 가 있을 거라서요. 그래도 시간은 많으니까요!”

“반가웠습니다.” 톰이 말했다. “부오나 세라(좋은 저녁 보내세요)!”

다시 혼자가 된 톰은 은밀한 몽상으로 돌아갔다. 톰 리플리 명의로 은행 계좌를 연 다음 1백 달러 정도 수시로 입금해야 한다. 디키 그린리프의 계좌는 나폴리에 하나, 뉴욕에 하나 있었고, 각각 5천 달러 정도 들어 있었다. 리플리 명의로 계좌를 만들어 2천 달러 정도 이체시켜 놓고, 몽지벨로의 가구를 팔고 받은 돈 15만 리라도 그 계좌로 보내야 한다. 결국 톰이 두 사람 몫을 해내야 한다.

15

톰은 카피톨리니 박물관과 보르게세 공원에도 들르고, 포룸 로마눔도 구석구석 살폈다. 창문에 개인 수업을 한다고 써 붙여 놓은 이웃 노인에게 이탈리아어 수업을 여섯 번 들었다. 노인에게는 가명을 댔다. 수업을 여섯 번 듣고 나니 이탈리아어 실력이 디키와 엇비슷해진 것 같았다. 톰은 디키가 가끔 말하던 문장을 고스란히 외우고 있었는데, 이제야 그 문장이 틀렸다는 걸 터득했다. 예를 들어, 어느 날 밤 조르조에서 톰과 디키가 마지를 기다리고 있을 때였다. 마지가 오지 않자 디키가 이렇게 말했었다. “오 파우라 케 논 체 아리바타(그녀가 늦게 와서 유감이야), 조르조.” 이 문장은 우려를 표시하는 가정법을 써서 ‘시아 아리바타(늦게 올까 봐)’라고 했어야 했다. 디키는 이탈리아어로 말할 때 반드시 가정법을 써야 하는 자리에 절대로 쓰지 않았다. 그래서 톰도 정확한 가정법 용례를 부러 배우지 않았다.

거실 커튼을 개비하려고 자주색 벨벳 원단을 샀다. 원래 달려 있던 것이 눈에 거슬렸기 때문이다. 이 아파트 건물을 관리하는 부피 부인에게 혹시 천을 박아 줄 재봉사를 아느냐고 물었다. 부피 부인은 자기가 해 주겠다면서 공임으로 2천 리라를 달라고 했다. 환산하니 3달러가 살짝 넘는 금액이라 톰은 부인에게 5천 리라를 쥐여 주었다. 아파트를 꾸미려고 소소한 물건을 몇 개 들여놓았지만, 아무도 초대하지는 않았다. 딱 한 번, 매력적이지만 별로 명석하지 않은 미국인을 초대한 적이 있었다. 카페 그레코에 있던 톰에게 호텔 엑셀시어까지 가는 길을 물은 청년이었다. 호텔 엑셀시어가 톰의 아파트로 가는 길과 같은 방향이라서, 톰은 청년에게 올라가서 한잔하고 가라고 했다. 톰은 딱 한 시간만 청년에게 자랑한 다음 영영 작별을 고할 참이었다. 그래서 최고급 브랜디를 내어 오고 아파트를 구경시켜 주면서 로마에서 보내는 즐거운 생활에 대해 얘기한 다음에 청년을 내보냈다. 그 청년은 다음 날 뮌헨으로 간다고 했다.

톰은 로마에 사는 미국인들은 일부러 피해 다녔다. 자기들이 파티에 초대했으니 답례로 초대해 달라고 할지도 몰라서 그런 것이다. 그래도 카페 그레코나 마르구타 거리에 있는 학생 식당에서 만난 미국인이나 이탈리아인과 수다 떠는 건 좋아했다. 톰은 카를리노라는 이탈리아 화가에게만 이름을 알려 주었다. 마르구타 거리에 있는 선술집에서 만난 카를리노에게 자기도 그림을 그린다면서 디 마시모라는 화가에게 배우고 있다고 했다. 디키가 실종되고 오랜 세월이 흘러 톰이 다시 톰 리플리로 돌아온 후에, 혹시나 경찰이 로마에서 디키의 행적을 추적할 경우 바로 이 이탈리아 화가의 진술에 기댈 수 있을 것이다. 카를리노는 디키 그린리프가 1월에 로마에서 그림을 그린다고 했다는 말을 자기가 들었다고 진술할 것이다. 카를리노가 디 마시모라는 화가는 처음 들어 본다고 하자, 톰은 카를리노가 절대로 잊지 못하도록 디 마시모의 모습을 생생히 묘사해 주었다.

톰은 외롭지만 조금도 외롭지 않았다. 파리에서 크리스마스이브를 보낼 때도 비슷한 기분에 휩싸였었다. 이 세상 사람 모두가 관중석에 앉아서 그를 주시하는 듯한 느낌이랄까. 톰이 실수했다간 큰일 나기 때문에 끝까지 패기만만한 척할 수밖에 없는 느낌이었다. 그러면서도 톰은 절대로 실수 같은 건 하지 않으리라 자신만만했다. 그러다 보니 그라는 존재에 순수함이라는 특이하고도 매력적인 분위기가 더해진 것 같았다. 연기를 잘하는 배우가 주요 배역을 맡아 무대에 오르면서 누가 해도 자기보다 더 잘하지 못할 거라고 확신하는 것과 비슷했다. 그는 톰이면서도 톰이 아니었다. 떳떳하고 자유로웠지만 자신의 일거수일투족을 의식적으로 조종하고 있었다. 처음에는 몇 시간 내내 의식하며 행동하다 보니 피곤하기 짝이 없었다. 하지만 이젠 아무렇지 않았다. 보는 사람이 없어도 굳이 긴장을 풀 필요조차 없어졌다. 이제는 침대에서 일어나 이를 닦으러 가는 순간부터 톰은 디키가 되었다. 디키처럼 오른쪽 팔꿈치를 쭉 빼고 이를 닦고, 삶은 달걀을 끝까지 퍼먹겠다고 숟가락을 넣고 껍질을 뱅글뱅글 돌렸다. 디키처럼 옷걸이에서 처음 꺼낸 넥타이는 매번 도로 걸어 놓고 두 번째 것으로 맸다. 그림을 그릴 때도 디키처럼 그렸다.

1월 말이 되자, 파우스토가 로마로 올라와서 수소문했을지도 모른다는 생각이 들었다. 마지가 가장 최근에 보낸 편지에 파우스토 얘기는 없었지만 말이다. 마지가 일주일 전에 아메리칸 익스프레스로 편지를 보냈다. 책을 쓸 시간도 넘쳐 나고 뜨개질할 시간도 많다면서 혹시 양말이나 머플러가 필요하냐고 물었다. 마지는 두 사람이 몽지벨로에서 알던 사람에 관한 재미난 일화들을 꼬박꼬박 적어 주면서 디키 때문에 마음 상하지 않았다는 걸 보여 주려 했다. 그럼에도 마지가 상처받은 건 확실했다. 상처받지 않았다면 얼굴 보고 얘기하자며 한 번 더 디키에게 절절히 매달려 보지도 않고 2월에 미국으로 떠나지는 않을 것이다. 마지가 답장을 받지 못해도 장문의 편지와 함께 직접 짠 양말과 머플러를 보낼 거라는 걸 톰은 알고 있었다. 마지가 보낸 편지는 건드리기도 싫을 정도로 소름이 끼쳐서 톰은 대강 훑어보고 갈기갈기 찢어서 쓰레기통에 버렸다.

결국 톰은 답장을 쓰기로 했다.

> 로마에서 아파트를 얻으려던 계획을 당분간 접어 두기로 했어. 디 마시모가 시칠리아섬에 몇 달 가 있을 거래. 그래서 나도 같이 가서 지내다가 어디론가 떠날까 해. 정해진 건 없지만, 내 계획에는 자유라는 덕목이 있으니 기분에 따라 그때그때 바뀌겠지.
>
> 양말 보내지 마, 마지. 그런 거 진짜로 필요 없어. '몽지벨로'에서 네게 더 많은 행운이 따르기를 바란다.

톰은 마요르카섬으로 가는 표를 샀다. 기차를 타고 나폴리로 내려가 1월 31일 밤에 묵은 다음, 2월 1일에 배를 타고 팔마*로 들어가는 일정이었다. 로마에서 명품 가죽 제품을 파는 구찌에서 여행 가방 두 개를 새로 장만했다. 하나는 큼직하고 부드러운 영양 가죽으로 만든 가방이었고, 다른 하나는 황갈색 캔버스 천에 갈색 가죽끈이 달린 가방이었다. 둘 다 디키의 이니셜을 새겨 넣었다. 원래 갖고 있던 가방들 중에 개중 더 낡은 것 두 개는 버리고, 나머지 하나는 만일을 대비해 아파트 옷장에 넣어 두었다. 하지만 그런 상황은 절대로 닥치지 않을 것 같았

* 마요르카섬의 항구 도시

다. 산레모에서 가라앉힌 배는 여태 발견되지 않았다. 톰은 하루도 빠짐없이 신문을 훑어보고 있었다.

어느 날 아침, 톰이 여행 가방을 꾸리는데 초인종이 울렸다. 방문 판매원이거나, 실수로 누가 누른 줄 알았다. 사람들이 찾아오는 게 싫어서 초인종에는 아예 이름을 붙여 놓지도 않았다. 초인종이 한 번 더 울렸지만, 여전히 무시하며 느릿느릿 짐을 쌌다. 짐을 싸는 게 좋아서 여유롭게 챙겼다. 종일 걸릴 때도 있었고 이틀이 걸릴 때도 있었다. 디키의 옷을 정성껏 가방에 넣으면서 괜찮아 보이는 셔츠나 재킷을 거울 앞에서 입어 보기도 했다. 거울 앞에 서서 흰 바탕에 파란 해마가 그려진 디키의 스포츠 셔츠의 단추를 채우고 있을 때였다. 처음 입어 보는 셔츠였다. 그때 노크 소리가 들렸다.

파우스토인가. 파우스토가 로마에서 수소문한 끝에 디키를 놀라게 해 주려는 것 같았다. 실없는 짓이나 하다니, 톰은 혼잣말했다. 그런데도 문으로 다가가는데 손에서 식은땀이 났다. 머리가 핑 돌았다. 어이없게 현기증이라니. 그것도 모자라 졸도해서 바닥에 고꾸라진 채 발견될지도 모른다는 위기감에 톰은 두 손으로 문고리를 비틀고 문을 빠끔히 열었다.

"잘 있었어?" 미국인의 억양이 어두침침한 복도에 울려 퍼졌다. "디키? 나야 프레디!"

톰은 문고리를 쥔 채 한 걸음 물러났다. "디키는…… 들어올래? 지금 없어. 좀 이따 올 거야."

프레디 마일스가 안으로 들어오더니 두리번거렸다. 주근깨가 박힌 추한 얼굴로 집을 구석구석 살폈다. 젠장, 프레디가 도대체 여긴 어떻게 알았지? 톰은 의아했다. 톰은 재빨리 반지를 빼서 주머니에 넣고 방을 둘러보았다. 또 뭐가 있더라?

"디키하고 여기에서 같이 지내는 거야?" 프레디가 사시 눈을 하고 묻자 멍청한데 겁먹은 표정으로 보였다.

"아니, 난 잠깐 들른 거야." 톰은 입고 있던 셔츠 위에 디키의 셔츠를 걸치고 있던 터라 해마가 그려진 셔츠를 태연히 벗으며 말했다. "디키는 점심 먹으러 나갔어. 오텔로에 간다고 했는데. 늦어도 3시까지는 올 거야." 톰은 생각했다. 부피 부부 중 누구 하나가 프레디를 들인 게 분명해. 어느 초인종을 누르라고 알려 주면서 시뇨르 그린리프가 안에 있다고 말해 줬겠지. 프레디는 자기가 디키의 오랜 친구라고 했을 테고. 이제 톰은 아래층에 있는 부피 부인과 마주치지 않고 프레디를 이 집에서 내보내야 했다. 부인이 늘 "부온 조르노, 시뇨르 그린리프(안녕하세요, 그린리프 씨)!"라고 인사하기 때문이었다.

"우리 몽지벨로에서 본 적 있지?" 프레디가 물었다. "톰 맞지? 너도 코르티나에 오는 줄 알았는데."

"시간을 낼 수가 없어서. 아무튼 고마워. 코르티나는 어땠어?"

"좋았지, 뭐. 디키한테 무슨 일 있었어?"

"디키가 편지 안 보냈어? 올겨울엔 로마에 있겠다면서 너한테 편지를 쓴다고 했거든."

"못 받았어. 피렌체 집으로는 보냈던데, 그때는 내가 잘츠부르크에 있었거든. 디키가 내 주소를 알아." 프레디가 톰이 장만한 긴 식탁에 궁둥이를 반쯤 걸치자 녹색 실크 러너가 헝클어졌다. 프레디가 웃으며 말했다. "디키가 로마로 이사했다는 얘기는 마지한테 들었어. 그런데 막상 마지는 아메리칸 익스프레스 말고 이 집 주소는 아예 모르더라. 디키가 사는 아파트를 찾아내다니 내가 기가 막히게 운이 좋네. 어젯밤 그레코에서 만난 남자가 여기 집 주소를 알려 줬어. 그래서 이렇게……."

"누군데? 혹시 미국인이었어?"

"아니, 이탈리아 사람이었어. 젊은 남자." 프레디가 톰의 구두를 쳐다보았다. "디키하고 내 구두랑 똑같은 거네. 그 구두 진짜 튼튼하지? 나는 8년 전 런던에서 샀어."

그레인 가죽으로 만든 구두는 디키의 것이었다. "난 미국에서 산 거야." 톰이 둘러댔다. "한잔할래? 아니면 디키를 만나러 오텔로에 가 보든가. 오텔로가 어디 있는 줄은 알지? 여기서 기다려 봐야 소용없어. 디키는 점심을 보통 3시까지 먹더라. 나도 막 나가려던 참이라."

프레디가 침실로 걸어가다가 걸음을 멈추고 침대 위에 놓인 여행가방을 쳐다보았다. "디키가 어디 가나? 아니면 지금 막 돌아온 건가?" 프레디가 몸을 돌리며 물었다.

"어디 간대. 마지한테 못 들었어? 시칠리아섬에 잠시 가 있겠대."

"언제 떠나는데?"

"내일 떠날지, 오늘 밤 늦게 떠날지 그건 나도 모르지."

"있잖아, 요즘 디키한테 무슨 일 있어?" 프레디가 인상을 찌푸리며 물었다. "왜 그렇게 혼자서 꽁꽁 숨어서 지내려고 하는 걸까?"

"올겨울에는 진짜 열심히 그림을 그리고 있대." 톰이 퉁명스럽게 말했다. "그래서 그런지 혼자 있고 싶나 봐. 내가 알기론 두루두루 잘 지내던데. 마지하고도."

프레디가 다시 미소를 머금더니 폴로 코트의 단추를 끌렀다. "디키가 날 몇 번 더 바람맞혔다간 나하곤 잘 지내지 못할 텐데. 디키가 마지하고 잘 지내는 거 확실해? 마지 말로는 둘이 싸웠다던데. 그래서 둘 다 코르티나에 안 온 것 같아." 프레디가 기대에 찬 눈으로 쳐다보았다.

"나야 모르지." 톰은 재킷을 가지러 옷장으로 갔다. 이렇게 하면 프레디한테 톰이 나간다고 눈치를 줄 수 있을 것 같았다. 프레디가 디키의 양복을 본 적이 있다면 톰이 입은 바지 위에 걸칠 회색 플란넬 재킷이 디키의 것이라는 걸 눈치챌지도 모른다는 생각이 막 들었다. 그래서 톰은 손을 뻗어 옷장 왼쪽 맨 끝으로 밀쳐놓았던 자기 코트를 집었다. 몇 주째 옷걸이에 걸어만 둔 코트라 어깨에 자국이 났을 것 같았는데, 실제로도 티가 났다. 톰이 뒤로 돌자, 프레디가 톰이 왼쪽 손목에 찬 은팔찌를 뚫어져라 보고 있었다. 디키의 액세서리 함에 있던 팔찌로 디키의 이니셜이 찍혀 있었다. 톰은 디키가 찬 걸 한 번도 못 봤지만, 프레디는 예전에 본 적이 있다는 듯이 눈을 떼지 못했다. 톰은 천연덕스럽게 코트를 걸쳤다.

이제 프레디가 바뀐 표정으로 톰을 쳐다봤다. 좀 어이없어하는 얼굴이었다. 톰은 프레디가 무슨 생각을 하는지 간파하는 순간, 온몸이 굳으면서 위기가 닥쳤음을 인지했다. 톰은 혼잣말이 나왔다. 위기를 벗어나긴 뭘 벗어나? 이 집에서 딱 걸리게 생겼는데.

"나갈까?" 톰이 물었다.

"너 여기 사는구나, 맞지?"

"아니라니까." 톰이 웃으며 부인했다. 붉은 앞머리를 덥수룩하게 내리고 주근깨가 뒤덮인 추한 얼굴로 프레디가 톰을 노려보고 있었다. 아래층에서 부피 부인과 마주치지 않고 둘이 빠져나가야 할 텐데. "나가자니까."

"디키 건데 네가 죄다 차고 있잖아."

톰은 할 말이 떠오르지 않았다. 툭 던질 농담조차 생각나지 않았다. "이거 빌린 거야." 톰은 목소리를 쭉 깔고 말했다. "디키가 지겹다면서 나더러 잠깐 차라고 한 거라니까." 톰은 은팔찌 얘기를 하고 있었지만, 넥타이에 꽂은 은제 타이 핀에도 G가 새겨져 있음을 깨달았다. 그런데 이건 톰이 자기 돈으로 맞춘 타이 핀이었다. 프레디 마일스의 마음속에서 전의가 불타오르고 있었다. 그의 육중한 몸에서 뿜어져 나오는 후끈한 기운이 방 맞은편에서도 역력히 느껴졌다. 프레디는 남색(男色)을 즐기는 남자라면 때려눕혀 버릴 황소 같았다. 상황이 프레디에게 유리하게 돌아가자 더더욱 그래 보였다. 프레디의 눈이 섬뜩했다.

"그러게, 나가자." 프레디가 험악하게 대답하며 일어섰다. 프레디가 문까지 걸어가더니 넓은 어깨를 휙 돌렸다. "잉길테라 호텔에서 오텔로까지 멀지 않지?"

"안 멀어." 톰이 말했다. "디키가 1시까지는 오텔로에 갔을 거야." 프레디가 고개를 끄덕였다. "다시 만나서 반가웠다." 프레디가 퉁명스레 말하더니 문을 쾅 닫았다.

톰은 낮게 욕을 지껄였다. 문을 살짝 열고 프레디가 잰걸음으로 계단을 타다닥 내려가는 소리에 귀를 기울였다. 이번에는 부피 부부하고 마주치지 않고 나갔는지 확인하고 싶었다. 바로 그때, 프레디가 "부온 조르노, 시뇨라" 하고 인사하는 소리가 들렸다. 톰은 계단통 너머로 몸을 기울였다. 3층 아래에서 프레디의 코트 소맷귀가 살짝 보였다. 프레디가 부피 부인하고 얘기하고 있었다. 부인의 음성이 더욱 또렷하게 들렸다. "그린리프 씨만 사는데요. 아니에요. 혼자 살아요…… 누구라고요? 아닌데…… 오늘 외출한 것 같지 않던데요. 제가 틀렸을 수도 있죠!" 부인이 웃었다.

톰은 프레디의 목을 조르듯 계단 난간을 두 손으로 비틀었다. 이제 프레디가 계단을 올라오는 소리가 들렸다. 톰은 아파트로 들어가 문을 닫았다. 자기는 이 집에 살지 않는다고, 디키는 오텔로에 있다고 끝까지 우길 수도 있다. 아니면 디키가 어디 있는지 모른다고 딱 잡아떼거나. 그랬다간 프레디가 디키를 만날 때까지 줄기차게 찾아다닐 것이다. 그게 아니라면, 톰을 아래층으로 질질 끌고 가서 부피 부인에게 이 녀석이 누구냐고 묻거나.

프레디가 문을 두드리더니 문고리를 돌렸다. 문은 잠가 두었다. 톰은 묵직한 유리 재떨이를 집어 들었다. 재떨이가 가로로 잡히지 않아서 모서리를 움켜쥐었다. 2초만 더 생각하려고 했다. 빠져나갈 다른 방법은 없을까? 시신은 어쩐다? 막막했다. 유일하게 빠져나갈 길은 이것뿐이었다. 톰은 왼손으로 문을 열고 재떨이를 든 오른손은 뒤로 빼서 내렸다.

프레디가 안으로 들어왔다. "혹시 말인데……."

톰은 재떨이의 굽이진 모서리로 프레디의 이마를 후려쳤다. 프레디가 멍한 표정을 짓더니 미간을 망치로 후려 맞은 황소처럼 무릎을

끓고 고꾸라졌다. 톰은 발로 차서 문을 닫은 다음 프레디의 목덜미를 재떨이 모서리로 내리쳤다. 정신없이 내리찍었다. 프레디가 쓰러진 척하고 있을까 봐 겁이 났다. 프레디가 굵은 팔뚝으로 느닷없이 톰의 두 다리를 휘감아 자빠뜨릴까 봐 무서웠다. 톰이 프레디의 머리를 빗겨 치자 피가 줄줄 흘렀다. 톰은 자신에게 욕을 퍼부으며 욕실로 뛰어가 타월을 가져다 프레디의 머릿밑에 받쳤다. 그러고는 맥을 짚어 보았다. 맥이 흐릿하게 잡혔다. 프레디의 손목에 댄 톰의 손가락이 맥을 잠재웠는지, 맥박이 띄엄띄엄 뛰다가 그대로 서 버렸다. 톰은 문밖에서 무슨 소리가 나는지 귀를 세웠다. 부피 부인이 문 앞에 서서 망설이듯 미소 짓는 모습이 떠올랐다. 부인은 자기가 방해한 것 같으면 늘 어정쩡하게 웃곤 했다. 아무 소리도 들리지 않았다. 톰이 재떨이로 내리칠 때도, 프레디가 쓰러질 때도 큰 소리는 나지 않은 것 같았다. 톰은 바닥에 너부러진 산만 한 프레디를 내려다봤다. 순간 구역질이 치밀었다. 이러지도 저러지도 못하는 기분이 그를 덮쳤다.

이제 고작 낮 12시 40분. 어두워지려면 몇 시간은 더 있어야 했다. 혹시 모처에서 누가 프레디를 기다리는 건 아닐까? 1층에 차를 대 놓고 누가 기다리면 어쩌지? 프레디의 주머니를 뒤지자 지갑이 나왔다. 코트 안주머니에는 미국 여권도 들어 있었고, 이탈리아 동전과 다른 나라 동전들이 뒤섞여 있었다. 열쇠 지갑에는 피아트라고 적힌 고리에 자동차 열쇠 두 개가 매달려 있었다. 지갑 안에 운전면허증이 있는지 살펴보았다. 있었다. 운전면허증에는 세부 사항이 모두 적혀 있었다. 피아트 1400 검정. 컨버터블. 1955년식. 톰은 프레디가 차를 근방에 세워 두었는지 알아보려고 주머니를 죄다 뒤졌다. 누런 조끼 주머니까지 뒤적이며 주차장 표를 찾았지만 아무것도 나오지 않았다. 톰이 앞 유리창으로 다가가자 웃음이 피식 나왔다. 일이 이렇게 간단히 풀리다니. 검정색 컨버터블 자동차가 아파트 맞은편 길가에 서 있었다. 확실하진 않지만 차엔 아무도 없는 것 같았다.

톰은 뭘 해야 할지 불현듯 떠올라, 방을 꾸미기 시작했다. 술장에서 진과 베르무트를 꺼낸 다음, 한 번 더 생각해 보고 페르노*도 꺼냈다. 페르노 향이 훨씬 진했기 때문이다. 술병들을 긴 식탁 위에 조르르 세워 놓고 길쭉한 잔에 마티니를 따르고 얼음 두 조각을 넣은 다음 잔을 살짝 입술에 갖다 댔다. 다른 잔에 술을 또 따르더니 이번에는 축

* 식사 전에 반주로 마시는 프랑스산 리큐어

늘어진 프레디의 손가락에 잔을 욱여넣었다가 도로 식탁으로 들고 왔다. 톰은 프레디의 상처 부위를 살폈다. 피는 멈추었다. 아니, 멈추려는지 타월을 뚫고 바닥까지 적시지는 않았다. 톰은 프레디의 상반신을 일으켜 세워 벽에 기대어 놓은 다음, 술병을 프레디의 입에 물리고 목구멍에 들이부었다. 술이 들어가기는커녕 프레디의 셔츠 앞섶만 흥건히 적셨다. 이탈리아 경찰이 프레디가 얼마나 취했는지 확인하려고 혈액 검사까지 할 것 같지는 않았다. 톰은 축 늘어져 엉망이 된 프레디의 얼굴에 잠시 시선을 두었다. 속이 메슥거려 창자가 쪼그라들자 곧장 눈길을 다른 데로 돌렸다. 두 번 다시 쳐다보지 말아야지. 금방이라도 기절할 것처럼 머리가 윙윙거리기 시작했다.

기절할 거면 지금은 기절해도 괜찮아, 톰은 휘청거리는 몸을 이끌고 창문으로 가며 생각했다. 저 밑에 서 있는 검정 자동차를 바라보며 찌푸린 얼굴로 신선한 공기를 깊이 들이켰다. 그래도 기절하면 안 된다고 혼자 중얼거렸다. 톰은 자기가 뭘 해야 하는지 정확히 알고 있었다. 헤어지기 직전에 둘이 페르노를 마셨을 테니, 잔 두 개를 새로 꺼내와 페르노를 따르고 두 사람의 지문을 묻혀야 한다. 재떨이에는 담배가 수북해야 한다. 프레디가 피운 체스터필드. 그런 다음 아피안 거리로 가야 한다. 무덤 뒤 어두컴컴한 곳으로 가자. 쭉 뻗은 아피안 거리에는 가로등이 없었다. 프레디의 지갑이 사라진다. 강도 사건으로 위장하는 것이 목표다.

아직 몇 시간이나 남았지만 톰은 방이 다 준비될 때까지 쉬지 않았다. 십수 개비의 체스터필드와 럭키 스트라이크에 불을 붙였다가 재떨이에 눌러 껐다. 페르노를 마신 잔을 깨뜨린 다음 욕실 타일 위를 대충 치워 놓은 척 위장했다. 현장을 꼼꼼히 조작할수록 상황을 수습하기 위한 시간을 더 많이 벌 수 있다는 게 신기했다. 이를테면 오늘 밤 9시에서 자정 사이에 시신이 발견될 경우, 톰이 경찰의 신문 대상이 될지도 모른다. 프레디 마일스가 오늘 디키 그린리프의 집에 갔다는 걸 아는 사람이 있을지도 모르기 때문이다. 그러니 대략 8시까지는 상황이 정리되어 있어야 한다. 톰이 앞으로 밀고 나갈 시나리오에 따르면, 프레디는 7시 이전에 이 집에서 나갔고(사실 프레디가 7시까지는 일어서겠다고 했다니까요), 디키 그린리프는 워낙 깔끔해서 술을 몇 잔 걸쳐도 정리에 목을 매는 타입이라고 진술할 것이다. 집이 어질러져 있다는 사실에서의 핵심은, 집이 엉망이라는 상태 그 자체가 그가 앞으로 우길 주장을 유리하게 뒷받침해 줄 거라는 점이었다. 톰은 따라서 자기 자신을 믿기만 하면 되었다.

내일 오전 10시 반에 나폴리를 거쳐 팔마로 들어가려는 계획은 여전히 유효했다. 경찰이 어떤 이유로든 그를 구금시키지 않는다면 톰은 떠날 것이다. 내일 조간신문에서 시신이 발견되었다는 기사가 실렸는데 경찰이 소환하지 않을 경우, 톰은 자진 출석해서 프레디 마일스가 오후 늦게까지 자신의 집에 있었다고 얘기하는 것이 가장 적절해 보였다. 만일 부검의가 프레디가 정오에 사망한 상태였음을 밝혀낸다면? 이 생각이 뜬금없이 떠올랐다. 벌건 대낮에 프레디를 밖으로 데리고 나갈 수는 없었다. 유일한 희망은 시신이 뒤늦게 발견되어서 부검의조차 프레디의 사망 시각을 정확히 추정하지 못하는 경우였다. 톰은 아무에게도 들키지 않고 빠져나가야 했다. 술에 취해 인사불성이 된 것처럼 보이는 프레디를 가뿐히 업고 내려갈 수 있느냐 없느냐는 나중 문제였다. 일단 이 집에서 무사히 빠져나가는 게 급선무였다. 그래야 무슨 진술이든 해야 할 경우, 프레디가 오후 4~5시경에 나갔다는 말이라도 할 수 있다.

땅거미가 내릴 때까지 대여섯 시간을 기다리자니 소름이 끼쳐서 도저히 견디지 못할 것만 같았다. 바닥에 산만 한 살덩이가 누워 있다니! 사실 프레디를 죽일 마음은 추호도 없었다. 죽일 필요는 애초부터 없었다. 프레디의 고약하고 더러운 의심 때문에 벌어진 일이었다. 톰은 의자 모서리에 걸터앉아 온몸을 벌벌 떨면서 손가락 관절을 꺾었다. 산책하러 나가고 싶었지만, 집에 시체를 두고 나가기가 꺼림칙했다. 프레디하고 오후 내내 떠들고 술을 마셨다면 당연히 시끄러워야 했다. 톰은 라디오를 틀고 댄스 음악이 나오는 채널에 주파수를 맞추었다. 춤에 술이 빠질 수야 없으니, 술도 한잔했을 것이다. 톰은 술잔에 얼음을 넣고 마티니를 두 잔 더 만들었다. 마시고 싶지 않았지만 쭉 들이켰다.

톰이 진을 마시자, 생각만 했던 그 생각이 더욱 짙어졌다. 톰은 폴로 코트를 입고 대자로 뻗은 육중한 프레디의 시신을 위에서 내려다보았다. 시신 밑에 깔린 코트가 구깃구깃해졌다. 톰은 코트를 펴 줄 기운도 없었고, 그럴 마음도 없었다. 짜증만 치밀었다. 프레디를 죽이다니 이 얼마나 애석하고, 어이없고, 꼴사납고, 위험하고, 쓸모없는 짓인가. 프레디 입장에서 보면, 이 얼마나 잔인하고 억울한 일인가. 누군가는 프레디라면 치를 떨지도 모른다. 이기적이고 아둔한 녀석이 자기와 가장 친한 친구를 비웃다니. 프레디가 디키의 성적 일탈을 눈치챈 것만으로도 프레디는 디키의 가장 친한 친구가 확실했다. 톰은 '성적 일탈'이라는 말을 떠올리며 비웃었다. "대체 성은 뭐고, 일탈은 또 뭔데?" 톰은 프레디를 쳐다보며 목소리를 깔고 고깝게 읊조렸다. "프레디 마일스, 너의 그 추잡한 생각이 널 죽인 거야."

16

기다리다 보니 마침내 8시가 다 되었다. 다른 때보다 7시경에 사람들의 왕래가 월등히 많았기 때문이다. 톰은 8시 10분 전에 아래층으로 내려가 부피 부인이 복도를 얼쩡거리는지, 문은 닫혀 있는지 확인했다. 그리고 프레디의 차로 가서 진짜로 아무도 없는지 보고 왔다. 사실은 3~4시 즈음에도 내려가서 프레디의 차가 맞는지 미리 확인했었다. 프레디의 폴로 코트를 자동차 뒷자리에 던져 놓고 올라와, 무릎을 꿇고 프레디의 한쪽 팔을 자기 목에 건 다음 이를 악물고 일어섰다. 다리가 후들거렸다. 축 늘어진 몸이 어깨를 짓누르자 질겁했다. 아까 오후에 톰은 가능한지 보려고 프레디를 미리 들어보긴 했었다. 방 안에서 간신히 두 발자국을 뗀 게 전부였다. 그때나 지금이나 무겁긴 매한가지였지만, 이제는 무슨 일이 있어도 프레디를 짊어지고 나가야 한다는 게 달랐다. 프레디의 두 발이 땅에 질질 끌리게 둬서 무게를 좀 덜어낸 다음, 팔꿈치로 문을 닫고 계단을 내려가기 시작했다. 톰은 3층 계단을 반쯤 내려오다 말고 섰다. 2층에 사는 사람이 나오는 소리가 들렸기 때문이다. 2층 사람이 계단을 내려가 1층 출입구로 나갈 때까지 기다렸다가 다시 느릿하게 쿵쿵 걸음을 옮겼다. 디키가 쓰던 낡은 모자를 프레디에게 푹 씌워서 피범벅이 된 머리카락이 보이지 않도록 했다. 나오기 한 시간 전부터 진과 페르노를 섞어 마신 터라 톰은 완벽하게 계산된 만취 상태에 도달할 수 있었다. 술김에 시신을 태연히 무리 없이 옮길 수 있을 것 같았다. 게다가 과감하고 무모해지기까지 해서 눈 하나 깜짝하지 않고 위험을 감수할 수 있을 것만 같았다. 톰에게 닥칠지 모를 첫 번째 위기이자 최악의 상황은, 차까지 가기도 전에 프레디의 체중에 깔려서 넘어지는 경우였다. 톰은 계단을 다 내려갈 때까지는 절대로 쉬지 않겠노라 맹세했다. 그리고 맹세대로 했다. 아무도 아파트에서 나오지도, 현관으로 들어오지도 않았다. 톰은 집에서 대기하는 동안, 앞으로 벌어질지 모를 일들을 이리저리 상상했었다. 계단을 다 내려가자마자 부피 부부가 집에서 나오는 경우. 졸도하는 바람에 둘 다 계단에 대자로 뻗은 채로 발견되는 경우. 잠깐 쉬겠다고 프레디를 내려놓았다가 다시는 들지 못하는 경우. 이 모든 경우의 수를 집에서 몸부림치며 생생하게 그려 보았었다. 상상했던 일이 단 하나도 벌어지지 않고 끝까지 내려오자, 톰은 어깨가 짓눌리긴 했어도 그 어떤 마법에 홀려 계단을 미끄러지듯 가뿐히 내려온 것 같은 기분에 휩싸였다.

톰은 양개식 출입문 유리를 통해 밖을 살펴보았다. 거리는 평소와 다름없었다. 어떤 남자가 반대편 인도에서 걸어오고 있었지만, 인도에는 늘 사람이 지나다닌다. 톰은 한 손으로 한쪽 문을 열고 발로 받친 다음, 프레디의 발을 질질 끌어당겼다. 문과 문 사이에 끼인 상태에서 프레디를 반대편 어깨로 옮겨 메고 겨드랑이 밑으로 머리를 쑤셔 넣었다. 순간, 뭔지 모르게 체력에 대한 자부심이 샘솟았다. 풀려난 팔이 욱신거리고 두 다리가 부들부들 떨렸다. 톰이 시신을 감싸 안느라 너무 고생했기 때문이었다. 톰은 이를 더 세게 악물고 출입문 앞 계단 네 칸을 휘청거리며 내려가다가 계단 엄지기둥에 엉덩이를 찧기도 했다.

인도에서 걸어오던 남자가 멈칫하고 서려다가 그대로 걸어왔다.

혹시나 누가 다가오면, 톰은 면전에 대고 페르노 냄새가 풀풀 나는 입김을 내뿜을 것이다. 그러면 그 사람이 무슨 일이냐고 물을 이유가 아예 없을 것이다. 젠장, 젠장, 젠장. 톰은 연석을 덜컹거리며 내려가면서 혼자 중얼거렸다. 행인이면 모른 척 그냥 지나갔으면. 지금 네 명이 걸어오고 있었다. 그중 두 명이 그를 눈여겨보는 것 같았다. 톰은 잠시 걸음을 멈추고 차 한 대를 보냈다. 그리고 잽싸게 몇 걸음을 옮긴 다음, 프레디의 머리와 한쪽 어깨를 들어 올려 자동차의 열린 창문 안으로 쑤셔 넣었다. 톰은 프레디의 상체를 창문으로 쑥 밀어 넣은 다음, 숨을 돌리며 자신의 체중으로 프레디의 시신을 떠받치고 있었다. 주위를 살폈다. 길 건너 가로등 밑도 살피고, 아파트 건물 앞에 드리운 그림자 속도 살폈다.

그때, 부피 부부의 막내아들이 출입문에서 나와서 톰이 있는 방향은 쳐다보지 않고 인도를 따라 내려갔다. 한 남자가 도로를 건너 차에서 2미터 이내로 걸어오다가 몸을 숙인 프레디를 슬쩍 쳐다보며 의아한 표정을 지었다. 톰이 보기엔 지금 프레디가 몸을 숙인 자세가 자연스러웠다. 실제로도 차에 탄 사람과 얘기하려고 몸을 들이민 것처럼 보였다. 오히려 가장 어색한 건 톰이었다. 톰은 이런 생각이 들었다. 그래도 유럽이 좋다는 게 이런 게 아닐까. 아무도 돕지도 간섭하지도 않는다는 것. 혹시 이 남자가 미국인이라면…….

"무슨 일이십니까?" 남자가 이탈리아어로 물었다.

"아, 노, 노, 그라치에." 톰은 술에 취해 기분 좋은 말투로 대답했다. "이 친구 어디 사는지 내가 다 압니다." 그러고는 웅얼웅얼 영어를 덧붙였다.

남자가 고개를 끄덕이더니 슬쩍 웃으며 가던 길을 계속 걸어갔다. 마르고 키가 큰 남자는 얇은 코트를 입고 모자는 쓰지 않았으며 콧수염을 기르고 있었다. 톰은 저 남자가 톰을 잊어 주기를 바랐다. 혹시라도 기억한다면 차만 생각났으면.

톰은 차 문에 걸쳐진 프레디를 흔들어서 뺀 다음, 반대편으로 질질 끌고 가서 조수석에 앉혔다. 그리고 다시 차를 빙 돌아와 운전석에 앉아서 프레디를 옆으로 끌어당겼다. 코트 주머니에 넣어 온 갈색 가죽 장갑을 끼고 프레디의 자동차 열쇠를 대시 보드에 꽂았다. 순순히 시동이 걸렸다. 출발. 차가 언덕길을 따라 내려가 베네토 거리를 달렸다. 미국 도서관을 지나 베네치아 광장에 이어 무솔리니가 연설하던 발코니를 지나쳤다. 거대한 빅토르 에마뉘엘 2세 기념관과 포룸 로마눔에 이어 콜로세움도 지나갔다. 로마를 두루두루 도는 관광 코스를 프레디는 조금도 감상하지 못했다. 옆에서 잠이 든 것 같았다. 경치를 구경시켜 주려는데 하필 잠드는 사람처럼 말이다.

아피안 안티카 거리가 눈앞에 쭉 뻗어 있었다. 띄엄띄엄 선 가로등이 은은한 빛을 내뿜으며 묵을 대로 묵은 회색 옛길을 비추고 있었다. 아직은 캄캄해지지 않은 하늘을 배경 삼아 길 양옆으로 솟은 시커먼 옛 무덤 유적들이 실루엣을 드러냈다. 밝은 곳보다 어두운 곳이 더 많았다. 앞에서 차 한 대가 달려오고 있었다. 1월에 해가 지고 난 후에 이렇게 울퉁불퉁하고 음침한 도로를 일부러 택해서 달릴 사람은 그다지 많지 않았다. 연인이라면 모를까. 다가오던 차가 지나갔다. 톰은 적당한 곳을 찾으려고 두리번거리기 시작했다. 프레디라면 근사한 무덤 뒤에 눕혀 줘야 할 것 같았다. 저 앞 길가 근처에 나무 서너 그루가 서 있는 곳이 보였다. 그 뒤로 무덤이나 무덤 유적이 분명 있을 것이다. 차를 한쪽에 대고 라이트를 껐다. 잠시 뜸을 들이면서 양쪽 도로를 끝까지 살폈다. 텅 비어 있었다.

프레디는 여태 고무 인형처럼 흐물거렸다. 사후 경직이 다 뭐야? 이제 톰은 물컹한 시체를 우악스럽게 잡아끌었다. 얼굴이 흙바닥에 갈렸다. 맨 끝에 있는 나무 뒤에, 일부만 남은 무덤 뒤에 1미터가 살짝 넘는 아치형 벽이 삐죽이 서 있었다. 조금 남은 무덤이라도 귀족이 묻힌 자리일 테니 돼지에겐 과분해 보였다. 톰은 프레디의 바윗덩어리 같은 몸무게에 악담을 퍼붓다가 느닷없이 턱을 걷어찼다. 지쳤다. 힘들어서 눈물이 날 지경이었다. 프레디 마일스를 쳐다보는 것도 치가 떨렸다. 프레디를 내려놓고 마지막으로 등을 돌리는 순간이 절대로 오지 않을 것만 같았다. 아직도 망할 코트가 남았잖아! 톰은 차에 가서 코트를 가져왔다. 돌아오면서 보니 땅이 단단하고 메말라서 발자국이 전혀 남을 리 없었다. 코트를 시신 옆에 휙 던져 놓고 잽싸게 돌아선 다음 감각을 잃고 휘청대는 다리를 이끌고 차로 돌아왔다. 그리고 차를 돌려 다시 로마로 향했다.

톰은 운전하면서 지문을 지우려고 장갑 낀 손으로 차 문 바깥쪽을 닦았다. 장갑을 끼기 전에 만진 자리는 그곳뿐인 것 같았다. 플로리다 나이트클럽 맞은편 아메리칸 익스프레스까지 휘어지며 올라가는 길에 차를 세우고 대시 보드에 열쇠를 꽂아 놓은 채 내렸다. 주머니엔 아직도 프레디의 지갑이 들어 있었다. 이탈리아 리라는 일찌감치 자기 지갑에 챙겼고, 20프랑짜리 스위스 지폐 한 장과 오스트리아 실링 지폐 몇 장은 아파트에서 태워 버렸다. 이제야 톰은 주머니에서 프레디의 지갑을 꺼냈다. 하수구 창살 위를 걷다가 몸을 숙이고 틈새로 지갑을 쏙 떨어뜨렸다.

집으로 돌아가며 생각해 보니, 두 가지를 실수한 것 같았다. 논리적으로 봤을 때 강도라면 그 비싼 폴로 코트는 챙겼을 것이다. 그리고 여권도 챙겼을 것이다. 여권은 프레디의 코트 주머니에 그대로 들어 있었다. 강도라고 죄다 논리적일까? 아니. 이탈리아 강도라면 더더군다나 아닐 것이다. 살인자라고 모두 논리적이지는 않지 않은가. 생각이 프레디와 나누던 대화로 되돌아갔다. "이탈리아 사람이었어. 젊은 남자." 뒤를 밟아 집에까지 따라온 사람이 있었다니. 톰은 자기가 어디 사는지 아무에게도 말한 적이 없었다. 민망했다. 배달원 한두 명은 그의 집을 알았겠지만, 배달원이 카페 그레코 같은 곳에 앉아 있을 리 없었다. 톰은 부끄러운 마음에 코트를 걸친 몸을 움츠렸다. 시커먼 얼굴을 한 청년이 헉헉거리며 톰의 뒤를 밟아 집에까지 따라오더니, 톰이 들어간 다음 어느 집 창문에 불이 켜지는지 고개를 들고 쳐다보는 모습이 그려졌다. 톰은 코트를 입고 몸을 움츠린 자세로 정신없이 쫓아오는 추잡한 추격자를 따돌리려는 듯이 발걸음을 재촉했다.

17

톰은 신문을 사려고 오전 8시가 되기도 전에 밖으로 나갔다. 기사는 실리지 않았다. 프레디가 발견되려면 며칠은 걸릴 것이다. 프레디를 두고 온 볼품없는 무덤 주위를 산책할 사람은 아무도 없을 테니 말이다. 톰은 자신의 안전에 대해서는 제법 자신했지만, 온몸이 으슬으슬했다. 숙취를 앓았다. 안절부절못하는 증상이 심해져서 무슨 일을 하든지 중간에 그만둘 수밖에 없었다. 심지어 이를 닦다 말고 타야 할 기차의 출발 시각이 10시 반인지, 10시 45분인지 가서 확인하기도 했다. 기차는 10시 반 출발이었다.

9시까지 준비를 끝내 놓고 옷을 입었다. 코트와 우비는 침대 위에 올려놓았다. 부피 부인에게는 앞으로 3주나 그 이상 집을 비울 거라고 얘기해 두었다. 부인의 모습은 평소와 다름없었고 어제 왔던 미국인에 관해서는 한 마디도 하지 않았다. 톰은 뭐라도 물으려고 했다. 어제 프레디가 했던 질문을 토대로 아주 무난한 질문을 던져서 부피 부인의 진짜 속내를 떠보고 싶었지만, 뭘 물어야 할지 몰라서 묻지 않기로 했다. 모두 문제없었다. 숙취에서 벗어날 방법을 궁리했다. 기껏해야 마티니와 페르노를 각각 석 잔씩 마셨을 뿐인데도, 술을 퍼마셨다고 세뇌하는 바람에 생긴 문제였다. 프레디와 코가 삐뚤어질 때까지 퍼마신 척하려다가 진짜로 숙취가 온 것이다. 이젠 그러지 않아도 되는데 몸이 말을 듣지 않고 지금까지 연기하고 있었다.

전화벨이 울렸다. 톰이 수화기를 들고 퉁명스레 말했다. "프론토(여보세요)."

"시뇨르 그린리프?" 누군가 이탈리아어로 물었다.

"시(그런데요)."

"여기는 83번 경찰서입니다. 혹시 프레데릭 밀레이즈라는 미국인의 친구 되십니까?"

"프레데릭 마일스 말씀이신가요? 네, 그런데요."

프레데릭 마일스의 시신이 오늘 오전 아피안 안티카 거리에서 발견되었다면서, 프레데릭 마일스가 어제 오후 모 시에 그의 집을 방문한 게 사실이냐고 긴장한 목소리가 속사포로 물었다.

"네, 맞아요."

"정확히 몇 시였습니까?"

"대략 12시쯤 왔다가 5~6시경에 나갔는데, 나간 시간은 정확히 모르겠습니다."

"죄송합니다만 몇 가지 질문에 답해 주시겠습니까? 아닙니다. 굳이 힘들게 서에까지 오실 필요는 없습니다. 조사관을 그쪽으로 보내겠습니다. 오늘 오전 11시 괜찮으신가요?"

"제가 할 수만 있다면 정말 돕고 싶습니다." 톰은 적당히 떨리는 목소리로 말했다. "지금 오시면 안 될까요? 제가 10시에는 꼭 나가 봐야 해서요."

끙, 하는 소리에 이어 힘들겠지만 시간을 맞춰 보겠다는 대답이 돌아왔다. 만일 경찰이 10시까지 오지 않아도 절대로 외출해서는 안 된다고 신신당부했다.

"바 베네(알겠습니다)." 톰은 군소리 없이 대답한 후 전화를 끊었다.

젠장! 이러다가 기차도 배도 다 놓치게 생겼다. 톰은 그저 떠나고 싶었다. 로마를 떠나고, 이 집을 떠나고 싶었다. 톰은 경찰에게 할 말을 복기하기 시작했다. 대답이 너무 간단해서 지루할 정도였다. 흔들리지 않는 진실은 다음과 같았다. 둘이 술을 마시며 많은 대화를 나누었고, 프레디가 코르티나 얘기도 해 주었는데 좀 취하긴 했어도 기분 좋게 떠났다는 것. 그는 프레디가 어디로 가는지 몰랐지만 밤에 데이트하러 가는 줄로 알았다고 말하면 되었다.

톰은 침실에서 며칠 전부터 그리기 시작한 캔버스를 이젤에 올려놓았다. 팔레트에 짜 놓은 유화 물감이 여태 마르지 않았다. 주방에 있는 팬에 물을 받아서 그 안에 담가 두었기 때문이다. 톰은 파란색과 흰색을 좀 더 섞은 다음 회청색 하늘에 덧칠하기 시작했다. 그림은 밝은 황갈색과 순백색을 즐겨 쓰던 디키의 화풍과 비슷했다. 창에서 바라본 로마의 지붕과 벽들을 그렸는데, 오로지 하늘만 달랐다. 로마의 겨울 하늘은 너무 우중충해서 디키라도 파란색 대신 회청색으로 칠했을 것이다. 톰은 그림을 그리며 인상을 쓰던 디키처럼 얼굴을 찌푸렸다.

전화벨이 다시 울렸다. "젠장!" 톰이 중얼거리면서 전화를 받았다. "프론토!"

"프론토! 나야, 파우스토! 코메 스타(잘 지냈어)?" 많이 들어본 목소리가 발랄하게 재잘거리며 웃었다.

"아, 파우스토! 베네, 그라치에! 잠깐만." 딴 데 정신이 팔린 목소리로 웃으면서 말하던 디키처럼, 톰도 이탈리아어로 말을 이어 갔다. "그림을 그리려던 참이었어. 그려 볼까 하던 중이었지." 톰은 친구 프레디를 잃은 후 디키가 냈을 법한 목소리이자, 디키가 평소와 다름없이 오전 작업에 심취했을 때 내는 목소리를 내려고 했다.

"점심 같이 먹을래? 나는 4시 15분에 밀라노행 기차를 탈 거야."

톰은 디키처럼 끙끙거렸다. "나는 나폴리로 떠나려던 참인데. 그럼 우리 당장 만나자! 20분 후에." 지금 파우스토를 따돌릴 수만 있다면, 경찰이 전화했었다는 사실을 굳이 알릴 필요가 없었다. 프레디 사망 관련 기사는 12시 전에 신문에 날 리 없었다.

"여기 로마야. 지금 막 도착했어! 집은 어디야? 나는 기차역에 있어." 파우스토가 호탕하게 말하며 웃었다.

"우리 집 전화번호는 어떻게 알았어?"

"아! 그거, 전화국에 전화했더니 네가 전화번호를 공개하지 않았다는 거야. 그래서 네가 몽지벨로에서 복권에 당첨됐다며 여직원한테 장황하게 설명했지. 그 직원이 내 말을 믿었는지는 모르겠지만, 내가 아주 진지하게 말했거든. 네가 집도 사고 소도 키우고 우물도 놓고 냉장고도 들여놓아야 한다고 했지! 세 번이나 전화를 해 댔더니 결국 알려 주더라. 디키? 너 어디야?"

"그게 중요한 건 아니고, 내가 기차를 안 타면 같이 점심은 먹을 수 있을 거야……."

"좋아, 그럼 네 짐은 내가 들어 줄게. 어딘지 말만 해, 택시 타고 그쪽으로 갈게!"

"시간이 너무 빠듯하니, 30분 후에 기차역에서 볼래? 나폴리행 10시 반 기차거든."

"좋아!"

"마지는 잘 있지?"

"아, 인나모라타 디 테(네 애인)." 파우스토가 웃으며 말했다. "나폴리에서 마지를 만나기로 한 거야?"

"그건 아니야. 좀 이따 보자, 파우스토. 서둘러. 아리베데르치(안녕)."

"리베데르치, 디키! 아디오!" 전화가 끊겼다.

파우스토가 오늘 오후에 석간신문을 본다면 그가 기차역에 나오지 않은 이유를 알게 될 것이다. 신문을 못 본다면, 서로 엇갈린 줄 알 것이다. 정오면 파우스토도 신문을 보게 될 것이다. 이탈리아 신문마다 '아피안 거리에서 미국인 피살'이라고 대서특필할 테니 말이다. 그는 경찰 조사를 받은 후, 다른 기차 편으로 나폴리로 떠날 것이다. 그렇게 되면 4시가 넘을 테니, 파우스토가 그 시간까지 역에서 기다릴 리 없다. 톰은 나폴리에서 대기하다가 마요르카섬으로 들어가는 그다음 배를 타기로 했다.

톰은 파우스토가 전화국을 통해 주소까지 알아내 4시가 되기 전에 집으로 찾아오는 일은 없기를 바랐다. 경찰이 집에 왔을 때 파우스토가 도착하면 안 된다.

톰은 침대 밑에 여행 가방 두 개를 밀어 넣고, 다른 가방 하나는 옷장에 넣고 문을 닫았다. 하필이면 지금 로마를 떠나려 한다는 인상을 경찰에 심어 주고 싶지는 않았다. 그런데 왜 이리 긴장이 되는 걸까? 경찰은 단서를 전혀 발견하지 못했을 것이다. 프레디의 친구가 어제 프레디가 디키를 만난다는 건 알았겠지만, 그게 전부였다. 칫솔을 테레빈유*가 든 컵에 담갔다. 프레디의 사망 소식을 듣고 굉장히 심란하긴 해도 경찰을 기다리는 동안 그림을 그리지 못할 정도는 아닌 상태로 보이고 싶었다. 톰은 외출할 거라고 말했기 때문에 외출복을 입고 있었다. 그는 프레디와 그저 친구일 뿐, 아주 친한 사이는 아니라고 주장하기로 했다.

10시 반에 부피 부인이 경찰을 안으로 들였다. 톰이 계단통으로 경찰을 내려다보니, 경찰이 잠시 걸음을 멈추고 부인에게 질문하지는 않았다. 톰이 집으로 도로 들어가자, 톡 쏘는 테레빈유 향이 집 안에 진동했다.

경찰관 두 명이 왔다. 나이가 든 경관은 간부가 입는 정복을, 젊은 경관은 일반 경찰이 입는 근무복을 입고 왔다. 나이 든 경관이 정중히 인사하더니 여권을 보여 달라고 했다. 톰이 여권을 내밀자, 그가 톰의 얼굴과 디키의 사진을 예리하게 대조했다. 그간 여권을 확인하는 사람 중에서 가장 날카로운 눈빛이었다. 나이 든 경관이 살짝 고개를 숙이고 미소를 지으며 여권을 돌려주었다. 그는 키가 작고 평범한 여느 이탈리아 중년 남자처럼 생겼다. 짙은 눈썹이 살짝 희끗희끗했고 덥수룩하게 기른 콧수염도 살짝 세었다. 아주 명민해 보이지도, 그렇다고 멍청해 보이지도 않았다.

"사인이 뭡니까?" 톰이 물었다.

"둔탁한 도구로 머리와 목에 가격을 당한 후 도난당했습니다. 고인이 취했던 것으로 추정되는데요, 어제 오후 이 집에서 나갈 때도 취한 상태였습니까?"

"네, 조금요. 같이 술을 마셨거든요. 마티니하고 페르노를 섞어서요."

나이 든 경관이 수첩에 뭔가를 적다가 프레디가 12시부터 6시까지

* 소나무에서 얻는 무색의 정유

있었다는 톰의 진술도 기록했다.

젊은 경관은 잘생겼으나 표정이 없었다. 뒷짐을 지고 아파트를 둘러보더니 혼자 박물관에 온 것처럼 느긋하게 이젤이 있는 쪽으로 몸을 굽혔다.

"고인이 이 집에서 나갈 때 어디로 가는지 알고 계셨나요?"

"아뇨, 몰랐습니다."

"그래도 고인이 운전은 할 수 있을 거라 생각하신 거죠?"

"네. 프레디가 운전을 못 할 정도로 취한 건 아니었어요. 그랬다면 제가 같이 가 줬을 겁니다."

나이 든 경관이 어떤 질문을 던지자, 톰은 못 알아들은 척했다. 그러자 이번에는 표현을 달리해서 물으며 젊은 경관과 미소를 주고받았다. 톰은 두 명의 경찰관을 번갈아 보다가 기분이 살짝 상했다. 나이 든 경관이 그와 프레디가 어떤 관계였는지 궁금해했다.

"친굽니다." 톰이 잘라 말했다. "아주 친한 사이는 아닙니다. 거의 두 달간 연락한 적도, 만난 적도 없거든요. 오늘 아침에 비보를 듣고 굉장히 마음이 안 좋았습니다." 그는 불안한 기색을 다소 케케묵은 표현으로 만회하게 두었는데, 성공한 것 같았다. 질문은 매우 형식적이었고 경찰은 조만간 갈 것 같았다. "정확히 몇 시에 사망했나요?" 톰이 물었다.

나이 든 경관이 뭔가를 내리 적다가 짙은 눈썹을 치켜떴다. "이 집에서 나가자마자 사망한 게 분명합니다. 검시 결과, 사망한 지 최소 열두 시간, 혹은 그 이상 경과한 것으로 보입니다."

"몇 시에 발견됐습니까?"

"오늘 새벽에요. 거리를 건던 일꾼들에게 발견됐습니다."

"디오 미오(세상에나)!" 톰이 중얼거렸다.

"어제 고인이 이 집을 나서면서 아피안 거리에 간다는 말은 안 했습니까?"

"안 했는데요."

"어제 마일스 씨가 떠난 다음에는 뭐 하셨습니까?"

"집에 있었어요." 톰은 양손을 활짝 벌렸다. 디키가 했을 법한 동작이었다. "잠깐 눈을 붙였다가 8시인가 8시 반경에 산책 갔다 왔어요." 톰은 어젯밤 8시 45분경에 들어올 때 이 건물에 사는 남자와 마주치자 서로 인사를 나누었었다.

"혼자 산책하셨나요?"

"네."

"마일스 씨가 이 집에서 혼자 나갔나요? 혹시 아는 사람을 만나러 간다는 말은 안 했습니까?"

"아뇨. 그런 말은 없었는데요." 프레디가 호텔이나 다른 숙박처에 친구와 같이 있었던 걸까, 톰은 궁금했다. 경찰이 혹여 디키를 아는 프레디의 친구와 대질시키지는 않았으면. 이제 리처드 그린리프라는 이름과 주소까지 이탈리아 신문에 실리겠군. 피해야겠어, 빌어먹을. 톰은 자신에게 저주를 퍼부었다. 경관이 쳐다보았지만, 톰은 슬픈 운명을 맞이한 프레디를 향해 웅얼거리며 욕하는 것처럼 보이리라 생각했다.

"자, 그럼……." 나이 든 경관이 웃으며 수첩을 덮었다.

"혹시 범인이……." 톰은 깡패를 표현하는 적합한 단어를 떠올리려고 했다. "폭력적인 사내들 짓일까요? 무슨 단서라도 찾으셨습니까?"

"지금 자동차에 지문이 있나 찾고 있습니다. 피해자가 가다가 태워 준 사람이 범인일지도 모르니까요. 차는 오늘 아침 로마 스페인 광장 인근에서 발견되었습니다. 오늘 밤 안으로 몇 가지 단서가 나올 겁니다. 정말 감사했습니다, 그린리프 씨."

"디 니엔테(천만에요)! 혹시라도 더 도울 일이 있으면……."

나이 든 경관이 문 앞에서 몸을 돌렸다. "앞으로 며칠간은 계속 연락이 됐으면 좋겠습니다. 차후 여쭤 볼 일이 생길지도 모르니까요."

톰은 우물거렸다. "사실은 제가 내일 스페인 마요르카섬에 가려고 했어요."

"질문이라고 해 봤자, 이런저런 사람이 용의자인데 누군지 아느냐, 이런 거나 물을 겁니다. 그자가 고인과 무슨 관계인지 설명해 주시면 됩니다." 나이 든 경관이 몸동작을 섞어서 설명했다.

"좋긴 한데, 제가 마일스 씨를 그렇게까지 잘 아는 건 아니라서요. 더 친한 친구들이 로마에 있을지도 모르죠."

"누구 말씀이십니까?" 나이 든 경관이 문을 닫더니 수첩을 펼쳤다.

"저야 모르죠. 로마에 프레디의 친구가 몇 명은 더 있지 않을까요? 그 사람들이 저보다 더 많이 알겠죠."

"죄송합니다만, 앞으로 이틀간 저희와 연락이 닿는 곳에 계셔야 합니다." 경관은 같은 말을 덤덤히 반복하며 톰이 미국인이라고 해도 토를 달 이유가 없다는 듯이 통보했다. "떠나셔도 되는 때가 오면 저희가 곧바로 연락드리겠습니다. 여행 계획을 세우셨던데, 이거 죄송하게 됐습니다. 취소하실 시간은 되겠네요. 그럼 이만 안녕히 계세요, 그린리프 씨.”

“안녕히 가세요.” 톰은 경관 두 명이 문을 닫고 간 후에도 자리에 그대로 서 있었다. 어느 호텔에 묵는다고 경찰에 알리기만 하면 집을 비워도 될 것 같았다. 프레디의 친구나 디키의 친구가 신문에서 디키의 주소를 보고 찾아오는 사태는 원치 않았다. 그는 경찰관의 관점에서 자신의 행동을 평가했다. 경찰은 그를 조금도 추궁하지 않았다. 그는 프레디의 사망 소식을 듣고 충격받은 듯이 행동하지는 않았는데, 그러는 편이 프레디와 아주 친한 사이는 아니라는 사실에 부합했다. 아냐, 나쁘지 않았어. 집에서 대기해야 한다는 사실만 빼면.

전화벨이 울렸지만 받지 않았다. 파우스토가 기차역에서 전화하는 것 같았기 때문이다. 11시 5분. 나폴리행 기차는 떠났을 것이다. 전화벨이 멈추자, 톰은 수화기를 들고 잉길테라 호텔에 전화를 걸었다. 방을 예약하고 30분 후에 가겠다고 했다. 경찰서에 전화했다. 그가 기억하기론 83번 경찰서였다. 리처드 그린리프를 아는 사람도 없었고, 담당 수사관이 누군지도 몰라서 10분이나 허비했다. 마침내 톰은 리처드 그린리프와 연락을 원할 경우, 잉길테라 호텔로 연락하라고 경찰에 메모를 남기는 데에 성공했다.

톰은 한 시간도 안 돼 잉길테라 호텔에 도착했다. 여행 가방은 총 세 개였다. 두 개는 디키의 것이었고, 나머지 하나는 그가 쓰던 가방이었다. 가방을 보니 우울해졌다. 이러려고 싼 가방이 아니었다. 그런데 지금 이게 다 뭔가!

톰은 12시에 나가서 신문을 사 왔다. 석간신문마다 기사가 도배돼 있었다. 「미국인, 아피안 안티카 거리에서 살해당해」, 「간밤 아피안 거리에서 벌어진 미국인 프레데릭 마일스의 충격적인 살인 사건」, 「아피안 거리에서 피살된 미국인 사건 오리무중」……. 톰은 한 자도 빠짐없이 읽었다. 적어도 지금까지는 단서가 없었다. 발자국도, 지문도 나오지 않아서 용의자를 특정할 수 없었다. 대신 신문마다 허버트 리처드 그린리프의 이름이 실리고 프레디가 마지막으로 목격된 장소로 디키의 집 주소가 공개되었다. 그럼에도 리처드 그린리프를 용의자로 지목한 기사는 전혀 없었다. 신문에서는 프레디가 술을 마신 게 분명하다면서 전형적인 이탈리아식으로 기사를 작성했다. 아메리카노에 스카치위스키며 브랜디에 샴페인, 그라파*까지 줄줄이 열거하면서도, 막상

* 이탈리아산 브랜디

진과 페르노는 빼놓았다.

톰은 점심시간에 호텔방에 머물며 이리저리 서성였다. 기분이 울적하고 가슴이 답답했다. 로마에 있는 여행사에 전화해 팔마행 표를 취소해 달라고 했다. 여행사에서는 총액에서 20퍼센트만 환급해 주겠다고 했다. 앞으로 닷새간 팔마로 들어가는 배편은 없었다.

2시경 전화벨이 긴박하게 울렸다.

"여보세요." 톰은 디키처럼 신경질적이고 짜증이 섞인 말투로 전화를 받았다.

"여보세요, 디키, 나야 밴 휴스턴."

"어, 그래." 톰은 그를 안다는 듯이 인사했지만, 지나치게 놀라거나 반가워하는 말투는 일체 건네지 않았다.

"잘 지냈어? 오랜만이지?" 거칠고 긴장한 목소리가 물었다.

"잘 지냈지. 넌 어디야?"

"하슬러 호텔에 있어. 프레디 여행 가방을 경찰하고 같이 살펴보고 왔어. 있잖아, 우리 좀 만나자. 어제 프레디랑 무슨 일이 있었던 거야? 어젯밤 내내 널 찾아다녔어. 프레디가 6시까지 호텔로 돌아오겠다고 했거든. 그런데 네 주소를 알아야지. 대체 어제 무슨 일이 있었던 거니?"

"나도 궁금해! 프레디가 집에서 6시쯤에 나갔어. 둘 다 마티니를 많이 마시긴 했지만, 프레디가 운전은 할 수 있겠더라고. 못할 것 같았으면, 내가 운전하게 뒀겠어? 차를 길가에 세워 두었다고 했는데, 대체 무슨 일이 벌어진 건지 상상이 안 돼. 혹시 프레디가 가다가 누굴 태워 줬는데, 그 사람이 총을 들이댄 건 아닐까?"

"그런데 프레디가 총에 맞아서 잘못된 게 아니잖아. 나도 네 말에 동의해. 범인이 프레디를 위협해서 외곽까지 차를 몰고 가게 한 다음 죽였거나, 죽인 다음에 버린 것 같아. 아피안 거리까지 가려면 시내를 통과할 수밖에 없잖아. 하슬러 호텔은 너희 집에서 몇 블록 떨어지지도 않았고."

"그 전에 프레디가 필름이 끊긴 건 아닐까? 운전대를 잡은 채로?"

"있잖아, 디키, 좀 만나자. 지금 시간이 되긴 하는데, 오늘은 내가 호텔을 떠날 수가 없어."

"그건 나도 마찬가지야."

"젠장, 그럼 어디 가는지 메모를 남기고 네가 이쪽으로 건너와라."

"안 돼, 밴. 경찰이 한 시간 후에 온다고 했으니 방에 붙어 있어야 해. 나중에 다시 전화할래? 오늘 밤엔 만날 수 있을 거야."

"알았어, 몇 시?"
"6시쯤 전화 줘."
"알았어. 기운 내라, 디키."
"너도."
"안녕." 목소리가 힘없이 말했다.

톰은 전화를 끊었다. 밴은 마지막에 거의 울먹였다. "프론토?" 톰은 후크를 눌러 호텔 교환원을 찾았다. 경찰 말고는 아무도 연결해 주지 말고, 아무도 위로 올려 보내지 말라고 요청했다. 단 한 명도.

그러고 나니 오후 내내 전화벨이 잠잠했다. 저녁 8시쯤 날이 어두워지자 석간신문을 사러 아래층으로 내려갔다. 좁은 로비를 돌아보고 입구가 중앙 복도에서 떨어져 있는 호텔 바에 가서 밴처럼 생긴 남자가 있는지 두리번거렸다. 톰은 무슨 일이든 대비가 되어 있었다. 마지가 바에서 기다린다고 해도 만날 준비까지 되어 있었다. 그런데 경찰관처럼 생긴 사람조차 보이지 않았다. 석간신문을 사서 몇 길 떨어진 작은 식당에 들어가서 읽었다. 경찰은 여태 단서를 찾지 못했다. 밴 휴스턴. 프레디의 가까운 친구이며, 나이는 스물여덟 살, 휴가차 프레디와 오스트리아를 거쳐 로마에 왔으며 두 사람이 거주하는 피렌체에서 여정을 마무리할 예정이었다는 걸 기사를 보고 알았다. 신문에서는 이탈리아 청년 셋을 용의선상에 올렸다. 그중 "참혹한 짓"을 저지른 전과가 있는 열여덟 살과 열여섯 살의 두 청년이 의심을 샀으나 이후 풀려났다. 톰은 마일스 소유의 "아름다운 피아트 1400 컨버터블"에서 최근에 찍힌 지문이나 쓸 만한 지문을 채취하지 못했다는 기사를 보고 가슴을 쓸어내렸다.

톰은 송아지 갈비 요리를 음미하고 와인을 홀짝이며, 윤전기로 인쇄하기 직전에 터진 속보가 이따금 실리는 지면을 샅샅이 훑어보았다. 죄다 마일스 관련 기사밖에 없었다. 그런데 마지막으로 펼친 신문 마지막 장에서 기사가 하나 눈에 들어왔다.

「산레모 앞바다에 잠긴 보트에서 혈흔 나와」

톰은 서둘러 기사를 읽었다. 프레디의 시체를 짊어지고 계단을 내려갈 때보다, 경찰이 신문하러 왔을 때보다 공포에 절은 심장이 더욱 조여들었다. 인과응보. 악몽이 현실이 되었다. 헤드라인 문구까지 끔찍했다. 보트를 생생하게 묘사한 기사를 보니 그 장면이 다시금 떠올랐다.

디키가 선미에서 레버를 잡고 앉은 모습. 디키가 톰을 보고 웃는 모습. 디키의 몸이 거품을 뒤로 남기며 바닷속으로 가라앉는 모습. 기사에 따르면 얼룩은 핏자국으로 추정될 뿐, 확인된 건 아니라고 했다. 경찰이든 누구든 얼룩을 어떻게 할지에 대해서는 언급이 없었지만, 뭔가를 하긴 할 것 같았다. 보트 관리인이 보트가 사라진 날에 대해 진술할 경우, 경찰이 사건 발생 당일 인근 호텔에 투숙한 사람들의 명단을 확인할 것이다. 이탈리아 보트 관리인이 미국인 남성 두 명이 보트를 타고 나갔다가 돌아오지 않았다는 걸 기억할는지도 모른다. 경찰이 그 무렵에 작성된 호텔 숙박계까지 굳이 확인한다면 리처드 그린리프라는 이름이 붉은 깃발처럼 휘날릴 것이다. 그렇게 될 경우, 실종자는 당연히 톰 리플리가 된다. 그날 죽임을 당한 사람이 톰이 되는 것이다. 상상이 여러 가닥으로 갈라졌다. 경찰이 수색하다가 디키의 시신을 발견한다면? 그렇다면 그 시신은 톰 리플리의 시신이 될 테고, 디키는 살인 용의자가 된다. 따라서 프레디를 죽인 용의자도 디키가 될 것이다. 하룻밤 새 디키가 '살인을 저지를 유형'으로 전락하게 될 것이다. 반대로, 이탈리아 보트 관리인이 보트 한 대가 반납되지 않은 날을 기억하지 못할 수도 있다. 기억한다고 해도, 경찰이 호텔 투숙객까지 확인하지 않을지도 모른다. 이탈리아 경찰이 그렇게까지 관심을 갖진 않을 것이다. 관심이 없을지도 모른다. 있을지도 모르지만.

톰은 신문을 접고 계산한 다음 밖으로 나갔다.

메시지가 온 게 있냐고 호텔 데스크에 물었다.

"시, 시뇨르. 퀘스토 에 퀘스토 에 퀘스토(네, 손님. 메시지가 얼마나 많이 왔는지)……." 포커를 치다가 스트레이트를 완성해 이겼다면서 카드를 펼치듯, 직원이 데스크 위에 메모지를 쫙 깔았다.

밴이 남긴 메모가 두 개, 로버트 길버트슨이 한 개(디키의 주소록에 로버트 길버트슨이란 사람이 있었던가?), 마지가 한 개 있었다. 톰은 이탈리아어로 적힌 메모지를 들고 꼼꼼히 읽었다. "셔우드 양, 3시 30분 전화. 다시 전화하겠음." 몽지벨로에서 걸려 온 장거리 전화였다.

톰은 고개를 끄덕이며 메모지를 모두 챙겼다. "고맙습니다." 데스크 직원의 시선이 거슬렸다. 이탈리아 사람들은 젠장 왜 이리 관심이 많아!

톰은 방으로 올라가서 암체어에 앉아 몸을 웅크린 자세로 담배를 피우며 생각에 잠겼다. 그가 손 놓고 있을 경우 생길 일과, 조치를 취할 경우 생길 일이 뭔지 논리적으로 따져 보았다. 마지가 로마로 올라올 가능성이 커졌다. 마지가 로마 경찰서로 전화해 그의 주소를 알아낼 게 뻔했다. 마지가 올라온다면, 톰은 톰으로서 마지를 만난 다음 프레디한테 그랬던 것처럼 디키가 잠시 자리를 비웠다고 거짓말해야 한다. 만일 실패한다면? 톰은 두 손을 맞대고 초조하게 비볐다. 마지를 만나면 안 된다는 것, 그 방법밖에 없다. 앞으로 엄습할 혈흔이 묻은 보트 사건은 지금은 생각하지 말자. 마지를 만났다간 모든 게 어그러질 것이다. 그랬다간 모조리 끝장날 것이다. 톰이 때를 기다리며 버티기만 하면 아무 일도 일어나지 않을 것이다. 지금 이 순간만 잘 넘기면 될 것 같았다. 혈흔이 발견된 보트 사건과 미제로 남을 프레디 마일스 살인 사건이라는 사소한 위기 때문에 상황이 상당히 어려워졌지만, 하던 대로 하고 모두에게 제대로 얘기하면 아무 일도 생기지 않을 것이다. 그러면 다시 순풍을 만난 배가 될 것이다. 그리스, 인도, 스리랑카까지 가는 거야. 아주 멀리, 옛 친구가 아무도 찾아오지 못할 곳으로 떠나는 거야. 어리석게도 로마에서 살 수 있을 거라 생각했다니! 차라리 로마 중앙역이나 루브르 박물관에 가서 사람들이 보는 가운데 멍청한 짓이나 하는 게 나을 것이다.

톰은 테르미니역으로 전화해 내일 출발하는 나폴리행 기차 편이 있냐고 물었다. 네다섯 편쯤 있다는 말에 출발 시각을 모조리 받아 적었다. 나폴리에서 스페인 마요르카섬으로 들어가는 배는 닷새 후에야 있으니 나폴리에서 시간을 때워야 한다. 그에게 필요한 건 경찰로부터 벗어나는 일이었다. 내일 아무 일도 일어나지 않는다면, 떠날 것이다. 경찰이 고작 몇 가지 묻겠다는 명목으로 혐의가 없는 사람을 영영 붙들어 놓을 수는 없다. 톰은 내일이면 해방될 것 같은 예감이 들었다. 당연히 그래야 한다는 게 논리적으로 완벽히 들어맞았다.

그는 다시 수화기를 들고 호텔 직원에게 말했다. 혹시 마지 셔우드가 다시 전화하면 연결해 달라고 했다. 마지가 다시 전화할 경우, 아무 문제 없다고 2분이면 그녀를 설득할 수 있을 것이다. 프레디 피살 사건은 그와 아무 상관 없으며, 생판 모르는 사람의 전화를 받는 번거로움을 피하려고, 그리고 경찰이 점찍은 용의자를 확인해야 할 경우가 생길지 몰라서 경찰과 연락이 닿는 곳에 있으려고 호텔로 옮긴 거라고 설득할 수 있을 것 같았다. 내일이나 모레 그리스로 떠날 거라고 하면 마지가 로마까지 올라올 필요가 없어질 것이다. 여차하면 로마에서 비행기를 타고 팔마로 들어가는 방법도 있다. 예전이라면 비행기를 탄다는 건 감히 상상도 못 했었다.

톰은 무거운 몸을 침대에 뉘었지만, 옷을 벗을 준비는 여태 되지 않았다. 오늘 밤 무슨 일이 벌어질 것만 같았다. 톰은 마지에게 집중하려고 애썼다. 지금 마지가 어떤 모습으로 있을까? 조르조나 미라마레 호텔 바에 앉아서 톰 콜린스*를 아주 천천히 마시면서 디키에게 다시 전화할 것인지 말 것인지를 두고 고민할 것 같았다. 마지가 일그러진 눈썹에 헝클어진 머리로 앉아서 로마에서 대체 무슨 일이 있었던 건지 곰곰이 생각하는 모습이 보인다. 마지가 테이블에 홀로 앉아 아무하고도 말하지 않는다. 자리에서 일어나 집에 가서 여행 가방을 들더니 내일 정오에 떠나는 버스에 오르려 한다. 톰이 우체국 앞 길가에 서서 마지에게 가지 말라고 외치며 버스를 막으려 했지만, 버스는 떠난다…….

몽지벨로의 누리끼리한 회색 모래사장이 소용돌이치면서 그 장면을 지워 버렸다. 디키가 산레모에 갔을 때 입었던 코듀로이 재킷을 입고 톰을 보며 웃는다. 정장이 홀딱 젖어서 넥타이에서 물이 뚝뚝 떨어진다. 디키가 몸을 숙이고 톰을 세차게 흔든다. '나 헤엄쳐서 나왔어! 톰! 일어나! 나 멀쩡해! 헤엄쳐서 나왔다니까! 나 살아 있다고!' 톰은 디키의 손길이 닿자 몸부림친다. 디키가 그를 비웃는 소리가 들린다. 디키가 낮은 목소리로 행복하게 웃는다. '톰!' 목소리가 더 깊고 풍성하다. 톰이 흉내 내는 목소리보다 훨씬 듣기 좋다. 톰은 자리에서 벌떡 일어났다. 온몸이 무겁고 찌뿌둥했다. 깊은 바다에서 빠져나오려고 버둥거린 것 같았다.

'나 헤엄쳐서 나왔어!' 하는 디키의 목소리가 긴 터널을 달릴 때 나는 소리처럼 톰의 귓가에 윙윙거렸다.

톰은 방을 두리번거리며 디키를 찾았다. 플로어 램프 아래 누런 불빛도 들여다보고, 키 큰 장 옆 어두운 방구석도 살폈다. 겁을 먹어서 눈이 부릅떠진 듯했다. 그가 느끼는 공포가 어리석은 것임을 알면서도, 디키를 찾으려고 온 방을 정신없이 휘둘러봤다. 창문을 반쯤 가린 커튼 밑, 침대 반대편 바닥까지. 침대에서 일어나 비틀거리며 방을 가로질러 창문을 연 다음 나머지 하나를 마저 열었다. 약에 취한 것 같았다. 누가 내 와인에 약을 탔나, 하는 의심이 문득 들었다. 창문 밑에 무릎을 꿇고 앉아서 찬 바람을 들이켰다. 힘을 몽땅 쏟아붓지 않으면 무언가 그를 집어삼킬 것만 같아서 무력감을 떨쳐 버리려고 했다. 마침내 화장실에 가서 세수하자, 무력감이 몸에서 빠져나가기 시작했다. 약에

* 진에 탄산수와 레몬을 넣은 음료

취한 게 아니라는 걸 알았기에 그가 하던 망상이 달아나게 두었다. 그런데도 몸이 마음대로 움직이지 않았다.

톰은 간신히 일어나 넥타이를 차분하게 끌렀다. 디키처럼 움직이면서 옷을 벗고 목욕하고 잠옷을 입은 다음 침대에 누웠다. 디키라면 무슨 생각을 했을까. 어머니. 그의 어머니가 최근 편지를 보내면서 그린리프 씨 부부가 거실에 앉아 커피를 마시는 사진을 두 장 넣어 보냈다. 톰이 저녁을 먹은 다음 부부와 같이 커피를 마시던 밤에 봤던 장면이 떠올랐다. 그린리프 부인은 남편이 섬광 전구를 직접 눌러 찍은 사진이라고 했다. 톰은 두 사람에게 보낼 답장을 쓰기 시작했다. 그가 편지를 자주 보내면 부부는 좋아했다. 프레디 사건에 쏠린 부부의 마음을 달래 주어야 한다. 부부도 프레디와 아는 사이였기 때문이다. 예전에 그린리프 부인이 편지에 프레디 마일스에 관해 묻기도 했었다. 그런데 톰이 편지를 쓰려고 애를 써도 전화가 올까 봐 귀를 세우고 있느라 도무지 집중이 되지 않았다.

18

톰은 눈을 뜨는 순간, 마지부터 떠올랐다. 손을 뻗어 수화기를 집어 들고 간밤에 마지한테 전화가 왔었느냐고 물었다. 전화는 없었다. 마지가 로마로 올라올 것 같은 불길한 예감이 밀려왔다. 톰은 벌떡 일어나서 하던 대로 몸을 움직였다. 면도하고 목욕하고 나니 기분이 나아졌다. 마지 때문에 왜 그리 걱정하는 거지? 마지라면 늘 마음대로 요리할 수 있잖아. 마지가 로마로 올라오려면 오후 5~6시는 되어야 한다. 몽지벨로에서 출발하는 첫차가 정오에 있다. 마지가 대절 택시를 타고 나폴리로 가서 로마로 올라올 가능성은 낮아 보였다.

톰은 오늘 아침이면 로마를 뜰 수 있을 것 같아서 오전 10시에 경찰서에 전화해 알아볼 생각이었다.

룸서비스로 카페 라테와 롤빵을 주문하면서 조간신문도 부탁했다. 너무나 의아하게도 마일스 살인 사건이나 산레모에서 발견된 혈흔이 묻은 보트 사건에 관한 기사는 전혀 없었다. 톰은 묘한 두려움이 엄습했다. 지난밤에 호텔방에 서 있던 디키를 봤을 때도 이런 기분이 들었었다. 톰은 신문을 의자 위로 툭 던졌다.

전화벨이 울리자, 수화기를 덥석 쥐면서도 공손함을 잃지 않았다. 마지도, 경찰도 아니었다. "프론토?"

"프론토. 로비에 경찰관 두 분이 찾아오셨는데요."

"잘됐네요. 올라오시라고 하세요."

잠시 후 복도 카펫을 밟는 발소리가 들렸다. 어제 왔던 나이 든 경관이 처음 보는 젊은 경관을 데려왔다.

"부온 조르노." 나이 든 경관이 살짝 고개를 숙이며 정중히 인사했다.

"부온 조르노, 무슨 진전이라도 있나요?" 톰이 물었다.

"없습니다만." 나이 든 경관이 미심쩍어 하는 어조로 대답하더니 톰이 권한 의자에 앉아 갈색 가죽 서류 가방을 열었다. "사건이 하나 더 터졌습니다. 미국인 톰 리플리 씨와 친구 사이 맞으시죠?"

"그런데요."

"지금 리플리 씨가 어디 계신지 아십니까?"

"한 달 전에 미국으로 돌아갔을 텐데요."

나이 든 경관이 서류를 들여다보았다. "그렇습니까? 미국 출입국 기록을 확인해 봐야겠군요. 저희가 지금 톰 리플리 씨를 찾고 있습니다. 리플리 씨가 사망한 것으로 보여서요."

"톰이 죽었다고요? 왜요?"

나이 든 경관은 할 말만 하고 입을 앙다물었다. 허옇게 센 덥수룩한 콧수염 아래로 보이는 입매가 웃는 것처럼 보였다. 어제도 톰에게 저런 미소를 지었었다. "지난 11월에 톰 리플리 씨와 산레모로 같이 여행 가셨죠?"

경찰이 이미 호텔까지 확인하고 물었다. "네."

"톰 리플리 씨를 마지막으로 본 곳이 어디였습니까? 산레모였나요?"

"아뇨. 로마에서도 만났습니다." 톰이 몽지벨로를 떠나 로마로 간다고 했던 걸 마지가 알고 있을 것이다. 디키가 로마에서 정착하는 걸 톰이 돕겠다고 했기 때문이었다.

"리플리 씨를 마지막으로 본 게 언젭니까?"

"정확한 날짜는 모르겠어요. 두 달 됐나. 톰이 제노아에서 보낸 엽서를 받았던 것 같은데요, 제노아에서 미국으로 돌아간다고 했어요."

"받았던 것 같다?"

"분명히 받았습니다. 대체 왜 톰이 죽었다고 생각하시는 거죠?"

나이 든 경관이 조서를 미심쩍이 들여다보았다. 톰이 젊은 경관에게 시선을 옮겼다. 젊은 경관이 책상에 몸을 기대고 팔짱을 낀 채 톰을 냉랭히 바라보고 있었다.

"산레모에서 리플리 씨하고 보트를 타셨나요?"

"보트요? 어디서요?"

"소형 보트를 타고 항구를 도셨나요?" 나이 든 경관이 톰을 쳐다보며 조용히 물었다.

"보트를 탔었나…… 네, 맞아요. 탔어요. 기억나요. 그런데 왜요?"

"소형 보트 한 대가 침몰된 채 발견됐는데, 그 안에서 혈흔으로 보이는 얼룩이 나왔습니다. 11월 25일에 사라진 보트가 있었습니다. 다시 말하자면, 누군가 부두에서 보트를 빌린 후 반납하지 않았다는 얘깁니다. 11월 25일은 산레모에서 당신이 리플리 씨와 같이 있었던 날이고요." 두 경관이 그에게서 눈을 떼지 않았다.

아주 온화한 표정이 톰의 화를 돋웠다. 표리부동한 표정이라니. 톰은 제대로 처신하려고 진력했다. 먼발치에서 이 장면을 조망하듯 자신을 관조했다. 톰은 자세를 고쳐 앉고 침대 끝 기둥 위에 한쪽 손을 턱 걸쳐서 조금 더 느긋하게 보이도록 힘썼다. "그런데 우리 둘이 배를 타고 나갔을 땐 아무 일도 없었어요. 사고가 나지 않았다고요."

"보트를 반납하셨나요?"

"당연하죠."

나이 든 경관이 계속 톰을 주시했다. "11월 25일 이후 리플리 씨가 호텔에 투숙한 기록이 없습니다."

"없다고요? 얼마나 찾아보셨는데요?"

"이탈리아에 있는 장급 여관까지 싹 다 뒤진 건 아니지만, 주요 도시에 있는 호텔은 거의 확인했습니다. 대신 디키 그린리프 씨, 당신이 11월 28일에서 30일까지 하슬러 호텔에 묵은 기록은 찾았습니다. 그리고……."

"로마에 와서는 톰하고 같이 있지 않았어요. 톰은 그 무렵 몽지벨로에 내려가서 이틀 있다가 돌아왔어요."

"리플리 씨가 로마로 올라왔을 때는 어디에 묵었나요?"

"작은 호텔이었는데, 이름이 기억나지 않네요. 제가 거기로 찾아가진 않았거든요."

"그럼 당신은 어디에 계셨나요?"

"언제 말씀이시죠?"

"11월 26일에서 27일. 그러니까, 산레모에서 막 돌아온 직후에요."

"포르테데이마르미*에 있었어요. 로마로 내려오는 길에 그곳에 잠

* 이탈리아 해안 도시

시 들러서 펜션에서 잤어요."

"펜션 이름이?"

톰은 고개를 흔들었다. "글쎄요, 모르겠는데요. 워낙 작은 펜션이라." 톰이 산레모 여행을 갔다가 몽지벨로로 살아서 돌아왔다는 건 마지를 통해 입증할 수 있을 것이다. 그렇다면 경찰은 대체 왜 디키 그린리프가 11월 26일에서 27일 사이에 어느 펜션에 묵었는지 조사하는 걸까? "대체 왜 톰 리플리가 죽었다고 생각하시는지 이해가 안 되는데요."

"누가 죽긴 죽었습니다. 산레모에서요. 그 보트에서 살해당한 사람이 있습니다. 혈흔을 감추려고 범인이 보트를 침몰시킨 거죠."

톰은 인상을 찌푸렸다. "혈흔이 확실한가요?"

경찰관은 어깨를 으쓱했다.

톰도 어깨를 으쓱했다. "그날 산레모에서 보트를 빌린 사람이 족히 2백 명은 넘을 텐데요."

"그 정도까지는 아니고, 서른 명가량 됩니다. 서른 명 중 한 명이 범인일 수도 있다는 게 팩트죠. 다시 말해, 열다섯 쌍 중에 범인이 있다는 소립니다." 나이 든 경관이 웃으며 덧붙였다. "보트를 빌린 사람들 명단을 전원 파악한 건 아니지만, 저희 경찰은 실종된 사람이 톰 리플리 씨라고 추정하게 되었습니다." 이제 그가 방구석으로 시선을 보냈다. 톰은 그의 표정을 살피며 생각했다. 지금 저 늙은 경관이 딴생각하는 건가? 아니면 의자 옆 라디에이터에서 나오는 온기를 즐기는 건가?

톰은 초조하게 두 다리를 다시 꼬았다. 이탈리아 경관의 머릿속에서 무슨 일이 벌어지는지 안 봐도 뻔했다. 디키 그린리프가 살인 현장 두 곳 모두에 있었거나, 있었을 확률이 높다고 보는 것 같았다. 실종된 토머스 리플리가 11월 25일 디키 그린리프와 보트를 타고 나간 건 사실이었다. 자, 그렇다면……. 톰이 몸을 세우며 인상을 썼다. "그렇다면 제가 톰을 12월 1일경 로마에서 봤다는 말을 안 믿으신다는 거네요?"

"아닙니다. 그런 뜻은 아니었습니다!" 나이 든 경관이 진정하라는 듯 손동작을 했다. "톰 리플리 씨와 산레모에 다녀오신 얘기를 듣고 싶었습니다. 톰 리플리 씨의 행방을 알 수가 없어서 말이죠." 그가 누런 이를 드러내며 또다시 회유의 미소를 활짝 지었다.

톰은 불쾌하다는 듯 어깨를 으쓱하더니 긴장을 풀었다. 이탈리아 경찰이 지금 당장 미국인을 살인 혐의로 기소할 생각이 없는 건 확실했다. "지금 톰이 어디에 있는지 정확히 몰라서 유감이네요. 파리나 제노아를 뒤져 보시면 어떨까요? 톰은 늘 작은 호텔에 묵거든요. 그쪽을 선호해서.”

“제노아에서 리플리 씨가 보냈다는 엽서는 갖고 계십니까?”

“아뇨, 없는데요.” 톰은 대답한 다음 디키가 초조할 때 머리를 쓸어내리는 동작을 따라 했다. 디키 그린리프의 행동을 흉내 내는 일에만 집중하며 방 안을 서성거리다 보니 기분이 나아졌다.

“톰 리플리 씨의 친구 중에 아는 사람은 있나요?”

톰이 고개를 저었다. “아뇨, 실은 제가 톰을 그렇게까지 잘 알지는 못해요. 아주 오래된 사이가 아니라서요. 톰이 유럽에 친구가 많은지는 잘 모르겠습니다. 파엔차*에서 누굴 만난다고 한 적이 있는데, 이름은 모르겠어요.” 친구가 경찰 조사를 받지 않게 하려고 그가 이름을 밝히지 않는 거라 의심한다면, 그러라지 뭐, 하고 톰은 생각했다.

“좋습니다. 저희가 알아보겠습니다.” 늙은 경관이 말하며 조서를 치웠다. 종이 위에는 최소 십수 가지 내용이 적혀 있었다.

“가시기 전에.” 톰이 긴장한 듯 터놓고 물었다. “제가 언제 로마를 떠나도 되는지 알려 주세요. 시칠리아섬에 가려고 하거든요. 가능하다면 오늘 떠날 수 있다면 정말 좋겠습니다. 팔레르모에 있는 팔마 호텔에 묵을 겁니다. 제가 필요할 때 그쪽으로 연락하시면 될 것 같은데요.”

“시칠리아섬 팔레르모라.” 늙은 경관이 따라서 말했다. “그렇다면 가셔도 될 것 같긴 한데요. 전화 좀 쓰겠습니다.”

톰은 이탈리아 담배에 불을 붙였다. 늙은 경관이 안리치노 서장을 찾더니 그린리프 씨는 리플리의 행방을 모른다고 덤덤히 말하는 소리가 들렸다. 그린리프 씨의 주장에 따르면 리플리가 미국으로 갔거나, 피렌체나 파엔차에 있을 것으로 보인다고 보고했다. “볼로냐 인근 파엔차랍니다.” 그가 또박또박 다시 말했다. 서장이 알아듣자, 그린리프 씨가 오늘 팔레르모로 떠나고 싶어 한다고도 전했다. “네, 알겠습니다.” 늙은 경관이 웃으며 고개를 돌렸다. “네, 오늘 팔레르모로 가셔도 됩니다.”

“잘됐네요, 그라치에.” 톰은 문까지 두 사람을 배웅했다. “톰 리플리를 찾으시면 저한테도 알려 주세요.” 천연덕스럽게 덧붙였다.

“물론이죠. 또 연락드리겠습니다. 부온 조르노!”

혼자가 된 톰은 여행 가방에서 빼놓았던 몇 가지 물건을 다시 챙기며 휘파람을 불기 시작했다. 스페인 마요르카섬이 아니라 이탈리아 시칠리아섬으로 간다고 말한 자신이 자랑스러웠다. 마요르카섬은 이

* 이탈리아 북부 도시

탈리아가 아니지만, 시칠리아섬은 이탈리아였기 때문이다. 그가 이탈리아 영토에 머문다니 당연히 경찰은 보내 줄 마음이 더 커졌을 것이다. 여기까지 생각이 닿자, 톰 리플리의 여권으로는 산레모-칸 여행을 다녀온 이후 프랑스로 다시 출국한 사실을 증명할 수 없다는 걸 깨달았다. 톰은 마지에게 톰 리플리가 파리에 들렀다가 미국으로 떠날 거라고 적어 보냈던 게 기억났다. 경찰이 톰 리플리가 산레모에 갔다가 몽지벨로에 왔었느냐고 묻는다면, 마지는 톰이 파리에 간다고 했다는 말까지 할 것이다. 만에 하나 그가 다시 톰 리플리로 돌아와 경찰에 여권을 제시해야 할 일이 생긴다면, 경찰은 톰이 칸에 다녀온 이후 파리로 출국한 적이 없었다는 걸 눈치챌지도 모른다. 그럴 경우, 디키에게는 파리에 간다고 했지만 마음을 바꿔 이탈리아에 쭉 있었다고 둘러대면 그만이었다. 그건 중요하지 않았다.

톰은 여행 가방을 챙기다 말고 갑자기 몸을 세웠다. 이게 다 술수면 어쩌지? 경찰이 명백한 혐의를 잡지 못해서 빌미를 잡으려고 시칠리아섬으로 그를 보내 주는 건 아닐까? 야비한 자식, 그 늙은 경관 말이다. 이름을 듣긴 했는데 뭐였더라? 라비니? 로베리니? 그 자식이 내게 빌미를 줘서 뭘 얻어 내려는 걸까? 경찰에 행선지를 똑바로 알렸다는 건 도망칠 마음이 없다는 뜻이다. 톰이 원하는 건 그저 로마를 벗어나는 것뿐. 떠나고 싶어서 미칠 것 같았다. 톰은 마지막 물건까지 챙긴 다음, 뚜껑을 닫고 가방을 잠갔다.

전화벨이 또 울렸다! 톰이 낚아채듯 받았다. "프론토?"

"오, 디키!" 숨넘어가는 목소리가 들렸다.

마지였다. 마지가 호텔 로비에 나타난 것이다. 소리만 들어도 분간할 수 있었다. 그는 허둥거리지 않고 톰의 말투로 바꾼 다음 말했다. "누구세요?"

"혹시 톰?"

"마지구나! 어, 잘 있었어? 어디야?"

"여기 로비야. 디키 있지? 올라가도 될까?"

"5분만 있다가 올라와." 톰이 웃으며 말했다. "아직 옷을 제대로 안 입었거든." 호텔 직원들은 손님이 호텔로 찾아오면 반드시 로비에 있는 부스석으로 안내해 주는 게 원칙이었다. 직원들이 대화를 엿듣지 못하게 하려는 게 이유였다.

"디키는 방에 있지?"

"잠깐 나갔는데 30분 있으면 올 거야. 금방 올 수도 있고. 디키가 어디 좀 갔는데 혹시 그쪽에 가서 만날 생각은 있어?"

"디키가 어디로 갔는데?"

"83번 경찰서. 아니다, 미안. 87번 경찰서에 갔어."

"무슨 문제가 있는 거야?"

"조사받으러 갔어. 디키가 10시까지 경찰서에 가야 했거든. 주소 알려 줄까?" 그는 톰의 말투로 대화를 시작하고 싶지는 않았다. 직원이나 디키의 친구, 아니면 다른 사람인 척하면서 마지에게 디키가 몇 시간 자리를 비웠다고 둘러대고 싶었는데.

마지가 고민하는 소리를 냈다. "아……니, 그냥 기다릴래."

"찾았다!" 톰은 주소를 찾았다는 듯이 말했다. "페루자 거리 21번지야. 어딘지 알아?" 톰은 어딘지도 모르면서 마지를 아메리칸 익스프레스에서 정반대 방향으로 보낼 요량이었다. 톰은 아메리칸 익스프레스 로마 지점에 들러서 우편물을 찾은 다음 로마를 뜨고 싶었다.

"아니, 안 갈래. 너만 괜찮다면 올라가서 기다리고 싶은데."

"사실은 그게……." 톰이 웃었다. 오해할 여지가 없는 웃음이었다. 마지가 너무나 잘 아는 웃음이었다. "실은 누가 조만간 오기로 했어. 면접을 보기로 했거든. 내가 일자리를 구하는 중이라서. 믿거나 말거나 톰 리플리가 일자리를 구하려고 노력하고 있거든."

"그렇구나." 마지가 조금도 관심 없는 목소리로 대답했다. "디키는 괜찮아? 디키가 경찰서엔 왜 갔는데?"

"그날 프레디하고 술을 마셨잖아. 신문 봤지? 원래 기자들이란 멍청한 경찰이 단서를 아예 찾지도 못했다는 뻔한 핑계를 대면서 실제보다 일을 열 배로 부풀리는 데에 도가 텄잖아."

"디키가 호텔에서 지낸 지는 얼마나 됐어?"

"여기에서? 어젯밤에 이 호텔로 옮겼을 거야. 나는 북부에 있다가 내려왔고. 프레디 소식을 듣고 디키를 만나려고 로마로 내려온 거야. 경찰이 아니었더라면 디키를 찾지도 못했을걸!"

"내 말이! 내가 얼마나 간절한 마음으로 경찰서까지 간 줄 알아? 정말 걱정 많이 했어, 톰. 디키가 나한테는 전화해 줄 수 있었잖아. 조르조나 다른 데로 걸어도 됐을 텐데."

"네가 로마에 왔다니 정말 기뻐. 디키가 널 보면 제일 좋아할 거야. 신문에 난 기사를 보고, 네가 어떻게 생각할지 걱정했거든."

"디키가 걱정을?" 마지는 못 믿겠다는 듯이 말하면서도 좋아하는 눈치였다.

"안젤로에 가서 기다릴래? 호텔에서 길을 건너 로마 스페인 계단 방향으로 가다 보면 바가 하나 나올 거야. 5분쯤 지나면 내가 잠깐 나가서 술이든 커피든 할 수 있는지 알 수 있을 것 같아. 괜찮지?"

"알았어. 그런데 바는 호텔에도 있잖아."

"미래의 사장한테 바에 앉아 있는 모습은 보여 주고 싶지 않아."

"아, 알았어. 안젤로라고?"

"곧장 가면 보일 거야. 호텔에서 정면으로 보이는 길을 곧장 따라가면 나와. 이따 봐."

톰은 방을 둘러보며 짐을 다 꾸렸다. 옷장에 걸린 코트만 빼고는 모두 다 쌌다. 수화기를 들고 계산서를 준비해 달라고 한 후, 짐을 들어 줄 직원을 보내 달라고 요청했다. 벨보이가 들고 가도록 가방을 깔끔하게 쌓아 놓고, 계단을 통해 로비로 내려갔다. 마지가 아직도 로비에서 기다리거나, 다른 사람과 여태 통화하는 건 아니겠지? 경찰이 왔을 때 마지가 로비에서 기다리진 않았을 것이다. 경찰이 떠난 후, 마지가 전화하기까지 5분 정도 시간 차가 있었다. 톰은 금발 머리를 감추려고 모자를 쓰고 새로 산 우비를 걸쳤다. 얼굴도 톰 리플리가 짓던 수줍고도 약간 겁먹은 표정으로 바꾸었다.

로비에 마지는 없었다. 톰이 호텔비를 정산하자 직원이 메모지를 건넸다. 밴 휴스턴이 호텔에 왔다 갔다. 10분 전 직접 쓴 메모였다.

여기에서 한 시간이나 기다렸다. 넌 산책하러 나오지도 않니?
직원이 올려 보내 주지를 않네. 하슬러 호텔로 전화해.

밴

만일 밴과 마지가 서로 얼굴을 아는 사이라면, 우연히 마주쳐서 지금쯤 안젤로에 둘이 같이 앉아 있을지도 모른다.

"혹시 누가 와서 찾으면 제가 로마를 떠났다고 말씀해 주시겠어요?" 톰이 직원에게 부탁했다.

"알겠습니다."

톰은 나가서 대기시켜 놓은 택시를 탔다. "아메리칸 익스프레스에 잠깐 들렀다 갑시다." 톰이 기사에게 말했다.

택시 기사는 안젤로가 있는 길로 가지 않았다. 톰은 긴장을 풀고 자축했다. 어제 신경이 너무 곤두서서 아파트에 있지 못하고 호텔로 옮겼다는 사실이 무엇보다 장했다. 계속 아파트에 있었더라면 마지를 절대로 따돌리지 못했을 것이다. 마지가 신문을 보고 집 주소를 알아낸 것이다. 톰이 지금처럼 속이려고 해도 마지가 아파트에 올라가서 디키를 기다리겠다고 우겼을 것이다. 행운의 여신은 그의 편이었다!

아메리칸 익스프레스에서 우편물을 찾았다. 편지가 세 통 와 있었다. 한 통은 그린리프 씨가 보낸 것이었다.

"괜찮으시죠?" 젊은 이탈리아 여성이 우편물을 건네며 물었다.

저 여자도 신문을 봤나 보군, 톰은 생각했다. 그는 아무것도 모르는 척 관심 어린 표정을 지으며 미소를 돌려주었다. 여자의 이름은 마리아였다. "아주 좋습니다. 고마워요."

톰은 돌아서는 순간, 톰 리플리라는 이름으로는 아메리칸 익스프레스 로마 지점을 절대로 이용할 수 없다는 걸 깨달았다. 이곳에 일하는 직원 두어 명과 안면이 있었다. 톰 리플리 앞으로 오는 우편은 현재 아메리칸 익스프레스 나폴리 지점으로 받고 있었지만, 그쪽에서 찾을 우편도, 그쪽으로 보내라고 할 우편도 없었다. 톰 리플리 앞으로 중요한 편지가 올 리도 없었고, 그린리프 씨에게 한 방 더 얻어맞을 일도 없었다. 상황이 좀 진정이 되면, 나중에 아메리칸 익스프레스 나폴리 지점에 가서 톰 리플리의 여권을 내밀고 우편물을 찾으면 그만이었다.

톰은 톰 리플리라는 이름으로는 아메리칸 익스프레스 로마 지점을 이용할 수는 없겠지만, 유사시를 대비해 톰 리플리 여권과 옷을 갖고 다니면서 톰 리플리인 척은 계속해야 했다. 오늘 오전에 마지가 전화했던 일과 비슷한 경우가 또다시 생길지도 모른다. 하마터면 마지하고 한방에 있을 뻔했다. 경찰이 디키 그린리프의 무죄를 놓고 다투는 한, 디키 그린리프로서 이탈리아를 뜨려는 생각은 그 자체가 자살행위나 마찬가지였다. 느닷없이 톰 리플리로 돌아와야 할 경우, 톰 리플리의 여권으로는 톰이 이탈리아를 떠난 적이 있다는 사실을 증명해 주지 못하기 때문이었다. 이탈리아를 떠나고 싶다면—그리고 경찰의 손아귀에서 디키 그린리프를 온전히 빼내 오고 싶다면—톰 리플리로서 이탈리아를 나갔다가 들어온 다음 경찰 조사가 마무리된 후에 다시 디키 행세를 해야 한다. 그것도 하나의 가능성으로 열어 두어야 한다.

그게 간단하고 안전해 보였다. 그가 해야 할 일은 코앞에 닥친 며칠을 헤쳐 나가는 것이었다.

19

배가 허연 뱃머리로 물에 둥둥 뜬 오렌지 껍질이며 지푸라기며 과일 상자 조각을 밀치며 팔레르모 항구를 향해 머뭇머뭇 천천히 들어갔다. 팔레르모항으로 이런 식으로 들어가는군, 톰은 생각했다. 톰은 나폴리에서 이틀을 묵었는데, 신문에서는 마일스 사건이나 산레모 보트 사건엔 전혀 관심이 없었다. 경찰은 그를 찾으려는 시도조차 하지 않았다. 그가 알기론 그랬다. 경찰이 나폴리에서 찾는 대신 팔레르모 호텔에서 기다릴지도 모른다.

부두에도 대기 중인 경찰은 보이지 않았다. 톰은 경찰을 찾아보았다. 신문 두 부를 사서 택시에 짐을 들고 탄 다음 팔마 호텔로 향했다. 호텔 로비에도 경찰은 보이지 않았다. 화려하나 낡은 호텔에는 초대형 대리석 기둥이 서 있었고 주변에 대형 야자수 화분이 놓여 있었다. 직원이 그가 예약한 방 번호를 알려 주며 벨보이에게 열쇠를 건넸다. 톰은 우편물 담당 카운터에 가서 리처드 그린리프 앞으로 온 우편이 있냐고 물었다. 없다는 직원의 말에 톰은 마음이 한결 가벼워졌다.

이제야 긴장이 서서히 풀렸다. 적어도 마지가 보낸 편지는 없다는 뜻이다. 지금쯤이면 보나 마나 마지는 경찰서에 가서 디키의 행방을 물어봤을 것이다. 톰은 배를 타고 오면서 끔찍한 일들을 그려 보았다. 마지가 비행기를 타고 팔레르모에 먼저 도착했거나, 다음 배편으로 도착한다며 팔마 호텔에 메모를 남기는 모습을 상상했다. 그는 나폴리에서 배에 타자마자 마지도 탔는지 둘러보기까지 했다.

마지가 이런 꼴까지 당했으니 이쯤이면 디키를 포기했을 것이다. 디키가 자기를 피해 도망친 것으로 보아 톰과 단둘이 있고 싶어 하는 거라는 결론에 도달했을지도 모른다. 그 생각이 마지의 두꺼운 머리뼈를 뚫고 뇌에 콱 박혔을 것이다. 톰은 그런 취지를 담아 마지에게 편지를 보낼까 말까 갈등했다. 그날 저녁, 그는 욕조에 몸을 푹 담근 채 호사스럽게 비누 거품을 두 팔로 휘저으며 생각에 잠겼다. 이제 톰 리플리가 편지를 쓸 때가 되긴 됐지. '그동안은 네 기분을 상하게 하고 싶지 않았어. 로마에서 전화로 이런 얘기까지 하고 싶지 않았지만 어찌 됐든 이젠 네가 이해해 줄 것 같아. 우리 둘이 같이 있으니 얼마나 행복한지 모르겠어, 게다가 어쩌고저쩌고……' 하고 생각하자 웃음이 낄낄 나왔다. 참을 수가 없었다. 웃음을 참으려고 코를 잡고 욕조 물에 머리까지 푹 담갔다.

'마지에게. 디키가 편지를 쓸 생각을 아예 안 해서 내가 대신 펜을 들었어. 디키에게 쓰라는 말을 몇 번이나 했거든. 오랫동안 이런 일을

연달아 겪기엔 넌 너무 착해…….'

그는 다시 낄낄거렸지만 아직 해결하지 못한 사소한 문제에 집중하려고 찬찬히 마음을 다잡았다. 마지가 잉길테라 호텔에서 톰 리플리와 통화했다고 경찰에 얘기했을 테니, 이제 경찰이 로마에서 톰 리플리를 찾을 것이다. 경찰이 톰 리플리를 찾겠다고 디키 그린리프 주변을 뒤지고 다닐 게 확실하다. 만일 경찰이 마지의 말을 듣고 디키와 톰 리플리가 동일 인물이라는 걸 눈치챘다면, 그래서 정체를 확인한 후 수배 명령을 내리고 톰 리플리와 디키 그린리프의 여권 기록까지 뒤진다면 위험이 커진다. 그런데 위험이란 게 뭘까? 위험하기 때문에 상황이 흥미진진해졌다. 뜬금없이 노래가 흥얼흥얼 톰의 입에서 새어 나왔다.

아빠도 엄마도
말리는데
우리가 어떻게
사랑하겠어요…….

톰은 몸을 말리면서 욕실에서 노래를 크게 불러 젖혔다. 디키가 바리톤으로 힘차게 노래하듯 톰도 노래했지만, 사실 디키가 노래하는 건 한 번도 들어 본 적이 없었다. 그래도 디키가 그의 쩌렁쩌렁한 음색을 마음에 들어 했을 거라고 확신했다.

새로 산 여행용 정장을 꺼내 입었다. 쭈글쭈글해진 채로 입고 황혼이 내린 팔레르모로 산책을 나섰다. 광장 건너편에 노르만 양식의 영향을 지대하게 받은 성당이 있다는 글을 본 적이 있었다. 잉글랜드 대주교 월터 오파밀*이 성당을 지었다는 내용을 여행 책자에서 봤었다. 남쪽에 있는 시라쿠사**는 라틴족과 고대 그리스인들의 치열한 해상전이 벌어진 현장이었다. 디오니소스의 귀***며, 타오르미나****며, 에트나산도 있었다. 이 넓은 섬이 신선하게 다가왔다. 내가 시칠리아섬에 오다니! 줄리아노 성곽*****을 볼 수 있다니! 고대 그리스의 식민

* 발음 때문에 영어로 '오브더밀[of the mill]'이라고 불리기도 함
** 시칠리아섬 남동부의 항구 도시
*** 고대에 감옥으로 사용한 채석장
**** 시칠리아섬의 도시
***** 1943년까지 줄리아노라고 불림. 현 에리체. 별칭은 천공의 성

지였으며 노르만족과 사라센*의 침공을 받았던 곳에 오다니! 내일부터 본격적으로 둘러볼 생각이었다. 지금은 정면에 높게 솟은 종탑이 달린 성당을 쳐다보는 것만으로도 가슴이 벅차올랐다. 땅거미가 진 성당 전면의 아치 구조를 바라보며 내일 저 안으로 들어가 수백 년간 헤아릴 수 없이 많은 양초와 향이 타면서 밴 퀴퀴하고도 달착지근한 냄새를 맡을 상상을 하니 짜릿했다. 기대되네! 톰은 막상 경험하는 것보다 기대하는 편이 훨씬 좋았던 것 같았다. 이번에도 그러려나? 저녁에 홀로 디키의 소지품을 정리하고 손에 낀 디키의 반지를 내려다보고 디키의 모직 넥타이를 쓰다듬고 검정 악어 지갑을 매만지는 건 경험일까, 기대일까?

시칠리아섬 너머에 그리스가 있었다. 그리스는 꼭 한번 가 보고 싶었다. 디키 그린리프가 되어 디키의 돈을 들고 디키의 옷을 입고 디키가 이방인들을 대하던 모습으로 그리스에 가 보고 싶었다. 디키 그린리프로서 그리스에 가지 못하는 일이 생기려나? 살인, 의심, 사람들 등등 그를 방해하는 일이 연달아 생길지도 모른다. 그는 누굴 죽일 마음이 없었는데도 죽일 수밖에 없었다. 미국인 관광객 톰 리플리로서 그리스 아크로폴리스 광장을 터벅터벅 걷는 모습은 조금도 매력적이지 않았다. 당장은 가지 않을 것이다. 성당 종탑을 올려다보는 순간 눈물이 고였다. 몸을 돌려 새로운 길로 내려갔다.

다음 날 아침 편지가 한 통 도착했다. 마지가 보낸 두툼한 편지였다. 톰은 손으로 봉투를 눌러 보며 씩 웃었다. 예상했던 대로였다. 그게 아니라면 이렇게 두툼할 리 없었다. 아침을 먹으며 편지를 읽었다. 갓 나온 뜨끈한 롤빵에 계피 향이 나는 커피를 홀짝이며 한 줄 한 줄 음미했다. 그가 예상한 내용에 다른 것까지 더해져 있었다.

네가 묵는 호텔로 내가 찾아간 걸 진짜로 몰랐다면, 톰이 말해 주지 않았다는 얘기군. 그렇다고 해도 어차피 결론은 같아. 날 피해 도망친 걸 보니 나와 대면할 마음이 없었다는 거네. 차라리 그 남자 없이는 못 살겠다고 고백하지 그래? 네가 이 얘기를 미리 솔직하게 고백할 용기를 내지 못했다는 게 난 그저 속상할 뿐이야. 넌 내가 그런 것도 모르는 시골 촌뜨기인 줄 아니? 촌뜨기처럼 구는 건 바로 너야. 어쨌든 용기가 없어서 차마

* 중세 유럽인들이 서아시아 이슬람을 부르던 호칭

네가 말하지 못한 얘기를 내가 내 입으로 했으니, 네가 양심의 가책을 조금이라도 벗고 당당해졌으면 좋겠어. 사랑하는 사람을 자랑스러워하는 것만큼 좋은 게 어딨어! 이런 얘기를 예전에 우리 둘이 한 적도 있었잖아.

로마에 가서 얻은 두 번째 소득은 톰 리플리가 너와 같이 있다는 걸 경찰에 알렸다는 거야. 경찰이 톰 리플리를 찾으려고 몸이 달았더라(대체 왜 그래? 톰이 무슨 짓이라도 했어?). 내 유창한 이탈리아어 실력을 총동원해 너와 톰은 떼려야 뗄 수 없는 사이라는 것도 경찰에 알렸어. 경찰이 어떻게 너만 찾고 톰은 여태 못 찾았는지 나로서는 상상이 안 가.

일정을 바꿔서 뮌헨에 사는 케이트한테 잠깐 들렀다가 3월 말에 미국으로 돌아가기로 했어. 이젠 우리가 두 번 다시 마주칠 일은 없을 거야. 디키, 난 네게 악감정 같은 건 없어. 네가 용기를 더 많이 낸 거라고 인정해 줄게.

멋진 추억 만들어 줘서 고마웠어. 너와의 추억은 이미 박물관에 전시된 물건처럼, 호박 속에 굳어진 무언가처럼 실감이 안 나. 그동안 네가 나에게 느낀 감정도 이랬겠지. 앞으로 좋은 일만 있기를 바란다.

마지

어라, 막판에 농담까지 하다니! 이 여자 참 별로네! 톰은 편지를 접어서 재킷 주머니에 쑤셔 넣었다. 호텔 레스토랑의 양쪽으로 열리는 출입구를 주시하며 자기도 모르게 경찰을 찾았다. 경찰이 디키 그린리프와 톰 리플리가 동반 여행 중이라고 판단했다면 톰 리플리를 찾으려고 팔레르모에 있는 호텔들을 이미 뒤지고 있을 것이다. 그런데 경찰이 주시하거나 미행한다는 기미가 조금도 보이지 않았다. 톰이 살아 있는 게 확실하니 보트 사건에서 아예 손을 뗀 걸까? 도대체 왜 경찰이 그 사건에 매달리는 거지? 산레모 보트 사건과 마일스 살인 사건에서 디키를 향한 의심은 이미 해소된 후였다. 아마 해소됐을 것이다.

톰은 방으로 올라가 디키의 휴대용 타자기로 그린리프 씨에게 편지를 쓰기 시작했다. 마일스 살인 사건을 냉철하고도 논리적으로 설명해 나갔다. 지금쯤이면 그린리프 씨가 상당히 걱정할 것이다. 톰은 그가 경찰 조사를 받았는데 지금 경찰이 바라는 건 용의자가 나오면 확인해 달라는 것뿐이라고 적었다. 용의자가 디키와 프레디가 아는 사람일지도 모른다는 게 이유라고 말이다.

톰이 타자를 치는데 전화벨이 울렸다. 어떤 남성이 팔레르모 경찰서의 아무개 경위라며 이름을 밝혔다.

"토머스 리플리 씨를 찾는 중인데요, 지금 호텔에 같이 계십니까?" 경위가 정중히 물었다.

"아뇨, 없습니다."

"그럼 어디 계신지 아십니까?"

"톰은 로마에 있을 텐데요. 사나흘 전에 로마에서 봤거든요."

"로마에는 안 계시던데, 혹시 로마에서 어디로 갔을지 짐작이 가는 데가 있습니까?"

"죄송합니다만, 전혀 모르겠는데요."

"페카토(착오가 있었나 봅니다)." 목소리가 실망한 듯 한숨을 쉬었다. "그라치에 탄테, 시뇨르."

"디 니엔테(천만에요)." 톰은 전화를 끊고 쓰던 편지를 마저 썼다.

지지부진하던 디키의 편지가 지금부터는 그동안의 그 어떤 편지보다 술술 써졌다. 편지의 대부분은 디키의 어머니에게 쓰는 내용이었다. 톰은 자기가 옷도 잘 입고 다니고 건강도 좋다고 적으면서, 2주 전 로마 앤티크 상점에서 사서 보낸 법랑 세 세트를 받았느냐고 물었다. 톰은 편지를 쓰면서 토머스 리플리로서는 어찌 행동해야 하는지 고민에 빠졌다. 톰 리플리 찾기는 대단히 형식적이고 미온적인 절차일 테니, 무모한 모험을 하지 않는 게 좋을 것 같았다. 세관 직원에게 들키지 않게 디키의 예전 소득세 서류로 둘둘 싸 놓긴 했지만, 여행 가방에 톰 리플리의 여권을 넣고 다녀서는 안 된다. 새로 산 영양 가죽으로 만든 여행 가방 안감 속에 톰의 여권을 집어넣어서 여행 가방을 싹 비워도 보이지 않게, 그러면서도 필요할 경우 단박에 꺼낼 수 있도록 해 놓아야 한다. 언젠가 그럴 때가 닥칠 것이다. 톰 리플리보다 디키 그린리프로 지내는 게 더 위험해지는 날이 올지도 모른다.

톰은 오전 반나절을 그린리프 부부에게 편지를 쓰는 데에 할애했다. 그린리프 씨가 더더욱 디키를 참지 못하는 지경에 이르렀다는 느낌을 받았다. 톰이 뉴욕에서 만났을 때도 그린리프 씨는 인내심이 거의 바닥나 보이긴 했지만, 이 정도는 아니었다. 그린리프 씨는 디키가 몽지벨로에서 로마로 옮긴 이유가 디키의 유별난 변덕 때문이라고 여겼다. 로마에 가서 그림을 그리고 공부한다고 거짓말한 건 건설적으로 보이기 위한 톰의 시도였으나, 사실상 실패하고 말았다. 그린리프 씨는 디키가 그리지도 못하는 그림을 부여잡고 지금까지도 스스로를 들볶느라 후회하고 있다는 둥 맥 빠지는 소리를 하는 걸 보고 인내심이 바닥난 것이다. 화가가 되려면 아름다운 풍경이나 환경의 변화 같은 것 말고 다른 게 필요하다는 걸 이쯤 되면 디키가 깨달았어야 했기 때문이다. 그린리프 씨는 디키에게 보낸 버크-그린리프 회사 파일을 보고 톰이 관심을 보였다는 말에도 별반 감흥을 느끼지 않았다. 톰이 기대했던 반응과는 완전히 딴판이었다. 톰은 자기가 그린리프 씨를 마음대로 주무를 수 있을 줄 알았고, 디키가 지금껏 나태하게 살고 부모에게 소홀하게 대했던 과거를 만회해 그린리프 씨에게 돈을 더 받아 낼 수 있을 줄 알았다. 이쯤 되자 톰은 그린리프 씨에게 돈 달라는 말은 차마 꺼낼 수가 없었다.

어머니, 몸조심, 감기 조심하세요. (부인은 올겨울에 네 번이나 감기에 걸렸다면서, 크리스마스를 침대에 앉아서 디키가 예전에 크리스마스 선물로 보내 준 분홍 모직 숄을 두른 채 보내고 있다고 했었다.) 보내 주신 고급 울 양말을 어머니가 신고 계셨더라면 절대로 감기에 걸리지 않으셨을 거예요. 올겨울에 전 한 번도 감기에 걸리지 않았거든요. 이게 유럽에서 겨울을 보낼 때 자랑할 만한 점이죠. 어머니, 제가 유럽에서 뭐라도 보내 드릴까요? 어머니께 보내 드릴 물건을 사는 게 좋거든요…….

20

닷새가 흘러갔다. 잔잔하고 외롭긴 해도 기분은 좋았다. 톰은 팔레르모 이곳저곳을 돌아다니면서 카페나 식당에 한두 시간 정도 앉아서 관광 안내 책자와 신문을 들여다보기도 했다. 구름 낀 어느 날은 마차를 타고 몬테펠레그리노에 올라가 성녀 로살리아의 묘를 둘러보았다. 이곳에는 유명한 팔레르모의 수호 성녀인 로살리아의 형상이 있었다. 로마에 있을 때 사진으로는 여러 번 본 적이 있었다. 성녀 로살리아가 황홀경에 빠진 상태 그대로 얼어붙은 모습을 구현해 놓은 것이었는데, 이런 상태를 두고 정신과 의사들은 각기 다른 이름으로 불렀다. 로살리아의 묘는 굉장히 경이로웠지만, 로살리아의 형상은 보는 순간 웃음이 터졌다. 화려하게 치장한 여성이 비스듬히 기댄 자세로 누워서 손으로 뭔가를 더듬으며 놀란 눈을 하고 입을 헤벌리고 있었다. 헐떡이는 숨소리만 실제로 들리지 않을 뿐, 모든 것이 재현되어 있었다. 이 형상을 보자마자 마지가 떠올랐다. 톰은 비잔틴 양식의 궁전에도 들르고, 팔레르모 주립 도서관에 가서 유리 케이스 안에 전시된 그림도 보고, 쩍쩍 갈라진 낡은 필사본도 구경했다. 관광 안내 책자를 들여다보며 도표로 상세히 그려진 팔레르모 항구 건설 과정을 공부하기도 했다. 귀도 레니*가 그린 그림을 괜히 스케치도 해 보고, 공공건물 앞에 새겨진 타소**의 긴 글귀를 외우기도 했다. 뉴욕에 사는 밥 들랜시와 클레오에게 편지를 쓸 때도 있었다. 클레오에게 장문의 편지를 쓸 때는, 열정적으로 설득력 있게 중국을 묘사했던 마르코 폴로처럼, 톰도 여행의 즐거움과 잡다한 지식을 늘어놓았다.

그래도 외로웠다. 외로워도 외롭지 않았던 파리에서의 느낌하고는 달랐다. 톰은 번듯한 친구들을 새로 사귀면 어떨까 상상해 본 적이 있었다. 그런 친구들과 어울리면 새로운 태도와 가치관과 습관을 갖추고 새 출발 해서 지금껏 살아온 삶보다 훨씬 근사하게, 올바르게 살 수 있을 줄로 알았다. 그런데 이젠 그럴 수 없다는 사실을 깨달았다. 톰은 죽을 때까지 남들과 거리를 두고 살아야 한다. 달라진 가치관과 습관은 생기겠지만, 친구를 많이 사귀는 건 절대로 불가능한 일일 것이다. 이스탄불이나 스리랑카로 간다면 모를까. 그런 곳에 가서 사귀어 봤자 무슨 소용이랴? 그는 홀로 고독한 싸움을 하고 있었다. 당연한 말이지만, 사람을 사귄다는 것 자체가 가장 위험한 일이 될 것이다. 세상을 혼자 떠돌지라도 혼자인 편이 훨씬 나을 것이다. 들통날 가능성이 현저히 낮아지기 때문이다. 아무튼 혼자라서 좋은 점이 하나라도 있다니 기분이 한결 나아졌다.

그는 삶을 더 멀리서 바라보는 관조자의 역할에 걸맞게 행동도 살짝 바꾸었다. 식당에서 신문을 빌리러 오는 사람들에게도, 호텔에서 말을 거는 직원들에게도 톰은 예의 그 정중한 미소를 지어 주었다. 그러면서도 고개는 더욱 빳빳이 들고 말수는 줄였다. 그러자 이제 살짝 그늘진 듯한 분위기까지 더해졌다. 톰은 이런 변화를 즐겼다. 실연당하거나 정서적으로 상처받은 후 이 세상의 절경을 찾아다니는 세련된 방식으로 상처를 회복하려는 청년이 된 것 같았다.

* 이탈리아 초기 바로크 양식 화가
** 서사시로 유명한 이탈리아 시인

이런 상상을 하다 보니 카프리가 떠올랐다. 날씨는 여전히 궂었어도, 카프리 역시 이탈리아 영토 안에 있었다. 디키하고 카프리에 갔을 때 슬쩍 발 도장만 찍고 돌아와서 그런지 오히려 갈증만 심해졌었다. 그날 디키가 얼마나 따분하게 굴었던가! 카프리에 가는 건 여름으로 미뤄야 한다. 그때까지는 혐의를 벗어야 한다. 톰은 그리스 아크로폴리스보다 카프리에 가고 싶은 마음이 훨씬 커졌다. 톰은 카프리에서 행복하게 휴가를 보내면서 교양 따위는 잠시 접어 두고 싶었다. 카프리의 겨울을 묘사한 글을 읽은 적이 있었다. 카프리는 겨울에 비바람이 휘몰아쳐서 고독하기까지 하다고 했다. 그런데도 가고 싶은 마음이 접히지 않았다. 카프리에 가서 티베리우스 황궁과 블루 그로토 동굴을 보고 싶었다. 사람이 없어도 광장은 광장이 아니던가. 조약돌 하나 변함없이 그대로 있을 것이다. 오늘이라도 갈 수 있다는 생각이 들자, 톰은 부랴부랴 호텔로 향했다. 관광객이 없었어도 코트다쥐르 해안의 매력은 줄어들지 않았었다. 비행기를 타고 카프리에 가는 방법도 있다. 톰은 나폴리에서 카프리까지 가는 수상 비행기가 있다는 소리를 들은 적이 있었다. 2월이라 운항하지 않으면, 직접 비행기를 띄우면 된다. 돈은 뒀다 뭐 하나?

"부온 조르노! 코메 스타(잘 지내셨어요)?" 톰이 데스크에 있는 직원에게 웃으며 인사했다.

"편지가 왔습니다. 굉장히 급한 편지인 것 같아요." 직원도 웃으며 말했다.

디키의 계좌가 있는 나폴리 은행에서 보낸 편지였다. 봉투 안에는 뉴욕에 있는 디키의 신탁 회사에서 보낸 봉투가 하나 더 들어 있었다. 일단 톰은 나폴리 은행에서 보낸 편지부터 읽었다.

19xx 2월 10일

존경하는 고객님께

당사는 뉴욕 웬델 신탁 회사로부터 지난 1월 귀하가 수령한 5백 달러 송금 수표에 기입된 서명이 실제 귀하의 서명인지 의심스럽다는 문제를 제기받았습니다. 이에, 당사가 필요한 조치를 취할 수도 있다는 사실을 귀하께 신속히 알려 드립니다.

당사는 경찰에 신고하는 것이 타당하다고 이미 결론을 내렸습니다만, 당사 서명 검사관과 웬델 신탁 회사의 서명 검사관의 의견에 대한 귀하의 확답을 기다리고자 합니다.
저희에게 어떠한 정보라도 알려 주신다면 대단히 감사하겠습니다.
가능한 한 가장 빠르고 편리하게 당사와 소통해 주실 것을
당부드리는 바입니다.

고객을 가장 존경하고 충직하게 모시는
나폴리 은행 사무국장
에밀리오 디 브라간치

추신: 실제로 귀하가 한 서명이 맞을 경우, 귀하의 서명을 재차
영구 등록하고자 하오니 저희 나폴리 지점으로 빠른 시일 내
방문해 주시기를 요청드립니다. 웬델 신탁 회사에서 귀하 앞으로
보낸 편지를 동봉합니다.

톰은 웬델 신탁 회사에서 보낸 편지를 뜯었다.

19xx 2월 5일

그린리프 씨 귀하

당사 서명 관리부에서는 귀하께 매월 발송하는 1월분 송금
수표(발행번호 8747)에 기입된 서명이 유효하지 않다는 의견을
상부에 보고하였습니다. 당사는 어떠한 이유로 귀하가 주목하지
못하는 사이 이런 상황이 초래되었다고 믿는 바, 다음과 같이
시급히 통보드립니다. 앞서 언급된 수표에 기입된 서명이 본인의
것임을 확인해 주시거나, 서명이 위조되었다는 당사의 의견에
동의하여 주십시오. 당사는 나폴리 은행에도 동일 건으로
요주의를 통보했습니다.

영구 서명 등록 파일 카드를 동봉하오니 서명한 후 반송하여
주십시오.

빠른 답변 기다리겠습니다.

진실한
에드워드 T. 캐버나
사무국장

톰은 입술을 축였다. 그가 못 받은 돈은 없다고 은행과 신탁 회사에 편지를 보낼 것이다. 그런다고 저들을 언제까지 속일 수 있을까? 12월부터 2월까지 세 장의 송금 수표에 디키인 척 서명했는데, 이러다가 은행에서 디키가 이전에 한 서명까지 들춰 보려나? 전문가라면 석 장에 기입된 서명이 모두 가짜라는 걸 알아채려나?

톰은 로비로 내려가자마자 타자기 앞으로 향했다. 호텔 마크가 찍힌 편지지를 타자 롤러에 끼워 넣고 잠시 앉아서 노려보기만 했다. 양쪽 금융 기관이 여기에서 멈추지는 않을 것이다. 확대경을 들이대고 서명을 판별하는 전문가 집단을 운영할 경우, 세 개의 서명이 위조된 서명이란 것을 가려낼 것이다. 그런데 톰은 세 번 다 그가 디키의 서명을 기가 막히게 잘 따라했다는 걸 알고 있었다. 1월분 수표에 서명할 때 약간 빠르게 하긴 했지만, 형편없지는 않았다. 서명이 엉망이었다면 그걸 그대로 보냈을 리가 없었다. 은행에 말해 송금 수표를 분실했으니 다시 보내 달라고 했을 것이다. 가짜 서명이라는 사실이 들통나려면 보통 몇 달은 걸릴 텐데, 은행에서 단 4주 만에 알아챈 이유가 뭘까? 프레디 마일스 살인 사건과 산레모 보트 사건 이후 저들이 디키의 일거수일투족을 일일이 주시하고 있어서일까? 나폴리 은행으로 직접 나오라니. 그곳의 몇몇 직원들은 디키와 안면이 있었다. 끔찍하고 얼얼한 공포가 톰의 어깨 위에서 퍼지더니 몸통을 타고 다리까지 내려왔다. 순간 맥이 쭉 빠지면서 무기력해졌다. 기운이 없어서 꼼짝할 수 없었다. 그가 경찰관 십수 명 앞에 서 있는 모습이 눈앞에 펼쳐졌다. 미국 경찰과 이탈리아 경찰이 디키 그린리프의 소재를 묻는다. 톰은 디키를 내놓을 수도 없고 그렇다고 디키가 있는 곳을 말해 줄 수도 없으며 디키가 살아 있다는 걸 증명할 길도 없다. 십수 명의 서명 검사관이 지켜보는 앞에서 H. 리처드 그린리프라고 서명하다가, 순간 무너져 내려 한 획조차 긋지 못하는 자신의 모습이 눈에 선했다. 톰은 두 손을 타자기 자판에 대고 간신히 누르면서 뉴욕 웬델 신탁 회사에 보내는 편지를 작성했다.

19xx 2월 12일

담당자 귀하
제가 수령한 1월분 송금 수표 건으로 귀사가 보낸 편지에 대한 답변입니다.

문제가 된 수표에 적힌 서명은 제가 한 것이 맞으며 전액

수령했습니다. 제가 수표를 받지 못했다면, 당연히 곧장 귀사에 알렸겠죠.

요청하신 대로 영구 등록을 위해 제가 서명한 카드를 동봉합니다.

H. 리처드 그린리프

톰은 신탁 회사가 보낸 편지 봉투 뒷장에 디키의 서명을 여러 번 연습해 본 다음 편지에도 서명하고 서명 등록 카드에도 서명했다. 그런 다음 비슷한 내용으로 나폴리 은행 앞으로도 편지를 썼다. 톰은 조만간 은행에 나가 영구 등록을 위해 다시 서명하겠노라고 약속했다. 톰은 양쪽 봉투에 '긴급'이라고 적은 다음, 로비로 내려가 수위에게 우표를 사서 편지를 부쳤다.

그런 다음 산책하러 나갔다. 카프리에 가고 싶은 마음이 싹 가셨다. 오후 4시 15분. 정처 없이 걷다 보니 어느 앤티크 상점 앞이었다. 톰은 걸음을 멈추고 유화를 한참 들여다보았다. 우울한 유화 안에서 턱수염을 기른 성인들이 달빛을 맞으며 어두컴컴한 언덕을 내려가고 있었다. 톰은 안으로 들어가 주인이 달라는 대로 돈을 주고 그림을 건네받았다. 액자에 끼우지도 않은 그림이라 둘둘 말아 겨드랑이에 끼고 호텔로 돌아갔다.

21

로마 83번 경찰서
19xx 2월 14일

존경하는 그린리프 씨 귀하

톰 리플리 씨와 관련하여 주요 사안에 대해 답변을 듣고자 하오니 로마 경찰서로 출두해 주실 것을 긴급 요청 드립니다. 귀하의 출두는 큰 도움이 될 것이며 경찰 조사에 박차를 가하게 될 것입니다.

일주일 이내에 출두하지 않을 시 저희 경찰이 조치를 취할 예정입니다. 이 경우, 경찰과 귀하 모두에게 불편을 초래할 수 있습니다.

존경을 담아
엔리코 파라라 서장

경찰이 아직도 톰을 찾네. 그렇다면 마일스 사건에도 무슨 일이 생겼다는 건데, 톰은 생각했다. 이탈리아 경찰이라면 이런 어조로 미국인을 소환하지 않는다. 마지막 문단은 협박 그 자체였다. 지금쯤이면 경찰에서도 수표 서명 위조 건에 대해 당연히 파악했을 것이다.

그는 손에 편지를 든 채 멍한 눈으로 방 안을 바라보았다. 거울 속에 비친 자기 모습이 보였다. 입꼬리는 축 처지고 눈에는 근심과 공포가 가득했다. 자세와 표정이 공포에 짓눌리고 충격을 받은 감정을 대변해 주는 것 같았다. 그 모습이 의도하지 않은 날것 그 자체였기 때문이다. 두려움이 순식간에 두 배로 불어났다. 톰은 편지를 접어 주머니에 넣었다가 도로 꺼내 갈기갈기 찢었다.

황급히 짐을 챙겼다. 욕실 문에 걸린 목욕 가운과 파자마를 낚아채고 마지가 크리스마스 선물로 보내 준 디키의 이니셜이 박힌 가죽 파우치에 세면용품을 쓸어 담았다. 그러다가 순간 동작을 멈췄다. 디키의 물건을 카프리에서 모조리 없앨까? 아니, 나폴리로 돌아가는 배 위에서 버릴까?

이 질문은 저절로 풀리지 않았다. 그럼에도 톰은 이탈리아 본토로 돌아가면 뭘 해야 하는지, 뭘 할 것인지를 순식간에 깨달을 수 있었다. 로마 근처에는 얼씬거리지 않고 곧장 밀라노나 토리노로 올라가거나, 베네치아 인근에서 주행 거리가 많은 중고차를 살 것이다. 두세 달간 이탈리아 곳곳을 차를 타고 돌아다니느라 토머스 리플리를 찾는다는 소리는 듣지도 못했다고 둘러댈 참이었다.

톰은 쉬지 않고 짐을 꾸렸다. 이것으로 디키 그린리프인 척하는 연기는 끝이라는 걸 직감했다. 톰은 다시 토머스 리플리로 돌아가기가 싫었다. 하찮은 존재가 되는 게 싫었다. 묵은 습관을 다시 몸에 들이는 것도 역겨웠고, 남들이 깔보는 것도 메스꺼웠고, 그가 익살꾼 노릇을 할 때만 빼고 따분한 인간 취급을 받는 것도 불쾌했다. 그때그때 잠시 남들을 웃기는 재주 말고는 할 줄 아는 게 없는 무능한 자기 자신도 미웠다. 자신으로 되돌아가기가 죽기보다 싫었다. 기름때가 더덕더덕하고 다림질도 안 된 허름한 양복을 도로 입기 싫은 마음이랄까. 사실 새 양복을 입을 때에도 썩 좋은 건 아니었다. 여행 가방 맨 위에 개켜 둔 흰 바탕에 파란색 줄무늬가 있는 디키의 셔츠 위로 눈물이 뚝뚝 떨어졌다. 몽지벨로에 있던 디키의 서랍장에서 제일 먼저 꺼냈을 때와 다름없이 풀을 먹여 빳빳하고 깔끔해서 여전히 새 옷 같은 셔츠 주머니에는 빨간 색실로 디키의 이니셜이 수놓여 있었다. 짐을 싸다 보니 디키의 이니셜이 없는 물건이나, 톰이 아니라 디키의 것임을 남들이 모를 것 같은 물건은 쭉 가지고 있어도 될 것 같은 반발심이 일었다. 몇 개는 마지가 기억할지도 모른다. 새것이나 다름없는 파란색 가죽 주소록에는 디키가 적어 놓은 주소가 고작 두 개뿐이었는데, 그건 마지가 선물했을 확률이 높았다. 그런데 마지와는 두 번 다시 마주칠 일이 없었다.

톰은 팔마 호텔의 숙박비를 미리 정산해 놓고, 이탈리아 본토로 가는 배를 타려고 내일까지 기다렸다. 배는 그린리프 이름으로 예약했다. 그린리프라는 이름으로 하는 예약은 이번이 마지막일 것이다. 아닐 수도 있겠지만 말이다. 톰은 이러다가 모조리 흐지부지될지도 모른다는 희망을 접을 수가 없었다. 아무도 모르는 일 아닌가. 마지막이라는 이유로 풀 죽어 지내는 건 어리석었다. 톰 리플리로서 풀 죽어 지내는 것도 여하간 어리석은 일이었다. 물론 그래 보일 때가 있긴 있었지만, 톰 리플리가 실제로 풀이 죽었던 적은 한 번도 없었다. 지난 몇 달간 터득하지 않았던가? 활기차게, 우울하게, 아련하게, 친절하게, 예의 바르게 보이고 싶으면 그때마다 그런 척 연기하면 그만이었다.

팔레르모에서 보내는 마지막 날 아침에 눈을 뜨자, 톰은 힘이 불끈 솟아나는 생각이 들었다. 아메리칸 익스프레스 베네치아 지점에 가명으로 디키의 옷을 전부 맡긴 다음 나중에 찾고 싶을 때, 혹은 찾아야 할 때가 오면 그때 찾으면 된다. 찾을 일이 아예 없을지도 모르지만 말이다. 디키의 고급 셔츠와 커프 링크스며 이니셜이 찍힌 은팔찌며 시계가 담긴 액세서리 함 등등을 티레니아해* 밑바닥이나 시칠리아섬의 쓰레기통에 버리는 것보다야 다른 곳에 안전히 맡겨 두는 편이 낫다고 결정을 내리는 순간, 기분이 한결 나아졌다.

톰은 디키의 여행 가방 두 개에 새겨진 이니셜을 박박 긁어서 지우고 가방을 잠근 다음, 나폴리에 도착해 아메리칸 익스프레스 베네치아 지점으로 부쳤다. 팔레르모에서 그리기 시작한 그림 두 점도 같이 딸려 보냈다. 로버트 S. 팬쇼라는 가명으로 맡기면서 나중에 찾아가겠다고 했다. 그가 수중에 지닌 유일한 물건이자 유일하게 티가 나는 물

* 이탈리아 반도 시칠리아섬을 둘러싼 바다

건은 디키가 끼던 반지 두 개뿐이었다. 반지 두 개는 톰 리플리가 가지고 다니던 낡고 흉한 갈색 가죽 상자에 넣었다. 여행을 가든 이사를 하든 그가 몇 년간 어디든 늘 들고 다니는 가죽 상자였다. 원래는 커프링크스, 와이셔츠 칼라 핀, 오래된 단추, 만년필 펜촉, 바늘이 꼽힌 흰 실타래 등등 재미난 수집품들을 넣어 두던 상자였다.

톰은 나폴리에서 기차를 타고 로마를 지나 피렌체와 볼로냐를 거쳐 베로나까지 올라갔다. 베로나에서 내려 버스로 갈아타고 60킬로미터 남짓 떨어진 트렌토라는 마을로 향했다. 베로나처럼 큰 도시에서는 중고차를 사고 싶지 않았다. 번호판을 신청했다가 경찰에 들킬지도 모를 일이다. 톰은 트렌토에서 란치아사에서 만든 크림색 중고차를 8백 달러 정도에 샀다. 톰 리플리의 여권을 보여 주고 그의 명의로 차를 구입한 다음 숙박계에 톰 리플리라고 적고 호텔에 투숙했다. 그러고는 번호판이 나올 때까지 24시간 대기했다. 여섯 시간이 지났는데 아무 일도 벌어지지 않았다. 아무리 작은 호텔이라도 그의 이름을 알아보는 사람이 있을 수도 있고, 번호판 교부 담당 부서에서 걸러 낼 수도 있기에 톰은 여전히 떨렸다. 다음 날 정오에 자동차 번호판을 받았는데도 아무 일도 일어나지 않았다. 톰 리플리를 찾는다는 공고나 마일스 살인 사건 및 산레모 보트 사건 관련 기사는 신문에 아예 나오지도 않았다. 톰은 기분이 다소 묘했지만, 마음이 놓이면서 행복해졌다. 모든 일이 꿈만 같았다. 톰 리플리라는 끔찍한 배역을 소화하면서도 점차 행복을 되찾았다. 낯을 가리고, 머릿속이 열등감으로 꽉 차고, 탐내며 곁눈질하던 과거의 톰 리플리 역을 십분 해내면서도 그 안에서 기쁨을 누리고 있었다. 이런 톰이 살인을 저질렀다고 믿을 사람이 과연 누가 있으랴? 그가 의심을 살 일이라면 산레모에서 죽었다는 디키 그린리프 관련 사건뿐이었다. 그런데 경찰이 그 사건을 깊이 파고들 것 같지는 않았다. 톰이 톰 리플리로 돌아오자, 적어도 이것 하나만큼은 보상받았다. 어리석은 판단으로 애꿎게 프레디 마일스를 죽였다는 죄책감에서 벗어났다는 사실이었다.

톰은 베네치아로 득달같이 가고 싶었지만, 몇 달간 뭐 하고 지냈는지 경찰에 진술할 말을 행동으로 옮기기 위해 하룻밤을 보내기로 결심했다. 톰은 시골길에 차를 대 놓고 차 안에서 잠을 잤다. 브레시아* 인근에서 란치아 자동차 뒷자리에 불쌍하게 웅크린 자세로 하룻밤을

* 이탈리아 북부 도시

보낸 것이다. 새벽에 엉금엉금 기어가 운전석에 앉자 목이 뻣뻣해서 고개가 돌아가지 않았다. 운전은 할 수 없었지만, 그 바람에 사연이 더더욱 진짜 같아졌다. 훨씬 그럴싸해진 것이다. 톰은 북부 이탈리아 안내 책자를 사서 날짜를 적당히 적어 넣고 모서리를 접은 다음 표지를 밟고 올라서서 제본을 망가뜨려 피사를 설명하는 부분에서 쫙 벌어지도록 해 놓았다.

톰은 다음 날 저녁에야 베네치아에 도착할 수 있었다. 그간 베네치아를 피한 건 단지 실망할 거 같다는 유치한 이유에서였다. 그는 감상주의자들과 미국 관광객들이나 베네치아에 대해 입이 마르도록 칭찬하는 거라고 폄하했었다. 기껏해야 한 시간에 3킬로미터 남짓 움직이는 곤돌라를 타지 않고서는 베네치아 어디로든 갈 수 없는 불편함을 즐기는 신혼부부를 위한 도시일 뿐이라고 오해했었다. 톰이 생각했던 것보다 베네치아는 훨씬 컸다. 곤돌라를 아예 타지 않고도 좁은 골목과 다리를 통해 도시 곳곳을 걸어 다닐 수 있었고, 주요 운하에는 지하철만큼 빠르고 효율적인 모터 구동 방식의 운송 수단이 갖춰져 있었으며, 운하에서 그리 악취가 진동하지도 않았다. 호텔 선택지도 무척 넓었다. 그리티나 다니엘리처럼 이름을 들어 본 호텔부터, 경찰이나 미국 관광객들이 쳐다보지도 않는 인적이 뜸한 뒷골목 싸구려 여관에 펜션까지 있었다. 톰은 저런 곳들 중 한 곳에서 남들 눈에 띄지 않고 몇 달간 숨어 지내는 상상을 해 보았다. 리알토 다리* 바로 옆에 있는 코스탄차 호텔로 정했다. 유명 고급 호텔과 뒷골목 무명 호텔의 딱 중간쯤 되는 호텔이었다. 깔끔하고 저렴하면서도 관광지가 지척이라 톰 리플리에게 가장 적합했다.

톰은 두어 시간 방에서 빈둥거리며 오래 입어서 익숙해진 옷들을 천천히 꺼냈다. 카날레 그란데** 위로 내려앉는 땅거미를 창밖으로 내다보며 몽상에 빠졌다. 조만간 경찰 조사를 받을 때 할 말을 상상했다. '글쎄요, 전혀 모르겠는데요. 로마에서 만나긴 했어요. 혹시나 못 믿으시겠다면 마지 셔우드 양에게 확인해 보세요…… 제가 톰 리플리 맞다니까요(이쯤에서 웃어 준다)! 대체 왜 이 난리가 났는지 도통 이해가 안 가네요…… 산레모요? 네, 기억나요. 한 시간 후에 반납했어요…… 네, 몽지벨로에 들렀다가 로마로 돌아갔어요. 이틀 밤만 자고 이탈리

* 베네치아를 대표하는 다리
** 베네치아를 관통하는 운하

아 북부를 돌아다녔어요…… 디키가 어디 있는지 몰라서 유감인데요, 3주 전에 봤어요…….' 톰은 창턱에서 일어나며 빙그레 웃었다. 셔츠를 갈아입고 타이를 고른 다음, 저녁을 먹을 근사한 레스토랑을 찾아 나섰다. 괜찮은 곳이었으면. 톰 리플리라도 한 번쯤은 비싼 음식을 사 먹을 수 있지 않은가. 1만 리라와 2만 리라짜리 지폐가 두둑해서 지갑이 접히지도 않았다. 팔레르모를 떠나기 전, 디키의 이름이 찍힌 1천 달러짜리 여행자 수표를 현찰로 바꾸었기 때문이다.

톰은 석간신문 두 부를 사서 겨드랑이에 끼우고 작은 아치형 다리를 건너 계속 걸었다. 폭이 2미터가 채 안 되는 쭉 뻗은 골목에는 가죽 가게와 남성용 셔츠 상점이 빼곡히 들어차 있었다. 보석 상자에서 쏟아져 나온 목걸이와 반지가 번쩍거리는 쇼윈도를 지나갔다. 동화책을 볼 때마다 금은보화가 상자에서 쏟아지는 모습을 상상했었는데, 그 모습 그대로였다. 톰은 베네치아에 차가 없다는 게 마음에 들었다. 덕분에 도시 전체가 인체 같아 보였다. 골목이 혈관이고, 사람이 구석구석 순환하는 혈액 같았다. 이번에도 뒷길로 들어가 산마르코 광장을 다시 가로질렀다. 하늘에도, 상점 조명이 내리쬐는 곳에도 비둘기는 빠지지 않았다. 비둘기들은 밤에도 자기들 고향을 구경하는 관광객인 양 사람들 발밑을 졸졸 따라다녔다. 카페 의자와 테이블이 아케이드를 가로질러 광장 안까지 진출하는 바람에, 인파와 비둘기 떼가 뒤엉킨 사이로 지나가야 했다. 광장 양쪽 끝에 있는 축음기가 제각각 음악을 틀어 대느라 불협화음이 울려 퍼졌다. 톰은 여름의 산마르코 광장의 모습을 그려 보았다. 햇살이 쏟아지는 가운데 광장을 가득 메운 사람들이 손에 쥐고 있던 모이를 공중으로 흩뿌리자 비둘기들이 펄럭이며 내려앉아 쪼아 먹는다. 톰은 이번에도 조명이 터널처럼 켜진 골목을 택했다. 식당이 줄줄이 보였다. 실속 있으면서도 근사해 보이는 곳으로 골랐다. 흰 식탁보가 씌워져 있고 갈색 나무 패널로 벽을 마감해 놓은 식당이었다. 이런 데가 음식에만 집중하고 뜨내기손님에겐 관심이 없다는 걸 그는 경험으로 터득한 바 있었다. 테이블에 앉아 석간신문 두 부 중 하나를 펼쳤다.

2면에 기사가 작게 실렸다.

경찰, 실종된 미국인 디키 그린리프 수색에 나서
살해된 프레디 마일스의 친구로
시칠리아섬에서 휴가 후 사라져

톰은 신문 위로 몸을 숙이고 온 신경을 쏟았다. 기사를 읽으니 뭔지 모를 짜증이 났다. 거참 이상하네. 경찰이 왜 이리 어리석고 무능하게 구는지 어처구니가 없었다. 이런 기사로 지면을 허비하는 신문사도 멍청해 보였다. 3주 전 로마에서 살해당한 미국인 고(故) 프레디 마일스와 가까운 친구인 H. 리처드 ('디키') 그린리프가 선편으로 팔레르모에서 나폴리로 이동한 후 사라진 것으로 보이자, 시칠리아 경찰과 로마 경찰 모두 경계 근무 중이며 그린리프를 찾기 위해 비상근무 체제에 들어갔다는 내용이었다. 마지막 문단에서는 그린리프의 절친한 친구 토머스 리플리의 실종 건으로 그린리프가 로마 경찰의 출두 요청을 막 받았었다면서, 토머스 리플리가 석 달째 행방이 묘연하다고 마무리 지었다.

톰은 신문을 내려놓았다. 누구든 신문을 보다가 자신이 '실종'됐다는 기사를 보고 놀라듯 자기도 모르게 화들짝 놀란 척했다. 그 바람에 웨이터가 와서 메뉴판을 건네려는 것도 모르고 있다가 메뉴판에 손이 닿고서야 알았다. 톰은 자기가 직접 경찰서에 가서 모습을 드러낼 때가 왔음을 직감했다. 경찰이 아무 혐의도 찾지 못한다면—경찰이 무슨 수로 톰 리플리에게 혐의를 씌울 수 있을까?—톰이 중고차를 구입한 시기를 확인할 가능성은 높지 않았다. 톰은 신문 기사를 보자 마음이 놓였다. 경찰이 트렌토 자동차 등록소에서 그의 이름을 발견하지 못했다는 걸 시사했기 때문이다.

톰은 기분 좋고 여유롭게 식사를 마친 다음, 에스프레소를 시켜놓고 북부 이탈리아 관광 안내 책자를 넘기며 담배를 두 대나 피웠다. 그때까지만 해도 몇 가지 다른 생각을 하고 있었다. 예를 들어 이런 것들이었다. 신문에 이렇게나 작게 실린 기사가 하필 왜 눈에 띄었을까? 딱 한 곳에서만 다뤘을 뿐이니, 두세 군데에서 기사가 실리기 전까지, 그리고 논리적으로 이목을 끌 헤드라인 기사가 한 군데에라도 대문짝만하게 실리기 전까지 경찰서에 출두해서는 안 된다. 조만간 주요 신문마다 떠들어 댈 것이다. 며칠이 지나도 디키 그린리프가 나타나지 않으면, 경찰은 그린리프가 프레디 마일스를 죽인 후 도주했다고 슬슬 의심하다가 톰 리플리마저 죽였다고 볼는지도 모른다. 마지가 2주 전 로마에서 톰 리플리하고 통화했다고 경찰에 진술했을 텐데도, 경찰은 여태 톰 리플리의 소재를 파악하지 못했다. 톰은 관광 안내 책자를 넘기고 흑백 기사와 통계를 훑어보며 더 많은 생각에 잠겼다.

마지가 떠올랐다. 지금쯤이면 마지가 미국으로 떠나려고 몽지벨로에서 집 정리를 할 것이다. 디키가 실종됐다는 기사를 봤을 테니 디키를 원망할 것이다. 마지가 디키의 아버지에게 톰 리플리가 디키에게 악영향을 줬을 거라고 편지를 적어 보내면, 그린리프 씨가 유럽으로 건너오겠다고 할는지도 모른다.

그가 톰 리플리로 직접 모습을 드러내서 경찰을 조용히 시킬 수도 없고, 그렇다고 멀쩡히 살아 있는 디키로 등장해서 별것도 아닌 미스터리를 해결할 수도 없는 노릇이니 애석할 따름이었다.

어쩌면 톰이 톰 리플리로 조금 더 살아야 할지도 모른다. 조금 더 구부정한 자세로 전보다 더 낯을 가리는 척하면서 뿔테 안경을 써도 괜찮을 것이다. 입꼬리를 올린 디키와는 달리, 축 늘어뜨려 더더욱 우울하게 보이게 할 수도 있다. 그를 디키 그린리프로 만났던 경관이 이번에도 수사를 맡을지도 모른다. 로마에서 봤던 경관 이름이 뭐였더라? 로바시니? 톰은 헤나를 진하게 풀어서 머리를 다시 염색하기로 했다. 그럼 원래 머리색보다 더욱 짙어질 것이다.

톰은 마일스 사망 사건 관련 기사가 뭐라도 실렸나 신문을 세 번이나 정독했지만, 단 한 줄도 나지 않았다.

22

다음 날 아침이 되자, 이탈리아에서 가장 영향력 있는 일간지가 지면을 상당히 할애하여 잠적한 디키 그린리프에 관한 기사를 대대적으로 보도했다. 토머스 리플리도 실종되었다는 내용은 한 문단에서만 짧게 언급하고 넘어갔지만, 리처드 그린리프가 "마일스 살인 사건에 자신이 관여했음을 몸소 보여 주고 있다"면서, 그가 혐의를 해소하기 위해 모습을 드러내지 않을 경우 "문제"를 회피하는 것으로 볼 수밖에 없다는 과감한 발언을 실었다. 위조 서명 건에 대해서도 언급했는데, 그린리프가 서명을 위조당한 적이 없음을 증명하기 위해 나폴리 은행에 보낸 편지가 마지막 편지였다고 전했다. 그런데 나폴리 은행 소속 서명 판독 전문가 2인은 그린리프가 1월과 2월 수표에 기입한 서명이 위조된 것으로 보인다고 주장했으며, 이는 그린리프가 거래하는 미국 은행 측 의견과도 일치했다면서 미국 은행에서 그린리프의 서명 사본을 나폴리 은행으로 보냈다고 보도했다. 기사는 익살스러운 문장으로 끝을 맺었다. "자기 돈을 자기가 찾지 못하도록 가짜로 서명할 사람이 과연 있을까? 혹시 부유한 미국인이 친구를 감싸려는 건 아닐까?"

다들 집어치우라지, 톰은 생각했다. 디키가 한 서명도 그때그때 달랐다. 디키가 보험 약관 서류에 서명하는 걸 톰이 본 적이 있었다. 몽지벨로에서 내가 내 눈으로 직접 봤다니까! 은행에서는 그가 팔레르모에서 보낸 편지 속 서명마저 위조했다는 건 눈치채지 못한 게 분명했다.

그가 유독 관심을 두는 게 있다면, 경찰이 프레디 마일스 살인 사건 용의자로 디키를 주목할 만한 단서를 쥐고 있느냐였다. 그렇다고 해도 톰이 진정으로 여기에 개인적으로 관심이 있다고는 말할 수 없었다. 톰은 산마르코 광장 한쪽 구석에 있는 가판대에서 『오지』와 『에포카』를 샀다. 둘 다 온갖 사진이 잔뜩 실리는 타블로이드판 주간지로, 살인 사건부터 장대 위 의자에 앉은 사람까지 이 세상에서 벌어지는 구경거리라면 뭐든지 다루었다. 그런데 디키 그린리프 실종 관련 기사는 아직 보이지 않았다. 다음 주면 실릴 것 같았다. 그런데 이 주간지를 발행하는 곳에서 토머스 리플리의 사진을 갖고 있을 리 없었다. 마지가 몽지벨로에서 디키는 사진을 찍어 주었어도 톰은 한 번도 찍어 주지 않았기 때문이다.

톰은 그날 오전에 베네치아를 산책하면서 짓궂은 장난을 즐기는 이들을 위한 물품을 파는 가게에 들러 뿔테 안경을 샀다. 렌즈는 그냥 유리알이었다. 산마르코 성당에 가서 실내도 둘러보았지만, 아무것도 눈에 들어오지 않았다. 안경 때문이 아니라, 당장이라도 자진 출두를 해야 하나 고심하고 있었기 때문이다. 무슨 일이 벌어지든 질질 끌면 끌수록 좋지 않을 것 같았다. 그는 성당에서 나와 경찰관에게 가장 가까운 경찰서가 어디냐고 물었다. 무척 서글픈 말투였다. 슬펐다. 두렵진 않았지만, 토머스 리플리라고 정체를 밝히는 것이 평생 가장 서러운 일이 될 것 같았다.

"당신이 토머스 리플리 씨라고요?" 경찰서장이 물었다. 잃어버렸다가 막 찾은 개에게 보일 만큼의 관심만 톰에게 보였다. "여권 보여 주시겠습니까?"

톰은 서장에게 여권을 건넸다. "뭐가 문제인지 모르겠는데요, 제가 실종되었다고 신문에 나왔더라고요……." 예상대로 지루하기 짝이 없었다. 경찰관들이 표정 없이 멍한 얼굴로 둘러서서 그를 구경하고 있었다. "이게 다 무슨 일이죠?" 톰이 서장에게 물었다.

"로마에 전화해 보고부터 드려야겠습니다." 서장이 차분히 대답하더니 책상 위에 있는 수화기를 집어 들었다.

로마 경찰서와 통화하기까지 몇 분이 흘렀다. 서장이 사무적인 말투로 로마 경찰서에 있는 누군가에게 보고했다. 미국인 토머스 리플리가 베네치아에 있다면서 잡담을 몇 마디 주고받더니 톰에게 물었다. "로마에서 보자는데 혹시 오늘 로마로 내려가실 수 있습니까?"

톰이 인상을 찌푸렸다. "전 로마에 갈 계획이 없는데요."

"그렇다면 말씀드려 보겠습니다." 서장이 부드럽게 말하더니 다시 수화기에 대고 전했다.

이제 서장은 로마 경찰서에서 베네치아로 올라오는 것으로 조율하고 있었다. 톰은 미국인이라서 여전히 특혜를 누리는 듯한 기분이 들었다.

"어느 호텔에 계시죠?"

"코스탄차 호텔이요."

서장이 로마 경찰에 호텔 정보를 주고 전화를 끊은 다음, 로마 경찰서에서 오늘 밤 8시 넘어서 조사하러 갈 거라고 정중히 알렸다.

"고맙습니다." 톰은 대답한 다음 조서를 작성 중인 덩치 좋은 서장에게 등을 돌렸다. 이런 모습은 정말이지 따분하기 짝이 없었다.

경찰서에 다녀온 이후, 톰은 줄곧 방에만 틀어박혀 있었다. 조용히 생각하다가 책도 좀 읽고, 외모도 살짝 손보았다. 로마에서 만났던 로바시니 경위인지 뭔지 하는 그 경관이 올 가능성이 꽤 컸다. 톰은 연필로 눈썹을 살짝 더 짙게 그렸다. 갈색 트위드 양복을 입고 단추를 하나 잡아 뜯은 다음 오후 내내 뒹굴뒹굴했다. 디키가 깔끔한 스타일이었으니 반대로 톰 리플리는 딱 봐도 엉성하게 보일 계획이었다. 점심은 건너뛰었다. 입맛이 없어서가 아니라 디키 그린리프인 척하느라 찌운 살을 빼고 싶었다. 원래 톰 리플리였을 때보다도 살을 더 뺄 생각이었다. 톰의 여권에 적힌 몸무게는 70킬로그램이었는데, 디키는 76킬로그램이 넘었다. 둘 다 키는 185센티미터 정도로 엇비슷했다.

그날 밤 8시 반에 전화벨이 울렸다. 교환원이 로베리니 경위가 로비에 왔다고 전했다.

"올려 보내 주시겠어요?"

톰은 자기가 앉을 의자를 스탠딩 램프가 비춰서 둥글게 빛이 고인 곳에서 한참 벗어난 자리로 끌어다 놓았다. 몇 시간이나 책을 보며 시간을 보낸 것처럼 보이려고 방을 꾸몄다. 스탠딩 램프와 작은 독서등을 켜 놓고, 헝클어진 침대보 위에 책 두어 권을 펼쳐서 엎어 놓았다. 책상 위에는 도티 이모에게 쓰다 만 편지도 놔두었다.

경위가 문을 두드렸다.

톰은 맥없이 방문을 열었다. "부오나 세라."

"부오나 세라, 로마 경찰서에서 나온 로베리니 경위라고 합니다." 경위는 못생긴 얼굴로 웃고 있었다. 놀라거나 의심하는 기미는 보이지 않았다. 뒤에는 키가 큰 젊은 경관이 입을 다물고 있었다. 또 이 사람이네, 톰은 로마 아파트에 맨 처음 경위와 같이 왔던 경관이라는 걸 단박에 알아보았다. 톰이 내준 의자에 경위가 앉았다. 램프 조명이 비추는 자리였다. "리처드 그린리프 씨의 친구 되시죠?"

"맞아요." 톰은 암체어에 거의 누운 자세로 앉았다.

"마지막으로 그린리프 씨를 만난 때와 장소가 어떻게 되는지 말씀해 주십시오."

"디키가 시칠리아섬으로 가기 직전에 로마에서 잠깐 봤어요."

"시칠리아섬에서 연락이 왔었나요?" 경위가 갈색 서류 가방에서 꺼낸 공책에 모조리 받아 적고 있었다.

"아뇨. 안 왔는데요."

"그렇군요." 경위는 톰보다 서류를 쳐다보는 시간이 길었다. 드디어 경위가 고개를 들고 관심 어린 표정을 살갑게 지었다. "로마에 계실 때 경찰이 당신을 찾는다는 걸 모르셨습니까?"

"전혀 몰랐어요. 왜 저더러 실종됐다고 하는지 도무지 이해가 안 가요." 톰이 안경을 매만지며 경위를 응시했다.

"그건 나중에 설명드리겠습니다. 경찰이 보자고 한다는 얘기를 그린리프 씨한테 못 들으셨다는 거죠?"

"못 들었어요."

"이상하네요." 경위가 조용히 뭔가를 더 적었다. "그린리프 씨는 경찰이 당신을 찾고 있다는 걸 알고 있었는데, 대단히 비협조적인 분이군요." 경위가 톰을 보며 웃었다.

톰은 진지하게 경청하는 표정을 유지했다.

"리플리 씨, 11월 말부터 지금까지 어디에 계셨나요?"

"여행 다녔어요. 주로 이탈리아 북부 쪽을요." 톰은 이탈리아어를 더듬더듬 구사했다. 디키일 때 구사했던 이탈리아어와는 억양을 아예 달리해서 여기저기 틀리게 말했다.

"어디 어디 들르셨습니까?" 경위가 다시 펜을 쥐었다.

"밀라노, 토리노, 파엔차, 피사……."

"저희가 밀라노와 파엔차 호텔은 조사했습니다. 친구들 집에 묵으셨나요?"

"아뇨. 주로 차에서 잤어요." 톰은 그가 돈이 별로 없으니 고급 호텔에 묵기보다 여행 책자를 들고 실로네*와 단테의 책을 읽다가 아무 데서나 자는 걸 더 좋아하는 청년으로 확실히 각인되리라 예상했다. "체류 허용증을 갱신하지 않아서 죄송해요." 톰이 뉘우치듯 말했다. "그게 이렇게 큰 문제가 될 줄 몰랐어요." 사실 그는 이탈리아를 찾은 관광객들이 처음 입국할 때는 몇 주만 있겠다고 하고 체류 허가증을 갱신하지 않은 채 여러 달째 눌러앉는다는 걸 알고 있었다.

"체류 허가증 말씀이시군요." 경위가 아버지처럼 자상하게 고쳐 주었다.

"그라치에."

"여권 좀 보여 주시겠습니까?"

톰이 재킷 안주머니에서 여권을 꺼내서 건네자 경위가 사진을 자세히 살폈다. 톰은 여권 사진처럼 입술을 살짝 벌리고 약간 긴장한 표정을 지었다. 여권 사진에서는 안경을 쓰지 않았지만, 가르마도 똑같이 타고 넥타이도 세모 매듭으로 똑같이 느슨하게 맸다. 여권 앞 두 장에만 도장이 몇 개 찍힌 걸 경위가 확인했다.

"그린리프 씨하고 잠시 프랑스에 다녀오신 것만 빼면, 10월 2일부터 이탈리아에 쭉 계셨네요?"

"맞아요."

경위가 씩 웃더니, 이제 이탈리아 특유의 유쾌한 미소로 바꾸고 몸을 앞으로 숙였다. "자 그렇다면 이것으로 중요한 문제 하나는 정리가 되네요. 미궁이었던 산레모 보트 사건 말입니다."

톰이 인상을 찌푸렸다. "그건 또 뭐죠?"

"보트가 침몰된 채 발견됐는데 그 안에서 혈흔으로 추정되는 얼룩이 나왔습니다. 저희 경찰로서는 당신이 산레모에 다녀온 직후 실종됐다고 보는 게 당연하지 않았겠습니까?" 경위가 양손을 내밀며 웃었다. "당신한테 무슨 일이 생겼는지 그린리프 씨에게 물어보는 게 타당하다고 생각한 거죠. 그래서 그린리프 씨에게 물어봤습니다. 두 분이 산레모에서 보트를 탔던 바로 그날, 하필이면 보트 한 척이 없어졌거든요!" 경위가 다시 웃었다.

톰은 농담을 이해하지 못한 척했다. "제가 산레모에서 몽지벨로로 내려갔다는 말을 디키가 안 했나요? 제가 디키 대신……." 단어를 골랐

* 이탈리아의 소설가

다. "잡일을 해 줬거든요."

"베노네(아주 잘하셨어요)!" 로베리니 경위가 웃으면서 말했다. 편안한 자세로 코트에 달린 황동 단추를 끄르더니 버석하고 덥수룩한 콧수염을 손가락으로 문질렀다. "프레디 마일스가 누군지는 아시죠?"

톰은 자기도 모르게 한숨이 나왔다. 보트 사건이 마무리된 게 확실했기 때문이다. "알긴 아는데, 몽지벨로 버스 정류장에서 내리다가 딱 한 번 마주친 게 전부예요. 그리곤 못 만났어요."

"아하." 경위는 이것도 받아 적더니 물어볼 말이 다 떨어진 듯 잠시 입을 다물었다. 그러더니 씩 웃었다. "몽지벨로, 정말 아름답죠? 제 아내도 몽지벨로 출신이랍니다."

"아, 그러세요?" 톰이 유쾌하게 대답했다.

"몽지벨로로 신혼여행을 갔다 왔거든요."

"정말 아름다운 곳이죠. 그라치에." 톰은 대답하며 경위가 건네는 담배를 한 개비 받아 들었다. 보아하니 다음 라운드로 진입하기 전에 이탈리아식으로 막간 휴식 시간을 정중히 갖는 것 같았다. 경찰이 디키의 사생활이며 위조 수표며 기타 등등까지 파고들 게 뻔했다. 톰은 어설픈 이탈리아어로 진지하게 물었다. "기사를 보니, 경찰이 디키를 프레디 마일스 살인 사건의 용의자로 여긴다던데요. 만약 디키가 나타나지 않으면 어떻게 되나요? 경찰이 디키를 범인으로 본다는 게 사실인가요?"

"오, 아닙니다, 아니에요!" 경위가 항변했다. "하지만 중요한 건 그린리프 씨가 직접 경찰에 출두해야 한다는 점입니다! 도대체 그린리프 씨는 왜 경찰을 피하고 있을까요?"

"저야 모르죠. 말씀하신 대로 디키가 굉장히 비협조적인 것 같네요." 톰이 진지하게 말했다. "로마에서 경찰이 절 보자고 했다는 말도 안 해 주고 협조하지 않았잖아요. 아무리 그렇다고 해도, 디키가 프레디 마일스를 죽였다는 게 전 믿기지가 않아요."

"그런데 그린리프 씨의 아파트 길 건너편에 주차된 마일스 씨 차 옆에서 두 남자가 취한 채 서 있는 걸 본 목격자가 로마에서 나타났어요." 경위는 효과를 위해 말을 잠시 끊은 다음 톰을 쳐다보았다. "그때 이미 한 명이 사망한 상태였을지도 모릅니다. 한 사람이 자동차 옆에서 죽은 사람을 부축하고 있었던 거죠. 물론, 부축받은 남자가 마일스 씨인지 그린리프 씨인지는 저희로서는 단정지을 수 없지만요. 만일 그린리프 씨를 찾는다면 혹시 너무 취해서 마일스 씨한테 부축받았느냐는 질문 정도는 할 수 있겠죠.” 경위가 웃었다.
“그렇군요.”
“이건 대단히 심각한 사안입니다.”
“심각해 보이긴 하네요.”
“그린리프 씨가 어디로 갔는지 전혀 모른다는 말씀이시죠?”
“전혀 감이 안 잡히네요.”
경위가 생각에 잠겼다. “혹시 그린리프 씨와 마일스 씨가 다투었을까요?”
“아뇨. 사실은…….”
“사실은?”
톰은 제대로 해내려고 느릿느릿 말꼬리를 늘였다. “프레디 마일스가 디키를 스키 파티에 초대했는데, 디키가 가지 않았다고 들었어요. 디키가 안 가서 저도 놀랐거든요. 안 간 이유는 못 들었지만요.”
“스키 파티가 있었다는 얘기는 저도 들었습니다. 코르티나에서요. 여자 문제 때문은 아닌 게 확실합니까?”
톰은 유머 감각이 발동했지만 진중하게 생각하는 척했다. “글쎄요.”
“마지 셔우드 양 때문은 아닐까요?”
“그럴지도 모르지만, 아닐 거예요. 제가 디키의 사생활과 관련된 질문에 답변할 위치는 아닌 것 같습니다.”
“그린리프 씨가 자기 연애사를 한 번도 털어놓지 않았다는 말씀이신가요?” 경위가 라틴계 사람 특유의 놀라운 표정을 지으며 물었다.
톰은 어물쩍 경찰을 속일 수 있을 것 같았다. 마지가 디키에 관한 질문을 받으면 감정적으로 반응해 이를 뒷받침해 주리라. 이탈리아 경찰이 디키의 연애사를 밑바닥까지 파고들 리는 없었다. 그건 톰조차 하지 못하는 일이었다. “네. 디키가 사생활을 제게 털어놓았다고는 말씀드리지 못하겠네요. 디키가 마지를 무척 좋아한다는 것과, 마지가 프레디 마일스와도 잘 아는 사이라는 것까지만 압니다.”
“얼마나 잘 아는 사이였나요?”
“뭐랄까…….” 톰은 마음만 먹으면 할 말이 더 있다는 듯이 굴었다.
경위가 몸을 앞으로 쑥 내밀었다. “몽지벨로에서 그린리프 씨하고 한동안 한집에 사셨으니, 그린리프 씨의 연애사에 대해 전반적으로 말씀해 주실 위치가 되지 않으실까요? 그 부분이 핵심이거든요.”
“마지한테 직접 물어보세요.”
“이미 물어봤죠. 로마에서요. 그린리프 씨가 사라지기 전에요. 셔우드 양이 미국행 배를 타려고 제노아에 오면 다시 만나자고 약속을 해 놓긴 했습니다. 지금 셔우드 양은 뮌헨에 있습니다."

톰은 입을 다물고 기다렸다. 경위는 그가 뭐라도 말해 주기를 고대하고 있었다. 톰은 이제 어느 정도 편안해졌다. 그가 원하던 가장 긍정적인 시나리오대로 일이 풀리고 있었다. 경찰이 단서를 아예 잡지도 못하고 의심하지도 않자, 톰은 별안간 고결하고 강인한 존재가 된 것 같았다. 팔레르모 수하물 보관소에서 붙여 놓은 '보관' 스티커를 낡은 여행 가방에서 살살 떼어 냈을 때처럼, 죄인이라는 딱지를 뗀 기분이었다. 톰은 톰 리플리답게 진중하고 조심스레 말을 꺼냈다. "마지가 몽지벨로에서 코르티나에 가지 않겠다고 잠시 버티다가 마음을 돌렸던 일이 기억나네요. 왜 그랬는지는 모르겠지만, 혹시 그게 무슨 의미가 있을지도……."

"그런데 셔우드 양도 코르티나에 안 갔습니다만?"

"맞아요. 디키가 안 갔으니까요. 마지가 디키를 너무 좋아해서 혼자서는 안 간 것 같아요. 같이 가고 싶어 했거든요."

"마일스 씨와 그린리프 씨가 셔우드 양 때문에 싸웠다고 보십니까?"

"단언할 수는 없지만, 그랬을 수도 있겠죠. 프레디도 마지를 무척 좋아했거든요."

"아하." 경위가 인상을 쓰며 상황을 파악하려고 애쓰며 젊은 경관을 올려다보았다. 젊은 경관도 듣고 있긴 했지만, 미동조차 없는 표정을 보니 아는 게 전혀 없었다.

톰의 발언으로 인해 디키는 놀고 싶어 하는 마지를 코르티나에 보내지 않으려다 골이 난 애인이 되어 버렸다. 마지가 프레디 마일스를 너무 좋아했다는 게 이유였다. 마지가 디키보다 사팔뜨기 황소를 유달리 좋아했다고 누구든 착각할 거라 생각하니, 톰은 웃음이 나왔지만 그 웃음을 이해하지 못하겠다는 듯한 표정으로 바꾸었다. "디키가 정말로 뭔가를 피해 도주한 걸까요? 어쩌다 보니 경찰이 디키를 못 찾는 게 아니고요?"

"경찰이 못 찾는 건 아닙니다. 말씀이 좀 지나치시네요. 일단, 수표 문제부터 따져 보죠. 신문에서 보셨죠?"

"수표 문제가 뭔지 사실 잘 모르겠어요."

경위가 설명하기 시작했다. 경위는 서명이 위조되었다고 보는 수표의 일자와 위조라고 주장하는 사람들이 몇이나 되는지 파악하고 있었다. 그린리프가 서명은 위조되지 않았다고 부인했다고도 전해 주었다. "그런데 은행에서는 그린리프 씨에게 서명 위조 건으로 다시 만나자고 하고, 로마 경찰서에서는 친구가 살해당한 사건 때문에 다시 출두하라고 하던 와중에 그린리프 씨가 돌연 사라진 거죠." 경위가 두 팔을 앞으로 뻗었다. "이렇게 되면 그린리프 씨가 경찰을 피하고 있다는 뜻으로밖에 해석되지 않습니다."

"혹시 디키가 살해당한 건 아닐까요?" 톰이 슬쩍 물었다.

경위가 어깨를 쓱 올리더니 거의 귀에 갖다 붙인 자세로 잠시 그대로 있었다. "그건 아닐 겁니다. 모든 정황이 그쪽을 가리키고 있지 않아요. 사실과 전혀 다릅니다. 흐음, 저희 경찰은 이탈리아를 떠나는 각종 여객선 승객 명단을 무전으로 확인하고 있습니다. 그린리프 씨가 소형선에 탔거나, 그러니까 낚시 보트처럼 아주 작은 배에 타고 이탈리아를 빠져나갔거나, 이탈리아에 숨어 지내는 것으로 보입니다. 물론, 유럽 다른 도시에 숨어 있을 수도 있겠죠. 경찰은 원래 이탈리아 출국자 명단은 확인하지 않았는데, 그 며칠 사이에 그린리프 씨가 출국했을 수도 있습니다. 이러나저러나 결론은, 그린리프 씨가 몸을 숨기고 있다는 거죠. 무슨 경우가 됐든, 그린리프 씨가 의심을 살 수밖에 없는 행동을 하고 있습니다. 무슨 문제가 있긴 있는 거죠."

톰이 경위를 심각하게 쳐다보았다.

"송금 수표에 그린리프 씨가 서명하는 장면을 보신 적이 있습니까? 정확히는 1월과 2월 송금 수표를 보셨는지요?"

"디키가 서명하는 걸 딱 한 번 본 적이 있어요. 안타깝게도 그건 12월이었어요. 1월과 2월에는 제가 같이 있지 않아서요. 설마 디키가 프레디를 죽였다고 진짜로 믿으시는 건 아니죠?" 톰이 못 믿겠다는 듯이 다시 물었다.

"그린리프 씨에겐 알리바이가 없습니다. 마일스 씨가 집에서 나간 후 산책을 갔다 왔다고 했지만, 그린리프 씨가 산책하는 걸 본 사람이 아무도 없습니다." 경위가 뜬금없이 톰에게 손가락을 겨누었다. "게다가, 마일스 씨의 친구인 밴 휴스턴 씨에 따르면, 마일스 씨가 로마에서 그린리프 씨를 찾느라 고생했다고 합니다. 그린리프 씨가 마일스 씨를 피하는 것 같았답니다. 그린리프 씨가 마일스 씨에게 화가 났을지도 모르지만, 밴 휴스턴 씨에 따르면 마일스 씨가 그린리프 씨에게 화날 일은 전혀 없었다는군요!"

"그렇군요."

"따라서." 경위가 결론을 내리려는 듯 말다가 톰의 두 손을 쳐다보았다.

아니, 경위가 자기 손을 쳐다본다고 톰이 착각한 것일지도 모른다. 톰은 원래 자기가 끼던 반지를 도로 끼고 있었는데, 경위가 그때 그 반지하고 비슷하다는 걸 눈치챈 걸까? 톰은 과감히 재떨이로 손을 쭉 내밀고 담배를 껐다.

"자, 그럼." 경위가 자리에서 일어나며 말했다. "협조해 주셔서 고맙습니다, 리플리 씨. 그린리프 씨의 사생활에 대해 말씀해 주신 분이 거의 없었거든요. 그린리프 씨를 아는 몽지벨로 사람들은 극도로 몸을 사리고 있습니다. 이탈리아 사람들 특성이죠. 뭐랄까, 아시다시피 경찰을 무서워하거든요." 경위가 껄껄거렸다. "다음에 물어볼 일이 있으면, 좀 더 수월하게 연락이 닿았으면 좋겠습니다. 도시에 계시고 시골은 피해 주세요. 이탈리아 시골에 반하신 게 아니라면요."

"반했죠!" 톰이 진심으로 말했다. "이탈리아가 유럽에서 가장 아름다운 나라 같아요. 괜찮다면 로마로 연락드리겠습니다. 제가 어디에 있는지 알려 드려야죠. 저도 경찰만큼이나 제 친구를 찾고 싶거든요." 톰은 디키가 살인 용의자일 가능성을 이미 다 잊었다는 듯이 천진난만하게 말했다.

경위가 이름과 로마 경찰서 주소가 적힌 명함을 건네며 인사했다. "그라치에 탄테, 부오나 세라!"

"부오나 세라." 톰이 대답했다.

젊은 경찰관도 나가면서 인사했다. 톰은 고개를 숙인 다음 문을 닫았다.

날아갈 것 같았다. 새가 되어 창밖으로 날개를 쫙 펴고 날아갈 것만 같았다! 멍청이들! 주변만 겉돌고 헛다리만 짚다니! 경찰은 디키가 서명 위조 건으로 조사를 받지 않고 도망친 이유가 디키가 진짜 디키가 아니어서라는 걸 감도 잡지 못했다. 경찰이 딱 하나 눈치챈 게 있다면 디키 그린리프가 프레디 마일스를 죽였을 가능성이었다. 디키 그린리프는 죽었어. 애저녁에 죽었다니까! 이제 나, 톰 리플리는 걱정 없어! 톰은 수화기를 들었다.

"그랜드 호텔 부탁합니다." 톰 리플리식 이탈리아어로 말했다. "일 리스토란테, 페르 피아체레, 9시 반에 한 명 예약하고 싶습니다. 고맙습니다. 이름은 리플리입니다. 리-플-리."

톰은 저녁을 먹으러 나갈 것이다. 카날레 그란데 위로 쏟아지는 달빛을 내다볼 것이다. 곤돌라가 신혼부부를 태우고 가듯 유유자적 떠가는 모습을 바라볼 것이다. 월광이 쏟아지는 운하 위로 곤돌라와 노의 실루엣이 드리운다. 별안간 허기가 지면 감미롭고 비싼 음식을 먹을 것이다. 그랜드 호텔 특제 요리라면 뭐든 먹을 것이다. 꿩 가슴살이나 닭 가슴살을 시키고 칸넬로니*로 시작해야지. 크림소스를 끼얹은 매끈한 파스타를 먹으며 고급 레드 와인도 마셔야겠다. 그리고 미래를 꿈꾸며 어디로 떠날지 계획을 짜자.

톰은 옷을 갈아입다가 번뜩이는 아이디어가 떠올랐다. 소지품 중에 봉투가 하나 있어야 할 것 같았다. 봉투에는 몇 달 후에 열어 보라는 글귀를 적고, 안에는 디키가 서명한 유언장이 들어 있어야 한다. 디키의 재산과 수입을 톰에게 물려주겠다는 내용이 적혀 있어야 한다. 이제야 이 생각을 하다니.

23

베네치아
19xx 2월 28일

그린리프 씨 귀하

상황이 이렇다 보니 제가—디키를 마지막으로 본 사람으로서—디키의 사생활과 관련된 그 어떤 정보를 알려 드린다 해도 달갑지 않으실 거라는 생각이 듭니다.

저는 2월 2일, 로마 잉길테라 호텔에서 디키를 만났습니다. 아시다시피 프레디 마일스 사망 사건 발생 후 2~3일이 지난 시점이었습니다. 제 눈엔 디키가 혼란스럽고 긴장한 것처럼 보였습니다. 디키는 프레디 사망 사건으로 경찰 조사를 받자마자 팔레르모로 떠나겠다고 했습니다. 로마를 간절히 벗어나고 싶어 했는데, 전 그 마음이 이해가 갔습니다. 눈에 띄게 긴장한 디키의 모습보다, 그 기저에 깔린 뭔지 모를 우울감에 제 마음이 더 쓰였다는 얘기를 말씀드리고자 합니다. 저는 디키가 스스로 돌이킬 수 없는 일을 저지를 것 같다는 느낌을 받았고, 친구인 마지 셔우드 양을 다시 만날 마음조차 없다는 걸 눈치챘습니다.

* 고기나 치즈를 채운 원통형 파스타

디키는 마일스 살인 사건 때문에 마지가 몽지벨로에서 올라온다 해도 만나지 않겠다고 했습니다. 제가 마지를 만나 보라고 설득하긴 했지만, 디키가 마지를 만났는지는 모르겠네요. 잘 아시겠지만, 마지는 옆에 있는 사람을 편안하게 해 주는 성격이니까요.

제가 드리려는 말씀은, 어쩌면 디키가 극단적인 선택을 했을지도 모른다는 느낌이 든다는 겁니다. 이 편지를 쓰는 지금까지도 디키의 행방이 묘연합니다. 이 편지를 받으시기 전에, 디키의 소재가 파악되면 정말 좋겠습니다. 직접적이든 간접적이든, 디키가 프레디의 죽음과 아무 상관 없다고 믿는다는 말씀은 드릴 필요도 없죠. 그런데 그 사건으로 디키가 충격을 받았는데 잇따라 경찰 조사까지 받게 되자, 디키의 평정심이 흔들린 게 분명합니다. 이렇게 우울한 내용을 써서 보내자니 안타깝습니다. 이 편지가 부질없을지도 모릅니다. 어쩌면 디키가 이런 유쾌하지 않은 일들이 정리될 때까지 그저 몸을 숨기고 있는 걸지도 모르니까요(디키의 성정을 보면 이해가 갑니다). 그런데 시간이 흐를수록 제 마음이 더더욱 불편해져서 편지로 알려 드리는 게 도리라는 생각이 들었습니다…….

뮌헨
19xx 3월 3일

톰에게
다정하게 써서 보내 준 편지 고마워. 내가 경찰에 서면으로 답변했더니, 경찰이 날 보러 뮌헨까지 올라왔더라. 내가 베네치아엔 들르지 않겠지만, 초대해 줘서 고마워. 모레 로마로 가서 디키의 아버지를 만날 거야. 지금 그린리프 씨께서 유럽으로 건너오시는 중이셔. 잘했어. 나도 네가 그분께 편지를 쓴 게 잘한 일인 것 같아.

이 모든 상황이 너무 어이가 없었는지, 열이 오르락내리락해서 지금 앓아누워 있어. 독일에서는 '푄'이라고 부르던데, 무슨 바이러스가 내 몸에 침투했대. 나흘째 침대에 꼼짝없이 누워만 있어. 몸이 멀쩡했다면 지금쯤 로마로 내려갔을 텐데. 이렇게 앞뒤가 맞지 않고 힘 빠진 편지를 보낸 걸 양해해 주길. 네가 보낸 자상한 편지에 대한 답장이 이토록 형편없다니. 그래도 이 말만은 해야겠어. 디키가 자살했을지도 모른다는 네 말에 나는 절대로 동의하지 않아. 디키는 그럴 사람이 아니야. 자살할 사람들은 절대로 자살할 것처럼 행동하지 않는다고 반박하겠지만, 아니야. 다른 건 몰라도 디키는 그럴 리 없어. 나폴리 뒷골목에서 변을 당했으면 모를까. 아니면 로마에서. 디키가 시칠리아섬에서 나와 로마로 갔을지 누가 알겠어? 디키가 이렇게까지 책임을 회피하는 걸 보면 지금 몸을 숨기고 있는 걸지도 몰라. 디키는 잠적했을 거야.

네가 서명 위조 건이 착오라고 생각한다니 다행이야. 내 말은 은행 측 착오라는 뜻이야. 나도 그렇게 생각하거든. 11월부터 디키가 별안간 확 변했으니 필체도 덩달아 바뀌었겠지. 네가 이 편지를 받을 무렵이면 뭐라도 밝혀졌으면 좋겠어. 그린리프 씨가 로마에서 만나자며 전보를 보내셨어. 그래서 그분을 만나려면 기운을 몽땅 비축해야 해.

드디어 네 주소를 알게 돼 기뻐. 다시 한번 편지도, 충고도, 초대도 모두 다 고마워.

잘 지내
마지

추신: 희소식을 빼먹었네. 몽지벨로 이야기에 관심을 보이는 출판사가 나타났어. 계약하기 전에 완성본을 보고 싶다니 정말 희망적인 소식 같아! 이제 내가 저 망할 원고를 다 끝내기만 하면 될 텐데.

M.

마지가 나하고 잘 지내기로 했나 보군. 그렇다면 경찰 앞에서 보인 나에 대한 태도도 달라졌겠지, 톰은 생각했다.

이탈리아 신문에서 디키의 실종을 대대적으로 다루었다. 마지가 줬는지 누가 줬는지 모르겠지만 디키의 사진도 실렸다. 『에포카』는 디키가 몽지벨로에서 요트를 타는 사진을, 『오지』는 디키가 몽지벨로 해변과 조르조 테라스에 앉아 있는 사진을 실었다. 사진 속 디키와 마지가—"실종된 디키의 여자 친구이자 사망한 프레디의 여자 친구이기도 한"—서로 어깨동무하고 웃고 있었다. 아버지 허버트 그린리프 시니어의 증명사진까지 공개됐다. 톰은 신문을 보고 마지가 머무는 뮌헨 주소를 알았다. 『오지』에서는 디키의 인생사를 2주간 연재했다. 디키가 학창 시절 반항아였으며 미국에서 사회생활을 하다가 그림을 그리려고 유럽으로 건너왔다고 소설을 썼다. 그러더니 디키를 에롤 플린*과 폴 고갱이 합쳐진 인물로 묘사하는 지경에 이르렀다. 주간지마다 최신 수사 현황을 다투어 실었지만, 알맹이는 없고 기자들이 그 주에 아무렇게나 지껄인 가설만 내세운 기사로 채워 넣었다. 가장 호응이 좋은 가설로는, 디키가 (디키의 수표에 대필할 당사자일지도 모를) 딴 여자와 도망쳤고, 타히티나 남아메리카, 아니면 멕시코 등지에서 신분을 숨긴 채 즐겁게 지내고 있다는 것이었다. 경찰은 여전히 로마, 나폴리, 파리 등을 이 잡듯이 뒤지고 있었다. 프레디 마일스를 죽인 용의자는 오리무중이었다. 디키 그린리프가 프레디 마일스의 시신을 유기했는지, 아닌지에 관한 내용은 전혀 실리지 않았다. 톰은 이런 얘기는 왜 기사로 나오지 않는지 궁금했다. 디키에게 명예 훼손으로 자칫 고소당할 위험을 무릅쓰지 않고서는 기사로 쓸 수 없는 내용이기 때문으로 보였다. 톰은 자신을 실종된 디키 그린리프의 "충직한 친구"라고 묘사한 문장을 보고 뿌듯해했다. 신문에서는 톰을 디키의 성정이나 버릇에 대해 기꺼이 털어놓으며 그 누구보다 디키가 실종되어 어쩔 줄 모르는 친구라고 평했다. "이탈리아에 온 젊고 부유한 미국인 관광객 리플리는 현재 베네치아의 산마르코 광장이 내다보이는 궁궐에 살고 있다." 톰은 이 구절이 가장 마음에 들어서 오려 두었다.

톰은 이 집을 '궁궐'이라고 생각해 본 적도 없지만, 이탈리아 사람이라면 당연히 궁전이라 부를 만했다. 2백 년이 넘은 격조 있는 이층집이었는데, 카날레 그란데로 난 정문은 오로지 곤돌라로만 닿을 수 있고 운하와 연결되는 널찍한 돌계단이 놓여 있었다. 20센티미터가 넘는 기다란 열쇠로 철문을 열고 들어간 다음, 그 안에 있는 평범한 문들을 열려면 큼직한 열쇠가 또 필요했다. 톰은 주로 산스피리디오네 거리로 난 간이 '뒷문'으로 드나들었지만, 손님에게 좋은 인상을 주고 싶을 때면 곤돌라에 태워 정문으로 들어왔다. 무려 높이가 4미터가 넘는 뒷문

* 미국 배우

은 길에서 저택을 지켜 주는 석벽 같았다. 뒷문으로 들어오면 가꾸진 않아도 푸르른 정원이 맞이해 주었다. 올리브나무 두 그루와 새들이 와서 목욕하는 널찍한 수반을 들고 선 낡디 낡은 누드 소년상이 이 정원의 자랑거리였다. 베네치아의 궁궐 같은 집에 걸맞은 정원이었지만, 여기저기 망가져서 손을 봐야 했다. 손본다고 되살리지는 못하겠지만, 2백 년 전 이 세상에 눈부시게 아름다운 자태로 등장했던 것이기에 그 아름다움은 쉽게 지워지지 않았다. 적어도 실내만큼은 톰이 베네치아의 세련된 총각이 사는 집이라면 이래야 한다고 상상했던 모습 그대로였다. 1층 현관에서 방들이 있는 곳까지 흑백 대리석이 바둑판 모양으로 깔려 있었고, 2층에는 분홍색과 흰색 대리석이 깔려 있었다. 가구는 가구라기보다, 오보에와 리코더와 비올라 다 감바*로 연주하는 친퀘첸토 음악이 구현된 것 같았다. 안나와 우고라는 도우미도 썼다. 두 사람은 젊은 이탈리아 커플로 베네치아에 사는 미국인 가정에서 일한 경험이 있어서 블러디 메리와 박하 리큐어 프라페**를 구별할 줄 알았고, 조각이 새겨진 큼직한 옷장이며 서랍장이며 의자를 광이 날 정도로 반짝반짝하게 닦아 놓았다. 덕분에 가구 주위를 서성이면 은은하게 윤기가 돌아서 가구가 살아 있는 것처럼 보였다. 가장 촌스러운 곳은 욕실이었다. 톰은 침실에 광활한 침대를 들여놓았다. 길이보다 폭이 더 넓은 침대였다. 침실에는 1540년도부터 1880년경까지의 나폴리 전경 사진을 파노라마로 붙여 놓았다. 일주일 넘게 집치장에만 온통 신경을 쏟았다. 이제야 톰은 자기 취향에 대한 확신이 섰다. 로마에서는 자기 취향이 뭔지 몰라서 아파트에 자신의 취향을 담지 못했었다. 이제야 모든 면에서 자기 자신에 대한 확신이 더욱 커진 것이다.

그런 자신감에 힘입어, 톰은 도티 이모에게 편지를 쓰기로 했다. 차분하고 다정하면서도 관대한 말투로 썼는데, 예전엔 절대로 쓰고 싶지 않았던, 그리고 절대로 쓸 수 없었던 말투였다. 이모의 오락가락하는 건강 상태에 대해서도 묻고, 보스턴에 사는 이모의 몇몇 수준 낮은 친구들에 대해서도 물었다. 그리고 유럽이 좋아서 이곳에서 한동안 지내기로 한 이유도 설명했다. 얼마나 청산유수였는지 자기가 쓴 편지에서 한 부분을 고대로 베껴 쓴 다음 책상에 넣어 두었다. 어느 날 아침, 톰이 식사를 마치고 베네치아에서 특별 주문한 새 실크 가운을 걸친

* 7현 악기의 총칭
** 살짝 얼린 음료

채 침실에 앉아 창밖으로 건너편에 있는 카날레 그란데와 산마르코 광장의 시계탑을 쳐다보다가 문득 영감을 받아 편지를 쓴 것이다. 톰은 편지를 다 쓴 다음에는 커피를 조금 더 마시면서 디키의 에르메스 베이비 타자기로 유언장을 작성했다. 디키의 수입과 각종 은행에 예치된 예금을 톰에게 주겠다고 적은 다음, 허버트 리처드 그린리프 주니어라고 서명했다. 은행이나 그린리프 씨 측에서 증인을 선 사람이 누구냐며 이의를 제기하지 않도록 증인 얘기는 쓰지 않는 편이 나을 것 같았다. 실은, 디키가 유언장을 작성하는 모습을 지켜보라며 로마 아파트로 이탈리아 사람을 불렀다면서 그 사람 이름을 가짜로 지어 놓긴 했었다. 톰은 증인 없는 유언장에 운을 걸어 보기로 했다. 필체에 고유한 특징이 있듯, 수리가 시급한 디키의 타자기에도 디키의 것임을 알아볼 수 있는 특이점이 있었다. 자필 유언장이면 증인이 필요 없다는 얘기도 어디선가 들었다. 서명은 완벽했다. 늘씬하게 쭉 뻗어 나가면서도 뒤엉킨 듯한 디키의 여권 속 서명하고 똑같았다. 톰은 유언장에 서명하기 전 30분이나 연습했다. 손에 긴장을 풀고 메모지에 연습한 다음 유언장에 단숨에 서명했다. 유언장에 적힌 서명이 디키가 한 것이 아니라는 걸 증명할 수 있으면 어디 해 보라고 할 것이다. 타자기에 봉투를 끼우고 '담당자' 앞이라고 적은 다음 올 6월까지는 개봉하지 말라고 덧붙였다. 그리고 여행 가방 옆 주머니에 봉투를 집어넣은 다음, 한동안 가지고 다니다가 이 집으로 이사하느라 미처 열어 볼 생각도 못한 것처럼 보이도록 꾸몄다. 이제 에르메스 베이비 타자기를 케이스에 넣어서 1층으로 들고 내려간 다음, 카날레 그란데의 후미진 만 안으로 휙 집어 던졌다. 정면에서 바라본 집의 한쪽 모서리에서 정원 벽을 따라 흐르는 물길이라 곤돌라가 지나다니기엔 폭이 너무 좁았다. 타자기를 없애니 속이 다 시원했다. 사실 타자기를 버리고 싶은 마음은 여태 들지 않았었다. 장차 유언장이나 대단히 중요한 서류를 작성할 거라는 걸 무심결에 알았는지, 그동안 타자기를 버리지 않고 갖고 있었던 게 분명했다.

그는 디키의 친구이자 프레디의 친구라는 타이틀에 걸맞게 근심 어린 관심으로 이탈리아 신문과 『헤럴드 트리뷴』 파리판에 실린 그린리프 사건 및 마일스 사건 관련 기사를 하나도 놓치지 않았다. 3월 말이 되자 디키의 서명을 위조해 이득을 본 단독범 혹은 공동 정범에 의해 디키가 살해된 것으로 보인다고 주장하는 기사가 실렸다. 로마의 어느 신문사에서는 디키 그린리프가 자기 서명이 위조된 바가 없다고 팔레르모에서 보낸 자필 편지 속 서명마저 위조됐다고 주장하는 나폴리 은행의 서명 판독 전문가의 말을 보도했다. 그러나 다른 전문가들은 이에 동의하지 않았다. 일각에선 범인 혹은 범인들이 면식범이며 그린리프에게 보내는 은행 우편을 가로채 답장까지 보내는 대담함을 보였다고 주장하기도 했다. 로베리니 경위가 아닌 모 경찰관은 "서명을 위조한 자가 어떻게 은행 우편을 손에 넣었는지가 미스터리입니다. 호텔에서 근무하는 짐꾼은 자기가 그린리프에게 직접 은행 등기 우편을 건네주었다고 기억하고 있습니다. 또한 그린리프가 팔레르모에서 줄곧 혼자 있었다는 사실도 기억해 냈습니다"라고 밝혔다.

경찰은 정답은 맞히지도 못하고 엉뚱한 소리만 하고 있었다. 그런데도 톰은 기사를 보는데 잠시 온몸이 부들부들 떨렸다. 앞으로 경찰이 취할 조치가 딱 하나 남아 있었다. 오늘이나 내일 어쩌면 모레 누군가 조치를 취하는 건 아닐까? 혹은 경찰이 이미 답을 알고 있으면서도 그를 방심하게 하려고 수작을 부리는 건가? 며칠 전까지도 로베리니 경위가 디키의 수색과 관련된 내용을 개인적으로 알려 주곤 했었다. 경찰이 필요한 증거를 모두 확보한 다음 어느 날 느닷없이 그를 덮칠 계획인가?

톰은 미행당하는 기분이 들었다. 길고 좁은 골목을 따라 집으로 걸어올 때면 유독 그런 기분이 짙어졌다. 산스피리디오네 거리는 집과 집 사이가 기능상 떨어진 채 높이 솟은 수직 담벼락만 있을 뿐 상점이라곤 하나도 없어서 어디쯤 왔는지 비춰 줄 조명조차 없었다. 끝도 없이 늘어선 집들과 담벼락만큼 높이 솟아 굳게 닫힌 이탈리아식 철문 말고는 아무것도 보이지 않았다. 혹여 공격을 당해도 도망칠 곳도 없었고, 밀고 들어갈 문도 없었다. 습격을 당해도 누가 그랬는지 보이지도 않을 것이다. 경찰을 부르는 건 상상할 수도 없었는데, 그건 어쩔 수 없는 일이었다. 그는 복수의 세 여인*처럼 이름도 모르고 형체도 없이 머릿속을 둥둥 떠다니는 존재가 두려웠다. 칵테일을 몇 잔 마셔서 간이 커졌을 때나 휘파람을 불며 산스피리디오네 거리를 비틀비틀 마음 편히 걸어 다녔다.

그는 자신이 선택한 칵테일파티만 골라서 갔다. 이 집으로 이사한 후 처음 2주 동안 딱 두 군데만 갔었다. 집을 보러 다니기 시작한 첫날 벌어진 작은 사고 때문에 사람들을 가려서 만나게 된 것이다. 부동산

* 그리스 신화에 나오는 세 자매

중개인이 큼직한 열쇠 세 개를 들고 산스테파노 구역에 있는 빈집을 보여 주겠다며 그를 데려갔을 때였다. 그런데 빈집이기는커녕 칵테일 파티가 한창 열리고 있었다. 집주인은 톰과 부동산 중개인에게 자신이 경솔하게 굴어서 폐를 끼쳤다면서 보상하고 싶으니 칵테일이라도 마시고 가라고 했다. 한 달 전 집을 내놓았다가 마음이 바뀌었는데도 부동산에 연락하는 걸 까먹었다는 것이다. 톰은 그 집에서 술을 한 잔 마시면서 내성적이고도 예의 바른 태도로 손님들을 모두 만났다. 대부분 겨울에만 베네치아에 와서 지내는 사람들 같았다. 다들 반색하며 집을 소개해 주겠다고 나서는 걸 보니, 젊은 피에 굶주린 사람들 같았다. 당연한 얘기지만, 다들 그의 이름을 알고 있었다. 디키 그린리프의 지인이라는 사실로 인해 톰의 사회적 위상이 놀랄 만큼 높아졌다. 다들 그를 여기저기 초대해서 미주알고주알 캐묻고 세세한 것까지 파악해 그들의 따분한 생활에 양념을 치려고 하는 게 빤히 보였다. 톰은 자신의 처지에 맞게 나서진 않되 싹싹하게 행동했다. 그의 처지란 떠들썩한 유명세가 낯선 예민한 청년으로, 디키에게 무슨 일이 생겼는지 걱정하는 마음이 가장 두드러져야 했다.

그는 파티장을 나서면서 둘러볼 세 집의 주소(그중에 지금 사는 집도 있었다)와, 파티 두 곳의 초대장을 받았다. 라타카치아구에라의 로베르타 (티티) 백작 부인이라는 직함을 지닌 여주인이 여는 파티에 갔을 때였다. 사실 톰은 파티에 갈 기분이 전혀 아니라서 그랬는지 모르겠지만, 안개 속에 갇힌 채 남들을 구경하는 듯한 기분이 들었다. 의사소통도 느리고 무슨 말인지 알아듣기 힘들어서, 톰은 다시 말해 달라고 종종 되물어야 했다. 진절머리가 쳐질 정도로 지긋지긋했지만, 이 사람들을 이용해 연습해야겠다는 생각이 들었다. 그들이 묻는 순진한 질문들(“디키가 술을 자주 마셨나요?”라든가, “그래도 디키가 마지를 사랑하지 않았나요?” 혹은 “디키가 진짜로 어디로 간 것 같아요?” 등등)은 혹시라도 그린리프 씨가 톰을 만나서 물을 훨씬 더 구체적인 질문에 대비하기에 좋았다. 톰은 마지의 편지를 받은 지 열흘이 지나자, 마음이 점점 불편해졌다. 그린리프 씨가 로마에 도착했을 텐데도 그에게 전화도 편지도 없었다. 두려움이 밀려올 때면, 경찰이 그린리프 씨에게 톰 리플리와 게임하는 중이니 톰에게 연락하지 말라고 시켰을 거라는 상상의 나래를 펼치기도 했다.

톰은 마지나 그린리프 씨가 보낸 편지가 왔는지 매일 꼬박꼬박 우편함을 확인했다. 두 사람을 집에 맞을 준비도 끝내 놓았다. 두 사람이 물을 질문에 대한 대답도 머릿속에 준비되어 있었다. 톰은 쇼가 시작되기를, 막이 올라가기를 하염없이 기다리는 것만 같았다. 그린리프 씨가 화가 날 대로 나서 톰을 아예 무시하기로 했을지도 모른다(실제로도 톰을 의심한다는 사실은 말할 필요도 없었다). 마지가 그린리프 씨에게 그렇게 하라고 시켰을지도 모른다. 어찌 됐든, 무슨 일이 생기기 전까진 톰은 여행 갈 엄두를 낼 수 없었다. 여행을 가고 싶었다. 소문이 자자한 그리스에 가고 싶어서 여행 책자도 샀고 그리스 섬을 둘러보는 여정도 짜 놓았다.

4월 4일 아침에 마지가 전화하더니, 베네치아 기차역에 도착했다고 했다.

"내가 데리러 갈게!" 톰이 들뜬 목소리로 말했다. "그린리프 씨도 같이 오셨니?"

"아니, 로마에 계셔. 나 혼자 왔어. 마중 나올 필요 없어. 하룻밤만 자려고 가방 하나 달랑 들고 왔는데 뭐."

"말도 안 돼!" 톰은 뭐라도 해 주고 싶어서 안달이 난 목소리로 말했다. "혼자서는 우리 집을 못 찾을 텐데."

"찾을 수 있어. 살루테 성당 옆이잖아. 산마르코 광장까지 수상 버스를 탄 다음 곤돌라를 타고 갈게."

마지는 제대로 알고 있었다. "정 그렇다면." 그는 마지가 도착하기 전에 한 번 더 집을 꼼꼼히 둘러보는 편이 나을 것 같았다. "점심은 먹었어?"

"아직."

"잘됐네! 같이 먹자. 수상 버스 탈 때 발 조심해!"

전화를 끊었다. 톰은 정신을 바싹 차리고 찬찬히 집을 살폈다. 2층에 있는 큰 방들부터 시작해 계단으로 내려와 거실까지 훑었다. 디키의 물건은 어디에도 보이지 않았다. 그는 집이 너무 고급스럽게 보이지 않기를 바랐다. 이틀 전에 사서 이니셜을 박아 놓은 은제 담배 케이스가 거실 탁자 위에 보이자, 톰은 식당 서랍장 맨 아래 칸에 집어넣었다.

안나가 주방에서 점심을 차리고 있었다.

"안나, 점심 먹을 사람이 한 명 더 올 거예요. 젊은 아가씨예요."

손님이 온다는 말에 안나의 얼굴에 화색이 돌았다. "미국 아가씨인가요?"

"맞아요. 오래된 친구예요. 점심 준비 다 하면 우고하고 퇴근해도 좋아요. 차려 먹는 건 우리가 할게요."

"바 베네(알겠습니다)."

안나와 우고는 평소 10시에 와서 2시면 퇴근했다. 톰은 마지하고 얘기할 때 두 사람이 엿듣는 건 원치 않았다. 둘이 나눌 대화를 완벽히 알아듣진 못하겠지만 영어를 알긴 알았다. 마지하고 디키에 관한 얘기를 꺼내기라도 하면 안나와 우고가 귀를 쫑긋 세울 게 분명해 톰은 짜증이 날 것 같았다.

톰은 마티니를 넉넉히 만들고 거실 쟁반 위에 잔과 카나페 접시를 꺼내 놓았다. 문 두드리는 소리가 나자, 가서 문을 활짝 열었다.

"마지! 만나서 반가워! 어서 들어와!" 톰이 마지의 손에서 가방을 받아 들었다.

"잘 지냈어, 톰? 세상에! 이게 네 집이라고?" 마지가 주변을 둘러보고 격자무늬 천장까지 올려다보았다.

"세 든 거야. 헐값으로." 톰이 겸손히 말했다. "와서 한잔해. 새로운 소식은 들었니? 로마에서 경찰하고 연락했지?" 톰이 마지의 외투와 비닐 우비를 의자에 걸쳐 놓았다.

"응. 그린리프 씨하고도 연락했는데, 굉장히 당황하셨더라. 왜 아니겠어." 마지가 소파에 앉았다.

톰이 맞은편 의자에 앉았다. "경찰한테 새로 들은 소식은 없어? 나한테 수사 상황을 알려 주는 경찰이 있긴 한데, 진짜로 중요한 내용은 입을 다물더라고."

"디키가 팔레르모를 떠나기 전에 여행자 수표 1천 달러를 현찰로 바꾸었대. 떠나기 직전에. 그 돈을 들고 다른 데로 간 것 같아. 그리스나 아프리카로. 천 달러를 현찰로 바꾸자마자 설마 자살하러 갔겠어?"

"그건 아니겠지." 톰이 맞장구를 쳤다. "그렇다면 희망적이네. 신문에는 그런 얘기 없던데."

"신문에는 안 나오나 봐."

"신문에는 없었어. 디키가 몽지벨로에서 뭘 먹었는지 그런 잡다한 것들만 잔뜩 나오더라." 톰이 마티니를 따르며 말했다.

"정말 기자들 수준들 하곤! 점차 나아지겠지만, 그린리프 씨가 막 도착했을 때 난 기사가 최악이었어. 어머, 고마워!" 마지가 마티니를 고맙게 받아 들었다.

"그린리프 씨는 좀 어떠셔?"

마지가 고개를 저었다. "어찌나 딱하던지. 그린리프 씨는 미국 경찰이 수사했더라면 훨씬 잘했을 거라는 말만 계속하셔. 이탈리아어를 전혀 모르시니 상황이 배로 나쁘지."

"그럼 로마에서는 뭘 하고 계신 거야?"

"그냥 기다리시지. 우리가 뭘 어쩌겠어? 난 배편을 또 미뤘어. 그린리프 씨하고 몽지벨로에 같이 내려가서 그곳 사람들에게 물어봤어. 그린리프 씨를 대신해 내가 거의 물어봤는데, 다들 해 줄 얘기가 없더라. 그게 당연한 게, 디키가 몽지벨로를 떠난 게 11월이잖아."

"그렇지." 톰이 생각에 잠긴 채 마티니를 홀짝였다. 마지는 긍정적이었다. 여전히 활기차고 낙천적인 마지를 보니 전형적인 걸 스카우트가 떠올랐다. 마지는 공간을 많이 쓰며 온몸을 거침없이 움직이느라 뭔가 넘어뜨릴 듯했고 다부진 몸인데도 어딘가 모르게 어수선해 보였다. 그는 마지 때문에 불쑥 짜증이 솟구쳤지만, 몸동작을 크게 하고 자리에서 일어나 마지의 어깨를 토닥이다가 뺨에 애정 어린 입맞춤까지 해 주었다. "디키가 탕헤르 같은 데에 앉아서 라일리*의 삶을 살면서 상황이 잠잠해지기를 기다릴지도 모르지."

"만일 그렇다면 디키가 정말 생각이 없는 거네." 마지가 웃으며 말했다.

"내가 디키가 우울해 보인다고 했잖아. 사실 누구든 놀라게 할 마음은 정말 없었어. 너하고 그린리프 씨에게는 말해야 할 것 같은 책임감이 들었거든."

"이해해. 아니, 우리한테 말한 건 잘한 일이야. 난 생각이 다르지만." 마지가 활짝 웃었다. 희망으로 반짝이는 마지의 눈을 보자, 톰은 홱 돌아 버릴 것 같았다.

톰은 마지에게 민감하고 실질적인 질문을 퍼부었다. 로마 경찰의 의견은 어떤지, 그들이 확보한 단서(경찰은 언급할 만한 가치가 있는 단서는 아무것도 찾지 못했다)는 뭔지, 마지가 마일스 사건에 대해 무엇을 들었는지 등등 캐물었다. 마일스 사건 역시 진전이 없었다. 마지도 프레디와 디키가 사건 당일 밤 8시에 디키의 집 앞에서 목격됐다는 얘기를 알고 있었지만, 그 목격담이 부풀려진 거라고 치부했다.

"프레디가 술에 취했을 테니 디키가 프레디를 감싸 안고 있었겠지. 어두운데 분간이 됐겠어? 디키가 마일스를 죽였단 말은 내 앞에서 하지도 마."

"디키가 마일스를 죽였다고 생각할 구체적인 증거를 경찰이 갖고

* 미국의 시인

있을까?"

"있긴 뭐가 있어!"

"그렇다면 진짜로 마일스를 죽인 사람을 찾으려고 경찰이 누구든 수사해야 하는 거 아냐? 디키가 어디 있는지도 찾아야지?"

"그러게!" 마지가 힘주어 말했다. "어쨌든 경찰은 디키가 팔레르모에서 나폴리로 이동한 건 사실로 보고 있어. 디키의 짐 가방을 객실에서 나폴리 부두까지 옮겨 준 걸 기억하는 승무원이 나왔거든."

"그렇구나." 톰은 대답했다. 톰도 그 승무원이 기억났다. 그의 천 가방을 겨드랑이에 끼우려다가 떨어뜨린 어설픈 멍청이였다. "프레디가 디키의 집에서 나간 지 몇 시간 후에 변을 당하지 않았나?"

"아니, 부검의가 정확한 시간을 추정할 수 없대. 디키에게 알리바이가 없다는데, 없는 게 당연하잖아. 보나 마나 집에 혼자 있었을 텐데. 디키에게 운이 참 안 따라 주네."

"설마 경찰이 정말로 디키가 죽였다고 믿는 건 아니지?"

"말은 안 하는데 분위기가 그래. 경찰이 미국 시민권자에 대해 이러쿵저러쿵 경솔하게 발언할 수 없는 게 당연하잖아. 그런데 용의자는 없지, 디키는 사라졌지……. 로마 아파트 집주인이 말하길, 프레디가 내려와서 디키의 집에 누가 사느냐고 물었대. 프레디가 화난 것 같았대. 둘이 싸운 것처럼 말야. 디키가 혼자 사느냐고 프레디가 물어봤대."

톰이 인상을 찌푸렸다. "그건 왜?"

"나도 몰라. 프레디가 이탈리아어를 아주 뛰어나게 잘하는 게 아니라서 집주인이 제대로 알아듣지 못했을지도 모르지. 어쨌든 디키에게 불리한 상황 때문에 프레디가 화가 났다는 게 사실이야."

톰이 눈썹을 올렸다. "내가 보기엔 프레디에게 불리한 상황 때문이었겠지. 디키가 화를 낼 일이 뭐가 있었겠어." 톰은 완벽히 평정심을 지킬 수 있었다. 마지가 전혀 눈치채지 못했다는 걸 간파했기 때문이다. "구체적으로 뭔가 밝혀지기 전까진 그런 걱정은 안 할래. 보아하니 진짜로 별일 아닐 것 같아." 톰이 마지의 잔을 다시 채워 주었다. "아프리카 얘기가 나와서 말인데, 경찰이 탕헤르에 가서 주변 탐문 조사는 했을까? 디키가 탕헤르에 가고 싶다는 말을 종종 했거든."

"경찰이 전역에 경보를 발령한 것 같아. 프랑스 경찰을 이탈리아로 데려와야 하지 않을까? 프랑스 경찰은 이런 수사엔 도가 튼 사람들이거든. 하지만 이탈리아 경찰이 그런 말은 당연히 못 하겠지. 여긴 이탈리아니까." 마지의 목소리가 처음으로 예민하게 떨렸다.

"점심은 집에서 먹을까? 가정부가 점심을 차리고 있으니 집에서 먹는 게 좋을 것 같은데." 안나가 점심이 다 됐다고 말하러 들어오는 순간, 톰이 말을 꺼냈다.

"좋지! 밖에 비도 살짝 오니까 그러자."

"프론타 라 콜라치오네(준비 다 됐습니다)." 안나가 마지를 쳐다보며 웃으며 말했다.

안나는 신문에 난 사진을 보고 마지가 누군지 알아보았다. "우고하고 지금 퇴근해요. 안나, 수고했어요." 톰이 말했다.

안나가 다시 주방으로 들어갔다. 주방에 집 옆 통로로 나가는 쪽문이 있는데, 그리로 도우미들이 드나들었다. 그런데 안나가 한 번 더 기웃거리려고 커피 메이커 주변에서 얼쩡거리면서 뭉개고 있는 소리가 톰의 귀에 들렸다. 안 봐도 뻔했다.

"우고라니? 그럼 이 집에 도우미가 무려 둘?"

"이 동네에서는 두 사람씩 부려. 안 믿기겠지만, 이 집 월세가 한 달에 50달러야. 난방비는 별도고."

"말도 안 돼! 거의 몽지벨로 수준인걸!"

"진짜야. 난방도 굉장히 잘 돼. 나는 침실에만 켜 놓지만."

"여기 정말 안락하다."

"네가 온다고 해서 난방을 다 틀어 놨거든." 톰이 웃으며 말했다.

"대체 무슨 일이 있었던 거야? 혹시 이모님이 돌아가시면서 유산이라도 남기신 거야?" 마지는 여전히 감탄하는 척하며 물었다.

"아니, 가진 돈을 다 쓸 때까지 즐기기로 해서 그래. 내가 로마에서 면접 본다고 한 거 기억나지? 그게 잘 안 됐어. 유럽에 들고 온 돈은 2천 달러가 전부거든. 그래서 그 돈을 다 쓰고 미국으로 돌아가기로 했어. 무일푼으로 돌아가서 새 출발 하려고." 톰은 유럽에 있는 보청기를 미국 회사에 파는 일자리에 지원했는데 그가 감당할 수 없는 일이었고, 면접관도 그를 탐탁지 않게 여겼다고 마지에게 보내는 편지에 적은 적이 있었다. 그리고 전화를 끊자마자 면접관이 도착하는 바람에 마지가 로마에 왔던 날 안젤로에서 보자는 약속을 지킬 수 없었다고 둘러댔었다.

"이렇게 쓰다 보면 2천 달러가 금방 바닥나겠는데."

마지는 디키가 톰에게 돈이라도 준 건 아닌지 떠보는 중이었다. 톰은 그걸 눈치챘다. "여름까지는 버틸 수 있어." 톰은 있는 그대로 말했다. "아무튼, 난 그럴 자격이 된다고 생각해. 이탈리아에서 겨우내 집

시처럼 돈을 한 푼도 안 쓰고 돌아다녔더니, 이젠 질렸지 뭐야."

"겨울엔 어디 있었는데?"

"톰하고 같이 있지는 않았어. 아니, 디키하고." 톰은 말실수에 당황하며 웃었다. "네가 우리 둘이 같이 있었을 거라고 생각한다는 거, 나도 알아. 나도 너만큼 디키를 꽤 봤잖아."

"하아, 여기서 그 얘기가 왜 나와." 마지가 말꼬리를 늘였다. 취기가 오른 듯한 목소리였다.

톰이 칵테일 주전자에 마티니를 두세 잔 정도 더 만들었다. "2월에 같이 칸에 갔다 오고 로마에서 만난 이틀을 빼면, 디키를 본 적이 없어." 그건 사실이 아니었다. 칸으로 여행 갔다 온 후 자기 집에서 톰이 며칠째 "같이 지내고 있다"고 디키로서 마지에게 편지를 보냈기 때문이다. 그런데 이렇게 마지와 얼굴을 마주하고 있으니 멋쩍었다. 톰이 디키하고 많은 시간을 보냈으며, 마지가 편지로 디키에게 비난을 퍼부었던 일로 인해 두 사람이 죄책감을 느낀다는 걸 마지가 알고 있다는 게 톰은 민망했다. 그는 마티니를 따르다가 자신의 비겁함을 증오하며 입술을 꽉 깨물었다.

톰은 점심을 먹다가, 이탈리아에서는 최고급 요리라는 차가운 로스트비프를 메인 디시로 낸 것을 몹시 후회했다. 마지는 톰이 로마에서 만났던 경관이 디키의 심리 상태를 물은 것보다 훨씬 더 예리하게 캐물었다. 톰은 칸 여행을 다녀온 후 로마에서 디키와 정확히 열흘간 같이 있었다고 털어놓았다. 마지는 디키가 같이 작업했다는 화가 디 마시모에 대해서도 꼬치꼬치 캐물었다. 디 마시모가 디키의 화풍에 맞는 화가였느냐고도 묻고, 디키가 아침에 기상한 시간까지 물었다.

"디키가 날 어떻게 생각했어? 솔직히 말해 줘. 무슨 얘기든 난 받아들일 수 있어."

"디키는 널 걱정했어." 톰이 진지하게 말했다. "내가 보기엔…… 이런 경우가 흔하잖아. 남자가 결혼에 대한 두려움을 갖고 있으면……."

"난 결혼하자는 말은 꺼내지도 않았다고!" 마지가 항변했다.

"알아, 그래도……." 톰은 너무 껄끄러운 주제라 억지로 말을 이었다. "디키가 자길 너무 좋아해 주는 너에 대한 책임감을 감당하지 못했다고 해 두자. 디키는 너와 부담 없는 관계이길 원했던 거 같아." 이 말은 마지에게 전부를 말해 준 것일 수도, 아무 말도 해 주지 않은 것일 수도 있었다.

마지가 예전의 그 멍한 눈빛으로 잠시 톰을 쳐다보다가 정신을 차리고 용맹히 말했다. "이젠 다 흘러가 버린 강물인데 뭐. 난 디키가 극단적인 선택을 했느냐에만 관심이 있을 뿐이야."

톰이 겨우내 디키하고 지냈다는 명백한 사실을 향한 마지의 분노 역시 강물처럼 흘러가 버렸다. 처음에는 그 사실을 마지가 안 믿으려고 했었고, 지금은 사실로 밝혀졌기 때문에 믿고 자시고 할 필요가 없어졌기 때문이다. 톰이 조심스레 물었다. "디키가 팔레르모에서 편지 안 보냈어?"

마지가 고개를 저었다. "아니, 그건 왜?"

"그때 디키가 어떤 상태로 보였는지 네 생각을 알고 싶거든. 너는 디키한테 편지 안 보냈니?"

마지가 망설였다. "실은 보냈어."

"무슨 편지? 혹시나 네가 심한 말을 써서 보냈다면 그 무렵 디키한테 안 좋은 영향을 줬을지도 몰라서 물어보는 거야."

"아, 심한 말은 안 했고 그냥 다정하게 적어 보냈어. 미국으로 돌아가겠다고 했지, 뭐." 마지가 휘둥그레진 눈으로 톰을 살폈다.

톰은 마지의 표정을 살피는 게 재미있었다. 마지가 거짓말하느라 우물쭈물하는 걸 구경하는 게 즐거웠다. 마지가 보낸 편지에는 추잡한 내용이 담겨 있었다. 마지는 디키와 톰이 늘 붙어 다니는 사이라고 경찰에 다 말했다고 적어 보냈었다. "그럼 그 편지가 문제가 된 건 아니었겠네." 톰은 몸을 뒤로 빼며 다정하게 말했다.

둘 사이에 잠시 정적이 흘렀다. 톰은 마지에게 책은 잘 되고 있느냐, 출판사는 어디냐, 얼마나 더 써야 하냐고 물었다. 마지는 모든 질문에 성심성의껏 대답했다. 톰은 상상했다. 만약 마지가 디키와 재회하고 내년 겨울에 책까지 나오면 행복감에 가슴이 부풀어 오르다가 '펑' 하는 굉음과 함께 폭발하며 죽음을 맞이할 것 같았다.

"내가 먼저 그린리프 씨에게 연락드려야 할까?" 톰이 물었다. "나도 로마에 가면 좋겠지만……." 톰은 로마로 내려가는 건 좋지 않다는 걸 알고 있었다. 로마에는 그를 디키 그린리프로 알고 있는 사람이 너무 많았기 때문이다. "그린리프 씨가 이쪽으로 오시려고 할까? 우리 집에서 주무시면 되거든. 지금 로마 어디에 계시니?"

"미국 친구분 댁에 계셔. 넓은 아파트에 사시는데, 콰트로노벰브레 거리에 사는 노섭이라는 분이래. 네가 전화하면 좋아하실 거야. 주소 적어 줄게."

"그게 좋겠다. 혹시 날 싫어하시진 않겠지?"

마지가 씩 웃었다. “솔직히, 좋아하진 않으셔. 너한테는 심하게 대하실지도 모르지. 네가 염치없이 디키를 우려먹었다고 생각하실 테니까.”

“난 그런 적 없어. 디키를 미국으로 돌려보내는 계획이 어그러져서 유감이지만, 모두 설명해 드렸어. 디키가 실종됐다는 소식을 듣고 디키에 관해 아주 세세하게 적어서 편지도 보냈는걸. 그게 도움이 아예 안 됐을까?”

“도움은 됐겠지. 어머나, 정말 미안해, 톰! 이렇게 근사한 식탁보에 술을 쏟다니!” 마지가 마티니를 잔뜩 쏟더니 냅킨을 들고 코바늘로 뜬 식탁보를 꾹꾹 누르고 있었다.

톰은 주방으로 뛰어가 젖은 행주를 가져왔다. “정말 괜찮아.” 식탁을 닦았는데도 나무 식탁이 허옇게 변하고 있었다. 톰은 그 모습을 지켜보았다. 그가 신경 쓰는 건 식탁보가 아니라, 아름다운 식탁이었다.

“미안해서 어쩌나.” 마지가 연신 사과했다.

마지가 꼴도 보기 싫었다. 몽지벨로 창턱에 걸려 있던 마지의 브래지어가 문득 떠올랐다. 마지에게 자고 가라고 하면 오늘 밤 마지가 속옷을 의자 위에 널어놓을 것이다. 톰은 상상만 해도 역겨웠지만, 식탁 맞은편에 앉은 마지를 보며 일부러 활짝 웃었다. “오늘 밤 우리 집 침대에서 주무시고 가시는 영광을 선사해 주시면 고맙겠습니다. 내 침대는 아니지만.” 톰이 웃었다. “2층에 침실이 두 개 있는데, 아무 방이나 써도 좋아.”

“정말 고마워. 좋아, 그럴게.” 마지가 웃었다.

톰은 자기 방을 마지에게 내주었다. 다른 방에 있는 침대는 크기가 소파만 해서 그가 자는 더블 침대만큼 편하지 않았다. 마지가 점심을 먹고 잠깐 눈을 붙이겠다며 방문을 닫았다. 톰은 집 안 다른 곳을 정신없이 돌아다니다가 그의 침실에 치워 둘 물건이 있는지 생각해 보았다. 디키의 여권은 옷장 안 여행 가방 안감 속에 넣어 두었다. 다른 건 떠오르지 않았다. 그래도 여자들의 눈썰미란 여간 날카롭지 않잖아, 톰은 생각했다. 마지도 눈썰미가 좋아서 여기저기 기웃거릴지도 모른다. 결국 마지가 잠든 사이에 톰은 침실에 들어가 옷장에 있던 여행 가방을 들고 나왔다. 마루가 삐걱거리자 마지가 번쩍 눈을 떴다.

“뭐 좀 가져가느라, 미안.” 톰이 속삭인 다음 까치발로 침실을 나왔다. 마지는 기억도 못 할 것이다. 잠결이었기 때문이다.

톰은 나중에 마지에게 집 구경을 시켜 주었다. 침실 바로 옆방에 있는 책장을 보여 주었다. 책장에는 가죽 커버 책들이 잔뜩 꽂혀 있었다. 이 집에 원래 있던 책이라고 둘러댔지만, 그가 로마와 팔레르모와 베네치아 등지에서 사 모은 것들이었다. 로마에서는 열 권 정도를 샀는데, 로베리니와 같이 왔던 젊은 경관이 허리를 굽혀서 책 제목들을 살피던 모습이 떠올랐다. 그 경관이 다시 온다고 해도 걱정할 일은 없었다. 톰은 마지에게 널찍한 돌계단이 운하로 난 정문도 구경시켜 주었다. 운하의 수위가 낮아진 지금은 계단이 네 칸 드러나 있었다. 아래에 있는 두 칸에는 축축한 이끼가 두껍게 끼어 있었다. 미끄덩한 이끼는 장섬유로 짠 직물 같았고, 계단 모서리에는 청록색 머리카락 같은 것들이 흐드러져 나부꼈다. 톰은 계단이 흉해 보였지만, 마지는 무척 낭만적이라고 했다. 마지가 몸을 숙여 운하에 잠긴 계단을 응시하자, 톰은 마지를 물속으로 떠밀고 싶은 충동이 일었다.

"오늘 밤에 곤돌라 타고 이쪽으로 들어와도 돼?" 마지가 물었다.

"물론이지." 두 사람은 오늘 밤에 외식하러 나가기로 했다. 톰은 앞으로 한참 남은 이탈리아의 긴긴밤이 무서웠다. 10시나 되어야 저녁을 먹을 테고, 마지는 산마르코 광장에서 에스프레소를 마시며 새벽 2시까지 앉아 있을 테니 말이다.

톰은 뿌옇게 구름 낀 베네치아의 하늘을 올려다보았다. 운하를 가로지르며 갈매기가 날아가다가 누군가의 대문 앞 계단에 내려앉았다. 베네치아에서 새로 사귄 친구들 가운데 누구한테 전화해 5시경에 마지를 데려가서 한잔해도 괜찮겠냐고 물어보는 게 좋을까. 톰은 고민에 빠졌다. 보나 마나 다들 마지를 반갑게 맞아 줄 것이다. 영국에서 온 피터 스미스킹즐리에게 전화하기로 했다. 아프간*을 키우면서 집에 피아노도 있고 바도 제대로 갖춰 놓았으니, 피터가 제일 나을 것 같았다. 피터는 누가 중간에 가는 꼴을 절대로 두고 보는 사람이 아니었다. 둘이 피터의 집에 앉아 있다가 시간이 되면 저녁을 먹으러 나가면 될 것 같았다.

24

톰은 7시 반에 피터 스미스킹즐리의 집에서 그린리프 씨에게 전화를 걸었다. 예상했던 것보다 그린리프 씨는 훨씬 다정했다. 디키에 관한 얘기라면 사소한 것이

* 사냥개

라도 듣고 싶어 하는 음성이 처량하게 들렸다. 피터와 마지 부부, 프란케티 형제가—트리에스테에서 온 형제로 최근에 알게 된 사이였다—옆방에서 톰의 통화 내용을 거의 다 듣고 있었다. 그래서 그런지 톰은 옆에 아무도 없을 때보다 근사하게 해낸 것 같았다.

"알고 있는 건 마지한테 모두 얘기해 줬습니다. 혹시 제가 까먹고 미처 말씀 못 드린 얘기가 있어도 마지가 다 말씀드릴 겁니다. 경찰 수사에 진전이 될 만한 알짜배기 얘기는 해 드릴 게 없어서 속상하네요."

"이탈리아 경찰들이란!" 그린리프 씨가 거칠게 말했다. "난 우리 리처드가 죽은 것 같다는 생각에 서서히 수긍하게 되는 것 같아요. 무슨 이유인지는 모르겠지만, 이탈리아 경찰은 그럴 가능성을 아예 인정하려고도 하지 않네요. 여기 경찰은 아마추어같이 굴더군요. 무슨 할머니가 탐정 놀이를 하는 것도 아니고."

톰은 그린리프 씨가 아들이 죽었을지도 모른다는 말을 불쑥 꺼내는 걸 듣고 깜짝 놀랐다. "디키가 스스로 안 좋은 결정을 내렸다고 생각하시나요?" 톰이 넌지시 물었다.

그린리프 씨가 한숨을 내쉬었다. "글쎄. 그럴 수도 있겠죠. 난 이 녀석의 심리적 안정에 대해 생각해 본 적이 단 한 번도 없었거든요, 톰."

"안타깝지만 저도 같은 생각입니다." 톰이 맞장구를 쳤다. "마지하고 통화하시겠어요? 옆방에 있거든요."

"아닙니다. 됐어요. 마지는 언제 오나요?"

"내일 로마로 돌아가겠다고 하던데요. 그린리프 씨, 혹시 베네치아로 잠깐 쉬러 오고 싶으시다면 저희 집에서 묵으세요. 언제든 환영합니다."

그린리프 씨는 초대를 거절했다. 톰은 초대하려고 애쓸 필요가 없다는 걸 알고 있었다. 그건 화를 자초해서 스스로 감당할 수 없는 상황을 만드는 짓이나 다름없었다. 그린리프 씨는 전화해 줘서 고맙다고 하더니 지극히 정중하게 전화를 끊었다.

톰은 옆방으로 돌아갔다. "로마에서도 진전이 없대요." 허탈한 목소리로 말했다.

"이럴 수가." 피터는 실망한 눈치였다.

"여기 전화 요금이요, 피터." 톰은 이렇게 말하면서 1천2백 리라를 피터의 피아노 위에 올려놓았다. "정말 고마웠습니다."

"혹시 이런 건 아닐까요?" 피에트로 프란케티가 영국식 영어로 가

설을 풀기 시작했다. "디키 그린리프가 늘 꿈꾸던 조용한 삶을 살려고 나폴리에 사는 어부나 로마에 사는 담배 노점상하고 여권을 맞바꾼 거죠. 그런데 디키 그린리프의 여권을 소지한 사람이 생각보다 서명을 제대로 위조하지 못하자 디키가 다급히 몸을 숨길 수밖에 없었던 겁니다. 경찰이 신분증명서를 제대로 제시하지 못하는 사람을 확보해 그 사람의 신원을 확인한 다음 그 이름을 쓰는 남자를 찾으면, 그자가 바로 디키 그린리프일 거라고요!"

다들 웃음을 터뜨렸다. 톰이 가장 크게 웃었다.

"지금 이 주장에서 문제점은, 디키를 아는 하고많은 사람이 1월과 2월에 디키를 봤다는 점이죠." 톰이 지적했다.

"누가 봤는데요?" 피에트로가 대화 중간에 이탈리아 사람 특유의 호전적인 말투로 불쑥 끼어들어 짜증을 유발했다. 더군다나 영어로 얘기해서 짜증이 배가 됐다.

"일단 여기 한 명이요. 제가 봤거든요. 아무튼 제가 하려던 말은 은행에서는 서명이 12월부터 위조되었다고 본다는 거죠." 톰이 말했다.

"혹시 이런 건 아닐까요?" 마지가 석 잔이나 마시고 기분이 한껏 좋았는지 피터의 집에 있는 큼직한 긴 의자에 거의 늘어진 자세로 재잘거렸다. "디키가 가장 했을 법한 일을 가정해 볼게요. 디키가 팔레르모에 도착하자마자 서명을 했을 거예요. 만사 제쳐 놓고 서명이 위조되었다는 일부터 처리했겠죠. 서명이 바뀐다는 게 단시일 내에 벌어진 일은 아닐 거예요. 디키가 워낙 많이 변했으니 필체도 같이 변한 거 아니겠어요?"

"제 생각도 그래요." 톰이 거들었다. "아무튼 은행에서도 서명이 죄다 위조되었다는 주장에 대해 의견이 갈립니다. 미국 은행에서 의견이 반반으로 나뉘자, 나폴리 은행에서도 미국 은행과 같은 입장을 취하고 있어요. 미국 은행의 통보를 받지 않았더라면 나폴리 은행에서는 서명이 위조됐다는 걸 눈치채지도 못했을 겁니다."

"오늘 석간신문에는 무슨 기사가 났을지 궁금하네요." 피터가 해맑게 물었다. 발이 아팠는지 반쯤 벗고 있던 슬리퍼처럼 생긴 구두를 제대로 신으면서 말했다. "나가서 사 올까요?"

프란케티 형제 중 한 명이 자기가 사 오겠다며 총총히 나갔다. 로렌초 프란케티는 자수가 놓인 분홍색 조끼를 입고 있었다. 모두 영국제였다. 영국에서 만든 양복을 입고 밑창이 두툼한 영국제 구두를 신고 있었다. 남동생도 비슷한 차림이었다. 반면 피터는 머리부터 발끝까지 이탈리아제 옷을 입고 있었다. 톰은 극장이나 파티에 갔을 때 어떤 사람이 영국제 옷을 입고 있으면 보나 마나 이탈리아 사람이고, 이탈리아제 옷을 입고 있으면 안 봐도 영국 사람이라는 사실을 터득했다.

로렌초가 신문을 사 들고 오자 다른 손님들이 속속 도착했다. 이탈리아인 두 명과 미국인 두 명이었다. 다들 석간신문을 돌려 보았다. 토론이 더욱 활발해지자 말도 안 되는 가설이 더더욱 쏟아졌다. 게다가 오늘 보도된 기사에 다들 흥분을 감추지 못했다. 몽지벨로에 있는 디키의 자택이 원래 제시한 금액의 두 배로 미국인에게 팔렸는데, 디키 그린리프가 찾아갈 때까지 판매 대금은 나폴리 은행에 묶여 있을 예정이라는 내용이었다.

같은 석간신문에는 만화도 실렸다. 한 남자가 책상 밑에 무릎을 꿇고 있는데 아내가 묻는다. “셔츠 단추 찾는 거야?” 남자가 대답한다. “아니, 디키 그린리프 찾는 중.”

로마에 있는 음악 공연장에서 디키를 찾는 내용으로 단막극을 상연할 거라는 소식이 들려왔다.

방금 온 미국인 두 명 중 한 명은 루디 뭐라고 하는 남자였는데, 다음 날 자기가 묵는 호텔에서 칵테일파티를 연다며 톰과 마지를 초대했다. 톰이 거절하려던 찰나, 마지가 기꺼이 가겠다고 냉큼 대답했다. 톰은 마지가 내일이면 베네치아를 떠날 줄 알았다. 마지가 점심을 먹으면서 떠나겠다고 했기 때문이었다. 톰은 그 파티가 끔찍할 것 같았다. 루디라는 남자는 말도 많고 옷도 요란하게 입어서 고상함과는 거리가 멀었다. 루디는 자신을 앤티크 딜러라고 소개했다. 톰은 앞으로 무슨 파티든 마지가 넙죽 가겠다고 하기 전에 요령껏 그 집을 빠져나왔다.

마지는 들떠 있었다. 톰은 무려 다섯 시간에 걸쳐 저녁을 먹는 내내 짜증이 났지만, 최선을 다해 다정하게 대해 주었다. 전기 침을 꽂고 꼼짝없이 드러누운 개구리가 된 듯한 기분이었다. 마지가 실수하면, 톰이 한참 동안 말도 안 되는 말로 무마해 주곤 했다. 이를테면, “디키가 그림을 그리다가 난데없이 자기 자신을 발견해 고갱처럼 남태평양 남양 군도로 떠난 거 아닐까요?” 하고 둘러댔다. 톰은 이런 상황이 지긋지긋했다. 그럼 다시 마지가 느긋하게 두 손을 휘저으며 디키와 남양 군도에 관한 상상을 풀어놓았다. 최악의 상황은 아직 닥치지 않았다. 곤돌라 타기가 남아 있었다. 마지가 곤돌라를 타고 손으로 물을 휘저으면 상어가 나타나 그 손을 덥석 물어뜯었으면. 톰은 배가 부른데도 디저트를 시켜 주었고, 마지는 그걸 싹 다 먹어 치웠다.

마지는 산마르코 광장에서 산타마리아 델라 살루테 성당 계단까지 오가며 한 번에 열 명 넘게 타는 페리 곤돌라 말고 개인용 곤돌라를 타고 싶어 했다. 그래서 두 사람은 개인용 곤돌라를 탔다. 새벽 1시 반. 에스프레소를 너무 많이 마셨는지 톰의 혀가 고동색 맛에 절여지고 새가 날개를 포닥이듯 심장이 펄떡거렸다. 톰은 새벽까지 잠들지 못할 것 같았다. 톰은 진이 빠진 나머지 곤돌라에서 마지처럼 나른하게 등을 기대고 앉아서 허벅지가 그녀에게 닿지 않도록 신경 썼다. 마지는 여태 기운이 남아도는지 예전에 베네치아에 왔을 때 봤던 일출 얘기를 혼자 떠들며 들떠 있었다. 살랑살랑 흔들리는 곤돌라와 리듬을 타며 노 젓는 사공 때문에 톰은 멀미가 살짝 났다. 산마르코 광장 곤돌라 승강장에서 그의 집 계단까지 가는 물길이 영영 끝나지 않을 것만 같았다.

계단은 위에 있는 두 칸만 빼고 모두 물에 잠겨 있었다. 물이 세 번째 계단 위에서 찰랑거리며 이끼를 구역질 나게 흔들어 대고 있었다. 톰은 기계적으로 사공에게 요금을 지불한 다음, 큼직한 대문 앞에 섰다. 바로 그때, 열쇠가 없다는 걸 알아차렸다. 다른 데로 넘어 들어갈 수 있는지 주변을 두리번거렸지만, 계단이 있는 자리에서는 창틀까지 손이 닿지 않았다. 그가 무슨 말을 꺼내기도 전에 마지가 웃음부터 터뜨렸다.

"열쇠가 없다니! 거침없이 출렁이는 물에 둘러싸여서 꼼짝없이 계단에 갇혔는데, 열쇠가 없다니!"

톰은 억지웃음을 지었다. 권총 두 자루를 차듯 두 뼘 가까이 되는 기다랗고 묵직한 열쇠를 두 개나 들고 다닐 생각을 도대체 왜 했어야 하는데? 톰이 뒤돌아서서 사공에게 돌아오라고 소리쳤다.

"이를 어쩐다!" 사공이 물 건너편에서 껄껄 웃었다. "미 디스피아체(미안합니다). 데브리토르나레 아 산마르코(산마르코 광장으로 되돌아가야 해요). 호 운 아푼타멘토(예약이 있어서요)!" 사공이 쉬지 않고 노를 저었다.

"열쇠가 없어서요!" 톰이 이탈리아 말로 외쳤다.

"미 디스피아체(죄송합니다)! 만다로 운 알트로 곤돌리에르(다른 배를 보내 드릴게요)!"

마지가 다시 웃음을 터뜨렸다. "다른 배가 우릴 데리러 온다니 근사하지 않아?" 마지가 까치발을 들고 서 있었다.

전혀 근사하지 않은 밤이었다. 쌀쌀한데 꿉꿉한 비까지 부슬부슬

내리기 시작했다. 톰은 돌아 나오는 페리 곤돌라를 잡으려고 했지만, 한 대도 보이지 않았다. 눈에 보이는 것이라곤 산마르코 부두로 향하는 모터보트뿐이었다. 모터보트가 굳이 두 사람을 태우겠다고 번거로움을 자처할 가능성은 희박했다. 그래도 톰은 소리를 질렀다. 불을 환히 밝힌 모터보트에는 사람이 가득했다. 모터보트는 두 사람을 보지 못하고 운하 건너편 목조 선착장을 향해 달려갔다. 마지가 두 팔로 무릎을 감싸고 맨 위 계단에 쪼그리고 앉아서 가만히 있었다. 드디어 차대가 낮고 낚싯배처럼 생긴 모터보트가 속도를 줄였다. 이탈리아어로 외치는 소리가 들렸다. "문이 잠겼나요?"

"열쇠를 안 들고 나왔어요!" 마지가 신나서 말했다.

그런데 마지는 모터보트에 타지 않겠다고 했다. 톰이 빙 돌아서 도로 쪽으로 난 뒷문을 열고 들어올 때까지 계단에서 기다리겠다는 것이다. 톰이 그러려면 족히 15분은 걸리고 자칫 감기에 걸릴지도 모른다고 하자, 마지도 보트에 탔다. 이탈리아 남자가 두 사람을 가장 가까운 선착장인 산타마리아 델라 살루테 성당 계단에 내려 주었다. 남자는 고생한 대가로 돈은 받지 않겠다더니, 톰이 피우다 만 미제 담뱃갑은 받았다. 이유는 알 수 없었다. 그날 밤 마지와 함께 산스피리디오네 교회를 지나는데, 톰이 혼자 걸을 때보다 무서웠다. 당연히, 마지는 이 길이 아무렇지 않다는 듯이 집으로 가는 내내 종알거렸다.

25

다음 날 꼭두새벽부터 문을 두드리는 소리에 톰은 잠에서 깼다. 가운을 걸치고 아래층으로 내려갔다. 전보가 왔다. 2층으로 뛰어올라가 팁을 가지고 내려온 다음 우체부에게 건넸다. 쌀쌀한 거실에 서서 전보를 읽었다.

마음 바뀜. 곧 바요.
오전 11시 45분 도착.

H. 그린리프

온몸이 떨렸다. 아, 이럴 줄 알았어. 톰은 이렇게 생각하면서도 진짜로 이럴 줄은 몰랐다. 두려웠다. 아니면 이른 시간이라 그런 걸까? 동이 트기도 전이라 거실이 칙칙하고 끔찍해 보였다. 전보에 찍힌 "바요"라는 오타가 눈에 거슬리고 촌스러워 보였다. 이탈리아에서 전보를 치면 헛웃음이 나오는 오타가 많이 나는 편이었다. 만일 'H' 자리에 대신 'R'이나 'D'가 찍혀 있었다면 어떤 기분이 들었을까?

톰은 2층으로 뛰어올라가 따뜻한 이불 속에 도로 누워 눈을 조금 더 붙이기로 했다. 혹시 마지가 방으로 들어오거나 노크하는 건 아니겠지? 마지도 문을 세차게 두드리는 소리를 들었을 텐데. 톰은 마지가 내리 자는 중이라고 결론을 내렸다. 문 앞에서 그린리프 씨의 손을 꽉 잡고 악수하며 인사하는 장면을 떠올려 보았다. 그린리프 씨가 뭐라고 물을지 상상해 보았지만, 피곤했는지 머리가 뿌예지면서 섬뜩하고 거북한 기분이 밀려왔다. 톰은 졸음이 쏟아지는 바람에 구체적으로 질문을 던지고 그에 대한 대답을 짤 수가 없었다. 그러면서도 너무 긴장했는지 잠이 오지 않았다. 톰은 커피를 내려 놓고 마지를 깨우고 싶었다. 대화할 상대가 필요했다. 그런데도 차마 침실로 들어가 여기저기 널려 있을 속옷과 가터벨트를 쳐다볼 엄두가 나지 않았다. 절대로 그럴 수는 없었다.

그를 깨운 건 마지였다. 마지가 아래층에 커피를 내려 놓았다고 했다.

"어떻게 생각해?" 톰이 활짝 웃으며 물었다. "아침에 그린리프 씨가 보낸 전보를 받았어. 오늘 정오에 도착하신대."

"진짜? 언제 받은 거야?"

"오늘 새벽에. 꿈을 꾼 게 아니라면 말이지." 톰이 전보를 찾았다. "이거 봐."

마지가 전보를 읽었다. "'바요'라니." 마지가 살짝 웃으며 말했다. "잘됐네. 그린리프 씨에게 도움이 될 거야. 커피 마시러 내려올래? 아니면 갖다줄까?"

"내려갈게." 톰이 가운을 걸치며 대답했다.

마지는 벌써 바지에 스웨터를 입고 있었다. 몸에 딱 맞는 검정 코듀로이 바지가 맞춤옷 같아 보였다. 몸에 꼭 맞는 바지가 그녀의 표주박 같은 몸매를 한껏 드러내 주었다. 두 사람이 한참 커피를 마시고 있는데, 10시가 되자 안나와 우고가 우유와 롤빵, 신문을 들고 출근했다. 두 사람은 롤빵을 곁들여 커피를 조금 더 마시고는 거실로 자리를 옮겼다. 오늘 조간신문에는 디키 실종 사건이나 마일스 살인 사건과 관련된 기사는 아예 실리지도 않았다. 이러다가 석간신문에 다시 실리기도 했다. 사실 기사로 쓸 만한 새로운 내용은 없지만 디키가 여전히 실종 상태며 마일스 살인 사건이 미궁에 빠졌다는 사실을 대중에게 상기시키기 위해서였다.

마지와 톰은 그린리프 씨를 마중하러 11시 45분에 기차역에 도착했다. 바람도 거세고 날씨도 매서워서 뺨에 닿는 빗방울이 진눈깨비처럼 느껴졌다. 기차역 지붕 아래 서서 승객들이 쏟아져 나오는 입구를 쳐다보고 있는데, 핼쑥해진 그린리프 씨가 침통한 표정으로 나오는 모습이 드디어 보였다. 마지가 다급히 뛰어가 그린리프 씨의 뺨에 입을 맞추자, 그린리프 씨가 마지에게 미소를 지었다.

"안녕하세요, 톰!" 그린리프 씨가 반갑다는 듯이 손을 내밀었다. "잘 있었어요?"

"덕분에요. 잘 지내셨죠?"

그린리프 씨의 짐은 작은 여행 가방 하나뿐이었다. 그런데도 그는 짐꾼을 고용했다. 짐꾼이 여행 가방을 들고 세 사람이 탄 모터보트까지 따라 타려 했다. 톰은 자기가 들겠다고 자청한 후 곧장 집으로 가자고 했지만, 그린리프 씨는 일단 호텔로 가서 체크인부터 하겠다고 고집했다.

"체크인만 해 놓고 바로 집으로 가겠습니다. 그리티 호텔에 묵을 예정인데, 집 근처 맞죠?" 그린리프 씨가 물었다.

"아주 가깝진 않아요. 산마르코 광장까지 걸어가서 곤돌라를 타고 건너오시면 돼요. 체크인만 하실 거면 저희가 같이 가 드릴게요. 같이 점심을 먹으면 좋겠습니다. 마지하고 두 분만 따로 보고 싶으신 게 아니라면요." 톰은 예전의 겸손한 리플리로 되돌아가 있었다.

"내가 여기까지 올라온 가장 큰 이유는 톰을 만나고 싶어서랍니다!" 그린리프 씨가 말했다.

"무슨 진전이라도 있어요?" 마지가 물었다.

그린리프 씨가 고개를 저으며 모터보트 창밖으로 예민해진 시선을 멍하니 보냈다. 낯선 도시가 쳐다보라고 강요하는데도, 그의 눈엔 아무것도 들어오지 않는 것 같았다. 그린리프 씨는 점심을 먹자는 톰의 제안에 대답하지 않았다. 톰은 팔짱을 낀 채 유쾌한 표정을 지으며 더는 말을 꺼내지 않았다. 보트에 달린 모터 소리가 상당히 시끄러웠다. 그린리프 씨와 마지가 로마에서 만났던 사람들 얘기를 주절주절 주고받았다. 두 사람은 사이가 좋아 보였다. 그런데 일전에 마지가 말하길, 로마에서 그린리프 씨를 만나기 전까진 그에 대해 아는 게 없었다고 했었다.

세 사람은 그리티 호텔과 리알토 다리 사이에 위치한 소박한 식당으로 점심을 먹으러 갔다. 이곳은 해산물 전문 식당으로 안에 있는 기다란 카운터 위에 해산물이 날 것 그대로 준비되어 있었다. 보랏빛이 감도는 작은 문어가 올라간 접시가 보였다. 톰이 마지에게 디키가 문어를 참 좋아했다고 하자, 세 사람은 접시를 지나치며 고개를 끄덕였다. "디키하고 같이 먹을 수 없다니 속상하네."

마지는 싱글벙글 웃고 있었다. 먹을 게 앞에 있으면 늘 기분이 좋아 보였다.

점심을 먹는 동안 그린리프 씨는 말수는 조금 늘었어도 표정은 여전히 굳어 있었다. 말하면서도 주위를 시종일관 두리번거렸다. 디키가 당장이라도 걸어 들어오기를 바라는 듯했다. 그린리프 씨는 경찰이 단서가 될 만한 것은 제대로 찾지도 못했다면서, 미국인 사설탐정을 유럽으로 불러서 미제 사건을 해결하도록 조치해 놓았다고 했다.

이 말을 들은 톰은 곰곰이 생각에 잠겼다. 미국 탐정이 이탈리아 탐정보다 낫다는 잠재의식이나 환상 같은 걸 그린리프 씨도 가진 게 분명했다. 보나 마나, 이 역시 헛수고가 될 것이다. 마지도 톰과 같은 생각을 하는 게 분명했다. 마지가 별안간 시무룩해지면서 멍한 표정을 지었기 때문이다.

"그게 썩 좋은 생각일 수도 있겠죠." 톰이 말했다.

"이탈리아 경찰이 더 낫다는 말인가요?" 그린리프 씨가 물었다.

"사실은…… 네, 그렇습니다. 이탈리아 경찰이 이탈리아어를 구사하고 어디든 돌아다니며 용의자를 전수 조사할 수 있으니까요. 고용하셨다는 미국인 사설탐정이 이탈리아어를 할 줄 아나요?"

"거기까진 모르겠네요. 그건 정말 모르겠네요." 그린리프 씨가 허둥지둥 대답했다. 이탈리아어 구사가 가능하다는 조건을 반드시 내걸었어야 했다는 사실을 뒤늦게 깨달은 눈치였다. "탐정의 이름은 매캐런이에요. 실력이 출중하다고 하더라고요."

톰은 미국 탐정이 이탈리아어를 할 줄 모른다고 짐작했다. "언제 도착하나요?"

"내일이나 모레요. 탐정이 도착하는 대로 만날 거라 난 내일 로마로 내려갈 생각입니다." 그린리프 씨는 파르메산 치즈가 뿌려진 소고기 요리를 남겼다. 별로 먹지도 않았다.

"톰이 아주 근사한 집을 구했어요!" 마지가 일곱 겹짜리 럼 케이크를 먹으며 말했다.

톰은 옅은 미소를 지은 채 마지에게 시선을 돌렸다.

집에 가서 그린리프 씨와 단둘이 있게 되면 질문이 쏟아질 것이다. 그린리프 씨는 단둘이 얘기하고 싶어 하는 눈치였다. 톰은 세 사람이 식사한 식당에서 커피까지 마시자고 했지만, 마지가 집에 가서 마시자고 했다. 마지는 톰의 집에 있는 필터 주전자로 내린 커피를 좋아했다. 그것도 모라자, 톰의 집에 도착한 다음에도 30분이나 거실을 떠나지 않았다. 마지가 눈치도 참 없다는 생각에 참다못한 톰이 익살맞게 눈을 찡그리면서 계단을 힐끔거렸다. 드디어 신호를 알아챈 마지가 손으로 입을 가리더니 올라가서 잠깐 눈을 붙이겠다고 둘러댔다. 마지는 평소처럼 그 누구보다도 기분이 좋았다. 디키가 죽었을 리 없으니 그리 걱정하지 마시라고, 걱정해 봐야 소화만 안 된다며 점심 먹는 내내 그린리프 씨를 위로했다. 보아하니 장차 그린리프가의 며느리가 되리란 희망을 여태 버리지 못한 것 같았다.

그린리프 씨가 일어서더니 재킷 주머니에 손을 넣고 서성였다. 사장이 비서에게 타이핑해야 할 편지를 읽어 주는 듯한 자세였다. 호사스러운 이 집에 대해서는 한 마디도 하지 않았고, 눈여겨보지도 않았다. 톰은 그걸 눈치채고 있었다.

"톰." 그린리프 씨가 한숨부터 쉬었다. "결말이 참 이상하지 않습니까?"

"결말이라뇨?"

"이제 유럽에는 당신이 살고, 리처드는……."

"디키가 미국으로 돌아갔을지도 모른다는 말을 꺼낸 사람이 아직 아무도 없는데요." 톰이 유쾌하게 대답했다.

"그건 아닐 겁니다. 그럴 수가 없죠. 미국 출입국 관리소가 눈에 불을 켜고 있으니까요." 그린리프 씨는 시종일관 서성이면서도 톰에게 눈길을 주지 않았다. "지금 리처드는 진짜로 어디에 있을까요?"

"이탈리아 모처에 몸을 숨겼을 가능성이 있어요. 숙박계를 적어야 하는 호텔에 묵지 않는다면 몸을 숨기는 게 어렵지는 않을 겁니다."

"숙박계를 작성하지 않아도 되는 호텔이 이탈리아에 있나요?"

"없죠. 공식적으로는요. 그런데 디키처럼 이탈리아 사람들을 꿰뚫고 있다면 그걸 피하는 요령을 알 겁니다. 디키가 이탈리아 남부에 있는 여관 관리인한테 돈을 좀 쥐여 주면서 입을 다물어 달라고 부탁했다면, 관리인이 눈치챘어도 디키가 묵을 수도 있거든요."

"지금 리처드가 그러고 있다는 뜻인가요?" 그린리프 씨가 불쑥 톰을 쳐다보며 물었다. 그는 톰이 그린리프 씨를 맨 처음 만나던 날 밤에 봤던 바로 그 애처로운 표정을 짓고 있었다.

"꼭 그렇다기보다…… 그럴 가능성이 있다는 얘기죠. 제가 드릴 말씀은 이게 답니다." 톰이 중간에 말을 끊었다. "이런 말씀 드려서 죄송하지만, 어쩌면 디키가 세상을 떠났을 가능성도 있어 보여요."

그린리프 씨의 표정은 흔들리지 않았다. "전에 말했던 로마에서 우울증에 걸려서 극단적인 선택을 했다는 거죠? 그때 리처드가 정확히 뭐라고 했나요?"

"전반적으로 그런 분위기를 풍겼어요." 톰이 인상을 찌푸렸다. "디키가 마일스 살인 사건 때문에 충격을 받은 게 분명했어요. 디키는 그런 사람이잖아요. 불미스러운 사건으로 남들 입에 오르내리는 걸 질색하는 사람이요." 톰이 입술을 축였다. 자기 생각을 표현하려는 고통은 꾸민 게 아니었다. "디키는 사건이 하나만 더 터지면 돌아 버릴 것 같다고 했어요. 앞으로 뭘 해야 할지 모르는 것 같았어요. 게다가 디키가 그림에 대한 관심이 사라진 것 같다는 느낌을 받은 것도 그때가 처음이었어요. 잠깐 그랬겠지만, 전 그때까지만 해도 디키가 무슨 일이 있어도 그림만큼은 놓지 않을 줄 알았거든요."

"우리 애가 그 정도로 그림에 대해 진지했었나요?"

"그럼요." 톰이 단호하게 대답했다.

그린리프 씨가 뒷짐을 진 채 다시 천장으로 시선을 보냈다. "디 마시모를 찾을 수가 없어서 속이 탑니다. 그 사람이라면 뭔가를 알고 있을 텐데 말이죠. 리처드가 디 마시모와 같이 시칠리아섬으로 그림을 그리러 갔다고 들었거든요."

"그런 줄은 몰랐어요." 톰은 이렇게 대답했지만, 그린리프 씨가 이 얘기를 마지에게 들었다는 걸 짐작할 수 있었다.

"디 마시모도 사라졌습니다. 만일 그런 사람이 실존한다면 말이죠. 리처드가 그림을 그리고 있다는 걸 내게 보여 주려고 디 마시모라는 인물을 가짜로 만들어 냈다는 쪽으로 생각이 기웁니다. 경찰에서도 디 마시모라는 화가를 찾지 못하고 있거든요. 이탈리아 신분 등록 명부라나 뭐라나, 아무튼 거기에도 그런 이름이 없대요."

"저도 만난 적은 없어요. 디키에게 디 마시모 얘기를 두어 번 들어서 그런지 신원이라든가 그 사람이 실재하는가에 대해서는 의심을 해 본 적이 없어서요." 톰이 웃음을 살짝 섞어서 얘기했다.

"리처드가 '사건이 하나만 더 터지면'이라고 했다고 했는데,, 그렇다면 리처드한테 무슨 일이 더 있었던 겁니까?"

"로마에 있을 때는 무슨 소린지 몰랐지만, 디키가 무슨 뜻으로 한 말인지 지금은 알 것 같아요. 디키가 산레모 보트 침몰 사건으로 경찰 조사를 받았어요. 경찰이 그 얘기는 안 하던가요?"

"아뇨."

"산레모에서 보트 한 대가 침몰된 채 발견됐습니다. 디키하고 제가 산레모에 갔던 날 전후로 실종된 보트로 추정된대요. 그런데 저희가 하필 똑같은 기종의 보트를 빌려 탔거든요. 사람들이 빌려 타는 작은 모터보트였죠. 아무튼, 보트가 침몰됐는데 그 안에서 혈흔으로 추정되는 얼룩이 나왔대요. 마일스가 살해된 직후 보트가 발견됐는데, 그때가 경찰이 제 행방을 확인하지 못하고 있을 때였죠. 제가 이탈리아를 여기저기 떠돌아다니고 있었거든요. 그래서 경찰이 디키에게 제 행방을 물어봤대요. 곰곰이 생각해 봤는데, 디키는 자기가 절 죽였다고 경찰이 의심한다고 오해한 거 같아요!" 톰이 웃었다.

"이게 무슨 말도 안 되는 소립니까!"

"다른 건 몰라도 이것만큼은 알아요. 며칠 전 형사가 베네치아로 올라와서 저한테도 그 건에 대해 물어봤기 때문이에요. 형사는 디키에게도 같은 걸 물어봤다고 했어요. 이상한 건, 저는 경찰이 절 찾는지도 몰랐다는 거죠. 아주 열심히 찾지는 않았지만 계속 찾고는 있었대요. 그러다가 베네치아에 와서 신문을 본 다음에야 경찰이 절 찾는다는 걸 알고 여기 경찰서로 직접 갔어요." 톰은 여전히 웃음을 머금고 있었다. 그린리프 씨가 산레모 보트 사건에 대해 알든 모르든, 그린리프 씨를 만나기만 하면 이 얘기를 더욱 그럴듯하게 해야겠다고 며칠 전부터 다짐했었다. 그린리프 씨가 이 얘기를 경찰한테 듣는 것보다야 나았다. 톰이 로마에 있을 때 디키와 잠시 같이 지냈는데, 그 무렵 경찰이 톰을 찾는다는 걸 디키가 알고도 톰에게 말해 주지 않았다는 얘기를 톰이 그린리프 씨에게 하는 편이 나았다. 그래야 당시 디키가 우울증 증세를 보였다는 톰의 말과 정확히 맞아떨어졌다.

"이게 다 무슨 소린지 모르겠군요." 그린리프 씨가 소파에 앉은 채 귀를 기울이고 있었다.

"그 사건은 이제 다 해결됐어요. 디키나 저나 둘 다 살아 있으니까요. 경찰이 저를 찾는다는 걸 디키가 알고 있었다는 말씀을 드리려고 이 얘기를 꺼낸 겁니다. 경찰이 디키한테 제 행방을 물었으니까요. 맨 처음 경찰 조사를 받을 때만 하더라도 디키는 제가 정확히 어디 있는지는 몰라도 이탈리아에 있다는 건 알았어요. 그런데 디키는 로마에서 절 만나고도 저를 봤다는 말을 경찰에 하지 않은 거죠. 디키가 그 정도로 비협조적이었습니다. 협조할 기분이 아니었을 테니까요. 마지가 로마 호텔로 찾아와 전화했을 때, 디키는 경찰서에 가고 없다는 말을 제가 해 주었기 때문에 제가 알아요. 디키는 경찰이 톰을 찾으면 찾았지 자기 입으로 제 행방을 말하지 않겠다는 태도를 보인 거죠."

그린리프 씨는 디키와 관련된 얘기라면 그저 다 믿어진다는 듯이 자상한 아버지처럼 초조하게 고개를 끄덕이는 것 같았다.

"그날 밤 디키가 그 말을 했던 것 같아요. 사건이 하나만 더 터지면…… 바로 이 말을요. 베네치아에 와서 생각해 보니 좀 황당하더라고요. 경찰은 경찰이 자기를 찾는 줄도 몰랐던 절 바보로 여겼을 거 아닙니까. 아무튼 전 몰랐어요. 그게 사실이에요."

"흠." 그린리프 씨가 관심 없다는 듯이 소리를 냈다.

톰이 브랜디를 더 마시려고 자리에서 일어났다.

"유감이지만, 난 리처드가 극단적인 선택을 했다는 당신의 말에 동의하지 않아요."

"마지도 같은 생각이던데요, 제가 드린 말씀은, 그럴 가능성도 있다는 뜻이었습니다. 저도 그 일이 일어났을 확률이 가장 높다고는 생각하지 않아요."

"그런가요? 그럼 어떨 것 같습니까?"

"디키가 잠적한 거 같아요. 브랜디 하시겠어요? 이 집이 미국 다음으로 추운 것 같아서요."

"솔직히 좀 춥네요." 그린리프 씨가 술잔을 받아 들며 대답했다.

"디키가 이탈리아 말고 다른 나라로 갔을 수도 있어요. 그리스나 프랑스로 갔을 수도 있고, 아니면 나폴리에 도착한 후 다른 곳으로 떠났을지도 모르죠. 그때까지만 해도 아무도 디키를 찾지 않았으니까요."

"압니다, 안다고요." 그린리프 씨가 지친 목소리로 말했다.

26

톰은 다니엘리 호텔에서 만난 앤티크 딜러가 초대한 칵테일파티를 마지가 까먹었기를 바랐지만, 마지는 기억하고 있었다. 그린리프 씨가 쉬겠다면서 4시경 호텔로 돌아가자마자 마지가 5시에 파티가 있다며 톰에게 알려 주었다.

"진짜로 가려고? 그 남자 이름도 기억이 안 나."

"말루프. 말-루-프. 가자. 가고 싶어. 잠깐 갔다 오자."

그래서 가게 되었다. 톰이 싫었던 건 자청해서 구경거리가 되는 일이었다. 그린리프 실종 사건에 등장하는 주요 인물이 한 명도 아니고 둘이나 되니 눈에 띌 수밖에 없었다. 서커스장에서 스포트라이트를 받는 곡예사 커플이 되었다고 할까. 톰은 그와 마지가 말루프 씨가 떠벌린 이름에 지나지 않는다는 사실을 체감했다. 말루프 씨가 마지 셔우드와 톰 리플리가 오늘 자신이 주최하는 파티에 온다고 소문내는 바람에 지체 높으신 귀빈들이 죄다 온 것이다. 톰에겐 어울리지 않는 자리였다. 마지는 디키가 실종되었어도 조금도 걱정하지 않는다고 떠들어 대서 자신의 방정맞음에 대해서는 핑계를 댈 수 없었다. 마지는 톰의 집에서는 술을 양껏 마시지 못했는지, 아니면 그린리프 씨와 같이 저녁을 먹는 자리에서 톰이 술을 더 시켜 주지 않아서 그랬는지 모르겠지만, 마티니가 공짜라고 정신없이 퍼마셨다.

톰은 여유롭게 술을 음미하면서 마지를 피해 방 맞은편에 가만히 서 있었다. 누구든 혹시 디키의 친구 아니냐며 말을 걸어오면, 디키의 친구인 건 맞지만 마지에 대해서는 잘 모른다고 했다.

"셔우드 양은 저희 집에 온 손님이에요." 톰이 난감하게 웃으며 말했다.

"그린리프 씨는 어디에 계시죠? 왜 안 모시고 오셨어요?" 말루프 씨가 맨해튼 칵테일이 가득 든 샴페인 잔을 들고 코끼리처럼 엷 걸음질로 다가와 물었다. 말루프 씨는 요란한 영국제 트위드 원단으로 만든 체크 양복을 입고 있었다. 영국에서 짠 원단이긴 하나 말루프 같은 미국인을 위해 마지못해 특별 제작한 원단으로 보였다.

"지금 쉬고 계실 겁니다. 이따 만나서 저녁을 먹기로 했어요."

"아, 그래요. 오늘 석간신문은 보셨나요?" 말루프 씨가 아주 근엄한 표정으로 정중하게 물었다.

"네, 봤습니다."

말루프 씨는 더는 말을 꺼내지 않고 고개만 끄덕였다. 못 봤다고 했다면 말루프 씨가 어떤 시답잖은 기사를 떠들어 댔을까, 톰은 궁금했다. 오늘 석간신문에는 그린리프 씨가 베네치아에 도착해 그리티 팰리스 호텔에 묵고 있다는 내용이 실렸다. 미국에서 건너온 사설탐정이 오늘 로마에 도착했다거나 도착할 예정이라는 기사는 일절 실리지 않았다. 그러자 톰은 그린리프 씨가 말한 사설탐정에 대해 의구심이 들었다. 사설탐정이 온다는 얘기는 세간 사람들이 떠드는 풍문이거나,

사실에 전혀 기반하지 않은 그의 상상 속 공포가 꾸며 낸 얘기 같았다. 2주만 지나도 그 말에 속아 넘어갈 뻔했다는 게 민망해지는 얘기 말이다. 이를테면, 마지와 디키가 몽지벨로에서 바람을 피웠다는 둥, 둘이 바람 피우기 직전이었다는 둥의 헛소문하고 비슷하달까. 아니면, 톰이 여태 디키 그린리프인 척했다면 2월에 있었던 서명 위조 소동으로 덜미를 잡혀 정체가 탄로 났을 거라고 가정해 보는 것하고도 비슷해 보였다. 서명 위조 논란은 사실상 종지부를 찍었다. 가장 최근 소식은, 미국에 있는 전문가 열 명 중 일곱 명이 수표에 기입된 서명이 위조되지 않은 것으로 보인다며 입장을 발표했다. 톰이 상상 속 두려움에 짓눌리지 않았더라면, 미국 은행에서 보낸 송금 수표에 서명하면서 디키 그린리프로 영영 살 수도 있었을 것이다. 톰은 이를 악물었다. 그러면서도 한쪽 귀로는 말루프 씨가 하는 말을 듣고 있었다. 말루프 씨는 그날 오전에 다녀온 무라노섬과 부라노섬에 대해 설명하면서 지적이고 진지하게 보이려고 애쓰고 있었다. 톰은 이를 악문 채 인상을 쓰고 들으면서도 자신의 삶에 악착같이 집중했다. 거짓임이 밝혀지기 전까진 사설탐정이 건너오는 중이라는 그린리프 씨의 말을 믿어야 했다. 톰은 그 말에 동요하지 않을 것이며, 눈을 깜빡거릴 때조차 무심코 두려움이 배어 나오지 않게 할 태세였다.

톰은 말루프 씨가 묻는 말에 성의 없게 대답했다. 그러자 말루프 씨가 호탕하게 웃어넘기더니 자리를 떴다. 톰은 그의 떡 벌어진 등판에 시선을 고정한 채 비웃다가 자신의 행동이 무례했으며, 지금도 무례하게 굴고 있으니 정신을 차리자고 다짐했다. 별 볼 일 없는 앤티크 딜러들과 장식품이며 재떨이 같은 물건들을 사입하는 업자들일지라도—톰은 외투를 벗어 놓은 방 침대 위에 그들이 견본품들을 가져와 쭉 펼쳐 놓은 모습을 봤었다—그들에게 예의 바르게 행동하는 것이 신사로서 의무였기 때문이다. 그런데 그들의 모습에서 그가 뉴욕에서 연을 끊은 숱한 사람들이 보였다. 그들이 가려움증처럼 신경을 살살 긁는 바람에 톰은 그 자리를 벗어나고 싶은 마음이 간절해졌다.

톰이 파티에 온 건 마지 때문이었다. 오로지 그 이유가 전부였다. 톰은 마지에게 화살을 돌렸다. 마티니를 홀짝이다가 천장을 올려다보고 잠시 생각에 잠겼다. 어찌어찌해서 이런 사람들과 다시 어울린다고 해도 몇 달 후면 그의 신경이, 인내심이 견디지 못할 것 같았다. 뉴욕을 떠나온 이후 톰은 조금이나마 나아졌고, 앞으로도 나아질 것이다. 천장을 올려다보며 그리스를 향해 배를 타고 가는 모습을 그려 보았다. 베네치아에서 출발해 아드리아해를 따라 내려가 이오니아해를 거쳐 크레타섬에 도착한다. 이게 톰이 올여름 하고 싶은 것이었다. 6월. 6월, 이 얼마나 달콤하고 포근한 단어인가. 햇살이 쏟아지는 청명하고 여유로운 6월. 하지만 몽상은 찰나에 지나지 않았다. 시끄럽고 갈리는 듯한 미국인들의 목소리가 다시 귀에 꽂히더니 발톱처럼 톰의 어깨와 등의 신경을 후벼 팠다. 톰은 어쩔 수 없이 마지가 있는 곳으로 자리를 옮겼다. 방에 여자라곤 마지를 빼면 둘뿐이었다. 형편없는 사업가들의 박색 아내들이었다. 그 둘보다 마지가 외모는 낫다는 걸 톰은 마지못해 인정했지만, 목소리만큼은 인정할 수 없었다. 마지의 목소리는 두 여자하고 비슷하지만 훨씬 듣기에 거북했다.

톰은 이만 가자는 말이 목구멍까지 나왔지만, 남자가 가자는 말을 꺼낸다는 건 상상할 수 없었다. 그래서 마지가 어울리는 사람들 틈에 끼어서 묵묵히 미소만 짓고 있었다. 누군가 그의 잔을 채워 주었다. 마지는 몽지벨로와 자기가 쓰는 책에 관해 떠들고 있었다. 구레나룻이 허옇게 세고 초췌한 얼굴을 한 남자 셋이 마지에게 흠뻑 빠진 듯했다.

얼마 후 마지가 자기 입으로 가자는 말을 꺼냈다. 마지와 톰은 말루프 씨와 그 무리를 떼어 내느라 한참 애를 먹었다. 다들 한껏 취해서 저녁을 먹고 가라고, 그린리프 씨도 같이 먹자며 고집을 피웠다.

“베네치아가 이래서 좋다는 거 아닙니까? 좋은 시간을 같이 보내자고요!” 말루프 씨가 바보같이 중얼거리다가 기회를 놓치지 않고 마지에게 팔을 두르더니 안 보내 주려고 마지를 쓱 잡아당겼다. 톰은 아직 식사하기 전이라 다행이라고 생각했다. 뭐라도 먹었다면 당장 게워 냈을 것이다. “그린리프 씨 전화번호가 어떻게 되죠? 당장 전화합시다.” 말루프 씨가 전화기가 있는 쪽으로 비틀거리며 향했다.

“가자니까!” 톰이 마지의 귀에 대고 단호히 말하더니 마지의 팔꿈치를 꽉 움켜쥐고 문으로 밀면서 마주치는 사람들에게 고개를 숙여 작별 인사를 건넸다.

“대체 왜 그래?” 두 사람이 복도로 나오자 마지가 물었다.

“그냥. 파티가 선을 넘는 것 같아서.” 톰은 웃어넘기려고 했다. 마지가 취하긴 했어도 톰에게 무슨 일이 있다는 걸 알아채지 못할 정도로 만취한 건 아니었다. 톰이 식은땀을 삐질삐질 흘리고 있었다. 이마에도 땀이 맺히자 손으로 훔쳤다. “저런 사람들하고 같이 있으면 진이 빠져. 걸핏하면 디키 얘기만 하고. 잘 모르는 사람들이잖아. 알고 싶지도 않지만. 저 사람들 기분 나빠.”

"거참 이상하네. 내 앞에서는 디키 얘기하는 사람이 한 명도 없었어. 디키 이름을 입에 올리는 사람도 없었거든. 어제 피터의 집에 갔을 때보다 훨씬 나았는데, 난."

그는 걸어가면서 고개를 들었지만 입은 꽉 다물었다. 저들은 그가 경멸하는 부류였다. 마지에게 말해서 뭐 해? 마지도 똑같은데.

두 사람은 호텔에서 그린리프 씨에게 전화를 걸었다. 저녁 식사를 하기엔 좀 이른 시각이라서 세 사람은 그리티 호텔 근처 길가에 있는 카페에 가서 식전주부터 시켰다. 톰은 저녁을 먹는 내내 기분 좋게 말을 많이 하면서 파티에서 버럭 화냈던 일을 만회하려 했다. 그린리프 씨는 기분이 괜찮아 보였다. 방금 아내와 통화했는데 아내가 기분도 꽤 좋고 몸도 훨씬 나아졌다고 했다. 주치의가 열흘 전부터 새로운 주사로 바꾸었는데 그동안 시도했던 치료법보다 훨씬 좋은 예후를 보인다고 전했다.

조용한 저녁 식사 자리였다. 톰이 담백하고 소소한 농담을 건네자, 마지가 배를 잡고 웃었다. 그린리프 씨가 밥값을 계산하겠다고 하더니 평소와 달리 몸이 좋지 않다며 호텔로 돌아가겠다고 했다. 고심 끝에 파스타 요리만 시키고 샐러드는 시키지 않은 거로 보아 물갈이를 하는 것 같아서, 톰은 아무 편의점이나 가면 잘 듣는 약이 있다고 말해 주고 싶었다. 하지만 그린리프 씨는 단둘이 있다고 해도 그런 말을 건넬 만한 상대가 아니었다.

그린리프 씨는 내일 로마로 돌아간다고 했다. 톰은 내일 아침 9시경에 전화할 테니 몇 시 기차를 타고 가는지 알려 달라고 했다. 마지도 그린리프 씨와 같이 로마로 내려가기로 했다. 마지는 몇 시든 상관없다며 선뜻 승낙했다. 세 사람은 걸어서 그리티 호텔로 향했다. 회색 홈부르크 모자 밑으로 보이는 그린리프 씨의 예리한 사업가 같은 얼굴이 매디슨가에 있는 작품 같았다. 세 사람은 좁고 구불구불한 골목을 빠져나온 후 작별 인사를 나누었다.

"곁에 더 오래 있어 드리지 못해서 정말 면목 없습니다." 톰이 인사했다.

"나도 미안합니다. 나중에 또 기회가 있겠죠." 그린리프 씨가 그의 어깨를 토닥였다.

톰은 약간 달뜬 상태로 마지와 함께 걸어서 집으로 향했다. 무사히 잘 끝난 것 같았다. 마지는 걸으면서 수다를 떨다가 낄낄거렸다. 브래지어 끈이 끊어져서 한 손으로 붙들고 있다는 것이다. 톰은 오늘 오후에 받은 밥 들랜시의 편지를 떠올렸다. 예전에 받은 엽서를 제외하고는 밥에게 편지를 받은 건 이번이 처음이었다. 밥은 경찰이 몇 달 전 소득세 사기 사건으로 그 건물에 사는 사람들을 전수 조사했다고 전했다. 사기꾼이 밥의 주소를 도용해 수표를 받았는데, 우체부가 우편함에 넣어 둔 편지를 가져가는 방식으로 수표를 챙겼다는 것이다. 우체부도 경찰 조사를 받았다고 했다. 우체부는 편지에 적힌 이름이 조지 맥알핀이라는 걸 기억해 냈다면서, 밥은 그 이름이 좀 웃기다고 했다. 밥은 경찰 조사를 받을 때 그곳에 사는 사람들의 반응을 묘사했다. 이상한 건, 조지 맥알핀 앞으로 온 편지를 누가 가져갔느냐였다. 편지를 보니 톰은 마음이 턱 놓였다. 소득세 사기 사건은 머릿속에 그럭저럭 흔적만 남아 있었다. 언젠가 조사하리라는 건 알았지만 말이다. 소득세 사기 사건이 이쯤에서 멈추고 더는 진행되지 않아서 기뻤다. 경찰이 무슨 수로 톰 리플리와 조지 맥알핀을 동일 인물로 볼까. 게다가 밥의 말처럼 사기꾼은 받은 수표를 현찰로 바꾸려는 시도조차 하지 않았는데.

톰은 집에 도착한 후 거실에 앉아 밥의 편지를 다시 읽었다. 마지는 2층으로 올라가 짐을 싸 놓고 잘 준비를 했다. 피곤하기는 톰도 마찬가지였지만 내일이면 마지와 그린리프 씨가 모두 떠나서 자유의 몸이 된다는 설렘을 유쾌하게 즐기느라 밤을 꼬박 새워도 괜찮을 것 같았다. 신발을 벗고 두 다리를 소파 위에 올리고 베개를 베고 누워서 밥의 편지를 내리읽었다. "경찰은 외부인이 종종 들러 우편물을 가져갔다고 생각하더라. 이 건물에 사는 바보들 중에는 범죄자처럼 생긴 사람이 아무도 없잖아." 그가 뉴욕에서 알던 사람들 얘기를 들으니 기분이 묘했다. 에드와 로레인, 톰이 뉴욕에서 배를 타고 떠나던 날 객실에 몰래 숨으려고 했던 도롱뇽 수준의 지능을 가진 여자. 톰은 기분이 묘했다. 조금도 마음이 끌리지 않았다. 얼마나 형편없이 사는 사람들이었던가. 뉴욕 길바닥을 어슬렁거리고 전철이나 타고 다니다가 재밌거리를 찾겠다며 3번가에 있는 어느 우중충한 술집에 죽치고 앉아 텔레비전이나 보는 인생들. 어쩌다 돈이 넘치도록 생겨서 매디슨가의 술집이나 근사한 식당을 사들인다고 해도 베네치아에 있는 가장 작고 소박한 간이식당과 비교하면 한심하기 그지없을 것이다. 싱싱한 샐러드와 풍미가 끝내주는 치즈가 나오고 친절한 웨이터가 세계 최고급 와인을 내오는 곳! "베네치아의 오래된 궁궐 같은 집에서 산다니 정말 부럽다. 곤돌라 자주 타니? 여자들은 어때? 너무 눈이 높아져서 미국에 오면 우리한테 말도 안 거는 거 아냐? 거기에 얼마나 더 있을 거야?" 밥이 편지로 물었다.

영원히. 두 번 다시 미국으로는 돌아가지 않을 생각이었다. 유럽이 좋아서라기보다 오히려 여기 베네치아와 로마에서 홀로 보낸 밤들 때문에 톰은 돌아가지 않겠노라 마음을 굳힌 것이다. 홀로 있는 밤이면 지도를 보거나 소파에 누워서 여행 책자를 뒤척였다. 그의 옷과 디키의 옷을 구경하고 디키의 반지를 양쪽 손바닥 사이에서 느끼며 밤을 지새우기도 했다. 구찌에서 산 영양 가죽으로 만든 여행 가방을 손으로 쓰다듬으면서 밤을 보내기도 했다. 영국산 특제 가죽 드레싱으로 구찌 여행 가방에 광을 냈다. 애지중지하려고 광을 낸 게 아니라 가죽을 보호하기 위해서였다. 그는 물건을 소유하는 게 좋았다. 잔뜩 소유해서 좋은 게 아니라, 엄선해서 고른 몇 가지를 쭉 쓴다는 게 좋았다. 그런 물건들이 그의 자존심을 채워 주었다. 과시할 수 있어서가 아니라 엄선된 물건의 품질이, 그리고 그 품질을 고이 간직하려는 애정이 살아 있음을 느끼게 해 주었다. 덕분에 톰은 자기 존재를 즐기게 되었다. 이렇게 간단할 수가. 그렇다면 자기 존재를 즐긴다는 게 뭔가 가치 있는 일 아닐까? 톰이라는 존재는 존재했다. 돈이 아무리 많아도 자기 존재를 즐길 줄 아는 이는 세상에 그리 많지 않았다. 돈만 많다고 가능한 일이 아니라, 확실한 담보가 있어야 가능한 일이었다. 그는 자기 존재를 즐기는 길을 향해 걸어가고 있었다. 마크 프리밍어와 같이 살면서도 그랬었다. 톰은 마크의 재력을 알아보았고, 마크가 소유한 것들 때문에 마크의 집에 들어가 산 것이다. 그런데 그 물건들은 톰의 것이 아니었다. 일주일에 고작 40달러를 막 벌기 시작했던 톰으로서는 살 엄두도 못 내던 것들이었다. 금쪽같은 청춘을 모조리 갖다 바치고 허리띠를 졸라매도 살까 말까 한 것들이었다. 디키의 재력 덕분에 안 그래도 그 길을 향해 걸어가던 톰에게 가속이 붙었다. 톰은 디키의 재력으로 그리스를 관광할 여유를 얻었다. 원한다면 에트루리아 도자기(최근에는 로마에 사는 미국인이 에트루리아 도자기에 관해 쓴 흥미진진한 책을 읽었다)를 수집할 여유도 생겼고, 예술가 단체에 가입해 작품을 기부할 수 있는 여유도 갖게 되었다. 디키의 재력 덕분에 다음 날 아침부터 출근하지 않아도 되었다. 이를테면, 말로*가 쓴 책을 밤늦도록 마음껏 읽을 수 있는 여유를 누리게 된 것이다. 그는 말로가 프랑스

* 프랑스의 작가 겸 미술 평론가

어로 쓴 두 권짜리 『예술의 심리』를 얼마 전에 사서 사전을 뒤적이며 재미나게 읽고 있는 중이었다. 톰은 잠깐 낮잠을 자고 일어나 몇 시가 됐든 계속 읽을 작정이었다. 그런데 에스프레소를 여러 잔 마셨는데도 나른하니 몸이 축 늘어졌다. 소파 모서리의 굴곡이 어깨에 딱 맞아서 그런지, 남의 팔을 베고 누운 것 같았다. 아니, 팔베개를 한 것보다 훨씬 편안했다. 오늘 밤엔 거실에서 자야겠다는 생각이 들었다. 2층 소파보다 훨씬 편했다. 좀 이따가 올라가서 이불을 가져와야겠다.

"톰!"

톰이 눈을 떴다. 마지가 2층에서 맨발로 내려오자, 톰이 일어나 앉았다. 마지가 고동색 가죽 상자를 들고 있었다.

"방금 이 안에서 디키가 끼던 반지 두 개를 발견했어." 마지가 숨을 몰아쉬며 말했다.

"아, 그거. 디키가 준 거야. 잘 갖고 있으라고." 톰이 자리에서 일어섰다.

"언제?"

"로마에 있을 때." 톰은 한 걸음 물러나 구두 한 짝을 툭 차서 손에 들고는 태연한 척하려고 애를 썼다.

"디키가 뭘 하려고 했을까? 이걸 왜 너한테 줬을까?"

마지가 브래지어 끈을 꿰매려고 실을 찾았던 것 같았다. 도대체 왜 반지를 딴 데 넣어 두지 않은 거지? 여행 가방 안감 속에 넣어 둘걸.

"나야 모르지. 디키가 무슨 심경의 변화가 있었겠지. 너도 디키가 어떤지 알잖아. 무슨 일이 더 생길지도 모르니 나더러 반지를 맡아 달라고 했어."

마지가 당황한 표정을 지었다. "디키가 어디 갔는데?"

"팔레르모에 갔잖아. 시칠리아섬." 톰은 양손으로 신발 한 짝을 쥐고 나무 굽을 무기로 삼을 자세를 취했다. 그리고 어떻게 할 것인지 재빨리 머릿속에 그림을 그려 보았다. 구두 굽으로 마지를 후려 팬 다음 정문으로 끌고 가서 운하에 밀어 넣는다. 마지가 이끼에 미끄러지는 바람에 운하로 떨어졌다고 둘러대자. 그런데 마지가 수영을 잘해서 물에 뜰 텐데.

마지가 가죽 상자를 내려다보았다. "그렇다면 디키가 자살하려고 한 거네."

"그래. 네가 그 반지를 그런 식으로 해석하고 싶다면 그런 거겠지. 반지 때문에 디키가 그랬을 가능성이 더 커졌어."

"왜 진작 말 안 해 줬어?"

"까먹고 있었어. 반지를 잃어버리지 않으려고 잘 치워 뒀거든. 디키한테 받은 다음 아예 들여다볼 생각도 안 했어."

"디키가 자살했거나, 신분을 바꾸었다는 얘긴데……. 설마 아니겠지?"

"맞아." 톰은 애석하지만 단호한 목소리로 잘라 말했다.

"그린리프 씨에게는 네가 말씀드리는 게 좋겠어."

"그럴게. 그린리프 씨에게도 말씀드리고, 경찰한테도 말할게."

"이렇게 되면 사실상 그쪽으로 결론이 난다는 건데." 마지가 말했다.

톰은 두 손으로 신발을 장갑처럼 움켜쥔 채 신발로 내리칠 자세를 풀지 않았다. 마지가 수상쩍은 눈으로 그를 쳐다보며 여태 머리를 굴리고 있었기 때문이다. 마지가 날 놀리나? 이제야 눈치챘나?

마지가 진지하게 말했다. "양쪽 손에 반지를 끼지 않은 디키의 모습이 상상이 안 돼." 이제야 톰은 마지가 정답에서 벗어나 딴 길로 한참 샜다는 걸 간파했다.

톰은 긴장을 풀고 소파에 늘어지듯 앉아서 신발을 신으려고 부산을 떠는 척했다. "당연하지." 기계적으로 맞장구를 쳤다.

"시간이 늦지만 않았더라면 당장 그린리프 씨에게 전화드렸을 텐데. 지금 주무시고 계실 테니, 내가 전화했다간 뜬눈으로 밤을 지새우시겠지. 안 봐도 훤해."

톰은 신발에 발을 마저 밀어 넣으려고 했는데 손가락이 완전히 힘이 빠져 흐물거렸다. 뭔가 그럴듯한 말을 하려고 머리를 쥐어짰다. "미리 말 못 해서 미안해." 무게 잡으며 둘러댔다. "뭐랄까……."

"알아. 일이 이렇게 되니 그린리프 씨가 사설탐정까지 동원한 게 우스워졌어. 안 그래?" 마지의 목소리가 떨렸다.

톰은 마지를 쳐다보았다. 마지가 울음을 터트릴 것 같았다. 디키가 자살할 수도 있다는 것을, 어쩌면 자살했다는 것을 마지가 처음으로 인정하는 순간이었다. 톰이 마지에게 살며시 다가갔다. "미안해, 마지. 반지 얘기를 미리 말하지 못해서 정말 미안해." 톰은 마지에게 팔을 둘렀다. 그럴 수밖에 없었다. 마지가 몸을 기댔기 때문이다. 마지가 뿌린 향수가 그의 코끝에 닿았다. 스트라디바리인 것 같았다. "반지를 보니 디키가 자살한 게 확실해. 만에 하나라도 그랬을 가능성이 있어 보여."

"그러게." 마지가 떨리는 목소리로 처량하게 대답했다.

마지는 눈물을 흘리지 않고 고개만 푹 숙인 채 톰에게 기대고 있었다. 방금 전 부고를 전해 들은 사람 같았다.

"브랜디 마실래?" 톰이 다정하게 물었다.

"아니."

"저쪽 소파에 가서 앉자." 톰이 마지를 소파 있는 쪽으로 데려갔다.

마지는 소파에 앉았고, 톰은 방을 가로질러 브랜디를 꺼내 두 잔에 따랐다. 그가 돌아서자 마지가 보이지 않았다. 마지가 입은 가운 자락과 맨발이 맨 위 계단에서 막 사라졌다.

마지는 혼자 있고 싶어 하는 것 같았다. 톰은 마지에게 브랜디를 갖다주려다가 마음을 접었다. 마지는 브랜디를 마셔도 도움이 되지 않을 것이다. 마지가 어떤 마음일지 이해가 되었다. 톰은 침통한 마음으로 브랜디를 따른 잔을 들고 술 캐비닛으로 가서 한 잔만 도로 병에 부을 작정이었는데, 두 잔 다 붓고 다른 술병들 사이에 브랜디 병을 도로 두었다.

톰은 소파로 돌아와 한쪽 다리는 올리고 다른 쪽 다리는 덜렁거리며 앉아 있었다. 이제는 기운이 빠질 대로 빠져서 신발을 벗을 기운조차 없었다. 프레디 마일스를 죽인 직후에도 이렇게 탈진했었다. 산레모에서 디키를 죽였을 때도 이렇게 맥을 못 추던 기억이 퍼뜩 떠올랐다. 하마터면 마지를 죽일 뻔했잖아! 마지가 인사불성이 될 때까지 구두 굽으로 후려치려 했던 섬뜩한 생각이 되살아났다. 어디가 됐든 살이 터질 정도로 힘껏 내려칠 생각은 없었다. 마지를 정문으로 끌고 가서 누구한테도 들키지 않게 조명을 끄고 대문 밖으로 밀어낸 다음 잽싸게 이야기를 꾸밀 작정이었다. '마지가 미끄러진 게 맞다니까요.' 그런데 마지는 수영을 잘하니 분명 계단을 붙잡고 올라왔을 것이다. 그래서 톰은 자기가 뛰어들지 못했다거나, 도와달라고 소리를 쳤다고 둘러대려고 했었다. 나중에 그린리프 씨를 만나서 할 얘기까지 정확히 준비해 두었다. 그린리프 씨가 크게 놀라서 충격을 받으면, 톰도 똑같이 놀란 척하며 온몸을 부들부들 떨려고 했었다. 대신 겉으로만 그럴 작정이었다. 프레디를 죽이고 난 후에 그랬던 것처럼, 속으로는 차분하고 자신에 대한 확신을 가지려고 했었다. 그가 지어낸 이야기엔 빈틈이 없었기에. 산레모 사건 때처럼 말이다. 그가 지어낸 이야기들은 훌륭했다. 있는 힘을 다해 짜 맞췄기 때문이었다. 얼마나 치열하게 짰던지 그조차 믿어질 정도였다.

톰은 한동안 자기 목소리가 자기 귀에 들렸다. "제가 저쪽 계단에

서서 마지를 불렀어요. 마지가 당장이라도 올라올 줄 알았거든요. 아니, 마지가 장난치는 줄 알았어요……. 마지가 자해했다고는 확실히 말씀드릴 수 없어요. 좀 전까지만 해도 마지가 여기에 기분 좋게 서 있었거든요…….” 톰은 온몸에 힘이 들어가면서 머릿속에서 녹음기가 돌아가는 것 같았다. 바로 이 거실에서 작은 드라마가 펼쳐지느라 잠이 오지 않았다. 이탈리아 경찰과 그린리프 씨가 복도로 연결되는 커다란 문을 열고 그 옆에 서 있는 모습이 보인다. 성실하게 대답하는 자신의 목소리가 들린다. 그리고 사람들이 그의 말을 믿어 주는 모습이 보인다.

그런데 그를 두려움에 떨게 하는 건 위와 같은 대화도, (그가 저지른 일이 아니라는 걸 알면서도) 자기가 일을 저질렀다고 믿는 환각도 아니었다. 그를 공포로 몰아넣은 건 그가 마지 앞에서 손에 신발을 쥐고 서서 이 모든 걸 냉철하게 방법론적으로 따졌다는 기억이었다. 예전에 그가 사람을 두 명이나 죽인 건 사실이었다. 그때 그 두 번은 환각이 아니라 실재했던 사실이었다. 입으로는 죽이고 싶지 않았다고 나불대면서도 살인을 저지른 것이다. 그는 살인자가 되고 싶지는 않았다. 살인을 저질렀다는 사실조차 가끔 까맣게 잊을 때도 있었지만, 가끔은 지금처럼 잊을 수가 없었다. 오늘 밤에 물건이 가진 의미를 생각하고 유럽에 살아서 좋은 이유를 곱씹는 동안에는 잠시 잊었던 게 분명했다.

톰은 모로 누워 몸부림을 치다가 두 다리를 소파 위로 들어 올렸다. 진땀이 흐르고 온몸이 부들거렸다. 지금 무슨 일이 벌어지는 거지? 무슨 일이 있었던 거야? 내일 그린리프 씨를 만나서 말도 안 되는 얘기를 불쑥 쏟아 내면 어쩌지? 마지가 운하에 빠져서 도와달라고 소리치길래 뛰어들었지만 마지를 찾지 못했다고 떠드는 거 아닐까? 마지가 옆에 있는데도 길길이 날뛰며 나불대다가 내가 미치광이라는 게 들통나면 어쩌지?

톰은 내일이면 반지를 들고 그린리프 씨를 마주해야 했다. 마지에게 했던 얘기를 반복해야 한다. 세세한 내용을 가다듬어서 이야기를 더욱 그럴싸하게 만들어야 한다. 이야기를 짓기 시작하자 머릿속이 차분해졌다. 로마의 어느 호텔방이 떠오르고, 디키와 서서 얘기를 나눈다. 디키가 양쪽 반지를 빼서 쥐여 주며 말한다. ‘이건 다른 사람한테는 말하지 마…….’

27

다음 날 아침 8시경에 마지는 그린리프 씨에게 전화해 호텔에 일찍 가도 되는지 물었다. 그런데 그린리프 씨는 마지가 힘들어한다는 걸 눈치챈 게 분명했다. 마지가 그린리프 씨에게 반지 얘기를 털어놓기 시작했다. 톰이 말한 내용을 고스란히 옮기는 걸 보니 마지가 톰이 한 말을 믿은 게 분명했다. 그런데 그린리프 씨가 어떤 반응을 보일지 톰이 알 수는 없었다. 이 반지로 인해 사건 전모가 드러날까 봐 톰은 두려웠다. 그날 아침 두 사람이 그린리프 씨를 만나러 가면, 그린리프 씨가 경찰을 대동하고 나와 '톰 리플리 당신을 체포하겠다'라고 말할까 봐 두려웠다. 이런 가능성 때문에 리플리 씨에게 반지 얘기를 하는 자리에 톰이 나가지 않는다고 해도 득이 될 게 없었다.

"뭐라고 하셔?" 마지가 통화를 마치자 톰이 물었다.

마지가 방 건너편에 놓인 의자에 맥없이 앉았다. "나하고 같은 생각이신 것 같아. 아예 대놓고 말씀하시네. 디키가 자살했을 거라고."

두 사람이 호텔에 도착할 때까지 그린리프 씨에겐 생각할 시간이 있었다. "몇 시까지 가기로 했어?"

"9시 반경에 가겠다고 했어. 커피만 마시고 가자. 지금 커피 물 올려놨어." 마지가 일어나서 주방으로 들어갔다. 마지는 이미 옷을 다 입고 있었다. 도착하던 날 입었던 여행용 정장 차림이었다.

톰은 어쩔 줄 모른 채 소파 끝에 허리를 펴고 걸터앉아 있다가 넥타이를 끌렀다. 옷을 입은 채로 소파에서 잠이 들었는데, 마지가 좀 전에 아래층으로 내려와 깨워 주었다. 이렇게 쌀쌀한 거실에서 밤새 자다니 톰은 도통 이해가 가지 않았다. 민망했다. 그가 마루에서 자는 걸 보고 마지가 놀랐을 것이다. 톰은 목이며 등이며 오른쪽 어깨까지 뻐근했다. 온몸이 삐걱거리는 것 같았다. 벌떡 일어났다. "올라가서 좀 씻을게." 톰이 마지에게 소리쳤다.

톰은 2층에 있는 자기 침실을 힐끔 들여다보았다. 마지가 이미 가방을 다 싸 놓았다. 꽉 잠긴 가방이 방 한가운데 놓여 있었다. 톰은 마지와 그린리프 씨가 오늘 오전에 기차를 타고 떠나 주기를 바랐다. 그린리프 씨가 오늘 미국에서 온 탐정을 로마에서 만나기로 했으니 둘 다 떠날 것이다.

톰은 마지가 쓰는 방 바로 옆방에서 옷을 벗고 욕실로 들어가 샤워기의 물을 틀었다. 거울 속에 비친 모습을 잠시 쳐다보다가 일단 면도부터 하려고 전기면도기를 가지러 다시 방으로 갔다. 마지가 온다는 소리에 괜히 욕실에서 빼놓은 전기면도기였다. 욕실로 들어가는데 전화벨이 울렸다. 마지가 전화를 받자, 톰은 계단통 너머로 귀를 세웠다.

"그럼요, 괜찮아요. 저흰 상관없어요……. 네, 톰한테 전할게요. 알겠어요. 서두를게요. 톰이 지금 씻고 있어서요……. 한 시간은 안 걸릴 거예요. 이따가 뵐게요."

마지가 계단을 올라오는 소리가 들리자, 톰은 뒷걸음질 쳤다. 알몸이었기 때문이다.

"톰?" 마지가 크게 불렀다. "미국에서 온 탐정이 방금 베네치아에 도착했대! 그린리프 씨한테 전화해서 베네치아 공항에서 호텔로 가고 있다고 했대!"

"잘됐다!" 톰은 대답한 다음 씩씩거리며 침실로 들어갔다. 물을 잠그고 전기면도기를 콘센트에 꽂았다. 만일 그가 샤워하는 중이었다면 마지가 어쩌려고 했을까? 마지는 아무튼 자기가 목청을 높이면 자기 목소리가 톰에게 들릴 거라 생각했을 것이다. 마지가 떠나면 기쁠 것 같았다. 오늘 오전에 제발 가 줬으면. 혹여 탐정이 톰하고 뭘 하는지 보겠다며, 마지와 그린리프 씨가 안 가겠다고 하는 건 아니겠지? 탐정이 굳이 베네치아까지 올라온 건 자기를 만나기 위해서라는 건 톰도 알고 있었다. 그럴 마음이 없었더라면 로마에 있다가 그린리프 씨를 만났을 것이다. 마지도 이 사실을 눈치챘을까? 눈치채지 못했을 것이다. 딱 봐도 알 수 있었다.

톰은 얌전한 정장에 수수한 넥타이를 맸다. 아래층으로 내려가 마지와 커피를 마셨다. 아주 뜨거운 물에 샤워하고 나니 기분이 좀 나아졌다. 커피를 마시면서 마지는 다른 말은 하지 않고, 이 반지들로 인해 그린리프 씨와 탐정 모두에게 크나큰 변화가 생길 거라는 말만 했다. 마지는 탐정이 봐도 정황상 디키가 자살했을 거라는 뜻으로 한 말이었다. 마지의 말대로 되었으면. 탐정이 어떤 사람이냐에 따라 모든 게 달려 있었다. 톰이 탐정에게 어떤 첫인상을 심어 주느냐에 따라 모든 게 달려 있었다.

우중충하고 축축한 날씨였다. 9시 현재 비는 내리지 않지만, 아까 왔었고 정오경에 더 온다고 했다. 톰과 마지는 성당 계단에서 곤돌라를 타고 산마르코 광장까지 간 다음 걸어서 그리티 호텔에 도착했다. 방으로 전화하자 그린리프 씨는 매캐런 탐정과 같이 있으니 방으로 올라오라고 했다.

그린리프 씨가 문을 열어 주었다. "어서들 와요." 아버지처럼 마지의 팔을 감싸 안았다. "톰……."

톰은 마지를 뒤따라 들어갔다. 탐정이 창가에 서 있었다. 키가 작고 땅딸한 체구에 서른다섯 정도 되어 보였다. 친절하나 경계하는 표정이었다. 적당히 똑똑해 보이긴 해도 그저 평범해 보였다. 이게 톰이 받은 첫인상이었다.

"이쪽은 앨빈 매캐런 탐정님입니다. 이쪽은 셔우드 양과 톰 리플리 씨입니다." 그린리프 씨가 소개했다.

셋이 인사를 나누었다. "처음 뵙겠습니다."

침대 위에는 새로 산 서류 가방이 놓여 있고 그 주변에 서류와 사진이 널려 있는 모습이 톰의 시야에 들어왔다. 매캐런이 톰을 살피고 있었다.

"리처드의 친구라고 들었습니다." 탐정이 물었다.

"저희 둘 다 친구예요." 톰이 대답했다.

그린리프 씨가 다들 앉으라고 하는 바람에 잠시 대화가 끊겼다. 꽤 넓은 호텔방에는 가구가 빼곡히 들어차 있었고, 운하를 향해 창이 나 있었다. 톰은 팔걸이가 없는 붉은 천 의자에 앉았다. 매캐런은 침대에 걸터앉아서 서류를 들여다보고 있었다. 복사된 용지도 몇 장 보였는데, 디키가 서명한 수표의 복사본 같았다. 디키의 사진도 여러 장 흩어져 있었다.

"반지 가져오셨죠?" 매캐런이 톰에게 두었던 시선을 마지에게 옮기며 물었다.

"그럼요." 마지가 진지하게 말하며 일어나더니 핸드백에서 반지 두 개를 꺼내 매캐런에게 건넸다.

매캐런은 손바닥 위에 반지를 올려놓고 그린리프 씨에게 손을 내밀었다. "이거 아드님 반지 맞습니까?" 탐정이 물어보자 그린리프 씨가 슬쩍 쳐다보더니 대답했다. 마지가 약간 상처받은 듯한 표정을 짓더니, 이렇게 말하려는 것 같았다. '저도 디키의 반지에 대해서는 그린리프 씨만큼은 알아요. 아마 제가 더 잘 알 걸요?' 매캐런이 톰에게 고개를 돌렸다. "리처드가 이 반지를 언제 주었나요?"

"로마에 있을 때였어요. 제 기억엔 2월 3일경이었던 것 같습니다. 프레디 마일스가 살해된 지 며칠 안 됐을 때였어요."

탐정은 온화하면서도 캐묻는 듯한 갈색 눈동자로 톰을 살피고 있었다. 눈썹을 들어 올리자 두툼한 이마에 주름이 두 줄 잡혔다. 구불구불한 갈색 머리를 양쪽 옆은 짧게 치고 이마 위로는 크게 웨이브를 주었는데, 귀여운 남자 대학생이 하는 헤어스타일 같았다. 톰은 생각했다. 표정만 봐서는 몰라. 저게 다 훈련된 거라. "리처드가 반지를 주면서 뭐라고 했습니까?"

"무슨 일이 생길지 모르니 저더러 갖고 있으라고 했어요. 그래서 제가 무슨 일이 생기냐고 디키에게 물어봤어요. 그랬더니 디키가 잘은 모르겠지만 무슨 일이 생기긴 할 거라고 했어요." 톰은 일부러 말을 끊었다. "디키가 그날따라 우울해 보이지는 않았어요. 다른 때하고 비슷했거든요. 그래서 자살할 거라고는 생각하지도 못했어요. 전 디키가 멀리 간다는 것만 알았어요. 그게 다예요."

"디키가 어딜 가는데요?" 탐정이 물었다.

"팔레르모로 간다고 했어요." 톰이 마지를 쳐다보았다. "네가 로마에 올라와서 나하고 통화했던 날, 그날 디키가 반지를 준 것 같아. 네가 잉길테라 호텔로 찾아왔던 날인 것 같아. 그날이거나, 아니면 그 전날일 거야. 혹시 날짜 기억해?"

"2월 2일이었어." 마지가 잠긴 목소리로 대답했다.

매캐런이 받아 적었다. "다른 얘기는요? 그때가 몇 시경이었나요? 리처드가 술을 마셨나요?"

"아뇨. 디키는 술을 거의 하지 않아요. 이른 오후였던 것 같아요. 디키가 저더러 반지 얘기는 아무한테도 하지 않는 게 좋겠다고 했어요. 저도 물론 동의했죠. 그래서 제가 반지를 치워 뒀는데 까맣게 잊어버리고 있었어요. 셔우드 양에게도 이렇게 말했어요. 디키가 저더러 반지 얘기는 하지 말라고 한 말을 제가 저 자신에게 단단히 일러두는 바람에 일이 이렇게 된 것 같다고요." 톰은 솔직하게 털어놓으며 이런 상황이라면 누구라도 말을 더듬을 것처럼 무심코 말을 살짝 더듬었다.

"그래서 반지를 어떻게 했습니까?"

"갖고 있던 낡은 상자에 넣어 두었습니다. 짝이 안 맞는 단추를 넣어 두는 작은 상자예요."

매캐런은 잠시 입을 다물고 톰을 주시했고, 톰은 잠시 마음을 가다듬었다. 평온하지만 날을 세운 아일랜드 출신의 남자 입에서 무슨 말이든 나올 수 있었다. 톰을 다그치며 추궁하거나, 톰이 거짓말하고 있다며 담담히 읊조릴 수도 있었다. 톰은 사실에만 더욱 매달려야겠다고 마음을 다잡고 죽을 때까지 그 사실을 옹호하기로 했다. 정적이 흐르는 가운데 마지의 숨소리와 그린리프 씨의 기침 소리만 들리자, 톰은 흠칫했다. 그린리프 씨가 차분한 걸 넘어 지겨워하는 것 같았다. 그린리프 씨가 반지 이야기를 듣고서 매캐런과 짜고 내가 걸려들도록 함정을 파 놓은 건 아니겠지? 톰은 의심스러웠다.

"리처드가 아무 이유 없이 반지를 잠깐이라도 빌려주는 사람인가요? 전에도 그런 적이 있었습니까?" 매캐런이 물었다.

"아뇨." 톰이 대답하기도 전에 마지가 끼어들었다.

톰은 호흡이 조금은 편해졌다. 매캐런이 이 반지로 뭘 밝혀야 하는지 아직도 감을 잡지 못했다는 걸 짐작할 수 있었다. 매캐런이 톰의 대답을 기다리고 있었다. "전에도 디키가 물건을 빌려주곤 했어요. 저더러 자기 재킷이나 넥타이를 마음껏 걸쳐 봐도 된다고 했거든요. 물론 반지와는 전혀 다른 얘기지만요." 톰은 이 말을 해야 할 것 같은 강박을 느꼈다. 톰이 디키의 옷을 입고 있다가 걸린 일화를 마지가 알고 있는 게 분명했기 때문이다.

"디키가 반지를 끼지 않은 모습은 상상이 가지 않아요." 마지가 매캐런에게 털어놓았다. "수영할 때 초록색 반지를 빼놓았다가도 곧장 끼웠거든요. 이래서 제가 디키가 자살하려고 했거나 신분을 속일 작정이었다고 주장하는 거예요."

매캐런이 고개를 끄덕였다. "혹시 리처드가 척진 사람이 있습니까?"

"아뇨. 생각해 봤는데 한 명도 없어요."

"리처드가 신분을 속이거나 다른 사람인 척하고 싶어 했다고 생각할 이유가 있을까요?"

톰은 신중히 말을 고르며 뻐근한 목을 이리저리 돌렸다. "그게 가능하다고 해도 유럽에서는 불가능에 가깝습니다. 그러려면 디키가 다른 사람의 여권을 갖고 있어야 하거든요. 어느 나라든 입국하려면 여권을 제시해야 하잖아요. 호텔에 투숙하려고 해도 여권이 필요하고요."

"나한테는 호텔에 체크인할 때 리처드가 여권을 보여 주지 않아도 된다고 말하지 않았나요?" 그린리프 씨가 따졌다.

"네, 제가 그렇게 말씀드린 건, 이탈리아에 있는 아주 작은 모텔 얘기였습니다. 물론 그럴 가능성이 희박하긴 하죠. 그런데 디키가 실종됐다고 이렇게 동네방네 떠드는 상황에서는 디키가 끝끝내 숨어 있지는 못할 겁니다. 이쯤 되면 누군가 분명 디키의 뒤통수를 때리겠죠."

"그렇다면 리처드가 자기 여권을 들고 간 게 맞겠군요." 매캐런이 말했다. "리처드가 시칠리아섬에 들어갈 때도 자기 여권을 제시했고, 특급 호텔에서도 보여 줬으니까요."

"그랬죠." 톰이 대답했다.

매캐런이 잠시 메모를 하더니 고개를 들고 톰을 쳐다봤다. "어떻게 생각하십니까, 리플리 씨?"

매캐런이 아직도 끝낼 생각을 안 하네. 나중에 따로 보자고 하겠군, 톰이 생각했다. "유감스럽게도 저도 셔우드 양하고 같은 생각입니다. 디키가 자살한 것으로 보입니다. 처음부터 끝까지 디키가 의도한 일이라고 생각합니다. 제가 이 얘기를 그린리프 씨에게도 말씀드렸어요."

매캐런이 그린리프 씨를 쳐다보았지만, 그린리프 씨는 입을 꾹 다물고 기대에 찬 눈으로 매캐런을 쳐다보고 있었다. 이쯤 되자 톰은 매캐런도 디키가 죽었다는 쪽으로 생각이 기운 것 같다는 느낌을 받았다. 탐정은 자기가 유럽까지 건너온 게 시간 낭비, 돈 낭비라고 생각하는 것 같았다.

"사실을 한 번 더 짚고 넘어가겠습니다." 매캐런이 뭔가를 정신없이 적다가 서류를 들여다보며 말했다. "리처드가 마지막으로 목격된 날짜는 2월 15일이고, 이날 팔레르모를 떠나 나폴리에 도착하는 배에서 내리는 모습이 목격되었습니다."

"맞습니다." 그린리프 씨가 말했다. "승무원이 리처드를 기억하고 있었어요."

"그 후 리처드가 투숙했다는 호텔 기록이 전무하고, 리처드가 편지를 쓰거나 전화한 적이 없었습니다." 매캐런이 그린리프 씨를 보다가 톰에게 시선을 옮겼다.

"없었죠." 톰이 대답했다.

매캐런이 마지를 쳐다보았다.

"없었어요." 마지가 대답했다.

"그렇다면 마지막으로 리처드를 본 게 언제였죠, 셔우드 양?"

"11월 23일이었어요. 디키가 산레모로 떠나던 날이었어요." 마지가 재깍 대답했다.

"그때 몬지벨로에 계셨나요?" 매캐런이 몽지벨로를 몬지벨로라고 발음했다. 이탈리아어를 모르거나, 최소한 연음에 대해서는 모르는 것 같았다.

"네. 2월에 로마에서 디키를 만날 뻔했다가 놓친 적은 있었지만, 마지막으로 본 건 몽지벨로에서였어요."

마지가 이렇게나 잘해 주다니! 톰은 마지를 향한 애정이 뿜어져 나오는 것 같았고, 실제로도 애정이 넘쳐흘렀다. 짜증 나게 하던 마지가 오늘 아침부터는 기특해 보였다. "로마에 있을 때 디키가 아무도 만나지 않으려고 했어요." 톰이 거들었다. "그래서 그런 것 같아요. 그때 디키가 제게 반지를 줬는데, 전 디키가 아는 사람들을 피해 딴 도시로 가서 잠시 몸을 숨기려는 줄 알았어요."

"왜 그렇게 생각했습니까?"

톰은 친구 프레디 마일스가 살해당한 일과 그 사건이 디키에게 미친 영향에 대해 구체적으로 설명했다.

"그렇다면 리처드가 프레디 마일스를 죽인 범인을 알고 있었다고 보십니까?"

"아뇨. 그건 분명 아니에요."

매캐런이 마지의 의견을 기다렸다.

"아뇨." 마지가 고개를 저으며 말했다.

"잠시 생각 좀 정리하겠습니다." 매캐런이 톰에게 말했다. "그걸로 리처드의 행동이 설명된다고 생각하시나요? 리처드가 경찰 조사를 피하고자 지금 잠적했다는 말씀이신가요?"

톰은 잠시 생각했다. "디키는 그쪽으론 제게 힌트를 전혀 주지 않았어요."

"리처드가 뭘 두려워했을까요?"

"그건 저도 모르겠습니다." 톰이 말했다.

매캐런은 톰에게 디키가 프레디 마일스하고 얼마나 친했는지도 묻고, 톰이 아는 사람 중에 디키와 프레디의 겹치는 지인이 있는지도 물었다. 그리고 혹시 둘 사이에 금전 거래가 있었거나 여자 문제가 있었는지도 물었다. "제가 알기론 디키에게 여자는 마지뿐이었어요." 톰이 대답했다. 그러자 마지가 자기는 프레디의 여자 친구가 아니라고 항변하면서 자기를 두고 둘 사이에 라이벌 관계는 있을 수 없다고 잘라 말했다. 그러자 매캐런이 유럽에 사는 디키의 친구들 중에서 톰이 가장 친한 친구라고 할 수 있느냐고 물었다.

"그렇다고 말씀드릴 수는 없어요. 디키에겐 마지 셔우드 양이 가장 친한 친구죠. 제가 유럽에 사는 디키의 친구는 하나도 모르지만요."

매캐런이 톰의 표정을 다시 살폈다. "서명 위조 사건에 대해서는 어떻게 생각합니까?"

"그게 위조된 거였나요? 디키의 서명이 위조됐다고 확신하는 사람이 없는 거로 아는데요."

"위조는 아닐 거예요." 마지가 거들었다.

"의견이 나뉜 걸로 보입니다." 매캐런이 설명했다. "전문가들은 리처드가 나폴리 은행에 보낸 편지가 위조되지 않았다고 주장합니다. 그렇다면 만약 어디선가 위조된 서명이 나온다면, 리처드가 그 사람을 감싸고 있다는 뜻이 되거든요. 만약 위조된 게 맞는다면, 리처드가 덮어 주려는 사람이 대체 누구일까요?"

톰이 잠시 망설이자 마지가 대답했다. "제가 디키를 아는데요, 디키가 누구를 덮어 줄 리 없어요. 디키가 왜 그래야 하죠?"

매캐런이 톰을 응시했다. 그런데 탐정이 톰의 정직함에 대해 숙고하는 건지, 모두에게 들은 말을 따져 보는 건지 톰은 분간이 가지 않았다. 매캐런은 전형적인 미국 자동차 회사에서 일하는 영업 사원 같아 보였다. 씩씩하고 단정하고 지적 능력이 평균치는 되어서 남자하고는 야구 얘기를 하고, 여자에게는 얼빠진 찬사를 늘어놓을 줄 아는 인물 같았다. 톰은 탐정을 대단하게 여기진 않았지만, 그렇다고 누군가의 적을 얕보는 것도 영리한 짓은 아니었다. 톰이 탐정을 쳐다보자 매캐런이 작고 매끈한 입술을 달싹이며 물었다. "잠깐 아래층에서 뵐까요, 리플리 씨? 잠시 시간을 내 주시겠습니까?"

"물론이죠." 톰이 일어나면서 대답했다.

"잠깐이면 됩니다." 매캐런이 그린리프 씨와 마지에게 말했다.

톰이 호텔 방문 앞에서 뒤를 돌아봤다. 그린리프 씨가 일어서더니 탐정에게 무슨 말을 했기 때문이다. 그런데 톰의 귀엔 들리지 않았다. 문득 밖에 내리는 비가 눈에 들어왔다. 회색 셀로판지 같은 비가 창유리를 때리고 있었다. 넓은 방 건너편에서 작은 몸을 움츠리고 있는 마지. 노인네처럼 비틀비틀 나오며 따지는 그린리프 씨. 톰은 눈앞이 뿌예지면서 마음이 다급해진 나머지, 두 사람을 마지막으로 힐끔 쳐다보는 듯한 기분이 밀려왔다. 안락한 방만 보이고, 운하 너머 그의 집이 있는 곳까지 펼쳐진 풍경은 지금 비 때문에 보이지 않았다. 어쩌면 톰은 두 번 다시 그 집을 보지 못할지도 모른다.

그린리프 씨가 물었다. "그러니까 금방 온다는 말이죠?"

"아, 그럼요." 매캐런이 무덤덤한 사형 집행인처럼 단호히 말했다.

둘이 엘리베이터를 향해 걸어갔다. 일을 이런 식으로 하나? 톰은 궁금했다. 로비에서 낮은 목소리가 들리면 매캐런이 톰을 이탈리아 경찰에 넘긴 다음 약속했던 대로 호텔방으로 돌아가 버릴 것 같았다. 매캐런이 서류 가방에서 꺼낸 서류를 두 장 들고 왔다. 톰은 엘리베이터

안에 있는 층수 안내판 옆에 세로로 붙어 있는 장식용 몰딩을 쳐다보았다. 달걀 모양의 볼록한 점 네 개가 달걀 모양의 구체 주위에 찍힌 채 몰딩을 따라 위에서 아래까지 반복되고 있었다. 뭐라도 그럴듯한 말을 생각해 봐, 그린리프 씨에 관한 일상적인 말이라도 건네라고, 톰은 혼잣말하며 이를 악물었다. 지금은 땀을 흘리면 안 된다. 아직은 괜찮지만 로비로 내려가면 얼굴이 땀범벅이 될지도 모른다. 매캐런은 키가 톰의 어깨높이 정도였다. 톰은 엘리베이터 문이 열리자마자 몸을 돌려 이를 활짝 드러내며 웃는 얼굴로 슬그머니 물었다. "베네치아는 처음이시죠?"

"네." 매캐런이 대답하더니 로비를 가로질렀다. "이쪽으로 들어갈까요?" 탐정이 카페를 가리켰다. 말투는 깍듯했다.

"그러죠." 톰이 기분 좋게 말했다. 카페에는 사람이 별로 없었지만, 다른 테이블까지 말소리가 들리지 않을 자리는 하나도 없었다. 매캐런이 이런 곳에서 테이블 위에 증거를 하나씩 들이대며 몰아세우려나? 톰은 매캐런이 내주는 의자에 앉았고, 매캐런은 벽을 등지고 앉았다.

웨이터가 왔다. "뭐로 하시겠어요?"

"커피요." 매캐런이 말했다.

"카푸치노 주세요." 톰이 물었다. "카푸치노 드실래요? 에스프레소 드실래요?"

"우유가 들어가는 게 뭐죠? 카푸치노인가요?"

"네."

"그걸로 하겠습니다."

톰이 주문했다.

매캐런이 톰을 쳐다보았다. 탐정은 한쪽 입꼬리만 올린 채 작은 입술로 미소를 지었다. 톰은 탐정이 꺼낼 말을 서너 가지로 추려 보았다. '당신이 리처드를 죽였지? 반지까지 챙긴 건 너무한 거 아냐?'라든가, '산레모 보트 사건에 대해 자세히 말씀해 보시죠, 리플리 씨' 아니면, 이렇게 조용히 말을 꺼낼지도 모른다. '리처드가 나폴리에 도착한 2월 15일에 어디에 계셨나요? 좋습니다. 그렇다면 그때는 어디에 머무셨나요? 1월에는 어디에 계셨는지 말씀해 주시죠. 그걸 증명할 수 있습니까?'

매캐런은 말없이 통통한 손만 내려다보며 슬쩍 미소를 지었다. 자기가 해결하기에 우스울 정도로 쉬운 일이라서 굳이 말하려는 노력조차 하지 않는 것 같았다.

옆 테이블에 앉은 이탈리아 남자 넷이서 미친 듯이 떠들고 박장대

소하며 시끄럽게 굴었다. 톰은 저들을 피해 도망치고 싶었지만 미동도 없이 앉아 있었다.

톰이 참고 또 참다 보니 몸이 굳어 버렸고, 결국 긴장감만 남더니 반항심이 고개를 들었다. 놀라울 정도로 차분하게 묻는 자기 목소리가 자기 귀에 들렸다. "로마에 도착하셨을 때 로베리니 경위하고 얘기하실 시간은 있었나요?" 톰이 이 말을 꺼내는 순간, 이렇게 묻는 목적이 있었다는 걸 깨달았다. 톰은 매캐런이 산레모 보트 사건에 대해 들었는지 떠보고 싶었다.

"아뇨. 시간이 없었습니다. 그린리프 씨가 오늘 로마로 오시겠다고 전갈을 남기셨지만, 제가 너무 일찍 로마에 도착했지 뭡니까. 그래서 비행기로 이동할 테니 베네치아에서 보자고 했죠. 리플리 씨도 만날 수 있으니까요." 매캐런이 고개를 숙이고 서류를 들여다보았다. "리처드는 어떤 사람인가요? 성격을 봤을 때 어떤 사람이라고 표현하시겠어요?"

매캐런이 이런 식으로 유도하려나? 디키에 대해 설명하는 단어에서 무슨 실마리라도 캐내겠다는 건가? 아니면 디키의 부모한테서는 듣지 못할 객관적인 의견을 듣고 싶은 건가? "디키는 화가가 되고 싶어 했지만, 아주 뛰어난 화가는 절대로 될 수 없다는 걸 자기도 알고 있었어요. 그래도 상관없다는 듯이 굴었죠. 디키는 유럽으로 건너와서 자기가 살고 싶었던 모습 그대로 완벽하게 행복하게 사는 척했어요." 톰이 입술을 축였다. "그런데 삶이 디키를 지치게 한 것 같아요. 아시겠지만 아버지한테는 인정을 못 받았거든요. 게다가 마지하고 사귀면서 점차 이상한 쪽으로 끌려갔어요."

"그게 무슨 뜻입니까?"

"마지는 디키를 사랑했지만, 디키는 마지를 사랑하지 않았어요. 그런데도 몽지벨로에서 디키가 곧잘 만나 주니, 마지가 희망을 버리지 못한 거죠……." 톰은 차차 마음이 놓이기 시작했지만, 얘기하기 버거운 척했다. "그 문제로 디키가 저하고 얘기한 적은 없었어요. 디키는 늘 마지를 극찬했죠. 디키가 마지를 굉장히 좋아하긴 했지만, 누가 봐도, 마지가 봐도, 마지하고는 절대로 결혼까지는 가지 않을 것 같았거든요. 그런데도 마지는 절대로 포기하지 않았죠. 디키가 몽지벨로를 떠나겠다고 결심한 가장 결정적인 원인이 바로 그 때문일 겁니다."

매캐런이 공감한다는 듯이 묵묵히 듣는 것 같았다. "마지가 절대로 포기하지 않았다는 게 무슨 뜻입니까? 마지가 뭘 했는데요?"

톰은 웨이터가 거품이 잔뜩 올라간 카푸치노 두 잔을 내려놓고 두 사람 사이에 있는 설탕 통 밑에 계산서를 둘 때까지 기다렸다. “마지가 줄기차게 편지를 보냈어요. 보고 싶다고요. 그러면서도 디키가 혼자 있고 싶다고 하면 눈치껏 방해하지도 않았어요. 로마에서 제가 디키를 만났을 때, 디키가 털어놓더군요. 마일스가 살해당하는 사건이 일어나자 마지를 만나고 싶지 않다고요. 자기가 곤경에 빠졌다는 얘기를 듣고 마지가 몽지벨로에서 로마로 올라올까 봐 겁이 난다고 했어요.”

“리처드가 마일스 살인 사건 이후 예민해진 이유가 뭐라고 생각하시나요?” 매캐런이 커피를 한 모금 마시더니 뜨거워서인지, 써서인지 인상을 찌푸리며 숟가락으로 커피를 저었다.

톰이 설명했다. 두 사람은 아주 친한 사이였는데, 디키의 집에서 나간 직후에 프레디가 살해당했다고 했다.

“리처드가 프레디를 죽였을지도 모른다고 의심하십니까?” 매캐런이 조용히 물었다.

“아뇨.”

“왜죠?”

“디키가 프레디를 죽일 이유가 없어요. 적어도 제가 알기론 그래요.”

“이런 말이 있죠, 아무개는 누굴 죽일 사람이 아니다.” 매캐런이 말했다. “리처드가 누구를 죽일 만한 사람이라고 생각하시나요?”

톰은 머뭇거리며 간곡하게 진실을 찾는 척했다. “그런 생각은 해 본 적도 없어요. 누굴 죽일 만한 사람이 어떤 사람인지 저는 몰라요. 디키가 화를 낸 적은 있지만요.”

“그게 언제였죠?”

톰은 로마에서 보낸 이틀을 설명했다. 그때 디키가 경찰 조사 때문에 격분하고 당혹스러워했다면서 친구나 낯선 사람들이 거는 전화를 받지 않으려고 아파트를 비우기까지 했다고 설명했다. 톰은 이 일을 디키의 절망감이 커지던 상태와 엮어서 말했다. 디키가 그림 실력이 늘기를 바랐지만 늘지 않았기 때문이라는 것이다. 톰은 디키가 고집스럽고 자존심 센 청년이라고 표현하면서 아버지에 대한 경외심 때문에 당신의 바람을 저버리기로 한 거라고 설명했다. 다소 별난 녀석인데 친구들은 물론 남들에게도 자상하지만, 기분에 따라 왔다 갔다 하는 편이라고 평했다. 붙임성 있게 굴다가도 심기가 불편하면 잠적하기도 했다고 했다. 톰은 디키가 자기 자신을 아주 특별한 존재로 여기고 싶어 하는 아주 평범한 청년이었다는 말로 이 모든 걸 정리했다. "디키가 자신의 부족함을 인지하고 있었기 때문일 겁니다. 자기가 자기 성에 차지 않은 거죠. 디키는 살인을 할 사람이 아니라 자살할 사람에 훨씬 가까워 보여요."

"그런데 저는 리처드가 프레디 마일스를 죽이지 않았다는 확신이 서지 않는데요. 어떻게 확신하시는 거죠?"

매캐런은 더없이 진지했다. 톰은 그걸 확신할 수 있었다. 심지어 탐정은 톰이 이제 디키를 옹호해 주기를 바라기까지 했다. 두 사람이 친구였다는 게 이유였다. 톰은 공포심이 옅어지는 기분이 들었다. 완전히 사라진 건 아니었지만, 몸에서 아주 서서히 뭔가 녹아내리고 있었다. "저도 확신하는 건 아니지만, 디키가 프레디 마일스를 죽였다는 건 믿기지 않아요."

"저도 확신하는 건 아닙니다만, 그게 많은 것을 설명해 줄 것 같네요. 아닌가요?"

"그럼요. 모든 걸 설명해 주겠죠."

"와, 수사 첫날부터 이렇게 많이 알아냈다니." 매캐런이 희망찬 미소를 지으며 말했다. "로마에서는 보고서를 제대로 훑어보지도 못했습니다. 로마로 돌아간 이후에 다시 뵙고 말씀을 나누고 싶네요."

톰은 탐정을 응시했다. 끝난 것 같았다. "이탈리아어 하세요?"

"아뇨, 말은 잘하지 못하지만 읽을 줄은 알아요. 프랑스어를 더 잘합니다. 그래도 잘 해내려고요." 매캐런이 이탈리아어가 그리 중요한 문제가 아니라는 듯이 말했다.

이탈리아어가 얼마나 중요한데, 톰이 속으로 반박했다. 톰은 매캐런이 오로지 통역사를 통해서 로베리니 경위가 그린리프 사건과 관련해 조사한 내용을 모조리 얻어 낸다는 건 상상할 수 없었다. 매캐런이 로마에서 디키 그린리프의 집주인 같은 사람들과 어울리며 수다를 떠는 모습도 상상이 가지 않았다. 이탈리아어 구사 여부가 가장 중요했다. "몇 주 전에 여기 베네치아에서 로베리니 경위님을 뵀어요. 제 안부도 전해 주세요." 톰이 말했다.

"그러죠." 매캐런이 커피를 마저 마셨다. "리처드하고 친구 사이시니 묻습니다. 만일 리처드가 숨었다면 대체 어디로 갔을까요?"

톰은 의자에 앉은 채 몸을 살짝 뒤로 빼서 움찔거렸다. 탐정이 막판까지 애쓰고 있었다. "디키는 이탈리아를 제일 좋아했어요. 프랑스로 가진 않았을 겁니다. 그리스도 좋아해서 마요르카섬 얘기를 가끔

했거든요. 스페인이라면 어디든 가능성이 있어요."

"그렇군요." 매캐런이 한숨을 쉬며 말했다.

"오늘 로마로 돌아가시나요?"

매캐런이 눈썹을 치켜들었다. "그럴 생각입니다. 여기에서 몇 시간 눈 좀 붙인 다음에요. 이틀 동안 한숨도 못 잤거든요."

잘 버텼군, 톰은 생각했다. "그린리프 씨가 기차 편을 궁금해하실 거예요. 오늘 오전에 두 편이 있고, 오후에는 몇 편 더 있을 겁니다. 오늘 떠나신다고 하셨어요."

"오늘 떠나면 되겠네요." 매캐런이 계산서를 집으며 말했다. "도와주셔서 고맙습니다, 리플리 씨. 제가 주소와 전화번호를 알고 있습니다. 다시 뵈어야 할 경우가 생길 경우를 대비해서요."

두 사람이 일어났다.

"저도 올라가서 두 분께 작별 인사를 해도 될까요?"

매캐런은 상관없다고 했다. 두 사람은 다시 엘리베이터를 탔다. 톰은 휘파람을 불지 않으려고 스스로 단속해야 했다. "아빠도 엄마도 말리는데"라는 노래 가사가 머릿속에서 맴돌았다.

톰은 방 안으로 들어가면서 마지를 유심히 살폈다. 마지가 적의를 품고 있는 건 아닌지 기색을 살폈지만, 방금 과부가 된 여자처럼 마냥 슬퍼 보이기만 했다.

"셔우드 양에게도 따로 몇 가지 묻고 싶습니다. 괜찮으시다면요." 매캐런이 그린리프 씨에게 양해를 구했다.

"괜찮습니다. 로비에 내려가서 신문 좀 사오겠습니다." 그린리프 씨가 말했다.

매캐런은 수사를 멈추지 않았다. 톰은 오늘 로마로 떠나서 다시는 못 만날지 모를 마지와 그린리프 씨에게 작별 인사를 건넨 다음 매캐런에게 말했다. "언제든 로마로 내려가겠습니다. 제가 도움이 된다면요. 베네치아에는 5월 말까지 있을 예정이거든요."

"그 전엔 뭐라도 밝혀지겠죠." 매캐런이 아일랜드 사람답게 자신감 넘치는 미소를 지었다.

톰은 그린리프 씨와 같이 로비로 내려갔다.

"매캐런 씨가 같은 질문만 몇 번이고 묻더라고요." 톰이 그린리프 씨에게 말했다. "리처드의 성격에 대해 어떻게 생각하는지도 물었어요."

"그래서 뭐라고 했나요?" 그린리프 씨가 맥없이 물었다.

디키가 자살을 했든, 도망쳐서 몸을 숨겼든 그린리프 씨는 양쪽 다 괘씸하게 여길 거라는 걸 톰은 알아차렸다. "제가 생각하는 사실을 말했어요. 디키는 잠적했을 수도 있고, 자살했을 수도 있다고요."

그린리프 씨가 아무 말 없이 톰의 팔을 토닥였다. "잘 가요, 톰."

"안녕히 가세요. 소식 전해 주세요."

그린리프 씨가 여러모로 수긍하는 듯 보이니, 마지도 그럴 것 같았다. 마지가 자살이라는 설명을 받아들인 이상 지금부터는 마지의 마음이 자살이라는 결말을 향해 내달릴 것이다.

톰은 오후 내내 집에서 전화를 기다렸다. 적어도 매캐런이 시시콜콜한 일로 전화를 걸 줄 알았는데 한 통도 하지 않았다. 대신 티티가 전화했다. 이 동네에 사는 백작 부인인 그녀가 그날 오후에 칵테일파티가 있다며 그를 초대했다. 톰은 가겠다고 했다.

도대체 왜 마지가 골치를 썩일 거라고 생각하는 거지? 톰이 생각했다. 마지는 지금껏 그 어떤 문제도 일으키지 않았다. 자살이라는 생각이 일단 머리에 박혔으니, 마지는 자살에 맞춰 아둔한 상상을 하며 모든 걸 끼워 맞출 것이다.

28

다음 날 매캐런이 로마에서 톰에게 전화했다. 디키가 몽지벨로에서 알고 지내던 사람들 이름을 모조리 말해 달라고 했다. 매캐런이 찬찬히 이름을 받아 적으며 마지에게 받은 명단과 일일이 비교하는 걸 보니, 한 명도 빠짐없이 알고 싶어 하는 것 같았다. 톰은 사람들의 이름은 물론 알아듣기 힘든 주소까지 일일이 확인해 주었다. 명단에는 조르조, 부두 관리인 피에트로는 물론 파우스토의 숙모 마리아까지 있었다. 톰은 마리아는 성이 뭐였는지 생각나지 않았지만, 집으로 가는 길은 상세히 알려 주었다. 마트에서 일하는 알도, 세치 부부, 은둔 생활을 하느라 마을 변두리에 사는 나이 많은 화가 스티븐슨도 있었는데, 톰이 한 번도 본 적은 없었다. 톰이 명단을 쭉 부르는 데에 걸린 시간은 고작 몇 분이었지만, 매캐런이 이걸 확인하기까지 며칠은 걸릴 것이다. 톰은 한 명도 빠짐없이 이름을 대면서도 푸치 씨의 이름은 쏙 뺐다. 푸치 씨는 디키의 집과 요트를 처분해 준 사람으로, 디키의 재산을 처분하려고 톰이 몽지벨로에 왔었다는 이야기를 마지가 하지 않더라도 탐정에게 말할 게 뻔했다. 톰은 디키의 재산을 처분한 사람이 톰이라는 걸 매캐런이 안다고 해도 별로 심각할 것 같지 않았다. 탐정을 반기며 그가 원하는 얘기를 죄다 떠들어 댈 알도나 스티븐슨 같은 사람들도 명단에 있었다.

"나폴리에는 누가 있을까요?" 매캐런이 물었다.

"제가 알기론 없습니다."

"로마에는요?"

"죄송하지만, 저는 디키가 로마에서 친구와 같이 있는 걸 본 적이 없어요."

"그럼 이 화가도 만나신 적이 없겠군요. 이름이…… 디 마시모?"

"만난 적은 없고, 딱 한 번 보기는 했습니다."

"어떻게 생겼던가요?"

"모퉁이에서 스치듯 봤어요. 디키가 디 마시모를 만나러 간다고 해서 디키하고 헤어지면서 먼발치에서 그 화가를 본 적이 있어요. 키가 대략 175센티미터에 나이는 쉰 정도로 보였고 검은 머리가 희끗희끗했어요. 제가 기억하는 모습은 그게 전부입니다. 체격이 좀 단단해 보였고, 연회색 정장을 입고 있었어요."

"흠. 좋습니다." 매캐런이 뭔가를 적으면서 무미건조하게 대답했다. "다 된 것 같네요. 정말 감사합니다, 리플리 씨."

"천만에요. 행운을 빕니다."

톰은 실종된 친구를 찾는 수색 작업이 정점에 다다를까 봐 며칠간 집에서 조용히 대기했다. 누구라도 그랬을 것이다. 파티에 서너 번 초대받았지만 마다했다. 신문에서는 디키의 부친이 고용한 미국 사설탐정이 이탈리아로 건너왔다는 사실에 고무되어 디키 실종 사건에 다시금 관심을 보이기 시작했다. 『유로페오』와 『오지』의 사진 기자들이 톰과 자택 사진을 찍으러 집 안으로 들어오자, 톰은 단호히 나가라고 했다. 톰이 버티고 있던 젊은 기자의 팔꿈치를 쥐고 거실을 가로질러 현관으로 떠밀기까지 했다. 그런데 닷새나 지났는데도 눈에 띄는 진전은 전혀 없었다. 로베리니 경위마저 전화나 편지를 하지 않았다. 톰은 가끔 최악의 상황이 떠올랐다. 하루 중 가장 울적한 시간인 땅거미가 질 무렵이면 유독 그런 생각이 짙어졌다. 로베리니 경위와 매캐런이 손을 잡더니 디키가 11월에 실종되었다는 주장을 밀고 나가는 상상. 톰이 중고차를 산 시기를 매캐런이 확인하는 상상. 둘이 산레모로 여행 갔다가 디키는 오지 않고 톰 리플리만 몽지벨로에 나타나 디키의 자산을 처분하려 했다는 사실을 매캐런이 확인하고 냄새를 슬슬 맡기 시작하는 상상. 그린리프 씨가 베네치아를 떠나던 날 아침에 힘없이 덤덤하게 작별 인사를 건넸는데, 톰이 곱씹어 보니 그린리프 씨가 냉랭했던 것 같기도 했다. 그린리프 씨가 디키를 찾으려고 백방으로 노력했지만 무위로 끝나자 격분한 채 로마로 돌아가더니, 톰 리플리를 철저히 조사하라고 생뚱맞게 주장하는 모습이 머릿속에 펼쳐졌다. 내 아들을 미국으로 데려오라고 내가 돈을 들여서 저 사기꾼을 유럽으로 보냈다니!

그래도 아침이면 톰은 긍정적인 모습을 되찾았다. 디키가 로마에서 몇 달간 시무룩하게 지냈다고 굳게 믿는 마지가 그간 받은 편지를 모아 두었다가 매캐런에게 보여 줄 거라는 점이 긍정적으로 작용했다. 편지 내용도 좋았다. 공들여 편지를 써서 보내길 잘했다는 생각이 들었다. 마지는 부채가 아니라 자산이었다. 마지가 반지를 발견하던 날 신발을 내려놓기를 정말 잘했다.

아침이면 침실 창으로 태양을 바라보았다. 겨울 안개를 헤치며 평화로워 보이는 도시 위로 솟아오르려고 버둥거리던 태양이 마침내 솟아올라 하늘에서 두어 시간가량 햇살을 내뿜다 보면 정오가 되었다. 매일 고요하게 시작되는 하루가 미래의 평화를 보장해 줄 것 같았다. 날이 조금씩 따뜻해졌다. 해는 길어지고 비 오는 날은 줄었다. 봄이 코앞에 온 것 같았다. 이런 아침을 보내고 조금 더 나아진 아침을 보내다 보면, 이 집을 떠나 그리스로 가는 배에 오르는 날이 오리라.

그린리프 씨와 매캐런이 돌아간 지 엿새가 되는 날 밤, 톰은 로마에 있는 그린리프 씨에게 전화를 걸었다. 그린리프 씨에겐 달리 할 말도 없었고, 사실 아무것도 기대하지 않았다. 마지는 미국으로 돌아가고 없었다. 그린리프 씨가 이탈리아에 체류하는 동안 관련 기사가 매일 쏟아질 것 같았지만, 그린리프 실종 사건에 쏠렸던 화제성이 점차 떨어지고 있었다.

"부인은 어떠신가요?"

"그럭저럭 지내고 있습니다. 스트레스 때문에 고생하는 것 같아요. 어젯밤에도 통화했습니다."

"유감이네요." 톰은 그린리프 씨와 떨어져 혼자 지내는 부인에게 살가운 내용으로 편지를 써서 보내야 할 것 같았다. 진작 생각했더라면 얼마나 좋았을까.

그린리프 씨는 이번 주말에 파리를 거쳐 미국으로 돌아간다고 했다. 파리에서도 프랑스 경찰이 수색 중이었다. 매캐런도 동행할 거라면서 파리에서도 성과가 없으면 둘 다 미국으로 돌아갈 거라고 했다. "내 생각도 그렇고, 누가 봐도 그렇겠지만, 이 녀석이 세상을 등진 게 아니라면 일부러 몸을 숨긴 것 같습니다. 리처드를 찾는다는 기사가 이 세상 구석구석 안 난 곳이 없어요. 소련이라면 모를까. 녀석이 소련이 좋다고 한 적은 없었는데, 맞죠?"

"소련이요? 제가 알기론 그런 말은 안 했어요."

그린리프 씨는 디키가 죽든 말든, 될 대로 되라는 듯한 입장이 된 게 확실했다. 톰과 통화하는 동안 그린리프 씨는 그런 태도가 극에 달한 것 같았다.

그날 밤 톰은 피터 스미스킹즐리의 집에 갔다. 피터는 친구들이 가져온 영자 신문 두 부를 갖고 있었다. 그중 한 곳에 톰이 『오지』 소속 사진 기자를 집에서 몰아내는 사진이 실렸다. 톰은 이 사진을 이탈리아 신문에서도 본 적이 있었다. 톰이 베네치아의 골목을 거니는 사진과 그의 저택 사진이 미국 신문에도 실렸다. 밥과 클레오가 뉴욕 타블로이드 신문에 실린 톰의 사진과 기사를 항공 우편으로 보내 주었다. 다들 한껏 신나 보였다.

"치가 떨리네요." 톰이 말했다. "전 최대한 정중하게 이곳에서 지내면서 도움이 되고자 하는 마음뿐인데요. 한 번만 더 집에 들어오려는 기자가 있다면, 발을 들여놓는 순간 총을 맞게 될 겁니다." 얼마나 짜증이 나고 역겨웠는지 톰의 목소리에도 짜증이 배어 있었다.

"그 마음 잘 알죠." 피터가 말했다. "저는 5월 말에 귀국할 예정인데요. 같이 아일랜드로 가서 우리 집에서 지냅시다. 두 팔 벌려 환영합니다. 거긴 진짜로 조용하거든요. 장담합니다."

톰은 피터를 쳐다보았다. 피터가 자기 소유의 아일랜드 고성 얘기를 하면서 사진을 보여 준 적이 있었다. 톰이 디키와 친해지면서 깨닫게 된 특별한 자질이 악몽처럼, 창백한 악귀처럼 톰의 머리를 할퀴고 지나갔다. 피터도 같은 일을 당할 수 있다는 게 이유였다. 강직하고, 남을 의심하지 않고, 순수하고, 자상하고 착한 피터. 톰이 피터와 외모가 서로 닮지 않았다는 점만 달랐다. 어느 날 밤, 톰이 영국식 악센트를 구사하며 피터의 버릇을 흉내 내고 말할 때 고개를 삐딱하게 꺾는 모습을 따라 했는데, 그때 피터가 놀라서 배꼽을 잡으며 웃은 적이 있었다. 톰이 그런 짓을 해서는 안 됐다는 걸, 이제야 깨달았다. 그날 밤 때문에, 디키에게 한 짓을 피터에게도 할 수 있다는 생각을 잠시나마 했다는 사실 때문에, 톰은 도저히 얼굴을 들 수 없었다.

"고맙지만, 당분간은 혼자 지내는 게 나을 거 같아요. 디키, 이 녀석도 보고 싶네요. 정말 보고 싶어요." 톰은 눈에서 느닷없이 눈물이 왈칵 터질 것 같았다. 둘이 같이 살기로 했던 첫째 날 디키가 보여 주었던 미소가 떠올랐다. 그날은 아버지가 보내서 왔다고 디키에게 고백한 날이었다. 둘이 처음 같이 갔던 좌충우돌 로마 여행도 기억났다. 칸에 갔을 때 칼튼 바에 30분 내내 앉아만 있었던 기억마저 그리웠다. 그때 디키는 지루했는지 입을 꽉 다물고 있었다. 톰이 알고 보니 디키가 지루해할 수밖에 없었던 이유가 있었다. 톰에게 억지로 끌려가서 그랬던 거였다. 디키는 코트다쥐르를 별로 좋아하지 않았다. 톰이 혼자 관광을 다녔더라면, 그렇게 서두르며 욕심내지 않았더라면, 디키와 마지의 관계를 어리석게 오판하지 않고 둘이 원해서 헤어질 때까지 기다렸더라면, 디키와 여생을 함께 보낼 수 있었을 텐데. 남은 삶 내내 여행하며 즐기며 살 수 있었을 텐데. 그날 디키의 옷을 입어 보지만 않았더라면…….

"이해해요, 톰. 이해하고 말고요." 피터가 톰의 등을 토닥였다.

톰이 글썽이며 바라보자 피터가 일그러져 보였다. 크리스마스 휴가를 맞이해 미국으로 돌아가는 배를 타고 디키와 여행하는 모습이 눈앞에 선했다. 둘이 형제라도 되는 양 디키의 부모와도 잘 지내는 모습이 그려졌다. "고맙습니다." 톰은 아이처럼 펑펑 눈물을 쏟았다.

"이렇게라도 하지 않았더라면 당신한테 무슨 문제가 있다고 생각했을 거예요." 피터가 안타까워하며 말했다.

29

베네치아
19xx 6월 3일

그린리프 씨 귀하

오늘 짐을 싸다가 리처드가 로마에서 준 봉투를 발견했습니다. 뭐라 설명할 순 없지만, 지금까지 제가 이걸 까먹고 있었네요. 봉투에 "6월까지 개봉하지 말 것"이라고 적혀 있습니다. 이제 6월이 되었네요. 봉투 안에는 리처드의 유언장이 들어 있었습니다. 리처드가 자신의 수입과 자산을 제게 주겠다는 내용이 적혀 있습니다. 이걸 보시면 저만큼 놀라시겠죠. 유언장(타자기로 작성한 유언장입니다)에 골라 쓴 어휘를 보니 리처드가 자기만의 생각을 갖고 있었던 것으로 보입니다.

이 봉투를 잊고 있었다니 정말 면목이 없습니다. 이게

있었더라면 디키가 세상을 등질 마음이었다는 사실이 일찌감치 밝혀졌을 테니까요. 제가 이걸 여행 가방 주머니 속에 넣어 두곤 까맣게 잊고 있었습니다. 로마에서 마지막으로 만났을 때 디키가 이 봉투를 주었는데요, 당시에는 디키가 굉장히 우울한 상태였습니다.

심사숙고 끝에, 그린리프 씨께서 직접 보시도록 유언장 복사본을 동봉합니다. 평생 처음 보는 유언장이라서 일반적인 절차에 대해서는 전혀 모릅니다. 제가 뭘 해야 하나요?

그린리프 부인께도 안부 전해 주세요. 두 분의 심정을 깊이 공감하며, 이런 편지를 쓸 수밖에 없는 사실을 애석하게 생각한다는 점도 알아 주시길 바랍니다. 빠른 답변 기다리겠습니다. 앞으로는 아래 주소로 편지 부탁드립니다.

아메리칸 익스프레스 그리스 아테네 지점

진심을 담아
톰 리플리

이러다 화를 자초하는 건 아닐까. 이 편지로 인해 유언장에 적힌 서명은 물론이고 수표에 적힌 서명에 대한 조사가 다시금 시작될 수도 있었다. 자기들 주머니에서 돈을 내줘야 하는 상황이 되면 보험 회사와 신탁 회사가 철저한 조사에 착수할 수도 있었다. 톰은 5월 중순에 그리스행 표를 사 두었다. 날은 점점 좋아졌고, 그는 점점 초조해졌다. 베네치아의 어느 차고에 넣어 둔 피아트를 몰고 나가 브렌네르 고개*를 넘어 잘츠부르크와 뮌헨까지 갔다가 트리에스테로 내려와 볼차노**까지 빙 돌았다. 어디를 가든 날씨는 좋았다. 뮌헨의 영국 정원을 거니는 동안 살짝 흩뿌리듯 소나기가 온 것만 뺀다면 말이다. 그때는 우산을 쓸 생각은 하지도 못했다. 그대로 걸으면서 난생처음으로 독일의 비를 맞고 있다는 생각에 아이처럼 짜릿해했었다. 그의 명의로 된 통장에 든 돈은 2천 달러가 전부였다. 그 돈도 디키의 계좌에서 이체하고 디키의 수입을 아껴서 모은 것이었다. 3개월이란 짧은 기간으로는 감히 돈

* 오스트리아와 이탈리아 국경 알프스산맥에 있는 고개
** 이탈리아 북부

을 더 이상 인출할 수 없었기 때문이었다. 톰이 디키의 돈을 온전히 차지하려는 시도가 성공할 확률이 얼마나 희박한지, 그리고 그런 시도가 얼마나 위험한지 알면서도 차마 외면할 수 없었다. 베네치아에서 별일 없이 따분하게 몇 주를 흘려보내다 보니 지겹기 짝이 없었다. 하루하루 흘러가는 시간이 그가 용의선상에서 벗어났다는 사실을 확인해 주는 것 같았다. 동시에 따분하게 살고 있다는 사실만 부각되었다. 로베리니 경위는 더는 연락이 없었다. (대수롭지 않은 일로 로마에서 한 번 더 전화한 후에) 앨빈 매캐런은 미국으로 돌아갔다. 매캐런 탐정과 그린리프 씨는 디키가 죽었거나, 자신의 의지로 숨어 있으니 추가 수색이 필요하지 않다고 결론을 내린 것 같았다. 더는 보도할 내용이 없자 신문에서도 디키와 관련된 기사가 자취를 감추었다. 헛헛하면서도 일이 마무리되지 않았다는 느낌 때문에 속이 터질 것 같아서 차를 몰고 뮌헨까지 올라갔다 온 것이다. 베네치아로 돌아와 그리스로 가려고 짐을 싸자 기분이 더 상했다. 톰은 조만간 그리스로 떠날 것이다. 고대 영웅들의 섬으로 떠날 것이다. 낯을 가리고 순하고 보잘것없는 톰 리플리로서 그리스에 가야 한다니. 통장에 있는 돈은 점점 줄어들어서 2천 달러밖에 남지 않자, 그리스 예술과 관련된 책을 사고 싶어도 두 번은 생각해야 했다. 톰은 견딜 수가 없었다.

톰은 호쾌하게 그리스로 여행을 다녀와야겠다고 베네치아에서 결심했다. 보스턴 출신의 주눅 들고 찌질한 존재로서가 아니라, 살아 숨쉬며 용기 있는 인간으로서 섬들을 둘러보고 그곳에서 처음 수영하는 모습을 상상해 보았다. 만일 배를 타고 가서 피레우스* 경찰의 품에 곧장 안긴다고 해도, 톰은 선수에 서서 귀향하는 이아손이나 오디세우스처럼 바람을 맞으며 포도주같이 어두운 바다를 가로지르는 기분을 단 며칠만이라도 맛볼 수 있을 것이다. 톰은 그린리프 씨에게 편지를 써 두었다가 베네치아를 떠나기 사흘 전에 부쳤다. 네댓새 안에 편지가 들어갈 리 없으니, 그린리프 씨가 전보를 쳐서 톰이 배를 타고 떠나지 못하도록 그를 베네치아에 붙잡아 둘 시간이 없을 것이다. 그뿐 아니라, 톰이 그 일이라면 무심해 보이는 편이 나았다. 자기가 유산을 받게 되는지 마는지 하등 관심도 없고, 그리스에 도착할 때까지 2주간 연락이 되지 않는 편이 톰에게 여러모로 훨씬 나아 보였다. 그래서 톰은 유언장 때문에 미리 계획했던 짧은 여행을 미루지 않았다.

* 그리스 동남부 항구 도시

톰은 그리스행 배를 타기 이틀 전에는 라타카치아구에라의 티티 집에 차를 마시러 갔다. 베네치아에서 집을 구하러 나선 첫날 만난 백작 부인이었다. 가정부가 거실로 안내했다. 티티가 반색하더니 그가 몇 주 만에 들어 보는 인사말을 건넸다. "어서 와요! 석간신문 봤어요? 디키의 여행 가방이 발견되었대요! 그림도요! 아메리칸 익스프레스 베네치아 지점에 있었대요!" 부인의 금귀걸이가 정신없이 달랑거렸다.

"뭐라고요?" 톰은 신문을 보지 못했다. 오후에 짐을 싸느라 시간이 없었다.

"읽어 봐요! 여기요! 디키의 옷이 2월에 맡겨졌대요. 나폴리에서 이리로 보냈다니 디키가 여기 베네치아에 있나 봐요!"

톰은 기사를 읽었다. 신문에서는 그림 여러 개를 묶어 놓은 끈이 풀어져 직원이 다시 포장하는 과정에서 그림에 적힌 리처드 그린리프의 서명을 발견했다고 보도했다. 톰은 손이 부들부들 떨려서 신문을 양손으로 꽉 쥐어야 했다. 신문에서는 경찰이 지문 채취를 위해 짐을 면밀히 살펴보고 있다고 전했다.

"디키가 살아 있나 봐요!" 티티가 소리쳤다.

"아니, 이게 왜 살아 있다는 증거인지 모르겠네요. 디키가 여행 가방을 보내 놓고 살해당했거나 자살했을 수도 있잖아요. 팬쇼라는 이름으로 맡긴 게 사실이라면……." 백작 부인이 소파에 꼿꼿하게 앉아서 쳐다보다가 톰이 예민하게 반응하자 놀란 눈치였다. 그래서 톰은 돌연 마음을 다잡고 용기를 끌어모아 말했다. "아시겠어요? 경찰이 지문을 찾으려고 죄다 뒤지고 있다잖아요. 경찰이 디키가 자기 손으로 가방을 맡긴 게 확실하다고 봤다면 지문 채취는 안 했겠죠. 나중에 자기 짐을 자기가 찾을 거면 뭐 하러 팬쇼라는 가명으로 맡겼겠어요? 짐 속에서 디키의 여권까지 나왔다잖아요. 디키가 여권까지 싸서 보냈다잖아요."

"혹시 디키가 팬쇼라는 가명으로 숨어 있는 건 아닐까요? 이런, 차부터 드셔야 하는데!" 티티가 일어섰다. "기우스티나! 일 테 페르 피아세레, 서비티시모(차 내와요, 어서)!"

톰은 소파에 풀썩 몸을 파묻은 채 여전히 코앞에 신문을 들이대고 있었다. 디키의 시신을 묶어 놓은 밧줄은 어찌 되려나? 이제 그 밧줄이 풀리는 것도 운에 맡겨야 하나?

"어쩌나, 이렇게 나쁜 쪽으로만 보시다니." 티티가 톰의 무릎을 토닥이며 달랬다. "이건 좋은 소식이에요! 곳곳에서 디키의 지문이 나올 수도 있잖아요? 그럼 기분이 좋은 소식이 들리지 않을까요? 내일, 베네치아의 골목을 걷다가 맞은편에서 팬쇼라는 가명을 쓰는 디키 그린리프와 마주칠 수도 있는 거잖아요!" 부인이 고음을 내지르며 화통하게 웃었다. 그녀에게 그런 웃음은 숨 쉬는 것만큼 자연스러웠다.

"기사에서는 여행 가방 속에 짐이 죄다 들어 있다고 했어요. 가죽 세면용품 가방이며 칫솔이며 구두에 코트까지 죄다요." 톰은 두려움을 감춘 채 침통하게 말했다. "디키가 살아 있을 수가 없으니 죄다 맡긴 거라고요. 아니면 살인자가 디키를 홀딱 벗긴 다음 몽땅 맡겼거나요. 흔적을 지우기에 이 방법이 가장 쉬우니까요."

이 말에 티티가 멈칫했다가 말을 이었다. "누구 지문인지 밝혀지기 전까지 그렇게 낙담할 거 뭐 있어요? 내일은 예정대로 즐겁게 여행 가실 거죠? 일단 차부터 드시라니까요."

모레였다. 로베리니 경위가 캔버스와 여행 가방에서 채취한 지문을 디키의 지문과 대조하기에 충분한 시간이었다. 톰은 캔버스 프레임과 여행 가방 속에 든 물건 중에 지문이 나올 만한 매끈한 표면이 있었는지 기억을 짜냈다. 별로 없었다. 세면용품 가방 안에 든 물건만 뺀다면. 그래도 경찰이 쪽지문이나 뭉개진 지문이라도 확보하기만 한다면, 열 손가락 지문을 완벽히 복원할 수도 있다. 긍정적으로 생각해야 할 단 하나의 이유는, 경찰이 아직 톰의 지문을 확보하지 못했으며, 용의선상에 올라가지도 않은 톰에게 지문 채취를 요청하지 않으리라는 점이었다. 그런데 이미 디키의 지문을 확보했다면? 그린리프 씨가 지문 확인을 위해서 만사를 제쳐 놓고 미국에서 디키의 지문부터 보냈다면? 디키의 지문을 확보할 장소는 많았다. 미국에서 디키가 쓰던 물건이나 몽지벨로에 있는 디키의 집이라면 디키의 지문이 나올 것이다.

"차 마셔요!" 티티가 한 번 더 그의 무릎을 지그시 누르며 말했다.

"고맙습니다."

"두고 보자고요. 적어도 이건 진실을 향해 한 걸음 내딛는 거예요. 무슨 일이 벌어졌는지 영락없이 알려 줄 진실이 밝혀지는 거라고요. 기분이 너무 가라앉으니 이제 우리 다른 얘기 해요. 아테네에서는 어디 어디 갈 거예요?"

톰은 그리스로 생각을 돌리려고 했다. 그에게 그리스는 전사들의 황금 갑옷과 유명한 햇살이 펼쳐지는 곳이었다. 에레크테이온* 앞에 서 있는 여성들처럼 차분하고 강인한 얼굴을 한 여러 석상이 눈앞에

* 아테네에 있는 이오니아식 신전

보였다. 베네치아에서 지문이 나올까 봐 불안에 떨면서 그리스에 가고 싶지는 않았다. 김이 샐 것 같았다. 톰은 아테네의 시궁창을 돌아다니는 미천하기 그지없는 쥐 새끼가 된 것 같았다. 살로니카*의 길거리에서 다가와 손을 내밀 지저분하기 짝이 없는 거지보다, 그가 더 변변찮은 존재로 전락한 것 같았다. 톰은 손으로 얼굴을 감싸고 울음을 터뜨렸다. 그리스는 끝났다. 황금빛 풍선처럼 펑 터지고 말았다.

티티가 통통한 팔을 그에게 단단히 둘렀다. "기운 내요! 일단 기다려 보자니까요. 이렇게 울어야 할 이유가 밝혀지는지 보자니까요!"

"이게 나쁜 징조라는 걸 왜 모르세요!" 톰이 절박하게 말했다. "왜 모르시냐고요!"

30

최악의 징조는 지금껏 친절하게 톰에게 일일이 소식을 전해 주던 로베리니 경위가 베네치아에서 디키의 여행 가방과 그림이 발견되었는데도 일절 연락하지 않는다는 점이었다. 톰은 밤이면 잠을 설쳤고, 낮에는 집 안을 돌아다니면서 여행 가기 전에 해도 해도 끝나지 않는 잡다한 일들을 처리하려고 했다. 안나와 우고에게는 임금을 주고, 상인들과는 계산을 끝냈다. 경찰이 밤이든 낮이든 언제든 찾아와 대문을 두드릴 것만 같았다. 닷새 전만 하더라도 은근히 자신만만하던 모습이었는데 이제 전전긍긍하는 모습으로 돌변하자, 산산이 무너져 내릴 것만 같았다. 잠도 못 자고, 먹지도 못하고, 가만히 앉아 있지도 못했다. 안나와 우고가 그를 동정하는 모순도, 친구들이 전화해 디키의 여행 가방이 발견되었다니 무슨 일이 벌어졌을 것 같냐며 톰의 생각을 물어보는 모순도 더는 견딜 수 없었다. 톰이 당혹스럽고, 암울하고, 절망적인 상태라고 호소해도, 다들 덤덤하게 반응한다는 것도 모순적이었다. 다들 디키가 종국에는 죽임을 당했을 거라고 생각하고 있었던 터라 그런 반응을 보이는 게 지극히 당연했다. 세면용품 가방이며 빗이며 디키의 물건이 몽땅 여행 가방에 든 채 베네치아에서 발견됐다는 사실을 다들 심각하게 받아들이고 있었다.

유언장 문제도 있었다. 모레면 그린리프 씨가 편지를 받을 것이다. 편지가 도착할 무렵이면 경찰은 지문이 디키의 것이 아니라는 걸

* 그리스 북부의 항구 도시

밝혀낸 다음 헬레네스호를 급습해 톰의 지문을 채취해 갈는지도 모른다. 경찰이 유언장마저 위조라고 판단할 경우, 톰에게 베풀 자비 따위는 없을 것이다. A 다음에 B와 C가 따라 나오듯, 살인 사건도 자연스레 딸려 나오게 되어 있었다.

톰은 헬레네스호에 몸을 실을 무렵이 되자 걸어 다니는 귀신 같은 몰골로 변했다. 잠도 못 자고, 좋아하는 것도 없고, 에스프레소만 퍼마시면서 실룩이는 근육에 끌려다녔다. 여객선에 무전기가 있는지 묻고 싶었지만, 묻지 않아도 있을 것이다. 3층짜리 대형 여객선인 헬레네스호에는 승객 48명이 타고 있었다. 톰은 승무원이 짐 가방을 객실로 옮겨 준 지 5분 만에 쓰러졌다. 침대에 얼굴을 파묻은 채 한쪽 팔을 깔고 누워 있었다는 것만 기억났다. 너무 피곤해서 자세를 바꾸지도 못했다. 눈을 뜨자 배가 움직이고 있었다. 움직이는 것뿐만 아니라 유쾌하게 리듬을 타며 좌우로 살짝씩 흔들리기까지 했다. 엄청난 힘을 응축했다가 방해하는 건 그게 뭐든 죄다 쓸어버리겠다는 기세로 배가 거침없이 추진력을 내뿜고 있다는 뜻이었다. 톰은 기분이 나아졌지만, 깔고 잤던 한쪽 팔이 죽은 음경처럼 축 늘어졌다. 복도를 걸을 때 옆에서 덜렁거리는 팔을 다른 손으로 잡고 제자리에 꽉 붙여야 했다. 시계를 보니 10시 반이었다. 밖은 시커멨다.

좌측 저 멀리 육지가 슬쩍 보였다. 유고슬라비아 땅 같았다. 어두침침하고 허연 등 대여섯 개가 켜져 있었다. 북으로는 시커먼 바다 위로 시커먼 하늘만 보였다. 검어도 너무 검어서 수평선이 그어진 흔적조차 보이지 않았다. 부단히 전진하는 배에 가해지는 저항을 느끼지 못했더라면, 끝 모를 공간에서 불어오는 바람이 그의 이마를 제멋대로 때리지 않았더라면 톰은 새카만 스크린 앞에서 배가 순항하는 중이라고 착각했을 것이다. 갑판에는 아무도 없었다. 다들 밑에서 늦게까지 저녁을 먹는 것 같았다. 톰은 혼자라서 좋았다. 팔에 감각이 되돌아오고 있었다. 좁은 V자로 갈라진 뱃머리를 붙들고 숨을 깊이 들이마시자, 반항기가 서린 용기가 샘솟았다. 혹시 무전실로 지금 당장 톰 리플리를 체포하라는 무전이 오면 어쩌지? 그렇다면 지금 선 자세 그대로 의연하게 서 있을 것이다. 아니면 뱃전 너머로 몸을 내던지든가. 그러면 탈출하는 동시에 용기를 발휘하는 최고의 행위가 될 것이다. 흠. 설마? 가장 높은 곳에 있는 무전실에서 흘러나오는 삐삐삐 소리가 그가 서 있는 자리에서도 흐릿하게 들렸다. 톰은 두렵지 않았다. 바로 이거였다. 배를 타고 그리스로 향하면서 느끼길 바랐던 기분이 바로 이거였다. 주위의 검은 바다를 바라보며 겁먹지 않는 모습은 그리스의 섬들이 시야에 들어오는 장관을 바라보는 것만큼 좋았다. 6월의 보드라운 어둠이 눈앞에 펼쳐지자, 작은 섬들과 건축물과 아크로폴리스가 흩어진 아테네의 언덕이 상상 속에 그려졌다.

배에는 나이가 지긋한 영국 노부인이 딸과 함께 타고 있었다. 마흔 살 먹은 딸은 미혼이었는데, 갑판에 있는 의자에 앉아서 단 15분도 태양을 즐기지 못할 정도로 유난을 떨며 목청을 높여 "산책하러 갈게요"라고 했다. 반면에 영국 노부인은 매우 조용하고 동작이 굼떴다. 오른쪽 다리 어디가 마비되는 바람에 왼쪽 다리보다 짧아져서 오른발에 밑창이 두툼한 신발을 신어야 했고 지팡이 없이는 걷지도 못했다. 뉴욕에 살던 톰이었다면 느려 터지고 고상한 척만 하는 사람들을 보고 분통을 터뜨렸겠지만, 지금의 톰은 갑판 의자에 앉아서 노부인과 몇 시간이고 보내는 일에 고무되었다. 톰은 노부인에게 말을 걸고, 영국과 그리스에서 보냈다는 인생사를 들어 주었다. 노부인은 마지막으로 그리스를 다녀온 때가 1926년이라고 했다. 톰은 노부인을 부축해서 갑판을 느릿느릿 돌았다. 부인은 그의 팔에 기대고 신세를 져서 미안하다 연신 사과하면서도 관심받는 걸 즐기는 듯했다. 딸은 자기가 챙겨야 할 엄마를 남이 대신 챙겨 주자 반색하는 게 분명했다.

톰은 카트라이트 부인이 젊어서는 성깔이 굉장했기에, 딸이 걸핏하면 신경질이나 부리는 여자로 성장한 원인이 부인에게 있을 거라고 짐작했다. 그게 아니라면, 자식을 쥐 잡듯이 잡아 키우는 바람에 딸이 정상적인 생활을 하지 못해서 결혼도 못 한 것으로 보였다. 그러니 톰이 갑판 위에서 부인을 산책시켜 주고 몇 시간이고 얘기를 들어 주는 대신, 부인을 배 밖으로 뻥 차 버리는 게 노부인이 당해야 할 처사일지도 몰랐다. 그런데 그게 뭐 대수라고? 언제부터 세상이 그에게 사막만 보여 주었던가? 세상이 그를 모래밭만 걷게 했던가? 그는 사람을 둘이나 죽이고도 이치에 어긋날 정도로 운 좋게 빠져나갔으며, 디키인 척 연기했을 때부터 지금껏 요행이 따랐다. 톰의 초년 인생은 지독히 억울했지만, 디키를 만난 이후의 인생은 초년의 삶을 보상해 주고도 남았다. 그런데 지금 그리스에서 무슨 일이 벌어지고 있는 것 같았다. 좋은 일일 리가 없었다. 그동안 톰은 운이 좋아도 너무 좋았다. 경찰이 유서에서 그의 지문을 확보한 다음 그를 전기의자에 앉힐지도 모른다. 전기의자에서 죽어도 아프긴 아프겠지? 스물다섯에 죽는다는 것 자체가 엄청난 비극이겠지만, 그렇다고 11월부터 지금까지 몇 달간의 삶이 가치 없는 것이라 할 수 있을까? 분명 아닐 것이다.

딱 하나 후회가 남았다. 세상 구경을 아직 다 하지 못했다는 것이다. 호주에도 가 보고 싶었고, 인도나 일본, 남아메리카도 구경하고 싶었다. 그런 나라들에 가서 그림 구경만 해도 좋을 것 같았고, 고생한 인생을 보상받을 것만 같았다. 톰은 디키의 그저 그런 그림을 따라 그리려고만 했을 뿐인데도 그림에 대해 많이 배웠다. 파리와 로마에 있는 미술 갤러리에서 예전에는 깨닫지 못했던, 자기 안에 있는지도 몰랐던 그림에 대한 흥미를 발견했다. 톰은 화가가 되고픈 욕심은 없었다. 대신 재력만 따라 준다면 마음에 드는 그림을 사 모으고, 재능은 있으나 돈이 없는 젊은 화가들을 돕는 일로 큰 기쁨을 누리고 싶었다.

카트라이트 부인과 갑판을 거닐거나 매번 재미도 없는 부인의 독백을 듣다 보면 톰은 마음이 딴 길로 샜다. 카트라이트 부인은 톰에게 홀딱 반했다. 배가 그리스에 도착하기 며칠 전부터 톰 덕분에 이번 여행에 즐거움이 더해졌다는 말을 입이 닳도록 하면서, 7월 2일 크레타섬에 있는 어느 호텔에서 다시 만나자고 했다. 톰과 모녀의 일정이 겹치는 곳이 크레타섬밖에 없었기 때문이다. 카트라이트 부인은 전용 버스를 타고 개별 여행을 다닐 거라고 했다. 톰은 그 제안을 순순히 받아들였지만, 사실 배에서 내리면 부인을 두 번 다시 볼 일이 없었다. 자기가 곧바로 끌려가 이탈리아행 배나 비행기에 실려 송환되는 모습이 눈앞에 선했다. 톰과 관련된 무전은 오지 않았다. 설사 왔다고 해도 그에게 반드시 알릴 필요가 있을까? 배에서 발행하는 신문이 있었다. 등사원지에 찍어서 만든 한 장짜리 신문이 매일 저녁 테이블 위에 올려져 있었다. 그 신문은 국제 정세 관련 기사만 다룰 뿐, 중대 사실이 밝혀졌다고 해도 그린리프 사건 관련 기사가 실릴 리 없었다. 열흘간 항해하면서 파국이 얼마 남지 않았다는 묘한 분위기를 감지한 톰은 용기를 내 이타적인 영웅처럼 행동했다. 기괴한 장면이 눈앞에 펼쳐졌다. 카트라이트 부인의 딸이 배에서 떨어지자 톰이 바다로 뛰어들어 딸을 구하는 모습. 갈라진 선체로 물살이 쏟아지자 톰이 헤치고 나아가 그 틈을 몸으로 막으며 고군분투하는 모습. 그가 두려움을 이기고 초자연적 힘을 발휘하는 모습이 보였다.

배가 그리스 본토로 다가가는 동안, 톰은 카트라이트 부인과 함께 난간에 서 있었다. 노부인은 마지막으로 봤을 때에 비해 피레우스 항구가 얼마나 달라졌는지를 설명했다. 톰은 달라진 모습에는 전혀 관심이 없었다. 항구가 존재한다는 사실만 중요했다. 눈앞에 보이는 게 신기루가 아니었다. 딛고 설 수 있는 단단한 언덕이, 손으로 만져지는 건물이 실재했다. 만약 톰이 그곳까지 갈 수만 있다면 말이다.

경찰관들이 부두에서 기다리고 있었다. 경찰관 네 명이 팔짱을 낀 채 배를 올려다보고 있었다. 톰은 카트라이트 부인을 끝까지 도와주었다. 부인을 북돋아 건널 판자의 끝까지 가서 연석을 살살 넘어가게 해준 다음, 모녀에게 미소로 작별 인사를 건넸다. 톰은 짐을 찾으려고 R이라고 적힌 푯말 밑에서 기다려야 했고, 모녀는 C 푯말 밑에서 기다려야 했다. 카트라이트 모녀는 전용 버스를 타고 곧장 아테네로 출발할 예정이었다.

카트라이트 부인이 해 준 입맞춤이 여태 톰의 뺨에 따뜻하고 촉촉하게 남아 있었다. 톰은 몸을 돌린 다음, 경찰을 향해 서서히 발걸음을 떼었다. 소란스럽게 굴지는 않을 작정이었다. 경찰에게 신분을 밝혀야지. 경찰들이 선 뒤로 큼직한 가판대가 있었다. 톰은 신문을 사고 싶었다. 그건 허락해 주겠지. 그가 다가가자 팔짱을 낀 경찰관들의 시선이 그에게 쏠렸다. 그들은 챙이 있는 모자를 쓰고 검은 제복을 입고 있었다. 톰이 경찰관들을 보며 흐릿하게 웃었다. 그중 한 명이 모자를 매만지더니 옆으로 살짝 비켜섰다. 그런데 나머지 경찰관들은 그 자리에 그대로 서 있었다. 이제 그는 신문 가판대를 바라보고 선 자세로 경찰들 사이에 끼이고 말았다. 그런데도 다들 다시 정면만 응시할 뿐, 그에게는 조금도 관심을 보이지 않았다.

톰은 앞에 보이는 신문들을 훑어보는 동안 머리가 핑 돌면서 현기증이 일었다. 익숙한 로마 신문을 향해 손이 저절로 나갔다. 나온 지 겨우 사흘 된 신문이었다. 톰은 주머니에서 리라 지폐를 꺼내다가 그리스 화폐로 환전하지 않았다는 사실을 문득 깨달았다. 가판대 주인은 마치 여기가 이탈리아라는 듯이 선뜻 리라를 받더니 잔돈도 리라로 거슬러 주었다.

"이것들도 계산해 주세요." 톰은 이탈리아어로 말하며 이탈리아 신문 세 부와 파리 『헤럴드 트리뷴』을 추가로 집어 들었다. 톰은 경찰관들을 쳐다보았지만, 그들은 그를 쳐다보지도 않았다.

이제 톰은 승객들이 짐이 나오기를 기다리는 부두 위 작업장으로 되돌아갔다. 그가 지나가자 카트라이트 부인이 신이 나서 톰을 크게 불렀다. 톰은 들리는데도 못 들은 척했다. R이라는 푯말 밑에 서서 개중 날짜가 가장 많이 지난 이탈리아 신문부터 펼쳤다. 나흘 전 신문이었다.

그린리프의 짐을 맡긴
로버트 팬쇼 찾지 못해

2면에 위와 같이 거북한 제목의 기사가 실려 있었다. 톰은 아래로 길게 적힌 내용을 읽었다. 다섯 번째 문단만 그의 시선을 사로잡았다.

며칠 전 경찰은 여행 가방과 그림에서 채집한 지문과 로마에 있는 그린리프의 빈집에서 발견한 지문이 동일인의 것이라고 판단했다. 따라서 그린리프가 여행 가방과 그림을 직접 맡긴 것으로 추정된다.

톰은 주섬주섬 다른 신문도 펼쳤다. 여기에도 같은 내용이 실렸다.

여행 가방 속 물품에서 나온 지문과 로마에 있는 그린리프의 아파트에서 확보한 지문이 일치한다는 사실에 의거, 경찰은 그린리프가 여행 가방을 싸서 베네치아로 보냈다고 결론을 내렸다. 그린리프가 실오라기 하나 걸치지 않은 알몸 상태로 바다로 투신했을지도 모른다는 추론도 있다. 그가 로버트 S. 팬쇼라는 가명 혹은 다른 가명을 쓰면서 현재 살아 있을지도 모른다는 주장도 있다. 그에 반해, 그린리프가 짐을 싼 후에 혹은 짐을 싸도록 강요받은 후에 살해당했을지도 모른다는 가능성도 여전히 존재한다. 지문을 통해 경찰의 수사에 혼선을 주기 위한 목적으로 (…)

어떤 경우든 '리처드 그린리프'를 계속 찾는다는 건 무의미하다. 그가 살아 있다고 해도 '리처드 그린리프'의 여권을 소지하지 않았기 때문이다.

톰은 온몸이 떨리면서 머리가 얼떨떨했다. 지붕 틈새로 새어 들어오는 햇살에 눈이 부셨다. 짐을 들고 가는 짐꾼을 따라서 자기도 모르게 세관 카운터로 향했다. 그가 여행 가방을 열고 내려다보는 사이, 세관 직원이 톰의 짐 가방을 대강 살폈다. 톰은 신문 기사가 정확히 뭘 의미하는지 파악하려고 했다. 그건 톰을 조금도 의심하지 않는다는 뜻이었다. 지문이 그의 결백을 보장해 주었다는 뜻이었다. 그는 감옥에 가지도 않을 것이고, 죽지도 않을 것이며, 의심조차 받지 않는다는 뜻이었다.

톰은 자유의 몸이 된 것이다. 이제 유언장만 남았다.

톰은 아테네로 가는 버스를 탔다. 같이 식사하던 사람이 옆자리에 앉았지만 인사를 건네지 않았다. 옆자리 남자가 말을 걸어도 톰은 아무것도 대답할 수 없었다. 아메리칸 익스프레스 아테네 지점에 가면 유언장 건과 관련해 편지가 분명 와 있을 것이다. 그린리프 씨가 답장할 시간은 충분했다. 그린리프 씨가 변호사에게 당장 처리하라고 했을 터이니, 아테네에 가면 변호사가 톰은 유산을 받을 자격이 없다고 정중히 거부하는 답장이 와 있을 게 뻔했다. 미국 경찰이 서명 위조에 대해 해명하라고 요구하는 우편도 나중에 올 것이다. 어쩌면 두 통 다 아메리칸 익스프레스 아테네 지점에서 그를 기다리고 있을지도 모른다. 유언장 내용이 모두 무효가 될 수도 있다. 톰은 창밖으로 인간의 손길이 닿지 않은 메마른 풍경을 내다보았다. 아무 생각도 들지 않았다. 그리스 경찰이 아메리칸 익스프레스에서 기다릴지도 모른다. 아까 봤던 남자 넷은 경찰이 아니라 군인이었다.

버스가 정차했다. 톰은 내려서 짐을 모아 놓고 택시를 잡았다.

"아메리칸 익스프레스에 잠깐 들렀다가 갑시다." 그가 이탈리아어로 말했지만, 택시 기사는 '아메리칸 익스프레스'라는 말만큼은 제대로 알아들었는지 출발했다. 팔레르모로 떠나던 날 로마에서 택시를 탔을 때도 기사에게 똑같이 말했던 기억이 났다. 그날 잉길테라 호텔에서 마지를 따돌린 직후 얼마나 자신만만했던가!

아메리칸 익스프레스 간판이 보이자, 톰은 허리를 곧추세우고 건물 주변에 경찰이 있는지 두리번거렸다. 경찰이 안에 있을 것 같았다. 이탈리아어로 기사에게 기다리라고 했다. 기사가 이번에도 알아들었는지 모자를 매만졌다. 모든 상황이 터무니없이 느긋했다. 무언가 폭발하기 직전 같았다. 톰은 아메리칸 익스프레스 로비로 들어가 주위를 살폈다. 별다른 건 보이지 않았다. 톰이 이름을 말하는 순간 어쩌면…….

"톰 리플리 앞으로 온 편지가 있습니까?" 그가 목소리를 깔고 영어로 물었다.

"리플리 씨요? 스펠링이 어떻게 되시죠?"

톰이 철자를 불렀다.

여자 직원이 몸을 돌리더니 보관함에서 편지를 몇 통 꺼냈다.

아무 일도 벌어지지 않았다.

"세 통이 왔네요." 여자 직원이 웃으며 대답했다.

그린리프 씨가 보낸 편지, 베네치아에서 티티 백작 부인이 보낸 편지, 클레오가 보낸 편지가 와 있었다. 톰은 그린리프 씨가 보낸 편지부터 뜯었다.

19xx 6월 9일

톰 보세요.

6월 3일 자 편지를 어제 받았습니다.

나나 아내나 당신이 예상했던 것만큼은 놀라지 않았습니다. 우리 부부는 리처드가 당신을 아주 많이 좋아했다는 걸 알고 있었습니다. 물론 리처드가 편지에 이런 얘기를 꺼내려고 조금도 노력하지 않았지만 말이죠. 당신이 지적했다시피, 이 유언장은, 불행히도, 리처드가 스스로 세상을 등졌다는 사실을 보여 주는 것 같습니다. 우리 부부는 이쯤에서 이 사실을 끝내 받아들이기로 결론을 내렸습니다. 가능성이 하나 더 있다면, 리처드가 가명을 쓰면서 자기만 아는 이유로 스스로 가족과 연을 끊기로 했다는 것뿐이겠죠.

리처드가 스스로 무슨 일을 했든 우리는 녀석이 바라는 바와 그 마음을 따라야 한다는 내 의견에 아내도 동의했습니다. 따라서 이 유언장에 관한 한, 내가 개인적으로 당신을 돕겠습니다. 당신이 보내 준 복사본을 내 변호사에게 넘겼으니, 리처드 명의의 신탁 펀드 및 다른 재산을 당신에게 넘기는 과정에서 변호사가 지속해서 당신한테 연락할 겁니다.

유럽에 갔을 때 도와주어서 감사했다는 말을 다시 전합니다. 소식 전해 주세요.

건승을 빌며
허버트 그린리프

장난하나? 그런데 톰이 손에 들고 있는 버크-그린리프의 엠블럼이 찍힌 편지지는 진짜 같았다. 도톰하고 오돌토돌한 종이 상단에 회사 엠블럼이 찍혀 있었다. 게다가 백만 년이 지난다 해도 그린리프 씨는 이런 식으로 농담할 사람이 아니었다. 톰은 대기시켜 놓은 택시로 걸어갔다. 이건 장난이 아니었다. 이제 그의 것이 되었다. 디키의 재산이 그의 것이 된 것이다. 게다가 다른 것들과 마찬가지로, 톰이 누리던 자유에 디키의 자유까지 더해지게 되었다. 톰은 마음만 먹으면 유럽에 집을 사고, 미국에도 집을 사 놓을 수 있게 되었다. 지금까지 묶여 있는 몽지벨로 주택 판매 대금이 문득 떠올랐다. 그 돈은 그린리프 씨에게 보내야 할 것 같았다. 디키가 유언장을 쓰기 전에 판 집이기 때문이다. 카트라이트 부인을 생각하니 웃음이 나왔다. 크레타섬에서 부인을 만날 때 큰 상자에 가득 난초를 가져가야지. 섬에 난초가 있다면 말이다.

톰은 크레타섬에 발을 내딛는 모습을 상상해 보았다. 길게 뻗은 섬에 있는 산 정상마다 주변이 삐죽삐죽 말라붙은 분화구로 덮여 있다. 그가 탄 배가 항구로 들어가자 부두가 부산해진다. 꼬마 짐꾼들이 짐을 들어 주고 팁을 받으려고 열을 올린다. 톰이 두둑이 팁을 쥐여 준다. 누구에게든 뭐가 됐든 넉넉하게. 상상 속 부두 위에 남자 넷이 미동도 없이 서 있다. 크레타섬 경찰관들이 팔짱을 낀 채 묵묵히 톰을 기다리고 있다. 갑자기 긴장하는 톰. 시야가 뿌예진다. 어디를 가든 그가 도착하는 부두마다 경찰이 대기하고 있으려나? 알렉산드리아? 이스탄불? 뭄바이? 리우데자네이루? 그런 건 생각할 필요가 없다. 톰은 어깨를 폈다. 상상 속 경찰을 걱정하느라 여행을 망칠 필요가 있을까. 경찰이 부두에 있다고 해도 그게 꼭 그 뜻은 아닐 것이다.

"아 돈다, 아 돈다(어디로 갈까요)?" 택시 기사가 서툰 이탈리아어로 톰에게 물었다.

"호텔로 갑시다." 톰이 말했다. "일 멜리오 알베르고(최고급 호텔로 갑시다). 일 멜리오(최고로 좋은 호텔로요)!"

추천의 말
실내 인간의 범죄 연대기
김용언, 『미스테리아』 편집장

"암흑가를 경험하신 거로 아는데요, 리플리 씨?"
"다들 그렇지 않나요?" _『리플리를 따라간 소년』

1.

어린 시절 부모를 여의고 보스턴의 냉혹한 이모 댁에서 성장했던 톰 리플리는 배우가 되고 싶었다. 그에게는 기가 막히게 타인을 잘 흉내 내는 재능이 있었다. 하지만 대도시 뉴욕은 이 빈털터리 야망 덩어리를 기꺼이 받아들여 주지 않았다. 그는 "하루 벌어 하루 먹고사는 신세"에 "은행 잔고는 바닥"이었다. 스물다섯 살이 된 톰 리플리는 얼마 전까지 국세청의 말단 직원이었지만 주 5일 노력해서 벌어들이는 주급 40달러로는 자신이 간절히 원하는 약간의 호사스러움과 여가를 사들이기가 불가능하다는 걸 일찌감치 깨달았다. 지금은 당시 사무실에서 슬쩍해 온 국세 관련 서식 용지를 이용해서 남들을 등쳐 먹는 일로 겨우 생계를 유지하는 중이다. 그런 그에게 디키 그린리프의 아버지라고 소개하는 신사가 다가온다. 누군가의 파티에서 스친 적이 있던 디키, 잘생기고 돈도 많으며 여유로웠다는 인상만 희미하게 남아 있다. 디키의 아버지는 미국을 떠나 나폴리에 머무르며 시간을 낭비하고 있는 아들을 다시 불러들이기 위해 '친구'의 도움이 필요하다는 요청을 한다. 여행 경비를 대주겠다는 제안을 받아들여 나폴리로 무작정 떠난 톰은 디키의 나른한 매력에 사로잡히는 동시에, 디키에 대한 애정과 환멸 사이에서 방황한다. 디키 그린리프, 리플리를 충분히 좋아하면서도 남들로부터 동성애자라는 의심을 받기 싫어 "비인간적인 오만함"과 "퉁명스러운 무례함"으로 그를 밀어냈던 배신자. "딱 한 번만이라도 왜 숙이질 않는 거지? 뭘 얼마나 대단한 걸 가졌기에 저렇게 뻗대는 걸까?" 리플리는 "애증과 조바심과 절망이 뒤섞여 미칠 것 같은 감정"으로 어쩔 줄 몰라 하다가, "디키를 후려갈기고 올라타서 입을 맞춘 다음 배 밖으로 내던질 수도 있"다는 가능성 앞에 잠시 저울질하다가 결국 그를 죽여 버린다.

위의 줄거리는 『재능 있는 리플리』의 삼분의 일에 해당하는 내용이다. 범죄소설에서 살인이라는 끔찍한 범죄 행위는 인물 간의 갈등이 쌓여 가고 긴장이 서서히 고조되다가 그 결과로 계획적이든 우발적이든 벌어지는 클라이맥스인 경우가 대부분이다. 하지만 『재능 있는 리플리』에서의 살인은 톰 리플리라는 인물의 변곡점, 그의 삶에서 꼭 거쳐야 했던 정류장 같은 순간으로 제시된다. 톰 리플리는 왜 살인을 저질러야 했으며 그 살인을 통해 그가 어떤 사람으로 바뀌는가가 더 중요한 초점이다.

2.

무엇보다 리플리가 견딜 수 없어 하는 부분은 디키와 그의 패거리들(마지와 프레디)이 예술을 대하는 태도다. 디키는 "화가로서 세상을 깜짝 놀라게 할 일은 없겠지만, 그래도 그림을 그리며 큰 기쁨을 얻"는다고 짐짓 겸손한 척하지만, 리플리는 아마추어티가 팍팍 나는 디키의 그림을 바라보며 "디키가 그린 그림이라면 머리에서 죄다 지우고 싶었다"라고 생각한다. 디키의 주변을 계속 맴도는 마지 같은 경우, "글을 쓰는 둥 마는 둥"하며 "하루에 절반은 해변에 늘어지게 누워서 저녁에 뭘 먹을까 고민이나 하"는 사람이다. 그리고 "미국 호텔 체인 소유주의 아들로 극작가"라고 하는 프레디 역시 지금까지 희곡을 겨우 두 편 썼지만 그걸 무대에 올리지도 못했다. 디키와 마지, 프레디 모두 부모의 돈으로 여유로운 삶을 누리면서 자신들의 행운을 아주 자연스러운 상태로 인지한다. 그야말로 무작위적인 행운이었음을 아예 자각하지 못하고, 돈을 벌 필요가 없이 그저 소비하기만 하면 되는 상황에서 자신들의 품위를 '예술'에 종사한다는 자부심에서 찾으려고 한다는 점을, 리플리는 냉소한다.

2권 『지하의 리플리』에서 서른한 살의 리플리는 엘로이즈와 결혼하여 파리 인근의 시골 마을 빌페르스에서 행복한 가정을 꾸렸다. 그는 아내와 사이가 좋지만, 아내와 함께 정착한 아름다운 저택 벨옹브르를 더욱 사랑한다. 더 이상 디키의 살해 의혹을 피해 유럽 전역을 떠돌아다니며 전전긍긍할 필요가 없이, 오로지 자신의 취향대로 꾸민 작은 왕국에서 리플리는 더 없는 안락함을 느낀다.

예술을 경애하는 리플리는 영국 화가 더와트와 그의 친구들 무리에 끼게 됐고, 더와트의 요절 이후 그의 친구였던 화가 버나드가 심혈을 기울여 완성한 위조품을 판매하는 작업에 개입한다. 리플리는 진심으로 버나드의 위조품이 걸작이라고 생각한다. "어떤 화가가 자신의 화풍으로 그릴 때보다 남의 화풍으로 그리는 경우가 잦아지다 보면, 자신의 화풍보다 모방한 화풍에 점차 익숙해지고 편안해져서 아예 몸에 배어 버리다 못해 독창적인 창작물로 승화시키지 않을까? 마침내 굳이 따라 그리려고 애쓰지 않아도 위작 화가가 그린 가품이 또 다른 진품의 반열에 오르는 건 아닐까?" 그러다가 리플리는 "화가라면 단색이든 조색이든 일단 다른 색으로 넘어가겠다고 결심한 후엔 예전에 사용하던 색으로는 절대로 회귀하지 않는다"라며 더와트(정확하게는 버나드)의 작품 진위 여부를 따지고 드는 미국인 사업가 머치슨을 살해한다. 머치슨은 위조자가 또 다른 창조자로 도약할 수 있는 노력의 가치를 깎아내렸고, "화가의 화풍에는 그 사람의 진심과 진솔함이 담겨" 있으므로 타인이 그걸 베낄 권리가 없다는 주장을 굽히지 않았기 때문에 때 이른 죽음을 맞았다. 다분히 충동적이었지만, 창조자 더와트, 위조자 버나드, 그리고 디키를 죽인 다음 디키가 되었던 리플리 자신의 명예를 지키기 위한 어쩔 수 없는 선택이었다. "화가는 애쓰지 않고 물 흐르듯 그림을 그린다. 어떤 힘이 화가의 손을 이끄는 것이다. 그에 반해, 위작 화가는 따라하려고 애를 쓰는데, 만약 그가 성공한다면 진정한 성취를 이룬 것이다."

시리즈 속에서 리플리는 더와트, 버나드, 트레바니, 프랭크처럼 정체성 앞에서 흔들리는 이들에게 연민을 느끼고, 그들의 명예를 지켜주고 싶어 했다. 그들에게는 무너질 이유가 없다. 살인의 기억에 사로잡히기보다 스스로의 어둠을 직시하고 다시 살아가는 법을 체득하며 세상 어딘가에서 자신의 동료이자 일족으로 존재하길 기원하기 때문에, 리플리는 그들을 공격하는 사람들을 기꺼이 죽였다. "완벽하게 옹호하는 건 아예 불가능하겠지만, 그래도 태도는 갖춰야 했다. 살면서 실수하게 될 경우, 태도로 만회해야 한다고 톰은 생각했다. 올바른 태도를 보일 수도 있고, 잘못된 태도를 보일 수도 있다. 건설적인 태도를 보일 수도 있고, 자멸적인 태도를 보일 수도 있다. 만약 어떤 사람이 실수했을 때 타인에게 올바른 태도를 보일 수 있는데도 그렇게 하지 않는다면 얼마나 참담할까."(『리플리를 따라간 소년』) 그러나 더와트, 버나드, 트레바니, 프랭크는 자꾸 타인의 시선에 기댄 환상과 희망을 붙잡으려 하거나, '진짜'라고 하는 것의 절대적인 기준에 가닿으려는 과욕을 부렸다. 그들은 어느 순간 자기 자신을 "흉내 내는 것 같은"(『지하의 리플리』) 기분에, 자신이 저지른 죄가 뼛속 깊이 실감되는 순간을 견디지 못하고 스스로를 파괴한다.

반면 리플리는 타인의 죽음과 자신의 죽음 앞에서 반드시 선택해야만 하는 순간이 올 때 절대로 망설이거나 회의하지 않는다. 그에게는 "자기방어"(『심연의 리플리』)가 최우선이며, 그래서 살아남는다. 리플리가 다양한 방식으로 저질렀던 살인들은, 노력의 가치를 알지 못하는 어리석고 불친절한 사람들, 세계를 향한 자신의 심미안을 이해하지 못한 채 "철없는 남정네들이 앞길 망치는 장난을 저지르자 못마땅해하는 나이 먹은 여자" 같은 고지식한 이들에 대한 복수였다. 리플리의 말마따나, "고약하고 더러운 의심 때문에 벌어진 일이었다."(『재능 있는 리플리』) 리플리는 더 이상 타인이 자신을 싫어할까 봐 두려워하는 이들, 타인의 호의와 잣대에 자신의 인생을 건 채 안달복달하며 불공정한 내기에 패배한 채 죽어가는 이들의 전철을 밟지 않는다.

3.

무엇보다 외부로부터 가해지는 끝없는 공격 속에서 리플리가 진심으로 보존하고 싶어 하는 건 가족의 인정, 타인의 평가, 개인의 양심 같은 거대한 기준이 아니다. 그는 아내 엘로이즈와 가구, 옷, 하프시코드, 정원, 그림 같은 소유물들을 지키고자 한다. 그 모든 소유물을 집약하는 '집'이라는 공간은 너무나 중요하다. 심지어 리플리는 어린 시절 자신을 매몰차게 대했던 이모가 약간의 유산을 그에게 남겼을 때도, 좁아터진 낡은 집을 다른 사람에게 줬다는 사실을 아쉬워했다. 이모와 함께했던 삶은 불행했지만, 리플리라는 인간의 토대를 형성했던 시절의 증거는 오로지 그 좁은 집에 들어찬 공기와 벽에 스며든 기억들뿐이다. 시간을 간직할 수 있는 유일한 방법은 시간을 보냈던 공간을 소유하는 것이다. 그래서 리플리의 유일한 결핍은, 미국에서의 25년을 기억할 만한 실체를 가지지 못했다는 점이다. 그는 그저 여행자나 방문객의 입장에서만 과거의 근처를 가끔 맴돌 수밖에 없다.

하지만 그 결핍이 리플리의 발목을 잡을 순 없다. 『재능 있는 리플리』에서 디키를 죽인 다음 리플리가 가장 먼저 한 일은 로마의 아파트를 구입한 것이다. 손님을 초청할 생각도 없으면서 손님 접대실과 넓은 거실이 갖춰진 아파트에서 자신의 취향을 과시할 수 있는 방식으로 치장하는 일에 그는 몰두했다. "그런 물건들이 그의 자존심을 채워 주었다. 과시할 수 있어서가 아니라 엄선된 물건의 품질이, 그리고 그 품질을 고이 간직하려는 애정이 살아 있음을 느끼게 해 주었다. 덕분에 톰은 자기 존재를 즐기게 되었다. 이렇게 간단할 수가. 그렇다면 자기 존재를 즐긴다는 게 뭔가 가치 있는 일 아닐까? 톰이라는 존재는 존재했다. 돈이 아무리 많아도 자기 존재를 즐길 줄 아는 이는 세상에 그리 많지 않았다." 『재능 있는 리플리』에서 멋진 구찌 여행 가방을 산 다음 황홀경에 휩싸여 밤마다 영양 크림으로 세심하게 가죽을 손질하던 그는, 4권 『리플리를 따라간 소년』에 이르면 "콧대가 너무 높아진" 구찌 대신 마크 크로스라는 브랜드에서 새롭게 여행 가방을 구입한다.

3권 『리플리의 게임』에서 마피아의 테러 위협에 시달릴 때도, 리플리는 "하프시코드가 불에 타거나, 폭탄이 터져서 산산조각이 나는 모습"을 상상하는 것만으로도 못 견뎌 하면서 "주로 여자들에게 보이는 집과 가정에 대한 애착을 그 역시 갖고 있음을 인정할 수밖에 없었다." 그는 타인과의 접촉보다 집(을 채우는 사물들)에 대한 애착으로 세계와 관계 맺는다. "소파 모서리의 굴곡이 어깨에 딱 맞아서 그런지, 남의 팔을 베고 누운 것 같"(『재능 있는 리플리』)은 느낌이 그에게는 훨씬 편안한 것이다.

5권 『심연의 리플리』에서 리플리는 자신의 과거를 파헤치는 프리처드 부부가 무례한 시선으로, 카메라 렌즈로, 전화로 그의 안락한 실내 생활을 훼손하고 간섭하는 것에 격분한다. 그는 프리처드 부부 같은 인간들이 자신의 집에 발을 들여놓지 못하게 하겠다고 맹세한다. 디키와 그 친구들처럼 부모의 돈으로 유유자적할 수 있는 프리처드는 그런 행운에 감사하기는커녕, 타인의 오래된 비밀을 파헤치고 협박하는 즐거움에 전심전력한다는 점에서 가장 쓸모없는 현실주의자이자 최악의 방해꾼이었다. 부부의 진짜 속셈이 무엇인지 알아내기 위해 프리처드의 집을 방문했을 때 리플리는 즉각적으로 혐오감을 느낀다. "가짜 앤티크"가 확실한 식탁을 들여놓고, 어디서나 볼 법한 평범한 꽃무늬 벽지와 그림이 집 안 곳곳을 차지한 광경은 프리처드 부부의 얄팍함과 저속함을 그대로 내비치는 거울이다. 아름다움을 알아보는 감각이 없는데다가 타인의 '추한' 과거를 킁킁거리며 쫓는 데에만 열성적으로 덤벼드는 이에게 베풀 관용은 없다. "프리처드의 몸에 닿은 거라면 그게 뭐든 못마땅했다." 리플리는 그 집을 곧장 미워하게 되고, 결국 그 집이 프리처드를 '잡아먹는' 덫으로 작동하게끔 이끈다.

4.

1권 『재능 있는 리플리』를 제외하고 나머지 시리즈는 일종의 우화처럼 읽히기도 한다. 그러니까 살인범이자 사기꾼, 양성애자(하이스미스는 리플리가 동성애자가 아니라고 인터뷰에서 강력하게 부인했지만, 리플리는 아내 엘로이즈와 '정상적인' 부부 생활을 자주 즐기지도 않는다)라는 정체성을 간직한 채 자신의 행복을 지키기 위해 고군분투하는 리플리라는 특별한 인물이 거의 초인처럼 유럽 전역을 누비며 법망의 감시를 완벽하게 빠져나가는 상황이 되풀이되는데, 현실적 잣대는 물론이거니와 범죄소설의 잣대로 보기에도 가끔 터무니없을 때가 있기 때문이다. 그 이유를 굳이 생각해 보자면, 시리즈의 발표 시점을 떠올려 볼 수 있다.

1955년 매카시즘의 광풍 직후 발표된 『재능 있는 리플리』 이후, 냉전의 1970년대와 새로운 물질주의의 향연이 펼쳐진 1980년과 1991년에 이르기까지 총 다섯 권의 시리즈물이 차례로 등장했다. 놀랄 만큼 죄의식이 없는 성실한 개인주의자이자 지독한 쾌락주의자로서의 '취향의 인간'인 리플리가 각 시대의 특징적 양식에 기민하게 대응하는 모습을 통해 20세기 중후반의 디오라마를 만들고자 한 건 아닐까. 이를테면 1권 『재능 있는 리플리』는 1955년에, 2권 『지하의 리플리』는 1970년에 발표됐는데, 작중에서는 단 6년만 흐른 것으로 되어 있다. 작가는 1960년대를 통째로 건너뛴 것이다. 기존의 질서를 모두 뒤집어 버리겠다며 혁명과 사랑과 평화를 부르짖는 시절과 리플리가 어울리지 않기 때문일까. 정확하게는, 리플리를 위한 무대일 수 없기 때문일까.

이 비밀스러운 남자는 탁 트인 공간으로 나가길 열망하지 않고, 안락한 밀실 안에서 자신만의 자유를 만끽하길 원하며, 취향과 기억의 아카이브로서의 밀실을 엄격하게 수호하고자 한다. 그래서 역설적으로 리플리는 수많은 개인의 부르짖음으로 절절 끓는 시절보다, 개인을 억압하는 고집스러운 질서와 규칙이 지배하는 시절, 혹은 개인이 완전히 압도당할 만큼 거센 쾌락의 추구가 만연한 시절에 더 잘 어울린다. 개인주의자의 성취를 돋보이게 하려면 거대한 전체주의적 배경이 필요하기 때문이다. 또한 살인이라는 범죄야말로 내밀한 속성의 극단적인 사례 아닌가. 섹스와 더불어 가장 사적인 행위인 살인을 저지르기 위해, 그에게는 자신만의 공간을 찾아내고 유지하는 것이 가장 중요했다. 발터 벤야민이 「사유이미지」라는 글에서 '흔적을 보존하는 이들'과 '파괴주의자'를 비교했던 것을 떠올려 본다면, 어떤 의미에서 실내의 살인자 톰 리플리는 모순되게도 가장 보수적인 전통주의자, 자신의 흔적을 세세하게 기록하는 작업에 몰두했던 부르주아의 첨병이었다.

범죄자 리플리의 여정은 그렇게 20세기 후반을 관통하는 특이점이 되어 간다. 위조를 통해 예술에 다다랐고 살인을 통해 생을 보존했던 이의 '집을 찾는 모험담'이라고 부를 수도 있을 것이다.

퍼트리샤 하이스미스는 1921년 미국 텍사스에서 태어났다. 그녀가 태어나기도 전에 부모가 이혼한 까닭에 홀어머니 밑에서 자랐는데, 하이스미스라는 성은 어머니와 재혼한 계부에게 물려받은 것이다. 스스로 '작은 지옥'이라 칭했던 불우하고 우울한 어린 시절을 보내면서 당대 작가들의 추리 소설보다는 톨스토이와 도스토옙스키를 탐독하며 작가의 꿈을 키웠다. 바너드대학을 졸업한 후 1950년에 발표한 데뷔작 『열차 안의 낯선 자들』이 이듬해 앨프리드 히치콕 감독에 의해 영화화되면서 주목받기 시작했다. 이를 계기로 하이스미스는 전업 작가로 집필에만 몰두하게 되었다. 1952년에 두 번째 소설 『소금의 값』을 발표하면서 당시 금기시되던 동성애를 다루느라 클레어 모건이라는 필명을 사용했다. 동성애를 소재로 한 기존 소설들이 주인공의 비극적인 죽음으로 막을 내리는 것과는 달리, 『소금의 값』은 해피엔드로 끝나는 파격적인 이야기로 백만 부 이상 팔려 나가는 대성공을 거두었다.

하이스미스를 범죄소설의 대가로 우뚝 서게 한 작품은 『리플리』 시리즈다. 1955년 『재능 있는 리플리』를 발표하면서 하이스미스 문학의 정수로 꼽히는 『리플리』 5부작의 서막이 화려하게 올랐다. 이 작품은 1957년 에드거 앨런 포 상을 받았으며, 1960년에는 프랑스에서 〈태양은 가득히〉라는 제목으로 영화화되었다. 이로써 리플리는 거짓말을 일삼는 사이코패스의 대명사로 대중의 머릿속에 각인되었다. 계속해서 하이스미스는 톰 리플리를 주인공으로 내세운 후속작을 네 편 더 발표했다. 『지하의 리플리』(1970), 『리플리의 게임』(1974), 『리플리를 따라온 소년』(1980), 『심연의 리플리』(1991)까지 36년에 걸쳐 완결된 『리플리』 5부작은 심리 서스펜스 장르의 대표작으로 자리매김했다.

하이스미스는 1963년 미국 생활을 정리하고 영국, 프랑스, 이탈리아를 거쳐 1982년 스위스에 정착했다. 오랫동안 우울증과 알코올 중독, 거식증과 싸웠고, 나이를 먹으면서 반사회적 기질이 강해져 고양이와 달팽이를 키우며 고립된 생활을 자처했다. 그럼에도 정치적 성향은 공개적으로 드러냈는데, 자신을 사회 민주주의자로 소개하거나 팔레스타인을 지지하는 견해를 거침없이 밝히기도 했다. 평생 미혼이었던 하이스미스는 동성애자임을 감추지 않았지만, 1990년 『소금의 값』

을 『캐롤』이라는 새 제목으로 재출간하면서 클레어 모건이 자신임을 38년 만에 인정하며 '문학적 커밍아웃'을 했다. 평생 넘치는 아이디어로 글쓰기를 멈추지 않았던 그녀는 1995년 스위스 로카르노에서 폐암으로 사망했다.

하이스미스가 창조한 가장 유명한 캐릭터인 톰 리플리는 교양 있고 지적이며 타인을 배려하는 것이 몸에 밴 인물인 동시에 살인을 저지르고도 미꾸라지처럼 빠져나가는 데에 도가 튼 사이코패스다. 『리플리』 5부작 중 1권인 『재능 있는 리플리』에서 톰 리플리는 교활한 거짓말로 선박회사 사장 그린리프를 속여 돈을 타내고, 그 돈으로 그린리프의 아들 디키를 찾으러 유럽으로 떠난다. 톰은 디키와 친해져서 그의 집에 얹혀살지만 디키가 자신을 멀리하기 시작하자 디키의 신분을 가로채려는 모종의 계획을 세운다.

『지하의 리플리』에서는 그로부터 6년이 지난 후에도 이어지는 톰 리플리의 기행을 그린다. 톰은 1권에서 강탈한 부를 발판 삼아 제약회사 딸과 결혼해 프랑스 파리 근교 저택에서 부유하고 한가로운 삶을 누린다. 과거 시끄러웠던 구설수로 더럽혀진 자신의 명성을 지키기 위해 노력하면서도, 한편으로는 고인이 된 화가 더와트의 위작을 그리도록 사주해 수수료를 받아 챙긴다. 그런 그의 앞에 위작임을 눈치채고 이를 폭로하려는 인물이 나타난다.

『리플리의 게임』에서 톰은 파티에서 만난 액자 가게 사장이 자신을 무시했다는 이유로 투병 중인 그의 약점을 이용해 게임을 시작한다. 톰의 계략에 말려든 사장은 죽기 전에 아내와 아들에게 얼마라도 남겨줘야 하지 않겠느냐는 감언이설에 흔들려 제 발로 살인자의 길로 들어선다.

『리플리를 따라온 소년』에서는 미국에서 온 한 소년이 어느 날 밤 톰을 따라오면서 이야기가 시작된다. 소년은 나이와 이름은 물론 출신 배경까지 속였지만, 톰은 소년이 거대 식품 기업의 아들임을 눈치챈다. 소년은 자기가 아버지를 죽였다고 자백하지만, 톰은 살인을 했다고 해서 인생이 달라져서는 안 된다며 자신도 여러 번 사람을 죽였다고 소년을 다독인다.

5부작의 완결편인 『심연의 리플리』에서 톰은 연쇄 살인마로서 최대 위기를 맞이한다. 그가 사는 동네로 미국인 부부가 이사를 왔는데, 그들은 톰의 과거를 아는 눈치다. 탐욕스러운 미국인 남편은 톰이 죽여서 유기했던 시신을 강에서 건져낸다. 이 일로 톰은 그간의 행적이 만천하에 발각될까 봐 불안에 떤다.

톰 리플리는 누구보다 세련되고 고급스러운 취향을 소유한 탐미주의자지만 도덕심이라곤 찾아볼 수 없는 소시오패스이기도 하다. 리플리는 디키 그린리프를 죽인 일만 가끔 후회할 뿐, 그간 몇 명이나 죽였는지 기억하지 못하며 죄책감에 심하게 시달린 적조차 없다고 고백한다. 저택의 정원을 가꾸고 그림을 그리고 외국어를 연마하는 리플리에게는 나름의 윤리 기준이 있다. 꼭 필요한 경우가 아니면 살인하지 않는다는 것. 하이스미스는 자신과 주변인의 이익이 침해될 위기에 처하는 순간 가차 없이 와인 병이나 재떨이를 휘둘러 누구라도 단숨에 숨통을 끊어 버리는 톰 리플리의 머릿속으로 우리를 초대해 그가 왜 그런 기행을 저지를 수밖에 없는지를 이해시키고 그의 시각에서 세상을 보도록 조종한다.

그러다 보니 독자는 연쇄 살인마인 톰이 제발 잡히기를 기원하기보다, 무사히 위기를 넘기고 법망을 빠져나가기를 응원하는 자신을 발견하게 된다. 톰이 이번에는 잡힐지도 모른다는 긴장감이 증폭될수록 이야기 속으로 더 강하게 빨려 들어가는 것이다. 하이스미스가 5부작 내내 이런 음산한 경험을 지속적으로 제공하기에 이 책을 읽다 보면 사이코패스 살인마에게 동조하는 듯한 자신의 모습에, 어쩌면 내 안에도 소시오패스 같은 심리가 숨어 있는 것은 아닌지 의심하는 자각에 거북함을 느끼는 지점에 이르기도 한다.

또한 하이스미스는 리플리를 동성애자라거나 양성애자라고 명확히 기술하는 대신 작품 곳곳에 암시적 묘사를 숨겨 놓았다. 하이스미스는 리플리의 성적 취향에 대해 애매모호한 태도를 보였는데, 1988년 『사이트 앤드 사운드』와의 인터뷰에서 자신은 리플리가 동성애자라고 생각하지 않는다고 말했다. 그러면서 그가 다른 남자의 잘생긴 외모를 감상하는 건 사실이지만 나중에는 여자와 결혼까지 한다면서, 리플리는 성욕이 강하지 않을 뿐이라고 주장했다. 그럼에도 리플리와 여러 등장인물 사이에서 묘한 기운이 흐르는데, 이걸 어떻게 해석할 것인지는 독자의 몫으로 남겨진다.

이 책은 연쇄살인마 톰 리플리의 이중생활이 담긴 심리 서스펜스이기도 하지만, 새로운 시각에서 보면 유럽 곳곳을 소개하는 여행 책자 같다는 인상을 받았다. 하이스미스는 스위스에 정착하기 전까지 유럽 곳곳에서 살았는데, 여러 도시를 거치면서 보고 들은 경험과 그때 연마한 외국어 실력이 『리플리』 5부작을 완성하는 데에 크게 영향을 준 것으로 보인다. 이탈리아, 프랑스, 영국, 오스트리아, 독일, 그리스, 모로코의 주요 도시와 관광 명소가 등장하는데, 하이스미스의 섬세하고 생생한 묘사에 그곳의 풍경이 눈앞에 그려질 정도다. 특히 동서로 나뉜 베를린에 관한 소회와 대화를 읽다 보면, 당시 냉전 시대의 대립과 긴장을 간접 체험할 수 있다. 살인마 톰 리플리가 위기를 모면하는 이야기의 흐름에 주목하면서도 탐미주의자 리플리가 여행하면서 보고 느끼는 것들에도 집중하며 『리플리』 시리즈를 즐긴다면 색다른 유럽 여행 안내서가 될 것이다.

『리플리』 5부작은 따로 읽어도 좋지만, 번역자로서 권하는 방법은 긴 호흡으로 다섯 권을 연달아 읽어보는 것이다. 이 방식으로 읽는다면 고갈되지 않는 소재로 이야기에 살을 붙여 끝까지 힘 있게 밀고 나가는 하이스미스의 저력을 가장 확실히 느낄 수 있을 것이다. 전편에서 스쳐 가듯 등장했던 인물이 다음 편에서는 주요 인물로 활약하기도 하고, 앞에서 완전 범죄로 묻힌 줄 알았던 살인 사건이 마지막 작품에서 큰 걸림돌이 되어 다시 불거지기도 한다. 1권이 가장 유명하긴 하나, 다른 네 권이 그보다 재미가 떨어지는 것은 결코 아니다. 각각의 이야기는 톰이 쓴 가면이 살짝 들리는 순간 숨겨왔던 추악한 얼굴을 드러내며 팽팽한 긴장감과 껄끄러운 쾌감을 저마다 선사한다. 제2차 세계 대전 이후 미국 현대 문학을 총정리하는 시기가 온다면 하이스미스의 『리플리』 5부작은 그녀가 생전에 유럽보다 미국에서 덜 인정받았던 기존의 평가를 크게 뛰어넘을 것이 분명하다.